明人别集叢編

鄭利華 陳廣宏 錢振民 主編

陶安集

張桂麗 點校

復旦大學出版社

本書爲二〇二一—二〇三五年國家古籍工作規劃重點出版項目，
并獲國家古籍整理出版專項經費資助

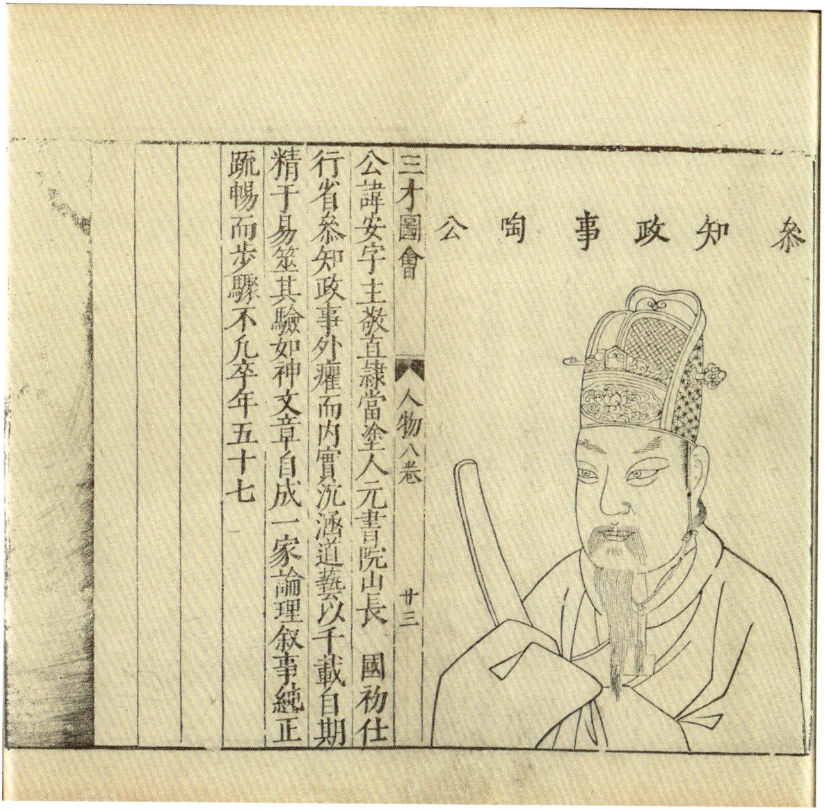
參知政事陶公

三才圖會　人物八卷　廿三

公諱安字主敬直隸當塗人元書院山長　國初仕行省叅知政事外癯而内實沉涵道藝以千載自期精于易筮其驗如神文章自成一家論理叙事純正疏暢而步驟不凡卒年五十七

陶安畫像

（選自明王圻、王思義《三才圖會》，明萬曆刊本）

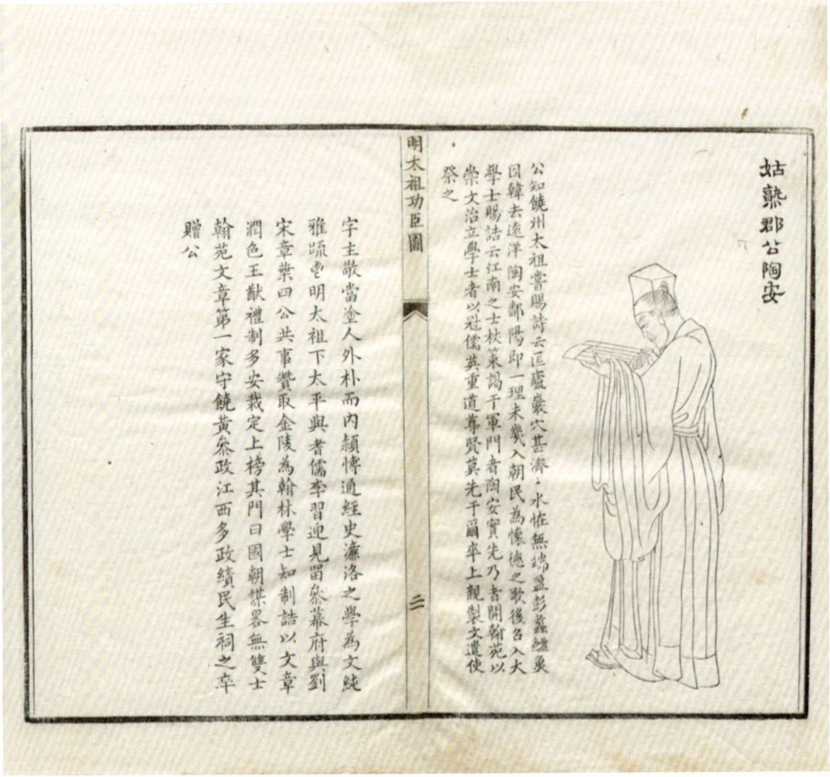
姑熟郡公陶安

公知饒州太祖嘗賜詩云匡廬巖穴甚濬、水佐無疆盈彭蠡奧
回韓去遠洋陶安鄱陽郎一理未幾入朝民為懷德之歌後召入大
學士賜誥云江南之士杖策謁于軍門者陶安實先乃旨開翰苑以
崇文治立學士者以冠儒英重道尊賢莫先于爾卒上親製文遣使
祭之

明太祖功臣圖　二

字主敬當塗人外朴而内韻博通經史濂洛之學為文純
雅蹁躚明太祖下太平與耆儒李習迎見留參幕府與劉
宋章葉四公共事贊取金陵為翰林學士知制誥以文章
潤色王猷禮制多安裁定上榜其門曰國朝謀畧無雙士
翰苑文章第一家守饒黃參政江西多政績民生祠之卒
贈公

陶安畫像

（選自清上官周《晚笑堂竹莊畫傳·明太祖功臣圖》，清乾隆刊本）

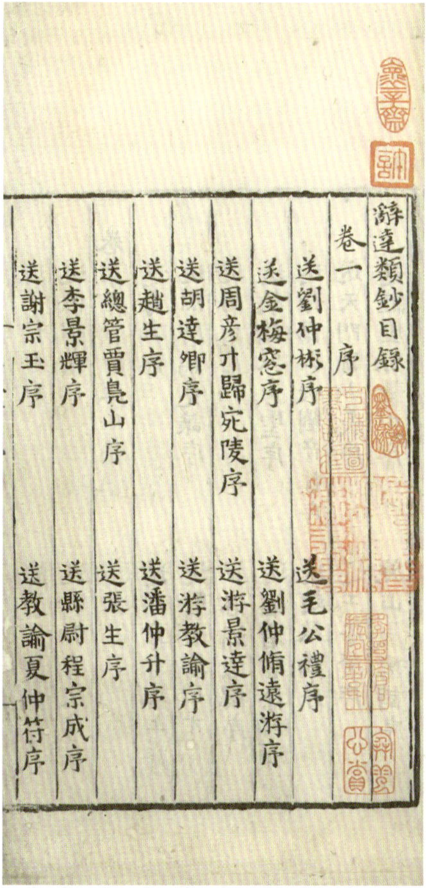

辭達類鈔目錄

卷一　序

送劉仲彬序　送毛公禮序
送金梅窗序　送劉仲脩遠游序
送周彥才歸宛陵序　送游景達序
送胡達卿序　送游教諭序
送趙生序　送潘仲升序
送總管賈皃山序　送張生序
送李景輝序　送縣尉程宗成序
送謝宗玉序　送教諭夏仲符序

《辭達類鈔》卷首，明抄本

（上海圖書館藏）

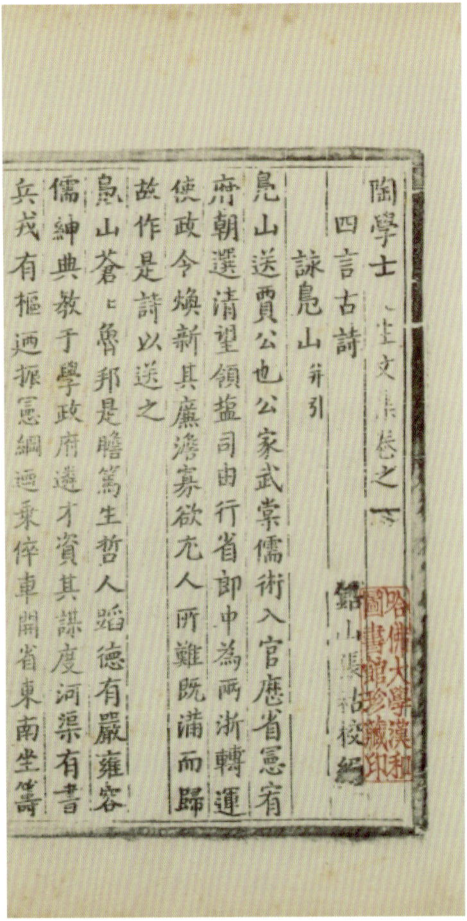
陶學士先生文集卷之一
四言古詩
詠鳧山 并引
鉛山張[illegible]校編
鳧山送賈公也公家武崇儒術入官應省憲宥
府朝選清望領鹽司由行省郎中為兩浙轉運
使政令煥新其廉潔寡欲尤人所難既滿而歸
故作是詩以送之
鳧山蒼蒼魯邦是瞻篤生哲人蹈德有嚴雍容
儒紳典教于學政府遴才資其謀度河渠有書
兵戎有樞迺振憲綱迺秉倅車開省東南坐籌

《陶學士先生文集》卷一，明弘治十三年刊本

（美國哈佛燕京圖書館藏）

總序

中國的古籍文獻浩如煙海，這是先人留給我們的寶貴的文化資源和精神財富。明代是中國歷史發展演變的一個重要時期，成爲中國社會處於近世而具標誌性意義的一個時代。明代的文化不僅積累豐厚，重視與歷史傳統相對接，同時又善於創新立異，呈現時代異動的一系列特徵。而作爲這種文化積累與變異相交織的具體表徵之一，它也突出地反映在明代的著述領域。總體來看，明人撰作浩繁，論説紛出，由此構成一筆蔚爲可觀的文化思想之資産。與前代相比，其不但反映在文獻種類上的擴充，而且出現了一批卷帙龐大的著作。以後者而言，最爲典型的莫過於明代中後期文壇巨擘王世貞，他生平筆耕不輟，著述極爲繁富，僅其詩文別集弇州山人四部稿、弇州山人續稿及讀書後，加起來就將近四百卷，四庫館臣曾稱：「考自古文集之富，未有過於世貞者。」（四庫全書總目卷一百七十二集部弇州山人四部稿、續稿提要）儘管個人著述數量龐大的情況在有明一代不能説很普遍，但也並非絶無僅有。可以説，凡此自是明代學術和文化趨於繁盛的一個明顯標誌，而這一時期汗牛充棟的各類著述，也成爲後人研究明人思想形態和創作實踐的重要資源。

鑒於有明一代文人的著述數量繁夥，其中不乏富有文獻和研究之價值者，尤其是它們作爲中國近世文獻典籍的重要組成部分而流傳至今，這也受到學術界和出版界的關注和重視，相應的文獻整理和出版工作爲之展開，並有一批成果問世。首先是明人文集的影印。這其中始自二十世紀九十年代的四庫系列影印叢書的編纂出版，如四庫全書存目叢書（齊魯書社）、續修四庫全書（上海古籍出版社）、四庫禁燬書叢刊（北京出版社）、四庫未收書輯刊（北京出版社），就包括了相當數量的明集。除此之外，尚有明人文集的專題影印叢書，如明人文集叢刊（臺灣文海出版社）、明代論著叢刊（臺灣偉文圖書出版社）、四庫明人文集叢刊（上海古籍出版社）、明别集叢刊（黄山書社）、明人别集稿抄本叢刊（國家圖書館出版社）、明代詩文集珍本叢刊（國家圖書館出版社）、日本所藏稀見明人别集彙刊（廣西師範大學出版社）等。這些影印叢書特别是明人文集專題影印叢書的相繼問世，爲明代文學、史學、哲學等不同領域研究工作的開展，提供了一批重要的文獻資源。其次是明人文集的點校。除了一些零散的點校本之外，叢書系列較有代表性的，如中國古典文學叢書（上海古籍出版社）、中國古典文學基本叢書（中華書局）、明清别集叢刊（人民文學出版社），包括了若干種類的明集；又具地方文獻性質的如蘇州文獻叢書（上海古籍出版社）、浙江文叢（浙江古籍出版社）、湖湘文庫（岳麓書社)、陝西古代文獻集成(陝西人民出版社)等等,各自也收入了數種明集。這自然也爲學人的閲讀和研究提供了一定的便利。

衆所周知,作爲古籍整理的兩種重要形式,影印和點校具有彼此不同的功能和作用,如果説前者主要在於呈現文本的原始形態,這也是傳統保存和傳遞文獻資源所採取的一項有效措施,那麽後者則屬於針對文獻所進行的一種深度整理,其功能和作用並非影印所能代替。按照傳統的工序,點校整理需要經過底本的遴選、文本的標點,以及利用不同版本和相關文獻進行校勘及輯佚等過程,原則上要求形成相對完善和便於利用的新的版本,如此,當然也相應增加了此項工作的難度和强度。從這個意義上來説,開展明人文集的整理工作,借助影印的便捷手段,爲保存和利用古籍文獻創造條件,固然十分必要,而與此同時,通過點校這種深度整理的方式,爲學人提供較爲完善的文集版本,也是不可或缺的。從明人文集影印整理的情況來看,迄今爲止,特别是隨着若干大型明集影印叢書的出版,種類數量上已形成一定的規模。比較而言,明集的點校整理則相對滯後,尤其表現在文集覆蓋的範圍有限。一些零散的點校本,大多選擇整理的是明代若干代表人物之文集。即使是數部規格較大的點校整理叢書,或限於叢書的通代體例,或限於選録範圍的要求,其中明代部分所收録的,主要爲活躍在當時文壇的數位重要人物之文集。至於一些地方性的文獻整理叢書,自然要以人物的地域身份作爲選録的主要標準,所以選目的覆蓋面相當有限。這樣的情形,實與明人文集大量留傳的存書現狀和學人閱讀及研究的廣泛需求形成某種反差。以明集點校整理的質量而言，其中在標點、校勘、輯佚等方面，固然不乏質量上乘者，但在另一層面，受制於整理者自身的學術資質、工作態度以及各種客觀條件，整理質量有待於進一步提升者，亦並非偶見。應當説，有關明人文集的點校整理，既有擴大整理範圍的必要，又有提升質量的空間，需要做的工作還有很多。

有鑒於此，經過充分的醞釀和準備，我們現著手編纂這套大型文獻整理叢書明人別集叢編，以期能對學人的相關閱讀和研究發揮重要的裨助作用。該整理項目得到了復旦大學出版社的大力支持，從而也使得這套叢書的編纂和出版工作有了切實有力的保障。根據所制定的編纂總例以及相應的編纂宗旨，本編主要選取有明一代不同時期特别在文學乃至史學和哲學等領域較有代表性，尤其在上述領域有着獨特業績或顯著影響而鮮少受到學人充分關注或重視的文人之詩文別集，通過精選底本和校本、精審標點和校勘，爲學界提供一套較爲完善的明人詩文別集整理本。具體來説，一是選目要求具有較爲廣泛的覆蓋面，以體現文獻整理種類較强的系統性，並重點選取一批前人未曾點校整理的明人詩文別集，而這些別集作者又大多在明代不同時期文壇表現相對突出或較有影響，我們的目的是力圖通過對這些作者別集的整理，彌補明集整理上存在的空闕，凸顯本編的原創性之編纂特色。二是針對若干種已有整理本問世的明人詩文別集進行重新整理，因爲前人整理本的情況比較複雜，有的整理質量相對較高，也有的則仍存在很大的修正和補闕的空間。特别是有些早期的整理本，除了受制於整理者的主觀因素，也或多或少爲其時文獻查閱和檢索等條件不如現今便利的客觀因素所限制，出現這樣或那樣的問題在所難免。故而從糾補闕失、後出轉精的角度來説，有選擇性地開展重新整理工作又是非常必要的。但重新整理並不意味着重複整理，它的價值意義更多指向優於前人整理成果的彌補性和超越性，當然也要求整理者爲之付出更多的心力。三是在標點和校勘上盡力做到謹慎細緻、精益求精。底本方面，原則上要求選擇刊印較早、較全或經名家精校的善本；校本方面，原則上要求在充分理清版本源流的基礎上，重點選擇具有代表性及校勘價值的版本作爲主要校本。通過精校，存真復原，形成接近作者原本的新善本。四是在文本的輯佚上盡可能利用相關的資源拾遺補闕，即要求通過對作者詩文集各版本的細緻查閱和對相關文集、史志等各類文獻資料的廣泛搜羅，補録本集未收的詩文，同時爲避免誤收，要求對所輯篇翰嚴格加以辨察。

作爲古籍整理的一個大型學術工程，本編選録的明人别集數量和卷帙繁富，整理工作面臨的難度和强度不言而喻，特别是爲了充分保證整理的質量，需要我們秉持格外嚴謹的態度和付出十分艱巨的勞動，唯有全力以赴，一絲不苟，毫不懈怠，才能實現理想的目標。衷心期望這套大型文獻整理叢書的編纂和出版，能爲明代文獻的整理和研究盡一份綿薄之力。

鄭利華　陳廣宏　錢振民

二〇二一年五月

總例

一、宗旨

明人別集叢編係選編整理有明一代文人詩文集的大型叢書、古籍整理研究的一大工程。該叢書主要選擇明代不同時期特别在文學乃至史學、哲學等領域較有代表性，尤其在上述領域具有獨特業績或顯著影響而鮮少受人充分關注或重視的文人之詩文別集，通過精選底本、校本，精審標點、校勘，爲學界提供一套相對完善的明人詩文別集整理本。

二、版本

（一）底本，原則上以刊印較早、較全或經名家精校的善本作爲底本。

（二）校本，原則上在理清版本源流的基礎上，對於有多種版本系統者，選擇具有代表性的版本作爲主要校本，并參校他本及各類相關文獻資料。

各集采用的底本、校本及參校的相關文獻資料，均須在整理「前言」中加以說明。

三、校勘

通過精校，存真復原，即綜合運用對校、他校、本校、理校等方法進行校勘，提供接近作者原本的新善本。

四、標點

本編各集以國家新近頒布的標點符號使用法爲依據，同時參照國務院古籍整理規劃小組制定的古籍點校通例進行標點整理，并按原書文意析分段落。

五、體例

（一）本編所收各集，其編排體例原則上不作改動，以存其原貌。

（二）依照原書正文篇名重新編製全集目録。

（三）文集前後序跋、傳記、軼事等文字，作爲附録置於全集之後。

（四）作者撰寫的已經單獨刊行并且前人未曾編入其詩文集中的學術類文字，一般不收入新整理本中。

（五）在完成點校整理的基礎上，各集整理者分别撰寫前言一篇，簡介作者生平、文集構成，説明版本概况、點校體例等。

六、輯佚

（一）通過作者詩文集各版本及有關文集、史志等文獻資料，搜羅集中未收之詩文，但爲避免誤收，補入時須注意對所輯佚文的作者歸屬或真僞情況加以仔細辨察。

（二）佚文不多者，直接補於相應體裁或文集正文之後；數量較多者，按體裁編爲若干卷，列於文集之正文各卷之後。佚文來源均須加以注明。

各集整理者根據本編上述總例之要求，分别製訂文集點校具體之體例。

目録

前言……一
陶學士先生文集……一
陶學士先生文集卷之一……三
四言古詩
詠皃山 并引……三
詠當塗張縣尹善政 并序……四
詠蘇守義妻齊氏 并引……六
詠張同知 并序……八
題畫牛 并引……九
五言古詩
送吕經歷詩 并序……一〇
送于遵道 并序……一一
送程子厚 并序……一二
挽方君政 并序……一四
贈程希孟 并引……一五
寄題依緑亭 太平縣湯肯堂……一六
贈李盤居……一六
贈風鑒雷霆電……一七
贈斗數粱月淵……一八

夜行至香魚館 在滄州鹽山縣……一八
送常伯昂……一九
述寓 長明道書院作……一九
秋風辭送梁生……二〇
訾伯元孝義……二〇
仲春雅集分韻得染字……二一
九日登高翠微亭分韻得滿字……二一
觀瀾齋詩……二二
題何氏心遠樓 餘姚山中儒家，余嘗至焉。……二二
登舜江樓得换字韻 時左丞阿爾温沙、參政恩寧普分省明州，委進士董朝宗團結餘姚民兵。……二三
登龍泉山得海字韻……二三
次雲觀尊師竹杖詩韻 壬辰春……二四
題通微齋……二四
送周士顯 并引……二五
癸卯閏三月十九日奉旨代祠竇公遇環中子於山中送余出寺余止之環中子曰不出圓悟關因續爲句……二六
次韻劉彦炳典籤感秋七首……二六
次黄觀瀾韻二首……二七
看松庵 此以下三詩爲章君三益賦……二八
煙雲萬頃亭……二八
唯天在上亭……二九
苦齋 嘗爲章君三益賦苦齋二律，意有未盡，再賦此詩。……二九
偶述……三〇
秦友諒元帥邀飲……三〇
服藥……三一
新晴有感……三一
見月……三二

楝葉……三二
鋤草二首……三二
書事 三十韻……三二
飛蟻……三三
述椀……三四
墻頭草……三四
蛇蜕……三五
苦疥……三五
酒……三六
寓意 四首……三六
當門小山……三八
石砌方池……三九
江色……三九
龜頭山……三九
晚涼……四一
芒種前雨……四一
黄老……四一
示後……四二
悼故妻喻氏……四二
秋夜……四四
病體……四四
夢覺……四五
桐城雜詠 四首……四五
陶學士先生文集卷之二……四六
七言古詩
送易知事 并引……四七
送夏弘叔 并序……四八
送秦君用 并序……五〇
菊泉 并序……五一
李氏孝義 并序……五三
徒氏世德 并引……五四
廣陵楊節婦……五五

題柳如庵小影 當塗之黄池人，宋神醫也，有可用方行於世。……五六
陶培之中堂試詩送其歸……五七
送文元粲游學杭城……五七
經歷張景中泮橋觀蓮索賦……五八
贈趙道昭……五九
吏者于姓考滿贈……五九
送劉生仲孚……六〇
至正戊子下第南歸與同貢黄章仲珍雷燧景陽同舟仲珍賦詩因走筆次韻……六一
途中懷古述事再用前韻……六一
五月旦日與黄仲珍雷景陽酌於維揚抵暮出城曉至瓜洲有懷同貢金景蘭姚仲誠周于一林元凱相約不至更次韻爲别以寄拳拳之餘意……六二
送石仲方詩 并序……六三
題張源相辛巳試院唱和詩卷 其年源相爲對讀官……六四
送徒伯淵……六五
送易德輝……六六
送張學正 并序……六七
齊山吟 按，齊山在衢之開化，先生斯時尚留徐氏家也。……六八
送庸田僉事……六九
次董參政送楊季常詩韻……七〇
題鸂鶒竹雀萱塘圖 爲姚江王國臣作……七〇
次韻畫松二首 爲監郡大本賦……七〇
壽詩……七一
送沈竹泉 并序……七二
送孫别駕赴池陽……七四

送李鍊師還少微山　并序……七五
送僧芳蘭谷住持明招寺……七六
送别……七七
紀事……七八
十月初六日夜作……七八
病中友人寄詩遂以次韻……七九

陶學士先生文集卷之三……八〇

五言律詩

送王克敏赴安豐録事兼簡元中宣差……八〇
題孔隱君挽詩卷　居溧陽……八〇
輓明威將軍遜都臺公……八一
輓發蒙師何益甫先生　諱友聞……八一
題楊生詩集　字子直……八二
送易長卿二首……八二
次宿遷……八三
途中偶書所見……八三
出宿遷至義塘……八三
東莞道中　沂水縣……八四
入臨朐境……八四
自大關至小關……八四
過臨朐　古駢邑……八五
臨淄道中……八五
客途歲晚……八五
次東無棣……八六
送篤彦誠赴官紹興并寄徐國賓……八六
送人赴幕職……八七
送人赴浙東……八七
富春山僧隱居……八七
題劉履道行卷　處州人，太平儒學正。……八八
大本監郡以詩見惠次韻二首答之……八八

書事五首次郡侯韻……八九
幽居十首次監郡韻……九〇
送汪朝宗四首……九二
啜茶……九二
偶成四首……九三
三月二日晟生朝賦詩……九四
送汪一初歸淳安二首……九四
送林彦明回括兼簡劉伯温
胡仲淵……九四
哭胡通甫參政 名大海……九五
哭王用和郎中 名愷，姑孰人。……九五
苦齋二首 爲章三益憲僉賦……九五
病後……九六
送薇 園中紫薇發枝宿枘，五月花開，盡八月乃已。相對日久，惜其凋瘁，作詩送之。……九六
自適……九六
秦淮寓舍……九七
習静……九七
晚晴……九七
自樂……九八
遠意……九八
寄孔僉憲二首……九八
寄人二首……九九
寄題清高亭 爲章三益賦……九九
夜歸……九九
龍灣舟師二首……一〇〇
自效……一〇〇
鳳池……一〇〇
癸卯九月二十一日作……一〇一
立冬……一〇一
懷友……一〇一

霜露……一〇二
冬初……一〇二
寒夜……一〇二
免咎……一〇三
釋疑……一〇三
遣愁……一〇三
聞上江消息二首……一〇四
寄豐叔良二首……一〇四
寄錢彦良二首……一〇五
寄潘章甫二首……一〇五
寄示從子旻二首……一〇六
寄示馬甥希穆……一〇六
寄陳一飛……一〇六
省中夜直……一〇七
讀易……一〇七
阿墉二首……一〇七
與員外黃觀瀾李彦章試士西掖……一〇八
冬暖……一〇八
紀志……一〇八
野叟二首　爲樞史李仲仁作……一〇九
癸卯仲冬望日登舟秦淮翌旦過龍灣出大江……一〇九
晚過三山……一〇九
烈山……一一〇
櫓港……一一〇
繁昌……一一〇
板子磯……一一一
荻港……一一一
石窩……一一一
丁家洲……一一二
管生時順昔從予學今爲曆官同舟

西上……一一二
銅陵二首……一一二
過銅陵述事……一一三
過池陽……一一三
題池口驛……一一三
次安慶……一一四
入彭澤境……一一四
蘄州道中……一一四
使客……一一五
過道士洑……一一五
泊巴河……一一五
泊沙口……一一六
風雨……一一六
晚至武昌……一一六
倚柂……一一七
公子二首……一一七
野人二首……一一七
文士二首……一一八
武昌城西觀戰……一一八
寄示晟昱……一一八
二月十六日喜晟至武昌……一一九

陶學士先生文集卷之四……一二〇

五言律詩

甲辰守黃州初至作……一二〇
黃岡寓所……一二一
三月五日晟別東歸……一二一
郡寓偶成……一二一
雨過……一二二
久雨……一二二
憶二子晟昱……一二二
苦雨二首……一二三
追悶……一二三

偶閑……一二四
立夏日紀事……一二四
寓所……一二四
窮民……一二五
旅寄……一二五
縱步……一二五
郊外……一二六
望家信不至……一二六
聞立中書省命左右相國……一二六
寄董正則諮議……一二七
寄羅復仁諮議……一二七
述事……一二八
夜泊蘭溪……一二八
過五郎磯……一二八
盤塘……一二九
彭澤懷古……一二九
過小孤山遇鄒師顔即別……一二九
空庭……一三〇
遷客……一三〇
遣興三首……一三〇
湖鄉二首……一三一
西風……一三一
觀大龍山……一三一
懷原夫……一三二
懷仲圭二首……一三二
懷友……一三二
憶昱……一三三
寄呈從兄松雲翁……一三三
遣興……一三三
九月朔得晟所寄藥物……一三四
九月七日雨……一三四
秋祀三皇……一三四

秋夜…………一三五
人生二首…………一三五
螟蛉…………一三五
蟋蟀…………一三六
九月蜂蝶…………一三六
霧…………一三六
晚風…………一三七
秋雨…………一三七
夜永…………一三七
雨館偶成…………一三八
遣懷…………一三八
復雨…………一三八
昱至樅陽喜而有賦…………一三九
寄示晟二首…………一三九
十月七日舟發樅陽　時遷往桐城舊縣…………一三九
晚宿官叚…………一四〇
泊松山湖…………一四〇
過山家…………一四〇
發松山湖…………一四一
晚至白兔河…………一四一
登陸往桐城縣…………一四一
至桐城縣…………一四二
桐城即事…………一四二
燈花…………一四二
甲辰仲冬望日…………一四三
冬至…………一四三
官廨北澗偶步…………一四三
聞除代者及召還之命…………一四四
臘月六日雪…………一四四
昱至桐城二日別去…………一四四
臘八日發桐城…………一四五

歸途紀事……一四五
宣湛即事……一四五
過樅陽……一四六
泊池口作……一四六
江行新霽……一四六
早發……一四七
過天門山……一四七
望青山……一四七
泊慈湖……一四八
入境……一四八
五言長律
送朱仲良 四十韻……一四八
己丑九日南軒山長許粟夫邀學官及諸生登高翠微亭以唐人登高詩前四句分韻賦詩在座諸生有得開字者余爲代賦五十韻……一五〇
蘄總管新任 字處宜……一五一
追輓主簿汪古學 字虞卿，名逢辰，新安人，汪王之後。……一五二
喜雨爲蘄太守作……一五三
追輓樂天王處士五十韻 諱鑑翁，字子明，處州遂昌縣人。……一五四
陶學士先生文集卷之五……一五六
七言律詩
喜秋雨 十六歲時，見太平監郡馬公昂夫，承命面賦喜秋雨詩，用七言律「秋」字韻。……一五六
輓方兼山先生 名桂發，晚號懶窩。……一五六
送牟景陽……一五七
送沈掾還鄉……一五七
呈謙齋内翰……一五七

次韻前進士唐仲文登黄山詩……一五八
采石晚渡……一五八
輓嚴厚齋 字國用……一五八
次張孝夫述懷韻 名源，歷仕風憲，剛直人也。……一五九
次韻秋聲……一五九
郡史林景山見寄賡縣尹王庭槐詩因次韻二首一簡王尹林掾一以自述……一五九
送師魯倅廬城……一六〇
送劉仲彬……一六〇
送艾秀才赴京二首……一六〇
送奉使宣撫護都右丞 時過太平……一六一
送天門山長孫伯明歸富春……一六一
探梅……一六一
輓戴母劉氏 旌德縣大族……一六二
題賢母傳 太平縣。汪叔志先生作傳。……一六二
登高凌歊臺……一六二
題青田劉氏園亭詩卷 劉履道爲太平學正，求賦此詩。……一六三
送李生赴金陵……一六三
輓師魯監郡……一六三
輓陸茂先……一六四
歲暮即事……一六四
凌歊臺 在黄山，山舊名浮丘。……一六四
蛾眉亭 遠望天門山如蛾眉……一六五
觀瀾亭 爲監郡清卿賦，在蛾眉亭左，監郡所創。……一六五
采石……一六五
四望亭 在白苧山，桓温歌舞之地，舊

名楚山，以其歌白紵遂名，有桓
公井。…… 一六六
謝公池 在青山謝玄暉宅前 …… 一六六
太白墓 墓前有祠，蘆如筆，竹葉皆有
金星。…… 一六六
葆和觀 即玄暉宅，有謝公池。…… 一六七
三湖 丹陽、石臼、故城。…… 一六七
碧雲亭 …… 一六七
江東道院 即太平府治 …… 一六八
姑孰溪 …… 一六八
慈姥磯 …… 一六八
泊吴興 …… 一六九
登尊明閣 在江浙貢院，有先聖燕
宫像。…… 一六九
宿遷義塘早行 …… 一六九
剡城客館晚宿 …… 一七〇
至沂州訪同知彭允誠夜飲鄒平仲
馬元德善仲良在焉 允誠與余甲
申同領鄉薦 …… 一七〇
沂州紀事 …… 一七〇
山東山行至絶頂 …… 一七一
過穆陵關 …… 一七一
益都城北三十里有郵亭名白羊鋪
壁間石刻張夢臣學士詩一首乃
至大辛亥未第時所作其詩曰迢
迢長日路途間兩字功名抵死難
豈爲身榮愛奔競正緣親老逼飢
寒雲霄附鳳心徒壯客館無魚鋏
自彈百畝薄田容易辦也應無夢
到長安僕因次韻書事 …… 一七一
次蒲臺 …… 一七二
滄州五龍池 …… 一七二

次鯨川　即長蘆……一七二
立春日至霸州……一七三
歲除日至都城……一七三
嵩溪詩會……一七三
次韻嵩溪悼馬……一七四
瀑布泉……一七四
鶴籠……一七四
秋江雁影……一七五
鴻門……一七五
貂蟬冠……一七五
晚渡……一七六
送毛公禮……一七六
送小毛秀才……一七六
御史大夫帖木哥公致仕……一七七
送李好古赴西臺御史……一七七
送張太初赴西臺御史……一七七
送哈德卿赴内臺御史……一七八
送曾道士……一七八
送集慶教授博淵泉……一七八
送江子宜赴京二首　宋相古心族，任湖州安定山長。……一七九
送陳唯道赴廣東憲史……一七九
秋日述懷……一七九
登樓……一八〇
送賀憲史赴廣東……一八〇
送張文質赴内察掾……一八〇
送張庫使……一八一
送趙心道赴番禺令……一八一
送邵克忠赴武岡照磨……一八一
送姚秀才歸桃源……一八二
贈江有源……一八二
送朱叔志……一八二

溧水湖鄉夏末述事二首……一八三
館中山朝元觀作……一八三
鎮守太平楊侯致仕……一八四
次韻徹通理秋日驛中二首……一八四
送鐵元起監歸州……一八四
送李國用赴宗文山長……一八五
送東川山長張彥深……一八五
寄宣城學正徐伯初 辛卯秋，同考太平堂試。……一八五
送黃文敬長岱山……一八六
輓湯子允……一八六
次韻二首 并序……一八六
送樊照磨 與庸田官履餘姚旱田，回紹興郡幕。……一八七
三月三十日費安中山長告別走賦六首……一八七
甲午六月旦日登嶼山觀海……一八九
送豐叔良……一八九
送戴生……一八九
送湖北憲僉亦普剌金……一九〇
送太平路同知王庭珍……一九〇
送馬仲雲……一九〇
壽大本監郡……一九一
賀郡守靳處宜病起……一九一
清和……一九一
壬辰清明日客有攜酒城東邀陳致中謝行可程子舟馬希穆及余遊月盤洞天偶遇張文泰遂同飲歡甚行可以老杜清明二詩次韻紀事因就韻賦……一九二
出金陵望茆山……一九二
過平江……一九三

岳王墓……一九三
寓姑蘇半塘寺……一九三
虎丘……一九四
毘陵道中……一九四
復至金陵……一九四
除教職……一九五
秩滿避亂……一九五
世氛久未息書悶……一九五
重至金陵喜熙朝建都……一九六
送孫伯融總制赴括蒼……一九六
寄劉伯温宋景濂二公……一九六
喜伯温景濂輩至新京……一九七
哭孫伯融……一九七
龍江閲兵……一九七
康郎山應制……一九八
送夏允中總制浙東兼巡撫 洪武初元……一九八
陶學士先生文集卷之六……一九九
七言律詩
戊戌新春同遊蔣山即席賦……一九九
寄董貫道……一九九
次韻賀汪炳叔董貫道二典籤同寄諸博士余掌兵曹與博士廳隔一壁耳……二〇〇
壽詩……二〇〇
送陶伯仁……二〇〇
送張復亨……二〇一
庚子三月十七日上登忠勤樓幕佐文士皆在焉因命各賦律詩一首即事而成……二〇一
上命賦詩送樞判吴國興回鎮建興并寄其弟元帥國寶……二〇一

次權伯文韻并以送行　時庚子仲秋之六日也。伯文，廬山人。……二〇二
秋夜懷友寄秦伯容太守等……二〇二
寄林彦明……二〇三
寄董貫道……二〇三
送清涼寺長老凱翁住持義烏雙林寺……二〇三
贈鎮撫田無禽　字有常，守天寧翼。……二〇四
送别……二〇四
故人劉彦英見過喜而賦詩　壬寅二月二十五日……二〇四
偶見……二〇五
憶别三首……二〇五
雲巢……二〇六
雪洞……二〇六
寄吴左丞二首……二〇六
時雨爲平章公作……二〇七
四月二日與黄觀瀾員外傅仲珪都事同訪單德甫憲使不值……二〇七
贈孫希孟……二〇七
癸卯季夏病中……二〇八
感懷……二〇八
贈人……二〇八
送朱允升……二〇九
暮秋紀事……二〇九
夜歸……二〇九
寄胡仲淵……二一〇
萬户趙禎見余訪單憲使不遇之作賡歌四章雨中來謁用韻以答……二一〇
石頭城……二一〇
鳳臺曉望……二一一

鍾阜晚煙……二一一
秦淮……二一一
贈友……二一二

陶學士先生文集卷之七……二一三

七言律詩

蟂磯……二一三
江上大風入泊櫓港……二一三
移舟……二一四
蕩槳……二一四
次管時順韻……二一四
馬當磯……二一五
曉發彭澤……二一五
黃麻灘……二一五
同使者船過九里十三磯……二一六
漫興……二一六
陽羅堡……二一六
風雨中過陽羅堡磯……二一七
新年……二一七
黃鶴樓……二一七
大別山……二一八
鸚鵡洲……二一八
烟波亭……二一八
昭君圖……二一九
秋胡圖……二一九
四皓圖……二一九
白蓮社圖……二二〇
青松社圖……二二〇
登瀛洲圖……二二〇
遊月宮圖……二二一
太真玩月圖……二二一
次韻答徐志仁……二二一
過張氏廢居土人稱花園張……二二二

四月望夜見月……二二二
次楊舜中教授韻……二二二
次韓子魯見寄詩韻……二二三
過蘄州……二二三
泊江州……二二三
過湖口……二二四
重過小孤山……二二四
樅陽寓舍……二二四
客子……二二五
偶題……二二五
撫迹……二二五
中秋……二二六
寄示從子旻……二二六
寓況……二二六
重陽二首……二二七
樅陽感舊……二二七
秋館書事……二二七
散懷……二二八
清夜戲題……二二八
官舍謾題……二二八
千秋節……二二九
野性……二二九
默坐……二二九
冬曉……二三〇
望皖公山……二三〇
東望……二三〇
桐城書事……二三一
秋浦雪中……二三一
夜泊采石……二三一
慈姥港……二三二
慈姥磯阻風……二三二
天 偶同三韻，韻各一意，自我創始。……二三二

鬼神……二三三
浩氣……二三三
首尾吟六首……二三三
首尾吟二十首……二三四
首尾吟七首……二三八
有省……二四〇
學易……二四〇
學書……二四〇
學詩……二四一
審慮……二四一
陶學士先生文集卷之八……二四二
七言絶句
四皓奕圖……二四二
倦繡圖……二四二
郯城叟……二四三
次西無棣二首……二四三
次韻溪居六絶……二四三
和張景中經歷三首……二四四
次汪教授見索茅朮詩韻 時汪有退休意……二四四
捕魚圖二首……二四四
題墨梅風烟雪月四首 爲劉東美作……二四四
送劉生二首……二四五
題袁氏臥雪堂二首……二四五
題畫……二四五
淵明醉圖……二四六
渡江……二四六
見飢民……二四六
早行……二四六
旅夜聞雨……二四六
途中別友……二四七

目録

初歸……二四七
冬晚……二四七
野花……二四七
秋山曙色圖……二四七
爲劉博士題畫二首……二四八
題畫二首……二四八
竹松二首……二四八
雁鵲二圖……二四九
懷友……二四九
送何令歸江右……二四九
送劉生省親三首……二四九
過田家……二五〇
過吴江……二五〇
舟中望虎丘……二五〇
惠山觀泉……二五〇
詠史十五首 并序……二五〇
志喜……二五三
閲兵奏凱 并序……二五三
題江陰侯杜安道宅畫馬……二五五
龍鳳己亥秋九月上於建龍關儀鳳樓雜寫金陵山川六處命僚屬各賦絶句走筆立成……二五五
庚子二月十七日上在姑孰遊靈山無相庵時僕與汪朝宗都諫王思文理問俱侍行王賦絶句三首因次其韻……二五六
次寶公韻……二五六
奉賡御製中秋詩韻……二五六
參議李公次前韻二首見示賡歌奉答……二五七
奉賡御製詩韻三首送茅山宗師……二五七

題范氏文官花二首　先碧，次緋，後紫。……二五七
題畫應制……二五八
墨竹……二五八

陶學士先生文集卷之九……二五九

七言絶句

曉發……二五九
鄰舟……二五九
漫意……二六〇
牽舟……二六〇
晚山……二六〇
揚山磯……二六〇
大通望九華山……二六〇
風逆……二六一
秋浦西郭……二六一
聞友人童溺……二六一
曉發……二六一
那吒石……二六一
李楊河……二六二
攔江磯……二六二
趙老洲……二六二
濁酒……二六二
至安慶聞廖玉溪憲副等東下……二六二
發安慶二首……二六三
竹枝詞四首……二六三
趙疃……二六三
蓮花洲……二六四
儻來洲……二六四
雷港……二六四
望東流……二六四
即景二首……二六四
蛾眉洲夢覺……二六五

晨起……二六五
曉望……二六五
烽火磯二首……二六五
彭郎磯……二六六
補陀巖……二六六
寫情四首 本性情，存美刺。……二六六
雜謠……二六六
徑江……二六七
金釵谷……二六七
柘磯……二六八
湖口二首……二六八
漁問……二六八
樵答……二六八
棹歌三首……二六九
漁歌三首……二六九
石牌磯……二七〇
宿老鴉港……二七〇
早過江州……二七〇
潯陽道中二首……二七〇
夢興雲山 萬壽浴室院禪僧……二七一
先祖生日……二七一
讀貞觀政要……二七一
官牌夾夜宿二首……二七一
過城子頭……二七二
過馬頭……二七二
偶成……二七二
富池遇順風……二七二
夜泊蘄州城下……二七二
過黄州……二七三
泊新生洲……二七三
遣意……二七三
晚行……二七三

夜夢作詩二句覺後續之……二七三
臘月四日……二七四
望武昌……二七四
追述……二七四
信步……二七四
馬……二七五
聞鸌……二七五
新晴……二七五
欲晴仍晦……二七五
桑柘……二七五
方晴又雨……二七六
三月晦日……二七六
四月十六日夜月……二七六
九月甲子晴……二七六
望廬山……二七七
次安慶……二七七
次樅陽……二七七
遥夜……二七七
十六夜月……二七八
遣役……二七八
訪梅……二七八

陶學士先生文集卷之十……二七九

歌

大明鐃歌鼓吹曲……二七九
重登鳳凰臺獻歌奉進時歲丙午剪除羣兇殆盡喜而有作……二八一
駕幸獅子山應制……二八二
奉旨賀平章鄧遇等諸將平定中原回……二八三
閩中王指揮報捷來金陵就送其歸……二八四
壽宣國李公……二八四

石假山歌……二八五
望夫山……二八五
天門山曲……二八六
凌熇臺……二八七
弔虞雍公廟……二八七
月蝕次韻張誠之……二八八
送静明復住持天宫寺 宋宗室，乃講僧也。……二八八
樵隱歌 并引……二八九
五花馬……二九〇
河如帶……二九一
澗底松……二九二
大風起……二九三
應制次韻石城秦淮二首……二九三

賦

大成樂賦……二九四
大成殿賦……二九六
孔廟賦 并序……二九九
柏山賦……三〇三
天爵賦……三〇五

詞

水調歌頭 九首……三〇七
水龍吟 三首……三一一
木蘭花幔……三一三
大江東去……三一四
金縷曲……三一四
敬次上所賦漁家傲……三一五
西江月……三一五
太常引 六首……三一六

陶學士先生文集卷之十一……三一八

序

送劉仲彬序……三一八

送毛公禮序……三一九
送金梅窗序……三二一
送劉仲脩遠遊序……三二二
送周彦升歸宛陵序……三二四
送游景達序……三二五
送胡達卿序……三二六
送游教諭序……三二七
送趙生序……三二八
送潘仲升序……三二九
送總管賈堯山序……三三〇
送張生序……三三一
送李景輝序……三三二
送縣尉程宗成序……三三三
送謝宗玉序……三三五
送教諭夏仲符序……三三六
送張得原序……三三七
送黎仲賢序……三三八
送燕叔義序……三三九
送斡勒彦文序……三四〇

陶學士先生文集卷之十二 ……三四二

序

送周彦升北上序……三四二
送易生序……三四三
送醫者鄭國才序……三四四
送照磨馬克讓序……三四五
送馮生序……三四六
伊洛淵源録序……三四七
送教諭張彦聖序……三四八
送海漕官徐師顔序……三四九
送丹陽山長劉彦質序……三五一
送趙致端序……三五二
送天門孫山長序……三五三

送王子楚序……三五四
送經歷張景中序……三五五
施山長挽詩序……三五六
送張誠之序……三五七
送篤彦誠赴官紹興序……三五八
送蔣茂功序……三五九
送王生序……三六〇

陶學士先生文集卷之十三……三六二

序

送李儀伯赴西臺序……三六二
送安思善赴西臺序……三六三
送張太初赴西臺序……三六四
訾母高氏慶壽詩序……三六五
行臺管勾訾德明壽詩序……三六六
送崔文翼序……三六七
總管視學詩序……三六八
張景遠詩集序……三六九
送教諭潘君序……三七〇
送學録吴仲進序……三七一
送訾德明赴刑部序……三七二
送王秀才序……三七三
送陳秀才序……三七四
送畢仲和赴廣西序……三七五
送天門劉山長序……三七六
送東川山長張彦深序……三七八
送林景山序……三七九
送劉秀才序……三八一

陶學士先生文集卷之十四……三八三

序

送黄文敬長岱山序……三八三
送司獄易元允序……三八四
送采石山長濮友文序……三八五

送浮屠慧師序 …… 三八六
送教諭彭景先序 …… 三八七
送汪教授序 …… 三八八
送醫官黄與任序 …… 三八九
送黄尚明序 …… 三九一
送黎仲良序 …… 三九二
送馬仲雲序 …… 三九三
送張文泰序 …… 三九四
送許經歷序 …… 三九五
送程子舟序 …… 三九七
送豐叔良序 …… 三九八
送梁教授序 …… 三九九
送楊生序 …… 四〇〇
送程推官序 …… 四〇一

陶學士先生文集卷之十五 …… 四〇四

引

送楊廷玉引 …… 四〇四
送曹秀才引 …… 四〇五
送申振之引 …… 四〇六
送谷美之引 …… 四〇七
送劉生引 …… 四〇七
送李國用引 …… 四〇八
送馬師魯引 …… 四〇九
送田克讓引 …… 四〇九
送白生引 …… 四一〇
送朱從善引 …… 四一一
送梁生引 …… 四一二
送高鵬舉赴新安引 …… 四一二
送高進道引 …… 四一三
送吴生引 …… 四一四
送陶培之引 …… 四一四
送秦君用引 …… 四一五
送嚴明卿引 …… 四一六
羅君禮送行引 …… 四一七

陳生送行引……四一八
魏典史詩引……四一八
姚江類鈔略引……四一九
陶學士先生文集卷之十六……四二一
記
勖齋記……四二一
方寸堂記……四二二
處安堂記……四二四
省心齋記……四二六
深省齋記……四二七
志樂齋記……四二八
樂山齋記……四三〇
周氏同居記……四三一
斡勒氏家傳記……四三二
集慶路達魯花赤善政記……四三三
詩盟記……四三六
槎溪記……四三七
東溪記……四三八
陶學士先生文集卷之十七……四四〇
記
重脩蛾眉亭記……四四〇
遊龍鳴山記……四四一
騰雲樓記……四四三
聽雨軒記……四四四
驛户餘粮應役記……四四六
青山酌別記……四四七
梅竹蘭葡萄圖記……四四八
萬萬户軍功記……四四九
姑孰閱武記……四五〇
監郡珊竹元振招安記……四五二
太平路同知仲禮功績記……四五三
繁昌縣監邑鐵仲賓功績記……四五四

瑞麥記……四五六
陶學士先生文集卷之十八……四五八
說
張誠之名字說 名友諒……四五八
徐伯仁字說……四五九
黄氏三子名字說……四六〇
程叔元字說 并銘……四六一
張文道名字說 字用之……四六二
宋生彦中字說……四六二
高忠名字說……四六三
秋田說……四六四
耕養齋說……四六五
陶學士先生文集卷之十九……四六六
墓銘
故完顔判官墓誌銘……四六六
周廷瑞墓誌銘……四六七
行狀
故文林郎江北淮東道廉訪司知事費君行狀……四六八
代朱城述母行狀……四七二
代嚴潛述父行狀……四七四
哀辭
蘇長卿哀辭……四七五
蔣茂仁哀辭……四七七
壙志
代孫某述母壙志……四七八
文
代嚴源祭父文……四七九
代滿讓祭父文……四八一
惜逝文 并序……四八二
陶學士先生文集卷之二十……四八四
雜文
太平路總管胡侯遺愛碣……四八四

秋溪侑酌文 并引 …… 四八六
謙山頌 玄妙主者陶姓 …… 四八八
答天門山長馬玉相啓 …… 四八九
袁氏義學請師書 …… 四九〇
采石書院聘訓導書 …… 四九一
與蔣伯威書 …… 四九二
答楊彦常書 …… 四九三
高節書院紀略 …… 四九四
書陰符經後 …… 四九六
書彭伯誠所著字説後 …… 四九七
書李育之行卷後 …… 四九八
書趙道昭擬挽自序後 …… 四九九
陶安集補遺 …… 五〇一
陶安集補遺 …… 五〇三
詩
古詩
贈劉汝弼赴京 …… 五〇三
積善堂歌 贈劉琮玉 …… 五〇四
五言律詩
鄱江 …… 五〇五
淵明祠 …… 五〇五
七言律詩
韓山 …… 五〇六
澹津湖 …… 五〇六
初夏行部景德鎮 …… 五〇六
文
題劉潤芳詩集 …… 五〇七
桃源書院記 …… 五〇七
豫國俞公神道碑 陶安翰林學士奉敕撰，節首尾。 …… 五〇九
書簡
翰林陶學士主敬與王先生廷實書 以下通六秩 …… 五一二

又…… 五一三
又…… 五一三
又…… 五一三
又…… 五一四
又…… 五一四
附録…… 五一五
附録一　序跋…… 五一七
陶學士先生文集序（費宏）…… 五一七
陶學士先生文集跋（張祐）…… 五一九
當塗陶文憲公文集序（陶澍）…… 五二〇
書陶翰林墨蹟後（王廷實）…… 五二一
又（范之耆）…… 五二二
又（趙致明）…… 五二三
又（章復）…… 五二四
又（周易）…… 五二五
又（戴本）…… 五二六
又（李禎）…… 五二七
又（尹昌）…… 五二七
詩（習興）…… 五二八
又（汪本）…… 五二八
附録二　傳誌…… 五二九
陶安（張廷玉）…… 五二九
陶安（黃金）…… 五三一
陶安（楊廉）…… 五三五
行省參政陶安傳（徐紘）…… 五三七
陶安（林鉞）…… 五四一
陶安（廖道南）…… 五四四
翰林院學士封姑孰郡公陶安（廖道南）…… 五四七
辛丑九月陶安爲黃州府知府（錢謙益）…… 五四九

洪武元年九月陶安卒（錢謙益）……五五一
陶安（沈文）……五五一
禁水火葬（黄瑜）……五五一
陶先生妻喻氏墓銘（宋濂）……五五二
陶學士祠　在東街希夷觀左，牌坊一座，門樓一座，祠宇三間，房三間。……五五四
附録三　酬贈……五五七
和主敬陶員外詩韻（汪廣洋）……五五七
偶題主敬陶參政所論詩經小序後（汪廣洋）……五五七
彭澤重登潮音閣追和陶參政韻（林弼）……五五八
贈陶參政序（劉夏）……五五八
上陶學士書（梁寅）……五五九
附録四　事蹟……五六一
陶學士先生事蹟（費宏）……五六一
附録五　年譜……五七三
明翰林學士當塗陶主敬先生年譜（夏炘）……五七三
陶主敬年譜敍（楊大容）……六〇二
附録六　評論……六〇四

前言

陶安字主敬，元明之際太平路（府）姑孰（安徽當塗）人。其生年未見諸文獻記載。弘治十三年（一五〇〇）刊本陶學士先生文集卷首載聖旨一道云：「吴王令旨，陶安可授黄州府知府，宜令陶安準此。龍鳳十年二月□日。」龍鳳十年，即元至正二十四年甲辰（一三六四）。陶安書事云：「今年春二月，璽書命守土。兩日抵黄州，又值連月雨。」又有甲辰二月守黄州二十二日初至作。弘治黄州府志卷一也稱「甲辰命重臣陶安至黄州」。

然而，明太祖實録卷九又稱元至正二十一年（一三六一）陶安知黄州府，云「九月初二日壬子，以左右司員外郎陶安爲黄州府知府」。錢謙益認爲此記録有誤，「以陶學士詩集考之，自龍鳳元年乙未（一三五五）至九年癸卯（一三六三），安皆在金陵，壬寅歲有憶别之作，云『七年同在省東廳』，則辛丑歲安未嘗出守可知也」（牧齋初學集卷一百二太祖實録辨證）。的確如錢謙益所言，陶安於元至正十五年（一三五五）初見朱元璋，即留金陵，任行中書省都事、左司員外郎，至正二十四年甲辰（一三六四），始外赴黃州知府之任。明太祖實録蓋以是年八月陳友諒守地蘄、黃、廣濟之兵降服朱元璋，故誤繫陶安知黃州府時間於此。

陶安於至正二十四年（一三六四）二月赴任黃州知府，九月被貶爲桐城令，冬至得召還之命，臘八日即由桐城赴饒州知府任。他生前以歷官所至命名文集，如黄岡寓稿任黃州知府時作，鶴沙小記令桐城時作。黄岡寓稿有服藥云：「服藥功亦奇，藉以益五臟。閲世五十三，頗覺元氣壯。鬚髮白數莖，黝者固無恙。」乃其在黃州知府任上所作，時年五十三。又千秋節云：「龍集甲辰秋九月，天公壽旦更光輝。……桐城拜舞心逾切，遥望金門忍久違。」至正二十四年（一三六四）九月，陶安在桐城，遥拜朱元璋壽辰。學易云：「氣化形生太極函，榮龍圖獻泄玄談。静觀大易九六數，忽覺行年五十三。」這二首皆出自鶴沙小記，寫於桐城，時陶安由黃州知府貶謫爲桐城令。同卷尚有十月七日舟發樅陽時還往桐城舊縣，聞除代者及召還之命，臘八日發桐城。「閲世五十三」，「忽覺行年五十三」，所指即至正二十四年甲辰（一三六四），時陶安五十三歲。據此逆推，則陶安生於元皇慶元年壬子（一三一二）。明太祖實録卷三十五洪武元年（一三六八）下有云：「江西行省參政陶安卒。……時年五十九。」此處陶安卒年不誤，但云「時年五十九」有誤，距其生於皇慶元年壬子（一三一二），實則享年五十七。

陶安生於太平路當塗，家世儒業，寄示晟昱（陶安子）云：「兄弟年踰冠，儒門業貴精。」

先祖生日詩云：「兒時拜舞祖庭前，白髮烏紗一老仙。」據「烏紗」云云，可知其祖亦曾出仕。雖然元朝排斥南人，不重科舉，但姑孰以朱子之邦素有「小鄒魯」之稱，民間隱於農而精通孔、孟儒業之人在在皆有。太平路有書院四座，文教昌盛。陶安幼敏悟異常，矢志讀書。時當塗李習、李翼兄弟以儒學教授鄉里，與江南名士儒流酬唱交遊，頗有影響，陶安從之學。當朱元璋駐軍采石時，李習已八十餘高齡，仍率衆出迎，其用世之心尤爲積極，對陶安有一定影響。陶安又從理學世家潘氏學，送教諭潘君序：「僕幼時師鄉先生勿齋潘公，公諸子唯叔聞君秀出昆季間，僕兄禮之。疑有質，過有正，其趣解超明，辯議該融，足以廓人之見聞。……蓋君曾大父真居先生學以理勝，大父拙逸先生文以理高。」陶安又專易經，能占卜，有名於鄉里。元統二年（一三三四），陶安二十三歲，坐館溧水藍溪嚴氏，三年而歸，家居五年，讀書養志。至正元年（一三四一），任姑孰郡庠訓導。是年元政府重開科考，陶安赴浙江行省應鄉試。送總管賈凫山序云：「儒者懷道藝，不獨美其身，務以致用於時也。」至正四年（一三四四），復應試，以易中浙江鄉試。次年入京應會試，惜乎報罷。但結識南北名流，歷覽山河，眼界爲之拓闊。至正八年（一三四八），再應會試，再報罷，遂歸鄉，設教郡庠。時有令以下第舉人年未六十者爲學正、山長。故未數月，陶安即奉命任金陵明道書院山長，六年期滿，再奉檄至姚江，任會稽高節書院山長。兩任山長，陶安以易經課讀書院諸弟子，闡揚朱子理學。

至正十四年（一三五四）十二月，陶安以公委去職，歸當塗。次年六月，聞朱元璋渡江至采石，偕老師李習率衆至江邊拜迎。朱元璋大喜，與論天下形勢，陶安陳「約法三章」，即不殺人，不擄掠，不燒房屋，取金陵以霸天下。陶安素有安天下之志，如詠史十五首自序云：「風塵不息有年，生民肝腦塗地，弗見援而止息者。閉户憂思，古之豪傑自漢以下張留侯等十五人，又莫知何在。」以張良、諸葛亮等王佐之才暗自期許。

朱元璋克太平，改太平路爲太平府，置太平興國翼元帥府，留陶安參幕府事，贊機務。陶安舉薦劉基、宋濂、葉琛、章溢等人。至正十八年（一三五八），授江南行中書省左司員外郎。至正十九年（一三五九），奉命應制唱和，以謀略之才，兼文學侍從之職。陶安虚懷善讓，自謂謀略不及劉基，學問不如宋濂，治民之才不如章溢、葉琛，朱元璋多其能讓。至正二十年（一三六〇），陳友諒陷太平府，朱元璋督軍迎戰於龍灣，至正二十三年（一三六三）七月，朱元璋與陳友諒大戰於鄱陽湖康郎山，陶安均侍從軍中，有詩紀事。至正二十四年（一三六四）十二月，授饒州府知府。時陳友定攻城，陶安嬰城固守，援兵至，諸將欲誅殺從陳友定之民，陶安不許，全活甚衆。朱元璋賜詩褒美，百姓建生祠事之。至正二十六年（一三六六），陶安由饒州府知府秩滿入朝，朱元璋命復守饒州。陶安申請免民軍需供應，逃民皆歸。陶安在饒州有惠政，民歌之曰：「千里榛蕪，侯來之初。萬姓耕闢，侯去之日。」（皇明開國功臣録卷三）。

至正二十七年（一三六七）五月，朱元璋置翰林院，首召陶安爲學士，正三品。時天下大局已定，朱元璋改元吴元年，集諸儒議禮，命陶安爲總裁官。明洪武元年（一三六八）正月朔，朱元璋即皇帝位。陶安侍從左右，與論天下興亡、學術等，深得嘉許。四月，命陶安知制誥兼修國史，敕旨云：「朕之初渡江也，江南之士杖策謁於軍門者，陶安實先，即以帝王事功期於始見之際。贊襄兵務，多歷年所。宣號令則軍民信，議禮刑則體要成。……至於牧民而民安，治吏而吏服，捍城禦侮，寇懟成擒，列郡晏寧，其勞則著。」並親製門帖子云：「國朝謀略無雙士，翰苑文章第一家。」（陶學士先生事蹟）四月，授江西行中書省參知政事，正二品。同年九月初六日，卒於江西任所。病危時，仍上時務十二事。朱元璋對陶安恩寵方隆，聞其卒訊，輟朝數日，並親撰祭文，寓哀悼之情。

陶安論詩，以風雅爲歸，如「還期大雅作，頗厭晚唐葩」（寄人二首其二），「揚厲風雅遺芬，高視兩京六朝之上」（送張景遠詩集序），多次表達對詩經風雅傳統的推崇。與之相應的則是不滿漢、魏以來的浮華詩風，如「鏗詞媚藻心所厭」（病中友人寄詩遂以次韻），「洙泗既删定，漢魏漸浮華」（題楊生詩集），「若夫求工於綺靡纖巧之餘，受窘於拘攣掇拾之際，余竊病焉」（詩盟記）。他特别提到朱熹的感興詩，並給予高度評價：「余嘗評詩，自洙泗删後，漢、魏以下作者迭興，間有調高意遠，終未足媲美三代。自感興諸詩一出，融暢天人，權衡經史，以性命奥學寓於音節韻度中，較之古詩十九首、陳拾遺感遇，理致悠深，氣格蒼古，直可追逐風、雅，是又詩之一初也。」（詩盟記）認爲朱熹將天人、經史、性命奥學等熔鑄於詩歌之中，具有「理致悠深，氣格蒼古」的韻味，且與詩經之風雅傳統相比，足見其評價之高。如何達到這樣的境界呢？他說：「善詩者一本於心，充積汪洋，遇物發機，吐辭成聲，則骨幹偉傑，神采煥揚，不暇雕組，自中矩矱。」（同上）換言之，詩人要涵養心性，培志養氣，「苟培蘊豐碩，志端而遠，氣充而弘，則形於詠歌，自中律度」（張景遠詩集序）。

從陶安的詩歌創作來看，身丁亂世，目擊時艱，多描寫現實社會生活，書寫動亂時局給下層民衆帶來的深重災難。他自述所作詩歌乃「詩史」，謂「平生有詩史，行稿出巾箱」（使客）。其寫下了大量的時事詩，如描述飢民「充觴猶欲延軀命，扳上高枝剥樹皮」（見飢民）；揭露地方上的横征暴斂：「家空遭横斂，罪薄陷淫刑。堡寨雄羣甲，兵繇役兩丁。」（窮民）导致「屋空人已逃」（途中偶書所見）的慘況，發出「十年兵火人何處，極目丘墟兔可罝」（樅陽感舊）的慨歎。這些詩歌直面亂離，飽含沉痛之感，的確具備「詩史」氣象。同時，陶安還對那些能在亂世之中愛護民衆的地方官吏進行歌詠，如詠當塗張縣尹善政、詠張同知、送庸田僉事等詩，飽含了作者對百姓安居、社會安定的嚮往。

陶安輾轉教職，沉寂下僚，寫下不少述懷言志之作。如秩滿避亂云：「冷官齏舍數年過，秩滿其如世亂何。衿佩有誰談禮樂，民生徒欲避干戈。歸閑故里青霄遠，卧病衡門白髮多。江上薜蘿烟雨裏，何時重聽太平歌。」抒發了心繫蒼生、欲有爲而不得其志的無奈。但面對時事的艱難與科場的坎坷，他並非一味消沉。至正八年（一三四八）下第南歸，作至正戊子下第南歸與同貢黃章仲珍雷燧景陽同舟仲珍賦詩因走筆次韻，詩中有「壯年不必傷蹉跎」、「丈夫小挫未爲辱」句，雖遭遇逆境，然胸懷寬闊遼遠，表現出超乎羣流的境界與抱負。

受知於朱元璋後，陶安的凌雲壯志得到施展，詩風爲之一變，多有輕快之句。如「晏坐山中二十年，一朝披霧覩青天」（夜夢作詩二句覺後續之）、「莫嘆飛蓬類踪跡，成名自昔在書生」（毘陵道中），其中即吐露了終遇明主、抱負得展的喜悦與自信。作爲較早追隨朱元璋且受到賞識的文士，陶安後期創作了不少頌揚、應制之作。他也自覺地認同文學侍從的身份，如在閲兵奏凱序中云：「臣以文字爲職，躬臨其盛，用作凱歌爲獻，俾士卒歌，以頌駿功鴻烈之萬一，亦以暢億兆人之歡悦情耳。」在龍灣舟師二首中，盛贊朱元璋帶領水軍之威武無敵：「江水西南急，樓船十丈高。英王今自將，甲士氣俱豪。天闊雲帆展，龍光掣寶刀。繽紛過鸚鵡，呼吸息鯨濤。」「周郎戰赤壁，楚羽刎烏江。江漢爲南紀，相將入大邦。龍驤迷雪浪，翼以萬艅艎。士馬環城處，嬰兒系組降。」追隨朱元璋征戰南北的經歷，既豐富了生活閲歷，也擴大了詩歌的表現内容。如大明鐃歌鼓吹曲三闋，是對朱元璋整頓乾坤、收拾河山的衷心贊歎。需要説明的是，這些詩歌與一般的歌功頌德之作不同，陶安作爲朱元璋得力謀臣，是其立國開疆的見證者，所以詩中無不充滿自豪之情，風格勁健。但在功成名就之際，陶安仍然能清醒地認識到「雲輪變轉尋常事，難把升沉定一時」（有省），體現了他對天人、經史、性命的深切體悟。

胡維霖評陶安詩是「盛世之音」（墨池浪語明詩評三），大概就其得遇朱元璋之後所作而言。俞右吉一方面指出陶安「詩亦拔俗」（明詩綜卷四引），另一方面又拈出其「五古未免冗長」（同上）的毛病。王夫之評其郡寓偶成爲「清壯」（明詩評選）。總的來看，陶安詩歌摒棄元詩穠纖之習，表現出一種清壯、勁健之氣，開啓了明初詩歌的新面貌。

陶安曾自述學文之經歷：「早治科舉業，以爲不足爲，遂攻古文。既讀韓、柳、歐、曾等集，又自史、漢、左傳溯而求之四代之書，粗能成章。然根據於性命道德，非魯、鄒、濂、洛、考亭遺旨不道也。不知者輒以文士見稱，而有識者則以理學歸之。」（姚江類鈔略引）可見，陶安在文章方面有明確的復古傾向，由唐、宋而上溯至兩漢、先秦。相對於文士，他更看重理學家身份。在文章觀方面，他指出「文何爲小技？理有未全明」（偶成四首其一），也即文章要以明理爲用。基於此，他提出「文學根於道」（施山長挽詩序）的論題。夏良胜曾經論明初文章，將陶安作爲「文以載道」的典型：「聖祖文翰，以道爲之實也。故文若陶安，武若徐達，乃克堪之，豈溢美而濫施者倫哉！」（夏良勝中庸衍義卷十六）

就創作而言，陶安之文「深醇醲郁，辭備理正」（費宏陶學士先生文集序），體現出才學豐贍的儒者風範。四庫館臣稱他「學術深醇，其詞皆平正典實，有先正之遺風」（四庫全書總目卷一百六十九集部陶學士集提要）。具體來説，則「淵源洛、閩，吞吐韓、歐，忠君愛國之忱，救時恤民之志，時時流露於楮墨之間」（夏炘跋明翰林學士當塗陶主敬先生年譜）。其文存一百五十餘篇，序、引等作居大半，雖多應酬之作，但「爲文爾雅淳正，有體有用」（陶澍當塗陶文憲公文集序）。如新安老儒金維清，居京師十五年，坐以南籍，僅受命教授太平府陰陽學。陶安在送金氏序文中，既感慨其懷才不遇，又批評元朝對南人的歧視政策：「九州之地，皆聖人所别，無偏重也。九州之人，皆王者所治，無偏私也。地有南北，猶天有陰陽、時有冬夏，然人心之理，不隨地而異。湯立賢無方，孔子稱南方之强爲君子，尚可以南北第其人哉？……縱不用於一時，將見重於後世。」（送金梅窗序）詞明理辯，議論通達。又如送張生序，針對科制中輟、「南北士陸沉而不振」的現狀，指出：「用舍之命懸於天，學問之功由於己，在天者不可以力求，而在己者可以自致。」勉勵張生讀書養氣，守正待時。

陶安注重文章的實用功能，但也有少數文字靈動的篇章，其遊龍鳴山記就是如此。此記寫於至元二年（一三三六），時年陶安二十五歲，坐館溧水藍溪嚴氏，與諸友人同遊龍鳴山（又名無想山）而作，較其贈序、説解之文，雋逸自然，清麗簡潔，字句整練，匠心獨到。

陶安現存詞二十三闋，重在言志抒懷，如「秋高興何遠，爽氣掬星河。雨晴山勢飛動，樓外雁來多」（水調歌頭秋興），「江城六月雨聲寒。河漢倒雲端」（太常引壬寅季夏即事）。這些作品皆境界開闊，興會淋漓，透出一股清曠之氣，呈現出「不爲經師理學所範圍」（趙尊嶽惜陰堂彙刻明詞提要陶學士詞一卷）的氣象。

二程講究以「敬」來涵養道德，朱熹繼承二程的「主敬」思想，提倡以「居敬」與「窮理」互補。陶安以「主敬」自號，意在表明其學術譜系源於程、朱。陶安現存文集中一百五十餘次提到「儒」，如「莫負平生經濟志，從來功業出儒冠」（至沂州訪同知彭允誠夜飲鄒平仲馬元德善仲良在焉），「英才適用出儒庠，自喜參承繡斧光」（送賀憲史赴廣東），「楊柳晚風嗟客路，聖賢心事付儒冠」（除教職），皆可見其事功之心與抱負。他也以儒者自居，「那信江南業儒者，也來中土攬英雄」（渡江），既是對朱元璋禮賢下士的贊美，也是作爲江南業儒者的自豪心理寫實。陶安築有書巢，藏書頗富。他時常教導子孫讀書，不墜儒業：「一心期汝長，八世嗣家傳。幸有書巢在，成才望老天。」（阿墉二首其二）。

陶安著述頗爲豐富，「所著四書點讀音考、周易集釋，詩、書亦有説，亂離中悉已亡棄」（王士琛順成集稿卷四王廷實書陶翰林墨蹟後）。其現存詩文集版本如下：

（一）辭達類鈔

上海圖書館著録明抄本。卷端題「姑孰陶安著」，版心鐫「叢書堂」。烏絲欄，每半葉十行，行十九字。無序跋。卷首鈐有「季振宜印」、「滄葦」、「翰墨緣」、「褱辛齋」、「褱辛主人」、「許」、「博明」、「博明經眼」、「寒雲心賞」諸印，曾經季振宜、許厚基、袁寒雲諸名家收藏。卷中有朱筆圈點及校改。計十九卷，卷一至四序，卷五引，卷六、七記，卷八説，卷九墓志銘、行狀，卷十至十八詩，卷十九雜文。中國古籍善本書目列入子部，實爲集部别集類。辭達類鈔是陶安亲自寫定的早期作品集，自云：「但平昔之作，不得已而應酬，爲性疏慵，多不留稿。近歲諸生追求散漫之文，得序、記、銘、詩、雜著，彙次成卷，題曰辭達類鈔，謂能達意而已。」（姚江類鈔略引)所收詩歌、文章止於至正十四年(一三五四),乃陶安遇朱元璋之前所作。保留了早期著述信息,如目録卷三載有周易集釋序一篇,正文闕如,此後刊行的陶安著述,均無此篇目。

(二)陶學士先生文集二十卷

明弘治十三年(一五〇〇)刊本。費宏序稱是本爲「今守嘉興項公誠之成其終,當塗學諭鉛山張君天益校其譌、次其類」,項經字誠之,張祐字天益。陶安後官中書有知新近稿,赴武昌有江行雜詠,守黄州有黄岡寓稿,令桐城有鶴沙小記,皆藏於家。弘治十三年(一五〇〇)春當塗教諭張祐跋,稱得辭達類鈔詩文三卷,又從陶安孫輩得其家藏稿,編爲全集,計二十卷,題曰陶學士先生文集。黑口,雙魚尾,四周雙邊,每半葉十行,行十八字,小字雙行同。卷首弘治十二年(一四九九)費宏陶學士先生文集序、費宏陶學士先生事蹟一卷、目録。卷端題「鉛山張祐校編」。依照陶安自編辭達類鈔體例,分體編輯,先詩後文,詩十卷,文十卷。目録存而正文闕之詩,有次楊舜中教授韻、次韻答孫秀字天祥、出宿遷至義塘、昱在山莊詩以示意、賀人生子、小孤山、次彭澤寄范元禮、登觀音山、彭澤縣、極目、喜家人至、深秋、甲辰仲冬五日甲子、駕幸鐘山應製、竹杖等十五首。

(三)陶學士集二十卷

清乾隆四庫全書本,卷一至十詩,十一至十九文。無目録。其所據底本爲弘治十三年(一五〇〇)刊本。

（四）陶文憲公全集二十卷

清道光九年（一八二九）刊本。内封背面鐫「道光己丑年重鐫陶文憲公全集洗月軒藏板」。卷前有清道光八年（一八二八）陶澍重刻當塗陶學士文集序、費宏陶學士先生事蹟一卷、目録。此本據弘治十三（一五〇〇）年刊本重雕，以南明福王時賜陶安謚文憲，遂改陶學士文集題名爲陶文憲公文集。卷端題「明當塗陶安主敬著，鉛山張祐初編，同里後學張寶榮重刊」。白口，單魚尾，左右雙邊，每半葉十行，行十九字，小字雙行同。

（五）陶學士文集二十卷

清同治五年（一八六六）刊本。同治間，當塗夏燮官江西永寧知縣，購得弘治本陶學士先生文集，據以重雕。卷首有弘治十二年（一四九九）費宏陶學士先生文集序、費宏陶學士先生事蹟一卷、目録。扉頁題「依明本重刊」，「歲在彊圉單閼永寧官廨開雕」。卷端題「鉛山張祐校編」。黑口，單魚尾，四周雙邊，每半葉十行，行二十二字，小字雙行同。此本卷首新增夏燮胞兄夏炘撰明翰林學士當塗陶主敬先生年譜一卷，已刻入夏炘景紫堂全書，此次修訂並跋。

本次整理陶安集，以明弘治十三年（一五〇〇）刊陶學士先生文集二十卷爲底本，以文淵閣四庫全書本陶學士集二十卷（簡稱「四庫本」）爲校本，以明抄辭達類鈔十九卷（簡稱「類鈔本」）爲參校本。

本書補遺詩六首：贈劉汝弼赴京、積善堂歌、淵明祠、韓山、澹津湖、初夏行部景德鎮；

文三篇：題劉潤芳詩集、桃源書院記、豫國俞公神道碑；書簡六通，皆致王廷實。又本書後有附録六種：一序跋，輯自陶安傳世著述之序跋。二傳誌，輯自明史、太平府志等書。三酬贈，輯汪廣洋、林弼、劉夏三人詩三首，文一篇。四明費宏撰陶學士先生事蹟。五清夏炘撰明翰林學士當塗陶主敬先生年譜。六明清人評論十三則。

陶學士先生文集

陶學士先生文集卷之一

四言古詩

詠梟山 并引

梟山，送賈公也。公家武棠，儒術入官，歷省憲宥府，朝選清望，領鹽司，由行省郎中爲兩浙轉運使，政令焕新，其廉澹寡欲，尤人所難，既滿而歸，故作是詩以送之。

梟山蒼蒼，魯邦是瞻。篤生哲人，蹈德有嚴。
雍容儒紳，典教于學。政府遴才，資其謀度。

河渠有書，兵戎有樞。迺振憲綱，迺乘倅車。
開省東南，坐籌賓幄。股肱碩輔，聞言是諾。
浙司之鹺，國賦倚重。帝睠老臣，副予寵用。
煮鹹于海，民勞不咨。公善理財，毋敢或欺。
匪衡益平，匪鑑益明。利周于物，幣貢于京。
視彼貪虐，斂害于民。怨詈滿途，亦獨何人？
豈弟君子，不忮不求。豈弟君子，不剛不柔。
魚臺仰止，遥遥我心。駕言旋歸，懷其德音。

梟山十章，章四句

詠當塗張縣尹善政 并序

古者爲政，躬行率民，不待刑罰威令，而所感自孚，以天理在心，人所同也。況縣令于民最親，寄命百里，苟善其治，雖當俗降政乖之後，豈遂不可復乎古？觀於張君，可知矣。君之治當塗也，凡宿弊梗民及民所欲而弗遂，咸除而舉之。廷訴者，誨以婉辭，輒釋訟去。然法所宜直，彊詎莫能投其詐，窮弱得以伸其鬱，故人無觖望焉。縣負郭帶江，當南北要衝，供億繁侈，不立威而事集，人免於擾。憲臺新令覈詭寄田，君適病，不視事，吏署案設罪罟，欲掩民入，無慮數千户，衆惶駭。君出，焚案易吏，令民自實。類田于籍，賦役用均，民甚安之。其操守廉潔，内無纖介私撓，弊服羸馬，意常充如。閉户燕處，澹静堅苦，人所難堪，而居之自裕。自莅事，連歲大穰，水旱不爲災，蝗飛不入境，務以德化下，用是皆恥犯法，鬬競者寡。部使者考視案牘，寥寂無幾，父老賀曰：「吾邑入職方氏七十年，未嘗見此賢宰。」郊野間無少長，聞稱縣令，每額掌敬歎。及代，相與齎咨弗釋。以是觀之，張君爲縣，能得匹夫之心。蓋由躬行率民，無愧古之賢大夫矣。君名兑，字文説，湖南人，登進士第。余性介直弗阿，見其官三載，表裏始終常一致也，故序其概，頌以詩曰：

有美君子，嘗觀國光。賢書載登，赤紱斯煌。再命陞爵，來于荆湘。尹兹百里，編甿樂康。

理涵于心，道積于身。克施有政，民德亦新。耕桑被野，雨暘屢匀。衆庶而豐，俟儉而貧。

民有雞豚，我盤蔬茹。民有紈帛，我衣布素。閔厥士女，瘡痍是撫。瘡痍既瘳，我體完固。

公綽不欲，滕薛非長。子産惠愛，刑書靡良。侯兼其德，政有紀綱。三年化行，嘉猷孔彰。

英英白雲，遠瞻是惻。遄歸于南，承顔有懌。願爲時雨，均此下國。維兹邑人，永思無斁。

五章，章八句

詠蘇守義妻齊氏 并引

烈女齊氏者，安平縣新莊人也，縣隸真定晉州。齊甫笄，適同里蘇守義，事舅姑，勤脩婦道。至丙戌孟夏〔一〕，守義病篤，謂齊曰：「我病度不愈，幸有兄養母〔二〕。爾年少，改適後人，可善事之。」齊曰：「忠臣烈女，不懷二心。」守義死，哀慟幾絶。謂家人曰：「夫垂卒，囑以善事後人，吾甚恥之。願即死徇葬，以明不它。」家人驚駭，相與守視。纔少緩，遂自經，即夫喪日也。有司上聞，旌死節於門，復其繇役。保定張庸道通守太平，戾止泮林，進教官、諸生語其事，余爲之詩曰：

幽燕之南，晉趙之疆。刀鋤劍樵，其人勁強。安平故邑，村有新莊。懿彼貞女，曰齊之姜。求嬪于蘇〔三〕，功容並良。孝周舅姑，禮謹閨房。夫遘危疾，永訣在牀。謂汝改適，憐其早孀。齊瀝丹誠，執心孔剛。誓無辱身，寧甘自戕。夫目遄瞑，妾命乃長。胡能獨生？曷若偕亡！金石可朽，言弗忍忘。岡陵可移，義弗忍傷。九原當見，以死自明。永謝膏沐，魂離室堂。欲拯何及？舉族悲惶。行高千古，事昭一鄉。守宰嘉歎，憲使薦揚。旌命自天，門閭有光。斷鼻執義，夏侯德彰。剔目示信，房盧性臧。誰能捐軀，同穴而臧？恒山鬱蒼，厥高莫量。烈烈令聞，能與之京。張侯戾學，稱善洋洋。激勵孝忠，增重綱常。作此雅歌，亘久彌芳。

【校勘記】

〔一〕「至丙戌」，四庫本同，類鈔本作「至正丙戌」。

〔二〕「養母」，四庫本同，類鈔本作「養親」。

〔三〕「求」，類鈔本同，四庫本作「來」。

詠張同知 并序

田賦歲供，始於斂輸，終於漕運，事煩責重，爲政者難之。夫斂輸集於倉廪，漕運達于畿甸，得人綱總，則利入於國，害不及民。故行者遴官平其出納焉。至正丙戌冬，姑孰貳守張侯以省命監斂三縣租，視事倉廨，剜剔宿弊，均一斗石。朔風沍寒，戴星出户，昏夜始歸。遠郊外邑，舟車囊橐，如期紛至，躬驗露積，簸籭精鑿，吏無以售其姦，民得以節其費。仁厚之意，藹然被物。斂輸既畢，省委視平江漕運，馳驛遄往。自春徂夏，海艘綿聯，瓊粻山峙。額七十萬，準量合制，漕夫聽令，惴無讙譁。乃相謂曰：「是姑孰監租剔弊勤事者，其可犯乎？」由是倉廒晏然，市肆不擾。其民曰：「是嘗仁厚彼民，今推而及我，抑何幸歟！」又能防閑周嚴，無龠合竊逸，贏餘二萬四千石有奇。由其累官在京倉庫漕司，故今宜於其職焉。侯雅嗜經籍，孳孳古學，坐立進退，禮習熟〔一〕。每居府署，疏決雍滯，退食延接士論，馳騁古今，性豁如也。教官儒流喜侯還治所，俾爲詩以詠之。僕舊游京師，聞譽起慕，今灼見其人，信有符於前聞也。其何説以辭？侯字庸道，保定人，言行政績之可徵者，豈獨斂輸漕運而已哉？既述其事，頌以詩曰：

有頎之英，令德在躬。禁闥清華，鼓舞皇風。命服鞶組，寵任洊隆〔二〕。先猷是經，衆理貫融。乃睠江東，臨民敬忠。庭訴自簡，倉儲載豐。四馬翩翩，霜月在天，勤敢謂勞，王事繫焉。三吴故墟，征賦于田。有命轉輸，寄委則專。南風巨艘，平達于幽。待哺林林，以樂代憂。國廪既充，經費是庸。侯官南邦，不有其功。

【校勘記】

〔一〕「禮習熟」，四庫本同，類鈔本作「禮法習熟」。

〔二〕「洊」，原作「游」，據四庫本、類鈔本改。

題畫牛 并引

畫形易，畫意難。觀此圖也，老不忘舐犢之愛，可以會其意矣。爲之詩曰：

坤道生生，爲子母牛。貌其性情，載行載休。草茂泉清，從犢後先。恐其渴饑，愛發于天。

五言古詩

送吕經歷詩 并序

新安吕輔之長府幕於太平，太平爲江左名郡，贊其理者，宜有簡静之德，以鎮其俗；敏達之才，以施於用，斯爲善矣。蓋其民習謹厚，寡於争訟，府侯端居，堂廡肅清，幕僚不煩於案牘，坐鎮勿擾而已。郡地當要衝，迎送需給，日代乎前。金穀之浩穰，刑罰之重輕，學校之教養，營造之經費，經歷總諸曹以就緒焉。吕君蚤由簿書積勞陞官，簡静敏達，皆有之矣。府隸江東憲司，密邇行臺，集慶、寧國、太平境相接也，政治得失，聲實隆污，最易著聞。而是郡官無失職，事無失道，非善贊其理者歟？秩滿，送以詩曰：

姑孰古藩翰，溪山繚城郭。出鎮遺重臣，分符荷侯爵。黄堂清晝閑，蓮香藹賓幕。美兹南土彦，聲名素昭灼。嘉言吐清婉，奇搜破冥漠。簡牘日豈無？談笑爲裁度。貞姿澗畔松，高情雲表鶴。流光何荏苒，新霜點華髮。解篆促歸期，遥憶舊林壑。江流渺孤蓬，春風柳花落。才猷時所慕，行矣需殊渥。壯心老不渝，雲路參寥廓。

送于遵道 并序

學以師古爲賢，不以戾俗爲迂也。往聖立心脩道，酌於大中，嘉謨盛行，經綸事物，炳炳方策間。儒者務學，法此而已。古學寥闃，士習乃降，干時媚衆，餌近利，獵虚聲，靡然莫知其所止。當是時也，聞有古學之士，其不駭然而笑也幾希，無怪乎斯文之微矣。以予所知，若遵道于君之學，其師古者歟？來録學事於姑孰，忘其素富，獨寓空齋，閉門終日，攻討理致，纂述忘疲。居不泛交，暇不出遊，澹泊其心，堅定其志。侃侃論辨，不改方直。況味恬寂，若與世忘，不求合乎今，而求以師乎古。士類賢之，世俗迂之。予與遵道同時泮庠，交契深厚，詩以贈别，并序作詩之意云爾。

東南鉅都會，龍虎形桓桓。文獻萃其間，羣方聳聽觀〔一〕。之子邦之彦，高情寄儒冠。詞林被膏潤，華實美以完。筮仕司糾録，官與氈俱寒。坐忘粱肉味，甘此苜蓿盤。齋居謝賓客，燈窗夜漫漫。道契三古心，筆意宗孟韓。秩滿動行色，送别江之干。西風吹白雲，心目遥生歡。相期敦古道，力行諒非難。勖哉追前脩，萬里高飛翰。

【校勘記】

〔一〕「聽」，原作「廳」，據四庫本、類鈔本改。

送程子厚 并序

莫神於天文流運矣，日月經緯之隱見，暑寒晝夜之變遷。聖人濬其心智，推驗測候，使天文無所祕其神，裁成範圍之功益神矣。自庖犧畫卦具二十四氣，炎帝分八節以紀農功，軒轅迎日推筴而調曆作。若分至啓閉之官，逮於少昊；重黎天地之司，命於顓頊。式序三辰，帝嚳有焉；曆象璣衡，唐、虞先焉。夏稱昆吾，商稱巫咸，周官總以太史，而分保章、馮相、卜師、筮人、眡祲、挈壺之職，其制遂詳。時至春秋，魯有梓慎，晉有卜偃，鄭有裨竈，宋有子韋，齊之甘德，楚之唐昧，趙之尹皇，魏之石申，皆掌天文，以佐國治，而巫咸、甘石，其學尤著，五行之説明矣。後世沿襲支干星度，推人壽夭吉凶，悉本五行，要必有其理也。新安陰陽家程子厚，明於天文，得古遺意。雖天地氣化，渾淪綿邈，乃操寸管尺圭，約而窺之，卒莫有逃焉者也。嘗教授鉛山陰陽學，調太平。其談演理數，推人平生事，曲中焉。余觀史遷以陰陽家與道、墨、縱横並列，然帝王以陰陽參國政、定民時，其法肇於上古，是知道、墨、縱横之説皆可廢，而陰陽家不可廢也。意者程君於聖人之神，知所求哉！乃賦詩以送之。詩曰：

於穆蒼靈運，元化無始終。垂象炳躔逡，積閏成歲功。茫茫萬古餘，坐致理則同。清臺窺玉管，緹帷候律筩。教筵分列郡，設官儆儒宮。新安萬山深，閉户象數攻。青袍客江上，賓友藹文風。望氣登危城，占星指遥空。泉清壺漏滴，表正陽晷中。寒氊能慰藉，杯酒聊自充。風高白雲飛，澄波送歸篷。佳哉泉石墟，樹色環青葱。鳳皇銜書來，招邀游紫宮。掃清黃道塵，曉望扶桑紅。

挽方君政 并序

至正初，余訓導姑孰郡庠，青陽方君政來正學事，遣其子若孫執禮受業。後余去職，君亦攝教天門、于湖。滿考，聽銓吏部，余適與計偕。乙酉仲春，遇君京城南，僑舍相距數步，日沽酒慰寒寂，聯裾風沙中，遊覽都市，至大明殿陛，瞻宫禁之神麗。未幾，予袖禮部符南旋，君尋除無錫州教授。冬復抵姑孰舊寓，怪其飲減，杯至輒辭。丙戌二月，會飲余家，後數日，其三子至自青陽，是夕遘疾。疾甚，猶致書於余，俾子若孫詣余卒業。三月十二日卒，去會飲僅匝月，所致書乃絶筆也。經旬，諸孤發櫬舟歸葬。君軀幹剛癯，自號庸齋。愛談辯，攉抑衆論，聞一辭中理，則改容服從。嘗諭信之永豐、杭之於潛，歷學正，升教授，惜其未任客死，志莫獲遂。遂作挽詩三章，以寄余之哀思焉。

大化何茫茫，生死等朝暮。見面未幾何，幽明已殊路。人皆勸君仕，況未年迫暮。哀哉萬里行，朝命惜虚費。雖有善教才，不得一遠布。六旬命非促，豈不見晞露？

知命儉亦樂，聞道死乃安。平生嗜欲薄，既逝魂氣完。念昔久締交，文飲意屢歡。握手龍墀上，天風颯高寒。歸來忽永訣，不復共杯盤。蓋棺事始定，長夜嗟漫漫。

雲間九華秀，君心豈能忘？親朋亦别久，終不返故鄉。諸孤泣訴我，我亦淚浪浪。東風三月暮，送柩出泮庠。歸舟駕言發，佳城在青陽。所期賢子孫，勉嗣先業光。

贈程希孟 并引

新安程希孟，失怙於襁褓。母胡氏，鞠孤孀居，誓無改醮。希孟遵教，既有成立，游金陵、姑孰，欲得禄以養其親。韓子所謂雖有離憂，其志樂也。託物成詩，美其事焉。

喬林有烏巢〔一〕，好枝以爲依。巢中雛始生，烏父去不歸。慈母勤覆育，而無暫時違。哺食日以肥，養翮日可飛。煥如鸞凰文〔二〕，矯若鷹隼威。油然反哺心，真純乃天機。崇臺霜滿樹，翔集遷高巍。不然騰雲衢，榮光託王畿。晨出日未晞，夜歸星正稀。所思報劬勞，母德如春暉。

【校勘記】

〔一〕「喬林」，四庫本同，類鈔本作「喬木」。

〔二〕「鸞凰」，四庫本同，類鈔本作「鸞鳳」。

寄題依緑亭 太平縣湯肯堂

黄山衍餘秀，雲巒結層城。溪泉抱林麓，蒼瑩有餘清。肯堂賢主人，締此松竹盟。作亭宅幽勝，闢園蒔芳榮。波光照簾几，天影涵空明。依緑意何如，聊以濯吾纓。漢水鴨頭色，錦江春碧晴。向來遠遊處，恍惚當軒楹。仰視金芙蓉，千峰鬱峥嶸。丹崖浮紫氣，上接白玉京。仙人粲雲裾，下顧如有情。翩翩鶴書來，閉户懶出迎。俛首玩澄泚，但覺軒冕輕。機心晏然息，肯使鷗鷺驚。洗耳慕高躅，深居憺無營。

贈李盤居

有客骨氣清，南來自仙都。睠此山水地，相逢意交孚。游神於先天，理象窮六虛。炯然雙瞳光，爲人辨榮枯。流觀文物海，妙泄造化樞。上有星緯垣，下有龍穴區。甲子起上元，萬古數不渝〔一〕。泝流探其源，奇言如貫珠。蹇余久巖壑，澹素以自娱。坐視歲月遷，不忍棄詩書。朋遊或要津，笑我猶癯儒。子來筮卦畫，謂當應時需。窗前共尊酒，談笑忘羈孤。天高秋氣肅，鴻雁來賓初。去意不可留，贈之乏瓊琚。豈無小山徒，招隱上亨衢。猗彼盤中人，寧久盤中居。時至諒毋失，江左暫踟躕。

【校勘記】

〔一〕「萬古」，四庫本同，類鈔本作「萬世」。

贈風鑒雷霆電

雷迅乃成霆，先機爍飛電。震動江海間，洞燭魚龍變。君術亦如此，駭物豁神見。舌端聲欲鼓，目光照人面。心與造物游，其名匪徒炫。瀟瀟蓬鬢班，客路猶未倦。敬亭好山色，餘翠落團扇。秋風凄以高，鄉心逐歸燕。

贈斗數梁月淵

璇璣斡元化〔一〕，列宿總綱紀。不待衡管窺，理數契玄旨。人命有窮通，如出其意使。平生鑑物心，寒月照淵水。曳褐茅山下，開窗挹蒼紫。波流送靈槎，博望憩游屣。仰視北斗光，秋雲接伊邇。奇論入杳微，尊酒澆磊磈。涼飆颯短袂，微露濕寒葦。問子去何之，長揖挈行李。

【校勘記】

〔一〕「斡」，四庫本、類鈔本作「幹」。

夜行至香魚館 在滄州鹽山縣

目送寒日墜，暮色變蒼黄。近顧已昏冥，前店安可望？游子且宵征，苦恨晝不長。雪深迷古道，車陷心愈忙。缺月未出時，粲然衆星光。四無雞犬聲，瓊田白茫茫。忽逢人夜語，爲我指康莊。漸至香魚館，叩門燈照牀。主翁起迎勞，飲以壺中漿。笑問來何遲，吹火煮糗糧。因知造物心，不使罹害傷。命途此可卜，力善何能量？

送常伯昂

燕雲鬱嵯峨，形勢拱北京。土厚人勁毅，慷慨意氣傾。一有温恭儒，翹然擢奇英。夙秉濟物志，而無阿世情。西江贊風紀，頃步懷廉平。嶺海滌氛翳，湖湘亦澄清。尋登南廌院，愛此霜月明。中臺有徵書，共説選擇精。春殘柳飛絮，送别金陵城。子行勿遲遲，時事方營營。平生報主心，不爲利禄嬰。致遠自今始，側耳聞佳聲。

述寓 長明道書院作

夙志慕前矩，琴趣愧難續。棄米曾賦歸，云何效奔逐？慈親日向老，無以報鞠育。明經不取士，奉養心未足。攜家客秦淮，蒼苔蔽荒屋。年豐公廩虚，半載不沾禄。妻子樂從儉，朝夕共饘粥。母心愛兩孫，每食分鼎肉。自憐頭上巾，興到無酒漉。怡然坐窗下，一笑對秋菊。

秋風辭送梁生

涼飆蕩平野，遠送賓鴻翔。蕭颯西北來，草木忽變黃。不惜草木黃，寒透客子裳。曉窗凋鬢影，夜堂摇燭光。值此素節晏，令人懷故鄉。援琴賦將歸，苦雨菊有芳。盼望掃積陰，下土見太陽。明當吹羽翰，高飛戾穹蒼。

訾伯元孝義

齊國有奇士，卓行由性真。霸餘俗尚利，忽見三代民。兵荒家不殘，貨充廪粟陳。視義重丘山，黄金輕一塵。疾疢雖在親，痛實切己身。拜醫奉湯藥，省養謹夕晨。鍾愛賜厚資，誓與兄弟均。居喪踰禮制，毀慕泣蒼旻。田屋讓同氣，舉族懷其仁。慷慨割腴産，惠利飫孤貧。庾衮救疫勤，宋清焚券頻。元振給葬費，三人罕儗倫。今乃兼能之，恩義周鄉鄰。孝友萬善原，任恤與睦婣。全德古所難，事狀付史臣。旌褒光宅里，眉壽餘八旬。象賢烏府賓，寵秩緋魚新。綵庭侍燕喜，几席生陽春。滔滔濟河流，入海去無垠。福澤同其深，永以遺後人。

仲春雅集分韻得染字

出自行春門，山明烟霧斂。平湖芳草生，野水緑如染。園亭桃李花，相映杯瀲灧。乘風登白紵，石路不巇險。大江遠漫漫，浮雲閑冉冉。絶頂尊俎别〔一〕，微酡入腮臉。山僧煮茗迎，松下門半掩。穿林叩仙洞，瓊章借披檢。釣臺更留酌，真樂意無慊。因嗟久城市，不覺時荏苒〔二〕。今日良宴集，蘭亭視何忝。同行皆俊彦，冠佩羅整儼。臨溪詠而歸，悠然憶曾點。

【校勘記】

〔一〕「别」，四庫本、類鈔本作「列」。

〔二〕「荏苒」，原文「苒」上一字模糊難辨，據四庫本、類鈔本補。

九日登高翠微亭分韻得滿字

山川甚雄麗，積雨爲磨澣。天開秋氣清，遊娱共蕭散。石徑接巉巖，興到行不懶。微霜護新晴，杲日送餘暖。層巔躡高寒，境勝世所罕。蒼茫四無極，自恨目力短。危亭基蘚殘，麋鹿荒町疃。居然龍虎勢，城郭在平坦。崇阿吊離宮，老木蔭僧館。松雲引徐步，蘭露入清盥。況當重九節，野菊相留款。賓朋笑語閒，文理謝雕纂。好風襲尊俎，幽鳥哢絲管。人生光景速，每恨樂事緩。嘉會幸一逢，何辭累觴滿。

觀瀾齋詩

水德靈且長，滔滔向東奔。忽焉成湍激，洪瀾撼深坤。縈盤勢洄洑，汹湧聲驚喧。晝涵天日光，暮蒸雲霧昏。齋居在川上，寓目憑幽軒。顧瞻發深省，因知來有源。道體諒如斯，妙契鄒孟言。力學當漸進，達此入德門。泝流窮其本，功勤矢弗諼。譬彼遠入海，萬里何憚煩。

題何氏心遠樓

餘姚山中儒家，余嘗至焉。

山深衆喧寂，而有太古風。西南起高樓，居者恬以沖。笑傲浮雲上，俯視滄海東。遐哉天地闊，在我方寸中。草木有生意，樂此遺世翁。脱彼事物役，求道有始終。所以平日志，不與淺近同。神交羲皇前，高趣誰能窮？

登舜江樓得換字韻

時左丞阿爾温沙、參政恩寧普分省明州，委進士董朝宗團結餘姚民兵。

承平八十載，河海既清晏。越東在遐荒，武備奉宸斷。股肱二三臣，坐鎮防變亂。禮羅得名士，兵機授成算。下馬舜水濱，官吏服能幹。寸心每勤勞，百姓免愁歎。與客閑片時，登樓愛奇觀。憑欄出樹杪，振衣在天半。諸峰繞城邑，萬室夾江岸。鯨濤息狂沸，龍泉入清玩。霜晴風日佳，暢望百慮散。因憶京華春，杯酒曾共案。别來會聚難，轉眼年歲换。旅中得追隨，相顧發一粲。

登龍泉山得海字韻

蒼峰倚重霄，萬古色不改。神龍去已遠，踪跡隱然在。石面常出泉，土脉本通海。寶坊起樓閣，氣清地爽塏。佳菊金蕨蕤，古木青晻靄。攀磴行復坐，瑶草鮮可採。賓朋觴詠間，氣味似蘭茝。談笑有雅趣，巖壑被光彩。嘉會有幾何，不醉復何待？

次雲觀尊師竹杖詩韻 壬辰春

騎馬京城春，久矣棄鞭策。甘心曳筇竹，扶持常助力。步屧得平穩，隨身共游息。夙懷冰雪操，文彩炯然出。豈無靈壽杖，優老榮禄食。刻鳩仍慮饐，寵賜臨几席。遂令衰朽資，無意乞骸骨。何如知幾士，逍遥在衢陌。世路漸艱險，老境亦嵩疾。與爾且從容，免爲物所役。向來經行處，風雨長荆棘。出門今不遠，攜以慰朝夕。相從憩松澗，暫放枕蘚石。雖知有此能，寂寂倚空壁。摩挲惜良材，造化悶靈物。用舍自有時，散逸興何極？

題通微齋

道體本無迹，至隱不可見。彼美方外人，達此弗迷眩。寸心造幽玄，寂然該衆善。真機忽顯露，妙用生萬變。

送周士顒 并引

倉官鄧明可，覺非先生之子，文藝可重。攜東倉周士顒過余，且曰：「士顒年富，志勤簡册，游于四方，貨殖爲養親之資，自以疏於定省，將歸，聞子而願見，盍爲詩以貺其行？」余於士顒未締交，而爲鄧君所與，不敢泛以貨殖者視之，贈以詩曰：

幅員大茫茫，混一年已久。丈夫有遠志，萬里事奔走。楚氛起西南，軍壘擊刀斗。嗟哉行路難，歸計不可後。太倉東海濱，寶貨萃淵藪。州民已安居，船兵或相蹂。雲飛蒼山顛，客子重回首。還家信可樂，再拜爲親壽。江魚鮮斫鱠，園杏新薦酒。薰風樓館清，論文集佳友。所願成德藝，勿用矜富有。平康如可見，待時宜靜守。努力及壯年，脩名期不朽。乙未四月五日。

已上辭達集

癸卯閏三月十九日奉旨代祠寶公遇環中子於山中送余出寺余止之環中子曰不出圓悟關因續爲句

不出圓悟關，已入清淨境。長松閉虛巖，闃坐弔孤影。我行寶珠林，聞君萬緣屏。意將叩玄奧，未敢輒呼警。童子倚馬睡，侍卒息馳騁。飛亭攬空翠，木末潮萬頃。煢然忽我即，握手語高嶺。脱屣人世外，豁若春夢醒。遐霏棲沉寥，幽雲蔭蒼冷。萬葉發遠香，半天覺清迥。山水多勝事，興到暫同領。嘉君匪逃儒，默几聊習靜。形迹若異塗，一理内自省。樓閣起太空，先見常炯炯。沸海指龍濤，神光破溟涬。惜無浮生閑，共此白晝永。下堦踏重蘚，倚欄瞰方井。天地一逆旅，誰宜歎萍梗。送客臨虎溪，餘情詠佳景。何當從之遊，慰此心耿耿？

次韻劉彦炳典籤感秋七首

涼風肅庭户，愛此山氣幽。森然林間葉，倏爾水上浮。維天有四時，高爽莫若秋。中情苟恬晏，無勞慕丹丘。

我本隱逸人，手種籬菊黃。養真亦好道，忽已五十霜。夜涼不能寐，稽古燈在床。天明驅馬出，秋興滿江鄉。英雄逐秦鹿，諸兵日相侵。義師獨縞素，感動天下心。三傑功名顯，亞父終陸沉。時方求善策，不計陳平金。

孤桐倚絕壁，長養材質奇。截爲焦尾琴，奏成白雪辭。倘非爨下聲，知者復誰其？物固有佳遇，待時何足悲？

名爵得固易，設施爲甚難。房杜居黄閤，功業彌兩間。志士繹遺經，有得心自歡。一朝乘飛雲，龍鱗或能攀。

切直慕汲黯，孤忠憫湘纍。懷才若盡展，膏澤靡不滋。每思湯武興，能用伊呂爲。君子處心正，何嫌迹逶迤？

九月霜未降，青溪尚瀰漫。驚飆颯蒲柳，蒼桂秀團團。倚杖觀白雲，孤飛時往還。窮達聽天命，怡然絕憂歎。

次黄觀瀾韻二首

治古麟在郊，山氣結丹甑。淳風變禾黍，列國事吞併。秦隋雖富强，莫與仁義競。所以王者興，四海蘇久病。埋金地脉寬，遐壤悉退聽。大致文武才，總握造化柄。江漢日以清，嘉魚薦芳飣。邂逅有君子，知幾適天性。作室貴杞楠，炊黍資釜甑。雄才萃天策，六合遂兼併。古今一俛仰，維人信無競。勿言歲云邁，學老無疵病。高飛擇木棲，好音動清聽。右掖蒼柏陰，揮筆司文柄。時相最好賢，招邀共觴飣。偶幸接微吟，獨慚野夫性。

看松庵 此以下三詩爲章君三益賦

太古有積翠，怪虬託窟宅。皮鱗老閲歲，鬈髮硬如戟。爪擘層雲開，夜攫明月食。偃蹇天可依，忍冷冬不蟄。路絶人罕到，一士臥空壁。每從晨啓扉，終日對森碧。相看久無厭，稚子笑成癖。昔自初覽時，萬松皆歷歷。涼陰羃窗几，深黛滴巖石。無乃肉眼觀，玩物猶滯迹。邇來坐庵中，一松了無覿。不在形色求，能以神氣得。堅朴藏大用，後凋秉天德。幽懷與俱化，此境遂真適。好風忽相過，清音起寞寂。

煙雲萬頃亭

化工出奇變，誰哉執其樞？山川氣忽凝，渾渾一色敷。大海起雪濤，宛在平地鋪。煙耶果雲耶？脚底萬頃餘。漠漠混濃淡，悠悠忘卷舒。縹渺亘林野，奄忽彌八區。南北知幾阡，東西幾陌踰。諒無町畦隔，畝計安可拘。身登太素上，清曠聊自娱。但見三兩峰，頂露青芙蕖。泊然脱世氛，喜與此物俱。或言近靈湫，疑是龍所嘘。長飆生樹杪，天地廓如初。

唯天在上亭

一境懸太虚，雲木皆脱洒。去地隔幾塵，結亭稱吾雅。扶桑浴朝暾，每在几席下。仰視獨蒼穹，更無最高者。笑撫喬岳頂，渤澥一杯斝。飛猱不可越，無怪來者寡。自非毛骨爽，胡能此陶寫？我欲斠明河，清露濕九野。沉寥與之朋，白榆手可把。果能遂此懷，石榻問君假。

苦齋

嘗爲章君三益賦苦齋二律，意有未盡，再賦此詩。

染指求鼎羹，悦口嗜杯醑。滋味非不甘，過咎終自取。宴安懷酖毒，豫極萌變蠱。所以古聖賢，身勞心志苦。陶漁困山澤，胼胝平水土。先虞戒逸樂，東征弗寧處。嘗膽與粉參，含茹不可吐。炎汗務穡稼，飽暖免空窶。壯士不解甲，血戰拓疆宇。力學在辛勤，才識觀今古。譬如適遠國，歷險冒寒暑。客有居深山，卓行獨無侶。苦節勵志操，苦樂清肺腑。焦思廢寢食，堅忍能自許。旨美於此得，勿爲艱難沮。始信荼如飴，何殊雋膏乳？我生清苦多，薄命天賦予。耐守久自安，相顧樂無語。

已上知新近稿

偶述

粵兹古黄國，麟史昔見書。開郡領三邑，環境千里餘。淮漢錯犬牙，大江倚郭郛。亦有邾子城，近在東北隅。岡巒起千疊，蒼峭夾井廬。頗訝前朝意，乃視遐壤如。元之既謫守，子瞻亦謫居。竹樓冬聽雪，赤壁夜凴虚。適爲此地幸，因之作名區。至今江山間，光采被禽魚。我才愧慵陋，來寓情思舒。兵後撫瘡痍，野外墾荒蕪。努力礪名節，庶不負所需。

秦友諒元帥邀飲

戎帥忽踵門，拱手向我語。兒從金陵來，江舡載酒脯。請公飲一觴，陪坐無雜侶。但有守鎮官，新晴共雞黍。老夫慨然諾，策杖至其户。盤飧已羅列，爵行聞樂府。不意寂寞濱，乃有此樽俎。郡民方凋瘵，貧家受飢苦。安得皆醉飽，豐年歡屢舞。

服藥

服藥功亦奇，藉以益五臟。閲世五十三，頗覺元氣壯。鬚髮白數莖，黝者固無恙。先醫神聖流，遺言豈我誑？精神苟内守，血脉自和暢。厚本塞病源，邪沴不敢向。吾儒傳大方，又出醫家上。集義體自充，寡欲心不放。慎言節飲食，砭針戒流蕩。達則民瘼蘇，窮亦身粹盎。道德永昭垂，後天不凋喪。

新晴有感

今日復何日，見此天氣晴。上帝憫下土，欲遂苗稼生。民久苦陰晦，再遇白日明。愧我初守郡，惠政未能行。頗聞近年來，差繇事匪輕。三時勤農務，冬藏不滿籯。赤子空嗷嗷，使我淚如傾。仰視蒼空高，無雲蔽太清。吾當訴真宰，早致天下平。

見月

一月不見月，却在屋西頭。童子喜來報，還我故玉鈎。

楝葉

楝葉垂萬珠，碧重枝亦俯。驚問此何因，白晝霧如雨。

鋤草二首

鋤草力亦勞，根連土如鐵。草深固荒穢，還疑伏蛇蝎。
鋤草廢屋基，更剗故瓦屑。拾得古銅鈎，蒼翠不磨滅。

書事 三十韻

離家仲冬望，泝江至鄂渚。凄風裂重裘，大雪慘行旅。蹉跎歲華晏，洲邊感鸚鵡。今年春二月，璽書命守土。兩日抵黄州，又值連月雨。披榛古瓦場，誅茅創廨宇。四招復業民，瘡殘必摩撫。事簡雖得暇，懷國鬱心腑。夢登閤道上，隔水不得語。覺後山月西，孤影在荒堵。新晴雲霧捲，南方早炎暑。夏衣家未寄，晝汗生腹股。對客捫蝨談，癢多翻成苦。土無絺綌賣，亦有乏資與。空存麻城名，不見製白紵。赤日爍閭閻，卉服多困窶。一物差可意，美竹産村塢。削皮爲枕簞，纖巧類織組。涼光泛琉璃，病後難寢處。此身不足惜，所願六事舉。閔兹鋒燹餘，民命滿荆楚。可怪近日來，舡兵忽暴禦。快槳躐洪濤，劫貨殺物主。登岸拆郵亭，伏莽襲商賈。巴河遇三人，投之急流去。一人浮水還，赤體無寸縷。疆域幸開闢，道路乃齟齬。偶逢使者歸，封書聞政府。敢陳骨鯁言，天高聽常俯。蹤跡懸幽遠，庶效涓埃補。

飛蟻

巨蟻插兩翼，形與蜂蝱類。羣然穴我室，嚙肥若錐利。尋羶行案几，乘間穿衣袂。童子塞罅隙，又出屯滿地。有時忽飛揚，喧鬬争意氣。高或登棟梁，近或棲褥被。或落頭面上，或依墻壁萃。見者輒怒憎，予獨無害意。念其造物生，似知君臣義。但令掃常潔，迹遠自清致。

述椀

有客寄書來，遺我白瓷椀。古人勸加飱，感兹意何婉。旅舍乏此物，童僕欣滌澣。分送兩同僚，無則視爲罕。欲效銘盤盂，飯頃亦自勉。飲食勿過飽，注水戒盈滿。豈獨口腹計，去道庶不遠。

墻頭草

墻頭草三尺，俗稱野紅花。幹脆皆芒刺，葉亂多攲斜〔一〕。托根亦何危，疾風日相加。眼前愛瀟洒，苦被此物遮。一時芟夷盡，幽景即滿家。塵垢翳人首，誰能不梳爬？從是蘭在門，尚云鋤去佳。

【校勘記】

〔一〕「攲斜」，原作「歆斜」，據四庫本改。

蛇蜕

平生惡蛇虺，不欲見其形。長蜕忽掛墻，陰風動餘腥〔一〕。昆蟲乃有此，含毒性不靈。一蜕一長養，速刈積草青。蠶蜕繭盈箔，蟬蜕離汙濁。龍蜕氣乃神，陋爾留殘殼。螫手急解腕，爲害古來惡。劍斷炎漢興，笏擊中丞卓。深山大澤去，慎勿穴城郭〔二〕。

【校勘記】

〔一〕「腥」，原作「醒」，據四庫本改。

〔二〕「穴」，原作「冗」，據四庫本改。

苦疥

奔走二十年，一身事鞅掌。潔素無瘡痍，但覺肌膚長。自從去歲來，晝夜苦疥癢。爬搔血濡爪，手足生勞攘。纖虫穴皮内，蠹我恣所往〔一〕。恐是心火炎，精神減清爽。杯茶服苦參，效驗不可强。何況民痍多，元氣待培養。當使疾痛除，臨風動遐想。

【校勘記】

〔一〕「恣」，原作「咨」，據四庫本改。

酒

人以酒爲甘，我以酒爲苦。平時愛静重，醉後輕言語。容儀漸不莊，咳唾且頻吐。目花散萬蟻，細字卒難覩。事重忙亦輟，面赭羞自俯。大禹疏儀狄，阮籍儕惡侶。聖狂天壤殊，可以警千古。

寓意 四首

鴉 諷爲善也

世俗惡鴉鳴，每以爲不祥。或稱亦報吉，兩説皆渺芒。禍福人自致，物豈預度量。君子循善道，自然天降康。萬一遭不虞，有命莫可攘。小人悖理義，鬼神罰百殃。僥倖或安寧，氣數乖其常。泛觀未定天，倒置如未臧。事久天者定，曾何爽毫芒。飛鴉啓長喙，適意自徜徉。默坐澄萬慮，聒耳庸何傷？

蝎 惡讒也

昔年館北方，壁上蝎數箇。體圓尾螫人，肌膚慘如剉。今年黄州居，黑蟲几前墮。長股類螳螂，雙鈴恣掀簸。隸卒走擊死，我斥其太過。卒跪前致辭，敢達使君座。土人亦稱蠍，一囓皮肉破。朝痛抵暮夜，酷毒難坐卧。飲食不能飧，更長忍饑餓。急候雞一鳴，痛止人家賀。此物不可留，見之當擊挫。我聞如此語，咨嗟顧賓佐。讒口更傷人，古人遭速禍。

鱤 刺貪暴也

孟夏魚苗生，纖纖滿波内。一瓢數酌千，似有游泳態。江頭聚城市，買者動運載。歸家放池中，看養情必耐。每朝飼飯饘，至午投藻菜。長育日向深，洋洋可人愛。其中有鱤魚，恣意張巨喙。身長多氣力，來往食同隊。但見魚漸稀，將謂深潛晦。童子入水觀，唯有鱤魚在。養魚莫養鱤，湖池利俱廢。用將莫用貪，邊民生怨悔。雄威肆吞噬，繁刑更苛碎〔一〕。家家棄青苗，遥遥投北塞。國計果何如，令人發長嘅。

蟆　刺無益也

蝦蟆汝何物？形狀無可取。舞舌掠青虫，怒目腹如鼓。忽爾肆大姦，食月不肯吐。飽腸撐異物，廣寒清虚府。投劍上青冥，我怒且斬汝。奪取明月還，死骸投下土。杲杲太陽出，當午爆爲脯。制藥能療疳，功神小兒女。更有目上酥，解使瘡瘍愈。其物固可憎，其用或如許。却笑蚩蚩民，貌俗昧今古。在世一生長，酒食灌腸腑。視物有不如，終身竟何補？

【校勘記】

〔一〕「苛碎」，原作「可碎」，據四庫本改。

當門小山

山脚踏墻頭，全身盡呈露。殆類知己人，豁達吐心腑。秀色排闥入，意多默無語。晚來白霧起，對面不得覩。夜坐虚簷下，惆悵失佳侣。曉翠忽舒顔，爲爾早開户。

石砌方池

石砌小方池，四面皆一丈。僅同碧簟舒，未易測限量。地底泉脉通，江海發清漲。光涵浩浩天，星河漭搖蕩。譬如方寸間，瑩澈萬里暢。移牀狎清泚，宛在鑑湖上。

江色

竹屋晨啓闢，江色直飛入。空碧壓几案，陰陰四壁濕。玻瓈作天地，泠然手可挹。萬象隨升降，元氣動呼吸。臨岸步觀漲，石堦没千級。岷巴與湘漢，衆水大會集。合流東北去，海水亦起立。

龜頭山

我聞龜頭山，乃在麻城縣。東離八十里，高峻遠先見。伸顆向南行，欲矯仍俯顫〔一〕。巨吻谽谺張，穹脊坼紋現〔二〕。鋭峰尾突揚，垂隴足深淺。戴石被介甲，嘘雲零雨霰。彷彿洛書出，崒兀海鼇抃。緜延地一舍，巇嶮行不遍。形貌肖靈真，活動生孽變。不知在何時，傳自舊俗諺。竊食太倉米，官耗歲常洊。糞田東義州，豐肥最淮甸。天心惡饞暴，猛風激飛電。霹靂振頷下，鑿去唇一片。地靈鎖趺爪〔三〕，骨死永不轉。至今涎沫凝，石乳方氣扇。文皇避暑亭，過此暫留戀。試劍斬石裂，馬跡尚可辯。禪寺傍龜峰，兵火燬樓殿。羅漢遺脚蹤，錦綉生采絢。虎跑清泉湧，飛瀑日光炫。矮碧千年松，不盈一尺羡。石面開小蓮，或白或如茜。佳草解百毒，重樓裊金線。二級四樓垂，三級九絲練。雌雄駢發處，羣草停蔓莚。有蛇白花紋，剛尾插石健。直立長丈餘，吐氣毒熾煽。飛禽觸即僵，隨吸下供饍。又有鼈皮蛇，褊闊類街面。尾尖首如狗，吐絲草頭纏。人行犯其絲，逐啖恣所便。曾遇五獵犬，一犬被其噉。腹飽癡不動，四犬怒齩穿。野人舁入市，山海經未傳。白艾最可妙，土産入貢獻。低葉拂婆娑，大葉展葱蒨。草深妨長茂，薅蘱如治佃。端午官採刈，禳毒先祭墠。精製似純綿，𥑮疾勝瞑眩。一炷火力透，貫串速如箭。暖具作氊褥，裹膝療寒倦。僧名張化主，靈響起塔院。遂名佛道艾，且可充贈餞。此事得之誰，羅判吏陳憲。

【校勘記】

〔一〕「矯」，原作「橋」，據四庫本改。

〔二〕「紋」，原作「絞」，據四庫本改。

〔三〕「趺」，原作「跌」，據四庫本改。

晚涼

孤螢屢明滅〔一〕，長飆驅濕暑。幽枕擁虛窗，夜聽竹間雨。

【校勘記】

〔一〕「螢」，原作「瑩」，據四庫本改。

芒種前雨

兼旬天氣晴，磽确曝龜坼。山農欲移秧，三日沛甘澤。

黃老

神哉變化機，黃帝堯舜氏。垂衣民自化，制作初盛美。皇風與帝德，軒轅會終始。上衍羲農業，下肇唐虞理。斯文昌聖統，大法建人紀。末世怪誕流，放蕩言僻詭。膝行崆峒山，問道廣成子。鼎湖晝升天，冉冉乘龍起。羣臣攀鬚墮，抱弓葬冠履。乃爲方士祖，繼者獨聃耳。秦漢稱黃老，清静遂倣此。聖人亦人類，有生必有死。安得臂爲翰，腐尸青冥裏。宣尼贊周易，三聖同一軌。蹐老儕諸黃，無乃傷鄙俚。或云黃石公，倒置尤非是。嚮使鄒孟出，排闢豈得已？醫家祠有熊，貶與方伎齒。我久厭俗談，一刷萬古恥。

示後

教爾諸子孫，切勿慕富貴。方册與田園，功勤有滋味。

悼故妻喻氏

世治壽爲福，唯恐不百年。天下兵興時，病中福亦全。行年四十七，伏枕竟不痊。非夭亦非壽，正命賦自天。夙昔性婉娩，志操仍泠然。父兄富田宅，姑妹豐貨錢。嫁爲貧士妻，殆類少君賢。資送物固華，澹素乃所便。身不服錦綉，首不飾珠璿。心不好暇逸，口不嗜肥鮮。乃肅閨閫儀，恥爲粉黛妍。先母未五旬，性嚴常見憐。緝麻躬機杼，具膳進几筵。燈下勤補紉，宵晝分遑眠。籯空無私鏹，有即獻姑前。勸我廣儒業，日夕當乾乾。居内理家務，因得力學專。充貢赴南宮，點額辭幽燕。檄作書院長，金陵坐寒氊。爲我奉母來，承顔意彌虔。賓朋常滿堂，酒食羅俎籩。再調餘姚山，孤踪涉長川。在家能色養，母心免懸懸。江南開大閫，幕下叨備員。石城奏雄捷，銜命使淮堧。風塵塞道路，百里如數千。慈親念行子，加飡癘氣纏〔一〕。煢煢奉湯藥，深夜更煮饘。心勞不可救，慟絶鬱莫宣。慎終禮必誠，淺土封亦堅。庶冀良人歸，中心無悔愆。移家指鳳臺，華省初依蓮。臨行輟膏沐，其母問何緣。再拜懇致請，方今烽火連。郊野難安居，願隨母問遷。未能報劬勞，不忍更棄捐。母意似未俞，挽之强登船。其族後遭兵，母獨遐箅緜。送終畢大事，篤孝情勤拳。生長兩男兒，教以攻簡編。怠逸必切責，不爲私愛牽。日用有節制，時祀常潔蠲。忽我病二載，將謂難久延。何意壬寅冬，瞑目在我先。是時領公務，夜宿郭北田。意若待我別，氣息猶戀咽。達旦望不來，長逝魂翩翩。日午及到家，偃卧面覆綿。頭髮如漆黑，容色清娟娟。憑牀唤不醒，揮淚深徹淵。不得親永訣，衷腸疚如穿。慘慘夜無寐，鏡破安可圓。輔翣衛輴車，相送城南阡。身雖不及老，生來少憂煎。時危不識兵，歲飢不斷烟。禮義足自防，又合七誡篇。有子俱在侍，有孫可紹傳。生順死亦安，無憾入黄泉。姑孰小佳山，骸骨終當旋。同穴在異時，述此垂曾玄。

已上黄岡寓稿

【校勘記】

〔一〕「癘」，原作「鶑」，據四庫本改。

秋夜

秋分氣初爽，燈火新照夜。蟋蟀在我宇，鹿豕過簷下。商飆戛松竹，聲樂殷韶夏。旅人歎空室，聽此稍慰藉。四時寒暑代，秋凄殊可訝。山川變寂寥，草木動衰謝。況乃尚殊方，未得税星駕。自非疆寬夷，鬱結莫傾寫。命途有或然，意欲問造化。蒼然默無語，列緯芒彩射。漫漫未能旦，天地一邸舍。

病體

病體異疆年，微凉即斂簟。丹心雖故吾，奈此老冉冉。血氣盛必衰，節行寧或歉。愛彼古松柏，不事柔荏染。卒吏意未諳，笑視太清儉。舉按疏酒肴，汲井煮菱芡。持守固一定，所處隨夷險。思昔軍旅中，聯篇飛文檢。將相相後先，旍旗互明閃。萬馬被精鎧，獵車載驕獫。執弓陪射耦，發矢注剡剡。近歲違康寧，伏枕謝丹臉。矐闞漸可憎，眷顧難久忝。惜無智勇資，儁功奮光燄。又無康濟才，事業垂琬琰。恐與秋草零，行路得譏貶。尚覬素志豁，一勺助瀲灩。

夢覺

夢覺山雨來，萬點擊虛瓦。泠泠玉磬音，墮我羈枕下。回飆撼松濤，曲奏迭高雅。此身卧鈞天，傲睨洞庭野。造物慰孤寂，作意爲陶寫。殘夜破幽闃，心耳俱洒洒。清吟答洪調，勿謂和者寡。

桐城雜詠 四首

寂寂山之阿，佳菊發崖谷。人言采其英，延年且明目。紫蕭間雜生，脩莖密不曲。蔭此婆娑叢，見蕭不見菊。筮人求靈蓍，指蕭即其屬。刈爲五十籌，捧之進玄櫝。尊閣潔室中，焚香致恭肅。解韜左右分，假爾吉凶告。恐此或未神，掇取無乃速。金蕤豈不芳？一時意未欲。悠悠歲云暮，凌寒抱幽獨。

仁杏兩巨株，夾立門左右。栽植多歷年，幹直枝葉茂。兩淮兵禍烈，邑屋殘燬久。歲徵戰艦材，窮谷斧斤走。居然脱戕斃，疑有神明守。此來築室居，乃喜見駢秀。西株戈戟張，東株車蓋覆。又如衛士嚴，猛氣出介冑。主人愛護之，從此保真壽。物遇自有時，不必計遲驟。

晚窗坐未久，忽若松風鳴。問言何所鳴，答云澗水聲。我來已再旬，不聞此聲清。今夕特爾殊，潺湲復淙錚。豈非冬寒候，萬樹淒風生。飄蕩震原野，廛闠雜營營。羣響有時輟，原泉獨流行。晝夜無息機，天然發韶英。去爲江與河，洪濤播大瀛。因念古君子，名揚恥過情。美德有根本，廣譽久益榮。

舍北有廢園，灌木深且蕃。翦鑱忽明豁，有物峙草間。瓌頎似人立，乃是石假山。汲泉洗宿翳，三峰各蒼顔。亦鍾神秀資，似無斧鑿痕。此地山既多，層巒繚周垣。煙霏媚朝暮，晴雨皆可觀。云何昔人意，因假遂遺真。思欲廬峻頂，培塿悉下陳。泰華在我闥，浩與寥廓鄰。

已上鶴沙小記

陶學士先生文集卷之二

七言古詩

送易知事 并引

易彦昭，南陽人，蚤游京師，試太常掾，遷長秋，陞太平路知事。位在郡幕亞，總六曹之綱，贊一府之治，任亦重矣。其性情寬和，不爲峭絶之行，不取皎卓之譽。法行而政舉，郡府賴之。閲三載，代者至，爲詩以志别焉。詩曰：

青山之陰江之濱，郡城晏然民俗淳。使符煌煌來貴臣，幕府贊畫多佳賓。君兮冰雪爲精神，中原人物何彬彬。卧龍岡頭月如銀，清氣鬱蟠鍾在人。壯游燕畿登要津，聲光上徹天之宸。宗祧禮制得具陳，長秋佐政功不湮。恩袍緑映宫柳春，袖中敕旨如絲綸。上承侯伯諧同寅，所喜境内無譁嚚。清風吹遠案牘塵，芙蓉香冷波粼粼。水天紅光日吐晨，乘馬上府參朱輪。繭絲歲賦五百鈞，十四萬石米滿囷。省命督集毋擾民，屢嘉勞績超等倫。溪樓峰巒連翠旻，風烟侑此杯中醇。歡騰棣蕚榮蓁蓁，笑看佳兒雙玉麟。忽聞書考去志伸，棗陽別野毋逡巡。願言壽分堂上親，願言顯要早置身，綵衣輝映金魚新。

送夏弘叔 并序

入粟拜爵之令，始於秦而盛於漢、唐，權宜應變，以佐國用，間有異才出乎其中。若張釋之、卜式、黄霸皆以資登郎選。晁錯有言：「爵者上之所擅，出於口而無窮；粟者民之所種，生於地而不乏。」其意有由然矣。至正甲申，中原饑饉，天子恤民阻饑，賑以府廩全積，循漢、唐舊，以爵募粟。由是夏弘叔任巡檢於草市。弘叔雖長富室，自處欿然，其父質夫，延師家塾以教之，遂涉經傳，屬文哦詩，精琴操，良於翰札焉。草市隸今天臨路，志稱其地有舜遺風，人多純朴，王黄州碑謂瀟湘爲洙泗，荆湖爲鄒魯。弘叔巡警兹土，保安居民，清肅闔境，乃其所能。今將泝江流，浮洞庭，南抵於湘潭，瞻衡嶽，望五嶺，以攄其文氣，以耀其武備，有日矣。其鄉儒師林達之、錢彦良造予門，持縑軸求文爲贈，遂述其事，系詩於左云：

洞庭之南雲陽墟，祝融靈峰照天衢。青衫萬里游炎都，戎韜小試羅兵殳。草市聚落鱗瓦鋪，駭此警邏來文儒。當塗名家千里駒，椿陰如雲庭屨趨。毫端春葩五采敷，光掩金壁珊瑚珠〔一〕。宅鄰横望高鬱紆，三十六朶青芙蕖。幡然應詔發廪儲，穰穰白粲連檣輸。羸民含哺旋昭蘇，敕書褒寵金章朱。碧湘秋澄冰玉壺，宦途南逐鴻飛迂。花村月夜驚吠無，笳鼓聲起姦攘逋。仰瞻玉帳金虎符，繡斧飛霜悲兔狐。塵閑官舍窗日晡，嶽雲紺翠烟糢糊。長沙酒香呼木奴，醉眠琴榻紅氍毹。載雲旗兮飆控車，蘭殽桂醑招三閭。咸池音杳龍尾徂，湘妃鼓瑟懷蒼梧。客鄉哦詩不可辜，寫入瀟湘八景圖。

【校勘記】

〔一〕「金壁」，類鈔本同，四庫本作「金璧」。

送秦君用 并序

秦爲當塗著姓，豐裕累世。君用祖若父皆敦良確慎，氣無驕盈，習無縱逸，可謂富而仁者也。君用得繼承之道，家法尚儉，於周卹困餒無靳焉。乃歲當閔逢涒灘，齊、魯、燕、晉饑，朝廷遣使分道賑民，聽入粟者拜官。君用遂發儲積，方舟以載，浮于江，達于淮，選部注寶慶路新化縣蘇溪巡檢。君用赴官而南，其地隔大湖，邈在邊徼，雜夷粤之俗。然閭居族聚、火耕水耨者，皆國之赤子。樂生惡死，性所同也。攘竊弗寧，豈其心哉？由綏之寡術，導之不素，衣食匱而禮教無聞，幾何其不相胥而犯法也。雖嚴於事〔一〕，果足以盡禦暴之方乎？余嘉君用應詔不違，敬也；施惠於遠，義也；仕而效勤，忠也。既富而仁，其善又如是，宜有以華其行，故作詩以送之。詩曰：

萬山丹翠浮楚天，熊蹲龍奔隱雲烟。長沙零陵相後先，一水走碧雄濆川。地磽黍稷麻麥田，瘴不爲癘暑不煎。蘇溪僻境民受廛，蜂屯魚貫紛牽連。草荒公廨屋數椽，鼓角聲撼天南邊。秦君下馬藍袂鮮，官閑晝永如神仙。令嚴兵伍采棒懸，平蕪月白犬熟眠。出自富家真象賢，寶視經書唾視錢。平生周急心所便，況乃募粟綸音宣。堯湯曾遇水旱愆，從古有饑無此年。聞之殊覺心惻然，我發我庾實且堅。瓊粻滿載江上船，順流不日經淮堧。鵠形久病成尪痊，報以美秩天官銓。御煤香濕黃錦牋，手彈冠塵理腰纏。春風溪亭飛柳綿，銀箏侑酒喧離筵。帆開水驛弓控弦，洞庭浪噴蛟魚涎。巍峰隱隱飛雁旋，岸口迓卒森戈鋋。峒猺怗伏無警傳，滿簾日色薰蘭荃。公田飯飽跨錦韉，入城爲訪濂溪泉。

【校勘記】

〔一〕「事」，四庫本同，類鈔本作「武事」。

菊泉 并序

菊能輔體延齡，根莖花葉皆可服。或曰：「南陽酈縣有甘谷，菊生被崖，大菊落水，得其滋液，泉爲甘馨，谷人飲而上壽。」辨者曰：「諸花之根，唯菊淺露，水源既遠，香豈由菊？設使以花得香，不過秋冬之交爾。夫水甘淡鹹苦，各因其源，安知無菊味者？故酈泉之芳，匪因菊變。」予嘗折衷其事，以謂地産宜菊，則精英之氣流通土脉，與水相感。古法：季月採以上寅，春曰玉英，夏曰容成，秋曰金精，冬曰長生，是精英之氣無間於四時。若大菊落水與辨者之説，或未然也。番昜黄德輔業醫，號曰菊泉，訪余求詩，余亦感其善療，賦詩寓意，以菊泉之德歸之，不專美於物焉。詩曰：

中央氣和連混茫，金精共錬秋花黄。靈根綿絡澗谷旁，真英聚入幽泉香。山中百卉不敢芳，日華月魄涵銀潢。冷然入勺風露涼，乾坤甘滋流肺腸。山人童顔壽且康，七十八十猶云殤。番峰老叟醫師良，何曾足跡游南陽？情甘隱逸與世忘，澹然迹疏紅紫場。心淵澄瑩波不揚，濯纓不必求滄浪。舊家留得軒岐方，刀圭奇驗清膏肓。發開千古金匱藏，丹蟠龍鼎芙蓉光。垂亡者存弱者强，惠澤及物何可量？此菊生意盈藥囊，此泉味比醍醐長。所願仁壽均八荒，隘彼酈潭居一鄉。飄飄霞佩雲錦裳，攜兒過我登溪堂。是時東籬天雨霜，寒蕤照水金煇煌。授我寶訣期榮昌，神舍内完絶外戕。身輕儻可八翼翔，蓬萊弱水天風剛。

李氏孝義 并序

甚矣，天道付畀之重，不可失也。秉彝義理之良心，萬善從出，人具有之。良心之存，莫大於仁也；良心之發，莫切於親也。人以眇然之躬，配天地三才，而異於物者，此也。予雖不識李良夫，聞其孝篤於親，義周於族，推其仁而有序。其母宫氏令德貞節，類古烈女。良夫幼失父，長而造行不羣，母訓有素也。予念夫孝義之實根於良心也，孝義之名足以勵俗也，故樂道其事。傳曰：「仁者必有後。」尚絅果以文學顯，天將豐報於後人尚源源也。嗚呼懿哉！乃作詩曰：

魯之爲國多秀民，禮教遺俗醇乎醇。中有孝子全性真，務學唯先厚天倫。骨肉之愛始自親〔一〕，厚義能施睦宗姻。母氏派出虞公臣，秉節操心異乎人。夫也竟終閫幕賓，江東客途孤愴神。歸家奉舅顔和誾，舅兮不知兒隕身。不將臉照桃花春，柏舟爲誓甘苦辛。燈窗課讀勤績紉，漸見四子英甡甡。重闈鶴髪餘九旬，孫枝滿眼皆儒珍。盈門弦誦延縉紳，簦笈遠至咸循循。表厥宅里墨牓新。光映岱嶽黄河津，良也孝義蓋有因。積善有報禎祥頻。後賢思齊世蹈仁，河嶽久長能與鈞。

【校勘記】

〔一〕「始」，原作「姑」，據四庫本、類鈔本改。

徒氏世德 并引

徒氏出自姑孰，徙居溧上〔一〕，三世矣。仲清通國字音聲，爲姑孰學録，館穀于其從祖家。予嘗識仲清之父彥和及其兄伯淵，今見行卷諸作，則知徒在溧者多文士。予視之尚鄉鄰也。爲述世德詩，竊取比而賦之義爾。

青山昔年有鳳凰，移巢中山瓊樹蒼。鳳凰凌雲去渺茫，鵷鷟遺族皆文章。金玉爲羽錦繡腸，渴飲河漢吞奎光。中有一雛在高岡，衆目争光覩嘉祥。嗈嗈幾聽鳴朝陽，音如重譯流宫商。出林沐浴雨露香，思欲聞韶舞巖廊。振翮一飛回故鄉，翩然照影姑溪旁。一朝瑞采生我堂，驚看異物來何方？撫此靈質詢其詳，乃匪物也人之良。手探詩軸出錦囊，始見一家文氣昌。叔姪昆弟翰墨場，鯨鳴玉奏聲鏗鏘。

我聞君家世德臧，天降百福紛穰穰。若祖從吏筆飛霜，狴犴生死分毫芒。彼何人斯怙富强，虎吞無辜如犬羊。父子誣服情可傷，獄成忍使膏銛鋩。獨以智識燭姦猖，確言當庭折巧簧。暮夜萬緡投賄贓，厲聲正色麾門墻。渠魁首實無遁藏，一鞠服罪甘斧戕。官民共喜冤疑彰，不矜不伐如尋常。野服歸隱享壽康，無心雲路騰飛黄。階除繽紛五色裳，玉樹競秀芝蘭芳。我識彦和温且莊，伯淵積學真賢郎。仲清篴羽鵷鷺行，欲見其餘猶未嘗。溪窗烟月琴在牀，寶坊教席松風涼。客來烹茶當酒腸，甑炊紅粟虀爲漿。鳳兮鳳兮千仞翔，覽德而下情悠長。聽歌此詩非楚狂，飛上太清朝玉皇。

【校勘記】

〔一〕「溧」，原作「漂」，據四庫本、類鈔本改。下文同。

廣陵楊節婦

堂上舅姑嗟老苦，膝下兒啼未能語。孤鸞何心鏡中舞，緑鬢年才二十五。甘旨供餘勤鞠撫，舅姑歡顔兒飽乳。誓有一心無二主，本欲同歸九原土。手抛粉黛獨紉組，燈照空幃淚如雨。嫠居守義能自許，觸目艱難不憂沮。夫天寥闊幾寒暑，兒有文章輝藻黼。竹西綺羅炫旁午，翠箔朱簾鬬嬌嫵。五方雜俗日殊古，貞烈無聞世何補。斯人秉德天賦與，乃以三從鐫肺腑。春官旌名真盛舉，共看光采生門户。丈夫明理蹈規矩，鬚眉蒼蒼本翹楚。爲臣不幸遭險阻，忠國立身當審處。爵禄才猷輕一羽，大節或虧何足取？嗚呼大節或虧何足取，不及閨中賢婦女。

題柳如庵小影

當塗之黄池人，宋神醫也，有可用方行於世。

如庵神醫妙天下，後來安有如翁者。我恨生晚不識翁，形神已落丹青寫。漆瞳雙炯雪髯疏，豐頷童顔意瀟洒。丹臺玉室本仙流，藥聖驚人自天假。宛陵翁季人中龍，相見情懷即傾瀉。家藏醫書千種餘，奇論名方歸取舍。宛陵乃吴正肅公，其二子履齋、退庵，家藏醫書甚多，如庵因得遍閲。硝黄用少參苓多，指點孫韋聞見寡。烏紗籠髮青霞衣，何心朝服金犀銙。蹇驢緩策引新駒，何心雲路如龍馬。舉頭自有天爲鄰，富貴於吾猶土苴。一笻一笠相隨處，入眼溪山總幽雅。僕夫喜色望歸塗，落日池濱烟萬瓦。黄池，一名池濱。六丁下取可用方，造化茫茫入吾把。三彭剿除清不寐，霜杵聲中剔紅炧。丹砂鍊養豔金花，玉露精英挹瓊斝。高情追逐羲皇人，豈特餘功及尻踝？還君此圖三嘆息，兩袖天風颯秋野。

陶培之中堂試詩送其歸

硯池斗墨飛雲煙，樓前迅灑春容篇。主司撫卷賞才美，况乃奧學窮先天。江蛾雲際䵣黯然，忽看翠展雙嬋娟。川靈錯愕感齒録，詞情飄逸如謫仙。天上文光現斗躔，旗鈴佳信人間傳。便當秋香分老桂，瑶臺玉宇飛翩翩。大府侯伯争下賢，酌酒賓墀豐俎籩。簪花小作杏園宴，贈以文錦榮歸旋。雨冷湖軒夜如年，聖賢心法宜精研。少年高科古所戒，勿爲利禄情拳拳。

送文元粲游學杭城

錢塘繁華甲天下，雨霽湖山翠如畫。朱樓人醉綺羅春，緗帙誰諳燈火夜。一時見君真拔俗，千里尋師遥税駕。生長富貴厭膏粱，雋嚼經書如膾炙。采鳳鳴陽出丹穴，蒼隼凌秋飛太華。柏垣繡斧風烈存，椿府屏車光寵亞。名賢奕世妙有傳，赤箭南金貴無價。閉門功比螢雪勤，入室氣與芝蘭化。自喜高懷孤月朗，頗厭辯口懸河瀉。詞林驚見爛春葩，聖田待穫豐秋稼。寸心莫逐汗漫場，萬里當會神明舍。

客中昆弟共綢繆，歲杪杯盤聊慰藉。胥濤海口撼風霆，吴阜城心起臺榭。蓮衣紅映歌艇筵，柳絲青拂鈿車帕。遽令此志生蠱惑，何異無知歸罟獲？直須意氣慎交遊，而況習俗多浮詐。策勳行矣當盛年，展卷浪然了清暇。詔書今日科制復，文星徹曉光芒射。相期才器擢明廷，早植棟梁成大廈。春風吹上杏花枝，天衢飛鞚青雲靶。

經歷張景中泮橋觀蓮索賦

幕中自有紅蓮香，愛蓮還復臨泮庠。石梁卧波虹影蒼，水花晚色留繩床。掀髯笑語雲錦鄉，對此不覺炎歊忘〔一〕。誰言姿容如六郎，安知君子之德芳。紅者不妖羞倩妝，白者冰玉生輝光。緑雲爲蓋霞爲裳，亭亭何畏乎驕陽。夢魂不落繁華場，若耶游棹西湖觴。玻瓈在處碧滿塘，何爲獨愛依宫墻？願逢知己爲發揚，便欲乘風歸帝傍。先生才猷贊黄堂，有如千頃陂汪汪。心通幹直意緒長，案塵不染清如霜。蓮之净植可比方，倚欄駐目聊徜徉。話中題品衆美彰，無爲心苦緑玉房。藻芹助喜翠欲翔，菁莪樂育仍相望。清芬送客將昏黄，秋隨短袂天風凉。

【校勘記】

〔一〕「炎歊」，原作「炎敲」，據四庫本、類鈔本改。

贈趙道昭

十五載前曾識君，壯哉詞氣凌青雲。十五載後復相見，頓覽中年鬚髮變。人生嘉會苦不多，江海茫茫奈别何。清宵懷人耿予獨，目送老月飛銀河。東風鼓棹姑溪上，乘興敲門一相訪。奇言縷縷驚座人，包括周天衆星象。知音者稀誰與論？倦持寶瑟立齊門。幾見杏桃紅雨落，歲寒梅雪又黄昏。天借片時談笑共，追憶從前恍如夢。雁聲落枕促登途，驄毯衝曉霜花重。我别中山不記年，爲我訪問藍橋泉。一朝當路有知者，相見恨晚毋歸田。

吏者于姓考滿贈

隆古治具在典墳，申韓刑名漲妖氛。漢章唐律有定制，斷以明決輕重分。云何吏曹昧大體，往往刀筆煩其文。世道日降事貪刻，天性敦厚頗見君。高門陰德有餘慶，子孫愈遠揚清芬。當今簿書出身者，置之要路隆爵勳。況子才氣能出羣，得禄可不煩耕耘。明時需才意甚勤，誰甘白屋老無聞。乍看奇驥騰青雲，且聞瑞鳳鳴朝昕。金陵郡府隸臺閣，蒼柏霜雪寒雰雰。從容幕下出片語，案牘叢中能解紛。鄱山迎客翠蛟舞，金芝佳氣蒸氤氲。錦袍詩仙招遠遊，荒城烟雨江之濆。朱門棨戟牧守貴，笑撫白壁生餘欣。客窗雞聲梅月曙，官庭燕語槐風薰。幾多勞事笑談了，羣工斂手觀郢斤。歲月苒苒憶桑枌，回視舊穴喧飛蚊。方知宦海渺無垠，驛亭別酒成微醺。

送劉生仲孚

當門一帶溪流奔，左爲青山右天門。蒼林隔市祕亭館，滿天清氣胸平吞。牙籤鱗動書萬軸，古鼎香烟晝凝馥。父子兄弟自師友，天倫至樂其家獨。世路黄塵飛不到，理窟游心在深造。雲間桑梓隔重湖，艇子如飛波浩浩。劉生有三兄，皆好學能文，侍親居姑孰，本溧水人。

至正戊子下第南歸與同貢黄章仲珍雷燧景陽同舟仲珍賦詩因走筆次韻

鳳城酒美燕姬歌，禁花紅飄金水河。雨香翠島春晝暖，魚龍陸海揚風波。天門咫尺到不得，奈此飆摧雲翼何。時乎未至應有待，壯年不必傷蹉跎。君看松柏成大材，歷歲雪霜誰見過？拂衣南出指歸路，回首京闕山嵯峨。日高原頭紅霧散，潮平沽口青銅磨。牽船泝流狂吹逆，登車避鬧飛塵多。黄樓憑河遠眺望，身如冥鴻超網羅。客途笑語浣羈思，詞鋒捷出如揮戈。天生人才必用世，豈無文藻宣金科？鸞臺鳳閣總華要，不然玉署聯鳴珂。丈夫小挫未爲辱，正氣耿耿非有它。匣中古硯助神變，銅蟾飽水手屢摩。隨身亦有勳業鏡，依然照我顔色酡。與君今日動高興，買酒共酌澆天和。

途中懷古述事再用前韻

大風掃空垓下歌，昔年分争纔隔河。鴻門酒酣赤帝子，回首四海流恩波。臺荒戲馬春草緑，美人一去傷如何。匹夫豈是萬人敵？事業不競空蹉跎。山川靈傑千古在，石洪奇險勞經過。半天危樓兩蘇迹，蒼烟粉堞猶巍峨。輕舟卸帆傍堤泊，老劍出匣臨流磨。長篙蘸碧接淮浦，驚喜江南鄉景多。杯餘吟嘯無旅況，筆戲萬象光森羅。英雄過眼俱寂寞，幸際斯世休干戈。同行佳友得豪儁，俯視餘子當殊科。咳唾隨風粲珠玉，冠蓋有日鏘環珂。立身志節當自許，紛紛富貴皆從它。譬如野鶴匪凡鳥，翅輪入雲高戛摩。喜君氣岸亦孤峻，厭見小妾桃顔酡。我歸拜舞爲親壽，萱花香裏春暉和。

五月旦日與黄仲珍雷景陽酌於維揚抵暮出城曉至瓜洲有懷同貢金景蘭姚仲誠周于一林元凱相約不至更次韻爲別以寄拳拳之餘意〔一〕

蕩舟竹西聞好歌，飄如仙槎泛銀河。青樓傍市捲朱箔，舞裙緑皺如春波。香消紅藥采鸞去，其如青鏡寂寞何。金盤露清筍牙白，小住半日非蹉跎。雪乳泉甘醒午醉，瓊花霧散與客過。吹簫玉人杳然逝，橋亭拂柳空峨峨。櫓聲帶晚出城去，初月光吐新鎌磨。梅天雨歇黄潦漲，瓜洲渡近青山多。我懷初歸有髦士，金姚學富精蒐羅。閩南周林師友盛，未見入室操吾戈。賦妙能追司馬聖，策高反黜劉蕡科。荆門有約久未至，回望不見玲瓏珂。黄君雷君吟嘯共，瀟然行李餘無它。客途分襟心暫苦，詞場秉筆肩還摩。江流如黛送孤棹，離觴不辭顔易酡。佳哉璞玉當見遇，肯使抱恨同卞和。

【校勘記】

〔一〕「維揚」，原作「惟揚」，類鈔本同，據四庫本改。

送石仲方詩 并序

昪秦淮之南，有庠舍突然新麗者，江東書院也。郡書院四，曰明道、南軒、昭文，皆先賢遺迹。或老屋腐垣，勞於補葺；或基構庳隘，與編户等；或貧無歲入，乏祭養之資。獨江東後興，棟宇堅完，丹堊炳炫，崇嚴靚深，不勞於補葺，而無庳隘之嫌。貫粟出納，豐儉適宜，祭養有給，是乃郡士仁齋王君之創造，而草廬吴先生之所規制也。始長教者四明程氏敬叔，以考亭讀書法啓誨後覺，文風大振。近歲石仲方來長教事，恪恭厥職，剛介不阿，優禮賓師，招徠弟子員，析理厚倫，建櫺星門，甃石購材，華質得宜，宫墻改觀，過者見而生敬矣。

程氏去官二十餘年，獨見石君如此。初，君諭晉陵，創造廟學，糾録京口泮宫，代庖學事，復没産數千畝。今江東考滿，將典郡教，益當弘敷聖謨，鍾鳴鐸徇，轟聵警迷，其功必有過於斯矣。告别歸毘陵，遂酌之酒而爲之歌曰：

延陵季子之舊邦，林麓秀鬱泉流淙。文物萃美如瑶玒，隱居未許慕老龐。涵潛理海心在腔，書帷永夜挑燈釭。去家不遠觀大江，江邊龍虎盤洪厖。秦淮抱城駕石矼，精舍丹碧臨奔瀧。莫言無筆長如杠，文詞力健鼎可扛。論堂考鼓醒愚戇，法言浪浪金石摐。上窺鄒魯驅雜哤，異學不敢操戈鏦。子衿環拱心自降，取友必端戒羿逢。飛觴談笑月在窗，川后屏息無瀧瀧。榻前松竹翠羽幢，雪點吟鬢秋蓬雙。泝河北豸府薦譽聲如撞，酌别纜繫堤柳椿。俸米載歸紅滿缸，迎門喜動花陰尨。上乘艂艭，天街雪晴馳駿駹。

題張源相辛巳試院唱和詩卷 其年源相爲對讀官

仙凡相去咫尺間，弱水隔斷蓬萊山。鵠袍星散夜色皎，寒隨天風生佩環。簾動波紋燭影閑，寶兔噴落紅霞斑。三場校對時有暇，咳唾珠玉遺人寰。我賦浙江徒手還，丹桂可望不可攀。後來戰藝始得儁，南宮轉覺功名慳。大省銓衡新檄頒，金陵邂逅生歡顔。得錢沽酒慰岑寂，時出險句驚神姦。袖攜衆作無可删，故人各已登朝班。見君此卷動餘興，行間臚唱開天關。

送徒伯淵

城心官帑楮代錢，聚於山積流於泉。納舊出新日萬千，市人四合争欲先。中山才子吏律研，邇來莞庫廉而虔。意氣能與長貳聯，太史平準操微權。寶貨滿眼衆所便，衆是凡夫君是仙。坐令美利散列廛，民得資財俱懋遷。飛塵障紅炎日煎，紵袍雪色風翩翩。斯人本爲儒者賢，舊家出自姑溪邊。祖有陰德冤獄湔，子孫三世居溧川。過庭能以詩禮傳，出有車馬食有田。族中文物紛蟬嫣，橋陰滿屋塤篪宣。淵兮吟詠三百篇，青春舉筆生雲烟。往歲過我圭篳前，斂襟拱袖忙投鞭。示我以文長滿牋，粲然藍玉淮夷蠙。齋窗清話共俎籩，論情繾綣久乃旋。别來荏苒知幾年，忽然邂逅錢塘堧。我時南游北赴燕，子方戰藝雄戈鋋。大江潮頭高沃天，捲簾樓望吴兒猨。柳陰涼浮茉莉筵，東陽官酒西湖蓮。六橋雨霽山蜿蜒，銀蟾照影秋娟娟。人生離合亦可憐，回首異路心茫然。蹇余萬里行役牽，意掇科名蟻慕羶。

陸走齊魯諸山巔，冰雪積冷砭重綿。都城宫闕雲霄連，兩見黄牓光魁躔。春風三月紅杏妍，金門咫尺登無緣。歸來空室如磬懸，索居懷友情拳拳。三湖東隔漲碧漣，五鳳樓閣凌虚玄。幾欲夜棹訪戴船，擕家就禄依寒氈。金陵聚首喜欲顛，惠我畫扇漢隸鐫。始知從吏抛槧鉛，捧檄正爲雙親全。故山在望歸興遄，墻角短檠毋棄捐。丈夫有志鐵硯穿，未可斲方皆就圓。聖經萬古日月懸，妙道浩浩何淵淵。經濟功用彌八埏，學之有要業必專。窮達用舍所守堅，不曰富貴浮雲然。

送易德輝

金鴉噴火炎塵紅，晝長兀居圖史叢。有客過我如清風，忽驚秋涼生坐中。詞瀾分得西江雄，少年旅游江以東。鋏歌聲斷囊未空，自喜知己多名公。吟邊點染物態工，鳳臺烟雨山涳濛。緑鬢曉映青鏡銅，出門路與雲海通。翩然野鶴超樊籠，便欲獻策明光宫。夜夢慈親淚兩瞳。更有祖庭垂白翁，迢迢千里心有忡。寄書不見南飛鴻，林皋一葉飄梧桐。飛雲在眼催歸篷，到家問安滫瀡充。重整香芸辟蠹蟲，翠筠繞屋聲玲瓏。直節珍材無與同，截玉土獻妙有功。協律不下嶰谷筩，一吹瑞鳳降碧穹。再吹三吹和氣融，四吹五吹年穀豐。六吹成奏帝德崇，終于九奏四海唐虞隆。

送張學正 并序

國初徵用儒雅，在位者舉其所知，故起自草澤，拔居侍從，林立相望，共建太平之基。逮元貞、大德間，布衣被薦猶得登翰監，司儒臺，典郡教。厥後限以資格，受命者寡，然四海髦俊雲翕闕下，思效能于時者益衆。或遇舉主，則又板學官於行省，亦可小試其才矣。漢留侯苗裔曰源相者，居信之龍虎山，嘗觀光京師，其所交游多大官名人。言路條其行能，交薦于臺，事聞，中書傳檄江浙行省，署爲學官。歷台州、奉化學正，調金陵。源相盡董正之責，其德剛而方，其儀肅而安，諸生望輒畏敬。月有書，季有考，凡廟祀之脩、庖饍之供，與有力焉。至於挺身特立，抗論公道，不爲物所撓，不爲勢所愓，尤人難能。今考滿矣，使其在國初或元貞、大德時，則受薦不止爲卑官，必能接武諸賢，吾不得而高下之也。於是賦詩爲别。其詩曰：

天星執法環太微，選仙上界霜牋飛。先生面帶虬虎威，五色文談騰燕畿。使過先朝名必輝〔一〕，共佐鴻業高巍巍。旅游經年塵滿鞿〔二〕，輦路遥望交龍旂。固宜從橐趨彤扉，不然玉堂依紫薇。白雲飄翩傷遠違，捧檄又作江南歸。霞城凌空堆紺緋，當窗芹浪香菲菲。秋宵官燭照棘圍，對讀詞義無訛非。甬東學舍垂絳幃，誦絃成風人具依。貳教昇泮忘輕肥，館下弟子英而頎。酒邊掀髯筆屢揮，爛如銀河雲錦機。屋頭鍾山鬱烟霏，疏櫺月色窺金徽。功勤頻絶竹簡韋，坐令秦淮如泗沂。柏垣羣公鷹隼翬，謂此美績前所稀。卷中試藝觀珠璣，一朝話别生歔欷。自憐寸草承春暉，有禄及養猶庶幾。還家未容隱釣磯，騂騮雲路行騑騑。歷身顯秩榮親闈，秉璋更舞煸爛衣。

【校勘記】

〔一〕「過」，四庫本同，類鈔本作「遇」。

〔二〕「鞿」，四庫本同，類鈔本作「韈」。

齊山吟

按，齊山在衢之開化，先生斯時尚留徐氏家也。

徐卿結屋齊山陰，邀我爲作齊山吟。浙江以東古甌越，諸郡環境山嶔崟。三衢峰巒甚巍麗，旁走石麓猶千尋。虬昂虎矯蒼骨老，奔若馬騰飛若禽。山多草木蟲獸品，亦有玉札丹砂金。松根苓光凝琥珀，叢間童影潛人參。霞屏烟藪有仙隱，蓬扉楮牖無塵侵。繞庭清泉助湯液，當簷脩竹鏘球琳。青龍甲乙書滿案，山人長存濟世心。力扶衰朽除夭閼，藥籠生意春森森。齊山之土能活物，齊山之雲能作霖。先生之德與山等，名曰齊山人所欽。白鶴相招來翠岑，似憐晦迹眠空林。天風吹起檀袍襟，幾車聲譽聞當今。雲端孤飛靈鳳翼，枕上猶帶清猿音。六朝故都佳麗地，騎馬踏遍秦淮潯。官舍蕭閑杯酒斟，卷有新詩匣有琴。囊探神劑奏工巧，指按病脉詳浮沉。鐵冠相逢禮貌厚，民仰司命情俱深。時乎醫國當有待，功名從此來駸駸。齊山之吟雖止此，此言非子其誰任？

送庸田僉事

庸田使者乘軺車，閱得太史河渠書。姚江農民西引領，庶幾來此吾其蘇。傷心今歲夏秋月，甘雨不降禾苗枯。海潮東回救不得，老稚無異涸轍魚。曩從官軍過州境，編户奔走頻供需。計畝斂錢築城去，役繁未見民力紓。正逢稔歲亦饑餒，遭此乾暵窘室廬。往年有詔甚寬厚，恩澤至今流海隅。既蠲湖田主户米，亦減水深長蕩租。皇華光臨浙江左，忍視瘡痏無完膚。曉霜方寒問道路，冬雨未霽行泥塗。我願歲豐水旱無，公賦早輸私有儲。國家富足民歡娱，且免使者勤馳驅。

次董參政送楊季常詩韻

總戎戡定稱雄豪，帳下有客如枚皋。筆端霜氣塞關口，貔貅萬隊無譁囂。山環壁壘擁節旄，民亦捍敵持弓刀。平生意氣感知己，國步如此憂叨叨。宰臣動喜片語褒，兩眼如月鑒履操。燒原難留狡兔穴，海濤不撼游龍艘。人主當念閫外勞，不獨相業歸蕭曹。時平班師拜闕下，遥睇虎豹天何高。

題鸂鶒竹雀萱塘圖 爲姚江王國臣作

珍禽文采明金沙，相顧似憐毛羽嘉。託鄰喜傍君子竹，忘憂更有宜男花。良工筆意何處好，林雀哺雛心使飽。北堂留得此圖看，依舊春暉照幽草。

次韻畫松二首 爲監郡大本賦

鐵幹宛如韋偃筆，誤令工匠施刀尺。陰森黛色千古深，髣髴霜痕半天濕。猿鶴清音恍在庭，龍虎白骨堅如石。從知能事不易成，畫水猶云日踰十。杜詩「十日畫一水，五日畫一石，能事不受相促迫」。

蒼標當入凌烟筆，相去青天不盈尺。獨持勁節冬雪寒，長帶恩光朝露濕。迴枝忽變老蛟形，託根不向懸崖石。按圖必求如此材，待構明堂價增十。

已上辭達集

壽詩

月當秋九屬陽數，二九佳辰值初度。乾龍神變出長淮，五岳生雲共環護。海門躍起雷滿天，大魚長蛟相後先。曉江浪闊一飛渡，甘雨灑向東南邊。鍾山亦有龍蟠勢，帝命控臨佳麗地。滔滔江漢作藩維，吴楚諸峰挹蒼翠。武臣拓境持節鉞，文士經邦佐功烈。膝前羅拜豈尋常？顆顆驪珠是明月。重九節後再逢九，氣聚九陽開九有。老人星現酌北斗，遥對中營獻天酒。曾聞大椿奇論自莊周，八千歲爲春，八千歲爲秋，願公永與椿相侔。又聞瑶池有桃仙所植，三千年開花，三千年結實，願公此桃頻得食。更願招賢勳業茂，禮樂光華漢唐右。撫育生民仁澤厚，天長地久南山壽。

送沈竹泉 并序

醫稱橘泉已疾，菊泉延齡，未聞以竹泉稱也。論竹者曰淇澳，曰渭川，唐六逸有竹溪。夫竹託於泉水之上，滋養發榮，翳爲叢薄，蔭乎流泉，而泉益清雅殊勝，幽人潔士棲息覽適，助成高致。醫家濟物，無恃乎此。按瑞應圖曰：「竹裏有泉，色白自出，飲之令人上壽。」嘗聞鄱人言：山中産異竹，高十餘丈，其徑盈尺，截而爲筩，往往得泉甚甘。山人亦多壽考。余謂竹雖植物，操堅節實，貫四時而不改，歷百歲而能存，有壽者之質焉。中虚而能容，藴函真氣，沖和融液，注爲靈泉，盈溢滲漉，嘉惠及人。蓋天地自然之神劑，故沾其味者躋於眉壽。此固休祥，而世不常有者。醫之致用，神聖工巧，驅五臟之痾，調六氣之疵，務納人於康寧，以全其壽而已。桐川沈景淵，儒者也，家以醫傳六世。聘至金陵，遊於相府諸大帥之門，療治奇驗，言論造理，洞究病源。自號竹泉。然則沈君不徒美其名而具夫竹泉之實，其亦時之休祥而世不常有者歟？爲賦竹泉之詩曰：

吾聞鴻濛之野元氣厚，產出異質爲蒼筤。千竿活翠濕霄漢，百年老節凌風霜。腹中空洞含太和，釀成清泉深蘊藏。朝陽幾度鳴鳳凰，飛來梢頭不得嘗。忽然靈源難自祕，流膏潔白生馨香。吾意此竹上摩天乳之星芒，吸得甘露萬斛涼；下通體穴鍾陰陽，時時挹注瓊瑶漿。帝令昭蘇下土民，噍嗽一勺消百殃。赤龍運水一時下，玉嬰仰視朱吻張。不待鉛永九轉功，挽回夭閼成康强。滌腸洗髓清膏肓，暑不煩渴寒不僵。神全氣爽欲輕舉，三十六帝參翺翔。沈君何爲獨有慕於此，號爲竹泉名姓芳。平生雅抱君子操，虛心直節成文章。活人陰功在天下，如水潤物源流長。狄公籠中生意遠，昆蟲草木丹砂光。東山相望桐汭旁，清溪碧繞琅玕房。叩門急傳使者至，聘書來自中書堂。紵袍飄飄佳麗地，戴笠出入兵戎行。相君英雄少許可，揖而進之坐客床。掃清內痾與外戕，俱入丹丘不死鄉。轅門晝静塵不揚，相君留飲談岐黃。揮筆大寫竹泉字，龍鳳飛舞勢矯昂。持來賓幕作佳話，獨我才拙慚諸郎。先生不登名利場，丹顏漆髮雙瞳方。赤日滿路歸計忙，慈親應倚門閭望。煩君更以竹泉施八荒，躋民壽域如虞唐。

送孫别駕赴池陽

青蓮居士之後身，音節連篇古樂府。便從大雅論正葩，猗那爲宗舜臯祖。兩都三國差可數，南朝綺辭徒織組。隔江玉樹夜無聲，巖谷風生聞嘯虎。神交直到開元上，光燄摩天出天語。飄飄雲海超八極，金銀臺閣羣仙侶。忽聞帝遣熒惑星，火斧虹旗鎮南土。來向轅門拜明主，曉日麻衣光楚楚。幕中慷慨坐談兵，何況傳家有孫武？紫薇花下月滿池，斗酒當筵珠玉吐。朝政方勞柱史記，王衮正賴賢臣補。人生會合苦不常，驚見屏星在門户。醉踏輕舟泝江去，楊柳飛花望牛渚。兩崖烟霧濕天門，九朵芙蓉照秋浦。秋浦郡縣待摩撫，吏者師模民父母。雖云官至刺史榮，半刺才能當獨步。兵火瘡殘極哀苦，仁惠存心百廢舉。襦袴歌騰歡鼓舞，千里桑麻沐膏雨。勤敷治道追往古，再見唐虞運當午。挽河洗甲天宇清，坐聽絃歌響鄒魯。

送李鍊師還少微山 并序

楚樵真逸養病于秦溪桐陰，凝神沖寂，求無爲之宗。夕陽在户，聞有剥啄聲，啓關視之，有一童子手玄錦靈篇，致仙華君意曰：「平川鍊師，仙李之南梢也，廬少微山，游心于清虚窈冥。晨望紫氣赬霞起自龍虎之都，岷波東環，浩如蓬海，躡雲而來，逍遥琳室，日華月英，流光内鼎，道幾成矣。今將乘迴飆，指故墟，飄飄而南，子曷宣祕趣，吐鏗辭，聲其所懷，清夜驂鸞，俾得長歌雲漢間，滄溟揚塵，尚與玉笈洞章，宫商舌上。異時邂逅鬱羅，握手話及，玉齒皓粲，此其張本爾。」樵逸聞仙華命，豁然病釋，喜色駸駸，頗恨不識平川，莫罄摹肖。藤床晚卧，想像高唐臨風，浪然而唱曰：

雲間蒼湖飛紫龍，鼎煙光怪生芙蓉。鐵鬚化作緑玉叢，仙都幻出天南峰。猗嗟李下白髪翁，神交頓作玄玄宗。邇聞鶴骨方兩瞳，少微星窺冰雪胸。頗厭膝行訪崆峒，喜與柱史仙源通。黄芽徹夜氣吐虹，瓊鳥曉躡飛霞彤。高翰掠過豹九重，清都樓闕浮瑤穹。羽衣大會珠黍中，璇車御氣摶飛蓬。玉姬爲酌碧琳醲，侑以三秀蒼玲瓏。鳳凰盤躚戛金鍾，衆中凝瞻帝之容。帝笑而言來汝童，紫陽雲錦開囊封。右招金母左木公，中間稽顙青牛宫。賜飲鮮灝元氣充，帝令下土尸三蟲。倒驅海水懸半空，電光繞劍奔豐靀。沛然澤物頃刻功，卧聽四野歌年豐。石頭撑雲蟠鬱葱，大江萬里銀濤雄。五城變現金碧融，特來蔭此千丈松。玄虎上奮鉛在鎔，忽驚暗室光瞳矓。故隱竹石懷舊蹤，平溪過雨摩青銅。翩然鳴珮嘉客從，鶴背鐵笛横秋風。三天儻可一笑逢，指顧太始開鴻濛。序内所稱仙華者，宋君景濂自謂仙華道士也。

送僧芳蘭谷住持明招寺

幽蘭之生在深谷，不以無人而不芳。鉢盂朝采墜露飲，青蓮薝蔔停馨香。谷中空明若圓鏡，須彌環海日月光。傲睨天台高鬱蒼，五百癡衲巖穴藏。小乘留戀不死鄉，何緣比肩大法王？後代演經談渺茫，天花紛飛七寶牀。遠窺正覺如望洋，伊誰面壁文字忘。獨棲金華山滿房，定中趺坐歲月長。聲音色相等妄幻，自謂學佛非荒唐。冰壺石筍出雲漢，飄然凌虚觀十方。龍蟠法界氣紫黄，渡杯如電江聲涼。偶然乞得袈裟地，已被東萊建道場。東萊先隴在武義，非爲薦福主天堂。正緣人家有興廢，寺觀經久願力彊。金坊寶閣鍾鼓震，馬鬣肯使樵蘇傷。我思儒門經濟業，發育萬物隨翕張。存心養性禪所宗，浩氣剛大仙揣量。空玄衍説元有自，勸人作善來百祥。雖云離倫絶世故，恃此禮樂扶綱常。何必火書廬其居，然後鄒魯文教昌？東萊雲車自天降，撫掌應笑吾言狂。

送別

我思南漪不可見，曾孫一朝來自宣。問之云是正甫子，滿眶秋碧堆清漣。黎公穎悟乃鼻祖，以字爲氏百世傳。玉堂學士瀛洲仙，佩聲鳴向尺五天。驅辭不下瀧岡阡，樓前驚倒陳龍川。天門夜開玄鶴去，鑾坡冷落黄金蓮。一家侯伯八九輩，封胡羯末仍駢肩。雕刻烹龍炮鳳篇，亦有氣雄如馬遷。自從兵革踰十年，驚心文物晨星然。湖光樹色雲錦鮮，明珠躍出驪龍淵。薊丘高閣繡蓉褥，墨君動喜生風煙。青女裁霜作輕袂，下馬長趨紫闥前。是時江南漸平定，土貢金帛豐貨泉。捧牘内府贊利權，長官幸得鄉中賢。薇花清露滴翠磚，點染物態歸銀箋。不待除書先掉臂，未霜楊柳迎溪船。南湖竹石無恙否，紅鰕紫鯉不直錢。雨晴晚秫黄滿田，醉呼疊嶂來詩筵。

紀事

壬寅十月初五日，陰雨停空天未夕。江城暖氣驟蒸人，蟬翼綃裳汗沾濕。輕雷數聲生變化，火鼓轟山電流赤。長飆西來吹海立，飛雨驚鳴建瓴急。勢如萬騎怒衝擊，對面相呼聽不得。掩關漸是一更時，爍眼金虯破昏黑。蓮花碧礎迸出泉，官市波濤湧三尺。方當閉塞蟄蟲俯，頓駭龍蛇離窟宅。怪得秋冬未降霜，無乃天時有差忒。陽氣至此本潛藏，發泄深機不能密。或占水旱在來年，消弭災異當脩德。須臾河漢現疏星，天地無聲本來寂。小窗獨坐對殘燈，尚有寒蛩語空壁。

十月初六日夜作

昨宵雷電送雨來，今宵又聞天上雷。紫電照窗銀竹立，初冬有此甚異哉。天公仁慈萬物祖，陰慘陽舒時不誤。年年秋半雷收聲，何乃致此非常怒。怒非其時太重複，驚起昆蟲死平陸。天發殺機今見之，正賴賢君調玉燭。愓然省身思過咎，是日頒書肆寬宥。與民更始物維新，和氣春熙似靈囿。天心警戒猶未已，要在事事循天理。更以仁恩蘇赤子，天心轉移俄頃功，化爲瑞雪年穀豐。

病中友人寄詩遂以次韻

萬象變幻道是宗，望而未見心有忡。斯時講禮聞戴聖，西塾得師如馬融。虛亭短燭風雨夜，坐久談論意氣雄。鏗詞媚藻心所厭，要使付物比化工。姑孰感客老將至，喜持圭玷求磨礱。病餘恐是元氣劣，絶與調理民瘼同。何當躍入安樂窩，先天尚友太古風。誰言羣聖逝已遠？天地上下流渢渢。

已上知新近稿

陶學士先生文集卷之三

五言律詩

送王克敏赴安豐録事兼簡元中宣差

同入南宫試，逡巡愧不才。都城留字别，昇郡寄書來。寒雪森松檜，春陽活草萊。長官煩問訊，東楚憶持杯。

題孔隱君挽詩卷 居溧陽

墓木年來拱，庭蘭日有芳。與君雖不識，聞譽亦堪傷。田宅金淵在，源流泗水長。禹鈞陰德厚，遺緒未茫茫。

輓明威將軍遜都臺公〔一〕

酒罷耆英社，官辭上將壇。龐眉年冉冉，幽宅夜漫漫。芝砌生餘馥，蘭亭藹舊歡。傷情人不見，塵鎖虎皮鞍。

【校勘記】

〔一〕類鈔本題下有注云：「忽監司之子，上千户守紹，其子月彦明、篤彦誠皆登科。」

輓發蒙師何益甫先生 諱友聞

垂髫六歲時，先祖送從師。揖讓義令手，呻吟教誦詩。承家半畝宅，奉母束脩資。荏苒年華速，凄其兩鬢絲。〔一〕

晚徙古城東，清貧四壁空。乾坤同逝水，林壑老西風。大夢超浮世，行蹤在泮宫。嗚呼今已矣，揮淚寂寥中。

【校勘記】

〔一〕此首原無，據類鈔本補。

題楊生詩集 字子直〔一〕

洙泗既删定，漢魏漸浮華。貴不失情性，當知有正葩。楊生吟調古，老子喜容加。白璧磨來瑩〔二〕，何難成一家？

【校勘記】

〔一〕類鈔本題下有注云：「字子直，學杜詩。」

〔二〕「白璧」，原作「白壁」，據四庫本、類鈔本改。

送易長卿二首

南仕衣難緑，東歸鬢欲皤。儒流淹贊佐，官事輟吟哦。春動芝蘭砌，秋澄菡萏波。長官前進士，降揖禮容多。〔一〕

椿庭山不老，棣館禄方新。顧我知名久，逢君問話親。琴書藏舊物，碑畫撫奇珍。烟浪垂虹晚，東吴見故人。〔二〕

【校勘記】

〔一〕類鈔本詩末有注云：「時張文説爲當塗縣户。」

〔二〕類鈔本詩末有注云：「其父兼山，其弟嘉會，皆文士。」

次宿遷

過盡長淮北，黄河繞故城。順風催客去，新凍阻舟行。酒薄情偏洽，魚肥價轉輕。沂州彭別駕，隔境誦廉明。

途中偶書所見〔一〕

碾輪臨古道，橋柱卧枯壕。墻曝桑皮紙，鍋炊棗肉糕。賣魚攜網袋，牧馬絆槎槽。別有傷神處，屋空人已逃。

出宿遷至義塘

泥輭驢車慢，風嚴□毳寒。霜凋林影薄，雪點燒痕乾。野曠人煙少，窮年客路難。焚茅温土塌，俗儉少杯盤。〔一〕

【校勘記】

〔一〕此首原無，據類鈔本補。

東莞道中 沂水縣

魯地多黄壤，沂源出碧岑。雪殘靴跡淺，沙軟轍痕深。蒿火烘蕎餅，麻袍護絮襟。過山方入縣，雲冷日沉沉。

入臨朐境

宿還離半月，方度穆陵關。到府八百里，驅車千萬山。路雖多險峻，身不倦躋攀。沽酒投村店，相看一破顔。

自大關至小關

山徑多盤折，無勞怨苦辛。深巖不見日，凍雪幾經旬。衣薄肌生粟，輪馳眼翳塵。想應慈母意，日日念行人。

過臨朐 古駢邑

瀰橋臨古堞，駢邑據平坡。行到無山處，方知有路多。客遊何慷慨，霸業久消磨。煙樹斜陽裏，遥聞晚唱歌。

臨淄道中

晨起不梳髮，出門天未明。路迷尋轍跡，村遠絶人聲。淄水滔滔逝，齊城杳杳迎。兩層高白塔，不似霸基傾。

客途歲晚

風雪一年殘，功名半紙難。心勞杯量減，腰瘦帶圍寬。草櫪牽驢飼，蒿薪煮鯽餐。靴泥聊拂去，旅宿且求安。

次東無棣

土屋老荒苔，豐年亦可哀。塔簷飛十級，城址擁孤臺。雪積馳蹄陷，雲輕鳥翅開。縣庭貧少府，舉酒更憐才。

送篤彦誠赴官紹興并寄徐國賓

省榜名同薦，雲泥勢却殊。文章動明主，字牧選英儒。聯桂榮珂里，芳蓮滿鑑湖。廛氓應感惠，好是礪廉隅。〔一〕問訊徐高士，京華別幾春。白衣瞻座主，赤子慕慈親。月露篇章在，雷霆號令新。故人歸舊隱，不得寄書頻。

【校勘記】

〔一〕類鈔本詩末有注云：「其族多科第之士，所居名聯桂坊，在紹興。」

送人赴幕職

浙西第一縣，幕下總諸曹。興逐雲山遠，心忘案牘勞。寫詩嘲月兔，呼酒擘霜螯。應有寬民策，方知贊畫高。

送人赴浙東

處儉愛虀淡，嗜經如蔗甜。香煤浮硯沼，短燭照書簾。鲒岸漲春雨，鲒潮沃夜蟾。十年交誼厚，兩地别懷添。

富春山僧隱居

林壑幽閑處，烟霞卜築緣。寸心空萬慮，丈室現諸天。香掬曇花露，清疏茗樹泉。冥飛逃世網，尚友子陵賢。

題劉履道行卷　處州人，太平儒學正。

分得梅溪派，湖皋潤澤深。藜烟照書閣，芹雨沐儒林。白髮寒氊夢，青山故國心。園亭好花竹，幾度望佳音。

大本監郡以詩見惠次韻二首答之

治功思渤海，文氣愛相如。架插牙籤軸，家藏玉璽書。有恩施郡邑，無暇問田廬。武備新嚴整，民憂頓掃除。

守土逢多士〔一〕，哦詩得自如。威行軍壘服，名在御屏書。膏雨滋禾隴，炊烟起草廬。胸懷尤洒落，窗草不芟除。

【校勘記】

〔一〕「多士」，四庫本同，類鈔本作「多事」。

書事五首次郡侯韻

耕桑田野近，戎馬路途長。有職居危地，無心入醉鄉。良民新習戰，役户重遭傷。正待汾陽輩，功庸輔李唐。

戈船明粉黛，羽檄叩轅門。苗卒藏深色〔一〕，彭營掠近村。錦綾裁袴窄，銀錙滿囊存。時事今如此，何人不斷魂？

古昔兵農一，方今此法成。忠勤争禦侮，字牧必留情。牛酒行郊勞，熊羆聽鼓鳴。倘非明紀律，未見有功程。

郡境多供給，官軍屢往還。金錢輕似土，芻粟委如山。隨處無生意，憂人損壯顔。月明依舊好，城下照溪灣。

海道人多變，高郵使不還。招安頒爵禄，恩德重丘山。志士空懷憤，生民每慘顔。幾回思隱遯，結屋釣江灣。

【校勘記】

〔一〕「深色」，四庫本、類鈔本作「深邑」。

幽居十首次監郡韻〔一〕

幽居無限好，托興在雲林。蘭氣山軒浄，槐陰石逕深。霜螯肥斫玉，臘酒滿浮金。對景皆成樂，逍遥物外心。

幽居無限好，松竹翠成林。放鶴高天闊，尋仙古洞深。棲身三畝宅，絶念四知金。舒卷隨時異，非無愛國心。

幽居無限好，猿鳥語高林。歲月催人速，烟霞得趣深。葱裾曾織翠，荔帶已圍金。富貴尋常事，安能動此心？

幽居無限好，談笑坐書林。邊塞軍聲遠，漁樵友義深。靈芝鋤紫玉，老桂嗅紅金。湛湛真何似〔二〕，明蟾照水心。

幽居無限好，夢不到瓊林。菜甲珊瑚脆，松根琥珀深。勤催耕隴犢，頻費買山金。不逐浮雲變，能堅鐵石心。

幽居無限好，流水繞疏林。教子書囊富，留賓酒盞深。閑添詩裏畫，儉有俸餘金。石上閑琴操，悠然太古心。

幽居無限好，爽氣挹蒼林。採藥穿雲遠，烹茶汲井深。知幾超一世，無欲薄千金。

幽居無限好，杖屨日穿林。野地蕨薇長，世途荆棘深。牀存題卷筆，笥出鬻書金。

頗怪巢由輩，如何不洗心。

幽居無限好，倦鳥喜投林。野韻思高古，公文厭刻深。鼎彝三代器，酒食二疏金。

時有馴鷗狎，忘機静此心。

幽居無限好，萬物總林林。地僻琴魚樂〔三〕，門閑草木深。文光分北斗，人品重南金。

目送飛雲遠，還存濟物心。

門外鶴書至，恬然不動心。

【校勘記】

〔一〕本詩題「幽居十首」，弘治本實九首，第七首爲：「幽居無限好，爽氣挹蒼林。採藥穿雲遠，烹茶汲井深。牀存題卷筆，笥出鬻書金。時有馴鷗狎，忘機静此心。」四庫本同。類鈔本共十首，第七首頸聯與尾聯「知幾超一世，無欲薄千金。頗怪巢由輩，如何不洗心」及第八首首聯與頷聯「幽居無限好，杖屨日穿林。野地蕨薇長，世途荆棘深」，爲弘治本所無，知弘治本脱簡，兹據類鈔本補正。

〔二〕「湛湛」，原作「湛勘」，據四庫本改。

〔三〕「琴」，四庫本同，類鈔本作「禽」。

已上辭達集

送汪朝宗四首

越東無敵壘，海右駐王師。相國徵書至，郎官匹馬馳。雙溪吟月露，萬里撫邊郵。指日山陰道，風流玩墨池。

王夏諸賢俊，煩君寄好音。數書飛示我，千里見同心。賓幄謀猷遠，經筵啓沃深。金華山水地，何日共登臨？

東浙多佳士，才名我所知。居然晉風度，重見漢威儀。别久心相憶，年來鬢已絲。此行勞問訊，共約佐明時。

蕭相收圖籍，功成有足稱。聖謨能不墜，王業勃然興。辟蠹芸常在，登龍士必徵。諸公若留意，文會盛金陵。

啜茶

穀雨芽方茁，色香俱絶佳。中濡汲江水，上品到山家。不見周公夢，何煩陸羽誇？精神太清爽，終夜剔燈花。

天地有清氣，古今無此奇。幽人耿不寐，浮世入深思。舌本餘香在，牀頭古易知。松風猶滿耳，真樂有如兹。

偶成四首

文何爲小技？理有未全明。妙在無夸靡，悠然寫性情。勺泉常澹泊，五味總調成。垂老方知此，譏予必後生。

八珍羅水陸，五采繡文章。美矣孰無好，用之非可常。古今天地運，晝夜日星光。何必驚人眼，相看共久長。

清河追鈷鉧，老牧步潮州。全氣有虞子，餘風挹静脩。居然成典雅，正不在雕鎪。更有神交處，淵源泝魯鄒。

博學草廬翁，還存荆陸風。歐、黄皆後出，繩墨是良工。南土文華盛，中州景慕同。九原不可作，我亦老江東。

三月二日晟生朝賦詩

上巳前一日，生辰願百齡。乾坤幸賦質，晝夜必研經。戴禮承高躅，韓文挹遠馨。分陰尤可惜，脩業寄幽庭。

送汪一初歸淳安二首

地雖鄰險要，天獨厚仁賢。兵革十年久，祖孫三世全。雀橋雲出水，雉嶺雨肥田。已遂南歸計，令人一黯然。

繼粟養君子，倚閭煩老親。家山頻入夢，泮水再逢春。人傍緑陰去，沙明錦色新。清名留省闥，時至道還伸。

送林彦明回括兼簡劉伯温胡仲淵

爲客二千里，離家五六年。詞垣開省掖，賓席擁樓船。巢水栽花地，蒼山種粟田。歸心何浩蕩，執手重留連。

伯也温如玉，仲兮清比淵。懸知佳會近，煩以遠音傳。同郡成三傑，懷人共一天。贊興邦國業，幸有主君賢。

哭胡通甫參政 名大海

步戰勞江北，仁聲誦浙東。妖兵生肘腋，行路盡哀恫。列祀忠臣廟，無慚古將風。青油戎幕在，虎旅氣仍雄。

哭王用和郎中 名愷，姑孰人。

苗頑迷逆順，草竊陷忠賢。寂寞金華省，凋零綠水蓮。有兒同死難，無路得生旋。建業南城外，傷心指墓田。

苦齋二首 爲章三益憲僉賦

先生於此樂，舉世最難堪。堅守心無變，方知味轉甘。檗皮冰共嚼，熊膽劑能諳。大任從天降，勤劬棄宴酣。

襄陽有高節，涑水更清脩。愈病思良藥，勞生遂遠猷。匏瓜緣篠架，橄欖共茶甌。見説齋中叟，年來蔗境遊。

病後

飲水味吾易，秋江亦讓清。寒初身欲蟄，病後髮重生。乞米親書帖，淹葅未滿罌。高天風露潔，庭菊晚含英。

送薇

園中紫薇發枝宿枿，五月花開，盡八月乃已。相對日久，惜其凋瘁，作詩送之。

敢依華省地，未結玉堂鄰。樹石借餘韻，夏秋常一春。故添荒境麗，似掩老夫貧。時物還遷變，臨風感慨新。

自適

艾炷乾尢煼，蓍莖老益神。病多疏世故，欲寡樂吾真。秋祀鄰賒酒，晨炊婢析薪。掩書休目力，枸杞薦茶新。

秦淮寓舍

官久忘羈思，門幽類隱居。犧圖天地象，鮒壁帝王書。秋徑霜前菊，朝盤雨後蔬。西風吹短鬢，歸夢雁來初。

習静

雙闥曉來闢，一天秋氣清。雨溪分硯水，風木厭瓢聲。習静調沖氣，眈書老此生。上官詢近候，片語對真情。

晚晴

江上秋陰薄，晚風生樹顛。高塵捲蒼靄，歸鳥度青天。牧馬平蕪野，捕魚斜日船。千村新稻熟，茅屋起炊烟。

自樂

廣大者天地，中間着此身。道從無意得，心與太初鄰。咽息靈龜飽，隨時尺蠖伸。步行騶從遠，林叟或相親。

遠意

誰謂羲農古，朝朝眼底人。青天不改色，滄海幾揚塵。静看松梢月，孤吟石洞春。年餘不飲酒，掬水味偏淳。

寄孔僉憲二首

驄馬出門早，天清霜滿林。有官簪白筆，無欲賤黄金。愛此雙溪月，知人一寸心。同僚得佳士，來聽杏壇琴。

元凱春秋癖，愚溪鈷鉧遊。遺文照千古，之子逼前脩。别久思刮目，憂來獨倚樓。倚樓人不見，江雨雁聲秋。

寄人二首

燈照秋蛩壁，帷開白鷺車。溪山遠天末，消息近來疏。慷慨安邊策，公平考績書。郊行勤問俗，歡意動茅廬。

暇日費吟思，新霜添鬢華。還期大雅作，頗厭晚唐葩。未雪梅千樹，纔晴月滿家。登樓尋八詠，應笑昔人誇。

寄題清高亭 爲章三益賦

不受塵所濁，應無物與齊。一天秋月爽，千嶂曉雲低。汲水瓢堪飲，乘風杖獨躋。超然胸次遠，境勝暢幽棲。

夜歸

黄昏出華省，禁鼓起高城。孀婦鄰西泣，棲烏枝上驚。一窗疏雨響，半夜薄寒生。感客不成寐，凄風廐馬鳴。

龍灣舟師二首

江水西南急，樓船十丈高。英王今自將，甲士氣俱豪。天闊雲帆展，龍光掣寶刀。繽紛過鸚鵡，呼吸息鯨濤。

周郎戰赤壁，楚羽刎烏江。江漢爲南紀，相將入大邦。龍驤迷雪浪，翼以萬艕艭。士馬環城處，嬰兒繫組降。

自效

出入兵戎裏，揮毫代執戈。病餘身易老，日短事偏多。山月出青靄，江風生白波。心專圖報效，才薄愧蹉跎。

鳳池

秋冷鳳池波，凭欄照影皤。乾坤渺無際，老覺此身多。霜雪浮青壁，江湖夢綠蓑。干戈何日罷，玉燭四時和。

癸卯九月二十一日作

立冬前一日，雷電蟄蟲驚。雨氣蒸人暖，潮頭觸岸平。君王敬天變，宰相訪民生。獲稻築場圃，千村正望晴。

立冬

乍寒冬氣應，此日電雷收。風力生東北，天兵泝上流。憶君親沐雨，愧我已重裘。只待青天霽，聊寬下土憂。

懷友

霜月清無際，溪山翠滿庭。英風擊蛇笏，標致换鵝經。一自東南去，千巖草木青。知心人渺渺，添我鬢星星。

霜露

霜露應時降，年年生客愁。長懷舊塋域，不得省松楸。落日青山遠，凄風老涕流。縈心皆國事，無暇爲身謀。

冬初

木落山多石，霜嚴水不潮。一時何凜凜，兩鬢易蕭蕭。鷩鵲巢難穩，冥鴻路已遥。街頭新炭貴，冷室意無聊。

寒夜

書几殘燈在，房櫳清夜徂〔一〕。高鴻叫雲冷，明月照人孤。銀箭遥傳漏，紅金不到爐。擁衾纔瞑目，飛夢滿江湖。

【校勘記】

〔一〕「徂」，原作「狙」，據四庫本改。

免咎

舊帙丹黄昧，新蘿碧緑淹。藉茅期免咎，咽李恐傷廉。病退仍求藥，神清少食鹽。每逢同志語，相勉律身嚴。

釋疑

人喜聞人過，我唯攻我疵。狐冰疑自釋，魚水樂相知。官府新文積，邊城遠檄馳。長沙言切直，前漢賴扶持。

遣愁

默守此心定，仰看孤月明。憂來多爲國，老去豈偷生？將校乘時奮，乾坤有日清。新霜寒太驟，舊絮曉來輕。

聞上江消息二首

義旗西指鄂，不戰沛仁恩。拓地荆襄漢，降王祖子孫。米鹽通澤國，圖籍會轅門。全據長江險，京陵勢愈尊。

歸義諸文武，隨軍到里閭。城池今異代，妻子復同居。全國兵家尚，安民治體初。英雄平海宇，仁厚是權輿。

寄豐叔良二首

見説郊居好，行吟野趣多。溪魚罾上活，山鳥酒邊歌。雪屋炊紅米，秋江老翠蛾。幾回時序換，奈此別離何？

阿咸九月到，寄我尺書看。盡日不釋手，空江頻倚欄。鄉山微雨外，客夢一窗寒。遥想林泉勝，無憂寢食安。

寄錢彦良二首

離羣憶鄉里，知子歷艱難。博士官三考，空齋食一簞。江風吹鬢濕，竹雪照衣寒。清氣相酬酢，新詩正耐看。

鑪亭舊時月，兩地照分離。歲久無音信，人來每問知。�磯息烽火，鷗渚浄漣漪。縣郭茅茨密，遺民喜得師。

寄潘章甫二首

每懷文學掾，絶類玉堂仙。家有雙峰記，書經五世傳。風摇秋案燭，露洗曉池蓮。古巷存廬舍，無時不誦絃。

總角真英物，回頭已壯齡。文生新句語，動合舊儀刑。臘雪松梅在，朝槃菽粟馨。聖模勤玩索，吾老重叮嚀。

寄示從子昱二首

舊居數椽屋，昔別八經霜。兵後琴書少，城南畎畝荒。家傳存朴素，兄老喜安康。久病吾衰矣，唯期汝自强。

東郭多佳阜，西風息戰塵。故家丘隴在，經亂樹爲薪。歲久羈人遠，霜寒節序新。無由親拜掃，悵望淚沾巾。

寄示馬甥希穆

昔當童冠日，從我久留連。轉首二十載，游心先後天。别來疏戚里，悵望舊山川。遥想寒窗夜，耽書不愛眠。

寄陳一飛

月朗荷花屋，秋香桂子林。相違三隔歲，未得一論心。巾笥應藏稿，書籯不貯金。欲思黄鵠舉，當惜白駒陰。

省中夜直

長廊羣掾散，從者煮茶供。寒雨連深夜，清燈照瘦容。明生白雪壁，響度順風鐘。松火爐中燼，神清睡不濃。

讀易

理自無形著，辭因有象陳。冰霜寒閉野，天地暗回春。位衍生生數，蓍存七七神。吾心如脗合，何物不彌綸？

阿墉二首

阿墉方四歲，學誦五言詩。頭聳骨如角，情鍾翁所奇。候門迎馬到，哭妹感人思。夜夜燈前看，寬懷有此兒。

時時思祖母，啼向素幃前。近者吾衰甚，聞之涕泫然。一心期汝長，八世嗣家傳。幸有書巢在，成才望老天。

與員外黄觀瀾李彦章試士西掖

王業興家國，人才薦廟堂。風簾留晷刻，冰鑑照毫芒。列坐清儀肅，終篇耿論昌。願言登用者，一一是賢良。

冬暖

貧室無衣褐，常憂雪霰零。天心憐赤子，日色盎玄冥。穲麥便温土，觀梅立小亭。北山如媚客，聊可敞疏櫺。

紀志

讀易四十載，玩心毫髮間。追尋千古派，流入五夫山。述旨情徒切，勞生事不閑。斯文天若佑，暫免綴朝班。

野叟二首　爲樞史李仲仁作

作史居官府，休心類野翁。不將文勝質，獨與古同風。將相咨詢後，山林夢寐中。此身雖案牘，幽趣滿簾櫳。

避世潛山野，輸君隱市朝。行年今欲老，大朴未全消。竹屋觀晴嶂，茶鐺煮午潮。獻芹心正切，未得友魚樵。

已上知新近稿

癸卯仲冬望日登舟秦淮翌旦過龍灣出大江

舟發秦淮暮，西風正面來。朝從大江泝，風轉兩帆開。白鳥晴逾潔，黃蘆冷未摧。潮平行正穩，幾度見烽臺。

晚過三山

寒江浸天影，暮色接蒼茫。帆落波迎棹，船虛月到牀。斷磯成豕突，平渚衍虵長。黃帽齊宣力，知吾去意忙。

烈山

空明無所有，何物抗吾篙。地底雲根湧，波心貝闕高。四時榮草木，千古任風濤。挺立不摇蕩，居然一俊髦。

櫓港

昔年游此地，市井簇人烟。水驛官船鼓，花林酒閤絃。重來盡蘆渚，何異變桑田。回望蜈磯在，臨流獨悵然。

繁昌

午過繁昌邑，山雞語近郊。戰場枯白骨，行徑老黄茅。官廨新臨水，人家類結巢。鳳凰山獨好，寒翠動吟嘲。

板子磯

山連陣雲勢，飛出大江干。亂石紋如斲，雙巒影共寒。蟾蜍伴清夜，龍口束驚湍。愛此瓊瑶窟，持杯子細看。

荻港

空垣霜薜濕，雞犬四無聞。怪樹作人立，斷碑經火焚。溝魚争雪水，山鳥啄朝昕。信步不知處，風林樵運斤。

石窩

荻港廢驛東數步，山面奇石，列如罘罳，中含隙地，絶宜作亭。予名以「石窩」，徘徊久之，愛莫能去。

「飛巒立萬石，正面俯清波。心喜到佳處，吾將營此窩。江蕪烟浩蕩，野竹雪婆娑。凍臒相看久，忘機意共多。

丁家洲

季世輕邊備，姦臣豈將才？妖金聲動地，炎火冷如灰。營壘已陳迹，山川猶壯哉。水流嗚咽處，過客每興哀。

管生時順昔從予學今爲曆官同舟西上

犧圖窺聖秘，鳳曆授人時。大禮占新歲，同行遜舊師。烟塵千里浄，桑梓寸心思。西謁軍門後，舒州訪故知。

銅陵二首

縣市無城堵，坡陀枕水濱。銅坑寒鑿鑛，炭户曉擔薪。兵後蕫芽少，巖深箭竹新。沙蹊浮石子，戞戞履聲頻。

石塔深巢鳥，磚街曲類虵。平山立烽堠，小港隱漁槎。田廢多生荻，池湮不漚麻。獨存胡鬼殿，未有縣官衙。

過銅陵述事

偶見緑衣使，詢知繡斧翁。登程先數日，何事滯孤蓬？遥想觀秋浦，高吟醉晚風。快須牽百丈，追逐與相同。

過池陽

一錢有華胄，三載守名邦。我偶經秋浦，無由共夜窗。烟雲浮短樹，雪月照空江。倚棹西南去，應慚過雁雙。

題池口驛

孤帆向江漢，四野息風塵。忽見滿山雪，因之懷故人。滄波遥注海，凍樹暗藏春。他日重來處，桑麻雨露新。

次安慶

年餘罷爭戰，地美類承平。茅屋添新户，江流繞舊城。關津遮道問，將帥出郊迎。天晚烟波闊，催行月未明。

入彭澤境

疊嶂起當路，江從何處來？樹梢山廟出，草罅石門開。淺浪分流港，高空望遠臺。唯因陶令後，此境盡佳哉。

蘄州道中

南來冬不冷，山水一春臺。未落千林木，新開幾樹梅。磯侵江面狹，浪擊岸沙摧。驛路二千里，兹行亦壯哉。

使客

平生有詩史，行稿出巾箱。使客皆千里，官船共一艤。高雲飛鸛鶴，微雨濕衣裳。夜静未能睡，清談對燭光。

過道士洑

據牀梳短髮，飛霧濕征袍。石觸回流急，雲棲密樹高。買魚供早饍，服藥出陳醪。惜不乘風力，吾行亦甚勞。

泊巴河

蘭溪行過後，迤邐到巴河。江狹無磯險，沙平有港多。鄰舟同永夜，漁火照寒波。獨惜年華晏，其如道遠何？

泊沙口

漠漠寒雲野，垂垂暮雨天。蒼灣龍尾掉，紫石馬肝懸。擊火炊陳米，分鹽換小鮮。疾風從震蕩，終夜自安眠。

風雨

剛風吹海立，飛雨自天來。洶洶鯨鯢沸，蕭蕭鴻雁哀。行人淹道路，君子濟雲雷。進止從天意，知幾不蹈災。

晚至武昌

行至二十日，來臨鸚鵡洲。環城屯虎旅，伐鼓衛龍舟。新月羞初夜，寒雲黯一樓。波間燈影密，穩泊且無憂。

倚柂

樓船雄帳纛，倚柂只遥看。壁上青蠅兩，籠中白鶴單。同舟人别去，對月夜清寒。江面淒風起，悠然夢境安。

公子二首

翩翩貴公子，年少美風姿。座褥金錢豹，盤殽玉面狸。彎弓穿射的，騎馬造賓墀。願汝聞忠孝，光華在禮儀。

翩翩貴公子，新自塞垣歸。雕翅珠璣帽，龍紋錦繡衣。花前牙板按，燈下羽觴飛。願汝崇清素，農桑業尚稀。

野人二首

野人便土物，性懶入城中。水荇羊鬚白，山茶鶴頂紅。開窑分賤炭，汲井截深筒。酒熟邀人飲，登盤芋栗豐。

野人便土物，家計日經營。弋雁乾成腊，籠鰕活煮羹。泥肥桑幹密，雨濕菜芽生。今歲田禾熟，雞豚養得成。

文士二首

文士甘藜藿，林棲閱歲華。一衾春自足，千駟我何加？雨雪欺茅屋，乾坤任釣槎。今朝烟火晚，帶露採松花。

文士經綸學，時來志或酬。玉堂清不夜，金鑑照千秋。白髮憂民瘼，丹心爲國謀。所期功業盛，富貴一浮漚。

武昌城西觀戰

殺氣黯沙場，呼聲動女墻。官軍皆虎奮，殘虜尚鴟張。火鏃飛孤壘，霜戈出萬航。笑渠俄却走，垂滅更披猖。

寄示晟昱

兄弟年踰冠，儒門業貴精。别離春忽半，生理日須營。汝母遺清範，嬌兒動語聲。寸心思念切，不寐到天明。

二月十六日喜晟至武昌

偶傍船窗立，驚看雪袂來。羈懷三月久，歡氣一時回。換米攜鹽筴，延賓舉酒杯。從知家信好，病釋岸花開。

已上江行雜詠

陶學士先生文集卷之四

五言律詩

甲辰守黄州初至作〔一〕

初入黄州市，蕭然緑樹村。刈茅低縛屋，剖竹密編門。桃李花零落，山川勢吐吞。廛民來一二，敬喜爲温存。

【校勘記】

〔一〕原書卷前目録作「甲辰二月守黄州二十二日初至作」。

黄岡寓所

霧雨一城暗，黎花三月天。空梁春蟻墮，疏壁暮蚊穿。草密藏枯井，苔荒蝕斷磚。開門山色好，飛翠落吟箋。

三月五日晟别東歸

客中離别苦，忍淚囑言辭。背面南行處，臨衢目送之。心隨江水去，人與片雲馳。歸坐茅茨底，凄然老涕垂。

郡寓偶成

江月簫聲遠，城春竹色斑。天文鶉尾次，地險虎頭關。綰綬此爲郡，結茅先對山。雨晴聞布穀，鬭草未能閑。

雨過

雨過山添色，推窗翠撲衣。秧隨新水長，蝶趁落花飛。江近簷頭掛，春從客裏歸。沙乾聊可步，倚杖緑陰肥。

久雨

十日久陰雨，今朝更沛然。尺泥深草徑，三月似梅天。刳木承簷溜，舒瓢挹井泉。情懷殊不豁，寥寞對窗前。

憶二子晟昱

客窗風雨冷，唯有影隨形。愛子别相遠，老懷愁未醒。春殘雙鬢白，夜久一燈青。何日團欒處，歡情滿户庭。

苦雨二首

皇天日日雨，何不憫吾農？冷逼青秧瘦，陰添綠樹濃。晚來鳴兩䉵，誰興遺頑龍〔一〕？斷送殘春去，無心在酒鍾。

斷橋春水隔，疏牖暮雲昏。蔓草縈山郭，江濤漲海門。泥陳留鳥跡，壁濕亂苔痕〔二〕。安得愁陰豁，晴暉滿竹轅。

【校勘記】

〔一〕「興」，四庫本作「與」。

〔二〕「亂」，原作「亂」，據四庫本改。

追悶

數日情懷惡，連宵風雨多。憂來成展轉，事至罷吟哦。園樹肥椒子，煙叢長薜蘿。一春不對鏡，正恐鬢絲皤。

偶閑

古堞晴觀漲，幽蹊緩踏莎。槐絲低掛蠖，桑繭自成蛾。吏散庭花落，朋稀野雀過。却思前數載，官事蝟毛多。

立夏日紀事

近午生微暖，殘雲散積陰。朱明新節序，緑暗舊園林。幕佐論時政，山人獻雅吟。南風來應候，解愠快民心。

寓所

蓋茅爲寓所，郡治亦于兹。籬外麏窺吏，衣中蟻嚙肥。晝長無訟牒，興到有新詩。早食逢來使，齋廚米再炊。

窮民

歎息窮民苦，勞心歲不寧。家空遭横斂，罪薄陷淫刑。堡寨雄羣甲，兵繇役兩丁。我來新典郡，哀痛淚交零。

旅寄

旅寄存時義，居安意自如。風欺窗紙薄，雨透屋茅疏。盜息家無犬，賓來食有魚。緑陰清晝永，愛讀枕邊書。

縱步

傍市人家聚，瀕江草徑遥。燕尋曾到屋，魚候未來潮。訪友聊乘興，扶笻直過橋。晚山煙外見，重疊翠如澆。

郊外

處處多栽竹，家家盡結茅。蜜房封蛹户，蠟樹繫虫包。甕汲泉微濁，鋤耕地頗磽。傍簷羞草具，無粟易山肴。

望家信不至

船去四十日，家無消息傳。江頭人不到，客旅眼徒穿。當暑衣無葛，愆期榻有氈。何當來土物，免使貸鹽錢。

聞立中書省命左右相國

相國經邦業，中書出治原。一堂文武並，百辟表儀尊。自顧微蹤遠，今符素志存。十年參侍久，喜極復何言。

寄董正則諮議〔一〕

玉署清揮翰，彤扉老曳裾。懷人搔短髮，來使寄長書。江樹春彌望，山蟾夜共居。剛風吹弱水，不得侍雲車。

【校勘記】

〔一〕「諮議」，原作「諮議」，據四庫本改。

寄羅復仁諮議〔一〕

遠懷羅閣老，爽氣蕩清旻。口伐摧鄰壘，神交厚古人。囊慳道尊貴，筆老意清新。前席諮詢處〔二〕，遥知鯁論陳。

【校勘記】

〔一〕「諮議」，原作「諮議」，據四庫本改。
〔二〕「諮詢」，原作「諮詢」，據四庫本改。

述事

千村新雨過，水滿緑苗生。蠶麥收成速，兵農賦役輕。紛紛挈家室，日日到州城。訟簡有公暇，江山共此清。

已上黄岡寓稿

夜泊蘭溪

津吏臨堤問，湖官隔水來。乘桴新竹貢，築室舊民回。暮草蚊飛猛，秋雲鳥唳哀。長星下天末，風露一襟開。

過五郎磯

石壁銀光爛，當衝似設關。雲陰拂樹走，山勢隔江環。絶頂人稀上，飛藤鳥自閑。富池蒼隴近，百摺枕江灣。

盤塘

長峰飛騎突，勢欲斷滄江。路轉仍無際，天高恣倚窗。洑流催捩柂，山港絶徒杠。檣上馴烏舞，迎人覓食雙。

彭澤懷古

昔賢才勝福，五斗亦難任。歸飲柴桑酒，忘彈單父琴。羲皇上古意，晉室舊時心。我愧過彭澤，高風不敢尋。

過小孤山遇鄒師顔即别

江妃新廟下，隊伍耀弓刀。半載别離遠，一官巡警勞。峰頭掛星漢，關口吸雲濤。見面即分手，舟行月滿篙。

空庭

空庭人寂寂，環座竹猗猗。山浄秋陰薄，林深曉色遲。案頭蠅豹捷，壁竅鼠狼窺。處約還清致，湖菱雜飯炊。

遷客

遷客辭金馬，吟情動草堂。公餘秋煮鱖，夢覺夜聞麞。静拄看山笏，清焚讀易香。江湖蹤跡遠，何以報君王？

遣興三首

斫竹藩新廨，鋤茅闢古蹊。地偏松鼠過，樹合竹雞啼。信步來溪上，遲留到日西。移時忽得句，遣興不拘題。

鵠立疏晨仗，蜂喧聚午衙。寓居多澤水，吾分合漁槎。未病常儲藥，無眠減啜茶。從人笑潘岳，垂老更栽花。

近時來井邑，遠跡亦山林。每憶君賜食，尚期朋盍簪。遣文當述理，臨政必清心。片語人皆信，無煩徙木金。

湖鄉二首

漃水新無警，湖鄉頗有年。稻田驅夜豕，蓮蕩捕秋鯿。邏卒黄茅屋，歸人白板船。數家依緑樹，斜日照炊烟。

熟處人還聚，生涯日漸忙。洗魚淹作鮓，切藕曝爲糧。野紵栽臨屋，家凫浴滿塘。掩門兒女坐，燈下補衣裳。

西風

萬樹舞蒼翠，西風終日來。一涼衣頓薄，何日客當回。候蟲吟露切，秋鶚擊雲開。又復悲摇落，蕭蕭獨上臺。

觀大龍山

山勢何所似，大龍飛入雲。隔湖來豔翠，未晚隱斜曛。洞掩無兵火，林深亦斧斤。亭西煙霧豁，凝望意慇懃。

懷原夫

幕中曾對案，袖裏祕藏書。出處情無異，清高我不如。入朝須插筆，進諫憶牽裾。江海蒼鬚客，同時注起居。

懷仲圭二首

天塹古爲限，江淮今復同。國家當盛日，臺閣已生風。獨愧辭朱雀，無因望玉驄。却思薇省夜，共剪燭花紅。

四方多取友，幾載少知音。君子温如玉，同心利斷金。空中難寄字，客裏易沾襟。相會何時再，堪嗟老境侵。

懷友

分攜未一年，美秩已三遷。執筆螭頭立，當廷鯁論宣。近因留遠地，獨肯寄長牋。五色雲霄上，光分寶炬蓮。

憶昱

渺予成久别，聞汝理生涯。初夏出爲旅，深秋未到家。江風低宿雁，晚日閃歸鴉。舐犢情逾切，令人鬢已華。

寄呈從兄松雲翁

别兄二載久，介壽六旬餘。清健如疆日，蕭閑守故居。薄田供伏臘，稚子業詩書。小弟亦垂老，還思到里閭。

遣興

門前蒼嶂列，身在白雲棲。有地學爲圃，無鄰可乞醯。江天孤影鶴，山月五更雞。自料殷員外，慚非宓不齊。

九月朔得晟所寄藥物

人自金陵至，兒封藥物來。家書千里達，旅況一時開。病想丹砂鼎，緣慳玉露杯。喜看葅醢列，鄉味出瓶罍。

九月七日雨

兩月晴明久，昨宵風雨聲。寒催秋色老，病怯袷衣輕。故壘低雲黑，荒衢濕蔓縈。重陽時節近，客裏助凄清。

秋祀三皇

蕆祠當九日，大道仰三墳。廢邑姑存禮，皇風不在文。曉江生白氣，秋嶺濕玄雲。茅茨土階浄，旭日照清熏。

秋夜

青燈對無語，白月透虚櫺。乍冷壁蟲響，向風山葉零。更長無久睡，意到索遺經。心境有餘寂，秋聲自厭聽。

人生二首

人生在天地，隨寓即爲家。着處燕營壘，行蹤鶴印沙。征衫沾野露，舊隱笑溪花。還勝陽山令，篁茅瘴海涯。

人生無百歲，功業必乾乾。此志不憂國，何顔可見天？遠居山邑静，如對玉階前。寄語秦淮柳，還能記着鞭。

螟蛉

季秋蟄蟲俯，螟蛉尚争鳴。肅殺無多冷，喧啾過五更。幽窗常聒夢，微物各舒情。節候雖成晏，天心特好生。

蟋蟀

蟋蟀傍吾語，秋寒聲更圓。蕭蕭風露下，切切客窗前。催得鳴機織，驚回警枕眠。揚鬚頻吐氣，無乃甚便便。

九月蜂蝶

寂寞秋風老，紛紜蜂蝶飛。年年花落後，隊隊日相違。玉翅穿楓葉，黄鬚點客衣。山中隨意好，何必逐芳菲？

霧

陰陰似塵起，曙色忽成昏。緑樹杳無跡，青山不在門。着人衣漸濕，蔽野豹深蹲。還喜清飆發，天開放曉暾。

晚風

暮秋連日熱，向晚大風寒。變態如翻手，衰容怯倚欄。降霜中氣應，吹月上雲端。木葉蕭蕭脱，凄聲接夜闌。

秋雨

秋雨黯彌晝，暑寒相代時。南方謝絺綌，急吹透茅茨。萬舞庭前樹，劬勞野外師。園蔬承潤澤，新緑動離離。

夜永

山深無刻漏，夜永不知更。窗白只疑旦，月斜猶未明。離人江北住，華髮枕間生。孤館此懷寂，斷鴻何處聲？

雨館偶成

山中三日雨，榻上一氈寒。野暝雲吞樹，溪回雪舞湍。孤飛迷白鳥，數點淡蒼巒。閉户空林下，蕭條意强寬。

遣懷

十朝八九病，一世萬千忙。未獲康寧福，猶馳汗漫場。延齡愛芝术，遊宦憶耕桑。習静心無擾，餘生樂未央。

復雨

徹夜雨聲急，當門溪漲高。枯蠅抱野蔓，寒雀起林蒿。泥濺新油履，風欺舊緼袍。邑民應笑我，官況太蕭騷。

昱至樅陽喜而有賦

宇宙身如寄，星霜歲易周。客鄉驚見面，父子共忘憂。話裏知親舊，燈前問進脩。若兄能守舍，此處暫堪留。

寄示晟二首

汝弟來傳説，朝儀熟見聞。克家嚴志操，事主致恭勤。騎射新從武，優閑更學文。令余沉痼釋，覺此老懷欣。

今年二十四，稼穡識艱難。處約精神瘦，居安意思寬。星辰天上拱，松柏雪中看。貧富能無累，持身始可觀。

十月七日舟發樅陽 時遷往桐城舊縣

巡官率兵衛，父老拜溪亭。過鳥雲間白，高天雨後青。兩篙撑雪浪，幾曲轉沙汀。蘆葦風揺蕩，寒聲枕上聽。

晚宿官段

村墅人新聚，經營晚未閑。魚梁箔如栅，網户屋依山。鵝鴨喧籬落，蒹葭蔽水灣。舟中不堪卧，借榻叩林關。

泊松山湖

風逆湖波涌，維舟傍淺沙。松山雙石巘，茅舍幾人家。霜樹明丹葉，寒蔬長緑芽。客鄉今夜月，伴我宿蘆花。

過山家

步跡隨深徑，春聲接近村。魚膏燈掛壁，栗炭火當門。燕去留空壘，雞棲隔密藩。朔風鳴夜永，矮屋自春温。

發松山湖

朝雨止還作，征人去復留。輕雲微放日，近午始行舟。雙島烟波繞，重湖晝夜流。白鷗飛適意，擾擾見渠羞。

晚至白兔河

風雨日來數，夕陽晴色初。聊登沙岸步，忽到野人居。白兔何年出，黄花夾路舒。喜聞郵舍報，附至玉堂書。

登陸往桐城縣

經歲不騎馬，借驢因斷河。里行三十五，岡度幾重多。野菊香澆袂，霜松翠壓坡。晡時臨縣郭，山色動春和。

至桐城縣

閫使留三日，慇懃待我來。驕驄數里迓，大帥尺書裁。金谷生芳草，昆明有劫灰。市民雖未集，官道且重開。

桐城即事

東郭澗聲急，西藩山勢高。井泥淘白骨，礎石鏟黄蒿。新廨林麈過，虚壥野雉號。從兹遠兵難，庶可息民勞。

燈花

卷然鐵如意，紅粟結葳蕤。十瓣團葩出，孤根密縷垂。寒風吹不動，光餤照書帷。黄昏至夜半，有喜報人知。

甲辰仲冬望日

憶自秦淮别，今朝恰一年。山川詩畫裏，天地客窗前。節物驚心换，行藏顧影憐。屋東寒澗月，又見一番圓。

冬至

天統書周朔，雲祥紀魯臺。陽來第一日，山下發孤梅。與客嘗杯酎，無人候管灰。南窗晴色麗，齋戒卷還開。

官廨北澗偶步

碧澗依山麓，蒼松掛野藤。泉清見魚泳，磴絶少人登。龍井苔封甃，梟田草没塍。舊時豐邑屋，廢址接丘陵。

聞除代者及召還之命

年殘動歸思，客至報除書。海内招文學，淮南起謫居。故人存有幾？短髮病來疏。天朗朝陽出，能無照曳裾？

臘月六日雪

臘天初見雪，日午已開晴。微暖空簷滴，餘英老木擎。荒城無酒賣，疏牖照人明。風自西南起，遥知送客程。

昱至桐城二日别去

兒曹各西泝，吾亦欲東歸。陸走百餘里，一見復相違。雪晴沙路軟，天闊雁鴻飛。新年望還舍，柳下浣征衣。

臘八日發桐城

邑人生悵怏，送别郭東門。凍木知春早，晴風捲霧昏。石橋分古道，野燒露新痕。行處山農説，留聲到子孫。

歸塗紀事

雨收遵水滸，衛卒擁歸鞍。灘淺輕舠滯，泥新步屧難。諸峰雲樹浄，百鷺雪翎乾。東渡留宣湛，相逢故舊歡。謂張子安。

宣湛即事

水退潛魚露，洲寬落雁多。裹糧山估集〔一〕，擊鼓野巫歌。紙帳春生夢，瓷杯夜酌酡。朔風吹雨至，行旅歎蹉跎。

【校勘記】

〔一〕「裹」，原作「裹」，據四庫本改。

過樅陽

樅陽舊遊地，歸棹此經過。明府勞迎候，遺民感撫摩。魚梁開網罟，官廨列兵戈。倦客江東去，山川在眼多。

泊池口作

水陸程俱歷，星霜歲欲更。兒孫望人至，風雪止吾行。照影篷窗燭，吹香土竈羹。偶然泊池口，驚見舊儒生。遇青陽方叔誠來謁，時爲池郡教官。

江行新霽

雲開天日明，風順水波平。造物憐遲暮，今朝快此程。優優坐舟子，坦坦履夷庚。路過銅陵後，山從荻港迎。

早發

五更霜月白，幾度喚長年。不識歸心急，猶耽向曉眠。南風隨畫舫，東日上青天。漸見繁昌邑，三山立岸邊。

過天門山

石壁脱扃鑰，倚空雙觀臺。江流關不住，閶闔豁然開。雲表羣仙望，舟中獨客回。欲揮千丈筆，題鳳記曾來。

望青山

三峰江外出，千里夢中來。神秀還如昨，飄零獨可哀。田園先業在，杖履幾時回？斜日孤帆遠，相思倚鳳臺。

泊慈湖

望闕無三舍，維舟忽再宵。欲晴微露日，近晚漸停飆。試起川神語，難稽國命招。遲明當發棹，帶月蕩江潮。

入境

船頭雞未唱，已過數重磯。原野新浮霽，兒童遠候歸。好山如故友，高鳥笑征衣。指顧龍灣近，無勞歎久違。

已上鶴沙小紀

五言長律

送朱仲良 四十韻

幕府需名掾，儒林拔俊髦。赤霄麟鳳至，華嶽隼鷹高。家譜遺先業，功庸在武韜。銀符傳爵秩，玉樹秀兒曹。鄢邑懷鄉遠，鉛山鼓篋勞。雨香萱草砌，雲湧墨花槽。寶劍精金鑄，文綃獨繭繅。朝盤蒼苜蓿，春酒緑蒲萄。詩社驚風筆，書櫺繼晷膏。霞生靈鷲屐，雪壓紫溪舠。青眼多知己，黄眉又伐毛。膺門隆雅遇，和璞遂奇遭。三語名增重，諸侯禮見褒。襟懷澄夜月，簡牘析秋毫。訪道鵝湖境，承光熊軾旄。水晶明窟宅，珠玉紀遊遨。遠調邊江郡，久延中土豪。青山晨靄樹，采石暮烟濤。槐舍香凝戟，蓮漪色映袍。謀猷裨召杜，刑罰尚蘇皋。駿足仍淹櫪，雄姿望解絛。雖承毛義檄，尚莞子游刀。黍稷登商璉，笙鏞間舜鼗。屈身班雁鷲，挺質出蓬蒿。憲署嘉才藝，分軺鑒履操。抗章孤薦鶚，投釣六連鼇。要路登風紀，新威糾虐饕。竹松存勁節，蘭菊著離騷。喜動庭闈綵，程催水驛篙。諸公聞耿介，列郡息喧嘈。烏府霜飛柏，龍門浪漲桃。功名來衮衮，歲月任滔滔。風俗俱廉問，泉沙必浄淘。宸聽資耳目，民瘼解憂嗷。清鏡方開匣，彤弓已脱弢。日斜豺虎遯，秋肅草萊薅。折檻應當繼，乘驄定不逃。論交心正切，話別首頻搔。葵火炎飆扇，荷盤急雨號。離筵車馬集，錦瑟送芳醪。

己丑九日南軒山長許栗夫邀學官及諸生登高翠微亭以唐人登高詩前四句分韻賦詩在座諸生有得開字者余爲代賦五十韻

一統江山大，羣賢氣量恢。客中逢節序，雨後踏崔嵬。虎踞城如昨，鰲分極不摧。臺空鳳凰去，秋老雁鴻來。天闕駢雙岫，神州見九垓。六朝歸感慨，萬籟息喧豗。鐵甕撐寒霧，銀濤鼓霽雷。淮田黄接岸，楚樹錦成堆。古陌纖如縷，遥湖小似杯。千峰無遠近，一望悉兼該。獵苑平蕪外，漁村别浦隈。風凄沙鳥逝，雲冷野猿哀。梵殿專靈境，唐宮盡劫灰。清涼雖美額，寂寞亦荒苔。曾是興龍地，堪卑戲馬臺。佳辰來宴集，幽興寄徘徊。我喜南軒長，名登北斗魁。同官皆俊傑，共樂及童孩。户屨何多甚，盤飧儘富哉！金蘭深有契，玉樹皎無埃。泉石留清賞，烟霏作勝陪。青天從可幕，白日不須頹。草坐膝相促，觴傳手勿推。採茅嘘活炭，挼菊泛香醅。餅剩均充僕，桃慳遍數枚。參軍巾欲墜，靈運屐遲回。遠纈頻生眼，微酡漸上腮。性情雖坦率，語話絶嘲詼。過嶺尋禪榻，開軒倒巨罍。老僧心火滅，吟叟鬢霜皚。身世參寥廓，林巒入笑咍。寶坊棲萬佛，華蓋擁三台。晉冢縈枯蔓，梁碑漬古煤。楓亭紅點綴，蘚甃緑浤洄。舊跡供搜訪，新詩費剪裁。文華聯鸑鷟，駿逸掃駑駘。懷璞逢明世，懸金致異才。雲霄方滿足，徑路豈無媒？寶氣生龍劍，珠光出蚌胎。棲身非枳棘，洗髓到蓬萊。醉玩瓊林杏，清依玉署梅。佳期應不遠，流俗詎能猜？小子慚荒陋，兹遊覩壯瑰。自憐樗櫟質，豈是棟梁材？獨傍丘園隱，頻驚歲月催。菱花晨鏡對，榾柮夜爐煨。鶴露常知警，鵬風亦欲培。麻衣叨與會，茱佩更禳災。曾結松筠友，仍煩桃李栽。願言隨步武，閶闔九重開。

靳總管新任 字處宜

天子求賢守，君侯牧此邦。四郊多壁壘，五馬建麾幢。西北辭樞府，東南控大江。黄堂施號令，赤子解憂憹。昔者懷才藝，遭時選厚厖。九龍居得五，一鶚薦無雙。梁棟資名植，圭璋琢美玒。早朝隨仗馬，夜館讀書釭。臺憲綱頻振，春官禮不哤。賦梅心似鐵，潤草筆如杠。楓蔭垂丹陛，薇香透瑣窗。繡衣勞遠使，寶鼎可輕扛。優詔鎮千里，深仁滿一腔。岡陵蘇旱畝，防岸息奔瀧。聲動民謡袴，歡浮社酒缸。炊烟噓冷竈，甘雨活枯樁。羽扇揮能捷，鄉兵出已降。花村皆放犢，月野不驚尨。泮水招衿佩，天河洗甲鏦。陂應千頃貯，鍾豈寸莛撞？民病憐魚轍，途窮濟石矼。瞻依今有地，道德啓愚蠢。

追輓主簿汪古學

字虞卿，名逢辰，新安人，汪王之後。

身爲明時出，心惟古學稽。方期遺一老，庶以澤羣黎。回首人何在？聞名我亦悽。有山埋玉樹，無路上金閨。憶昔居鄉井，逢危動鼓鼙。簷深來鳥雀，海晏息鯨鯢。保産身勤儉，治家法整齊。教承軻氏母，賢有伯鸞妻。歷世神明胄，旌門孝節題。父天嗟已隔，聖域望能躋。雅譽尊徽歙，雄詞粲壁奎。居然麟一角，駿甚馬攢蹄。胸次光澄月，毫端氣掛霓。輕財好施予，引手救顛隮。籩豆豐延客，饔飧自薦韲。中年方仕進，遠轍忽東西。化雨滋鄱水，文風振語溪。藻芹魚亦樂〔一〕，枳棘鳳難棲。職謝雷封簿，躬耕雨隴犁。乾坤容放浪，軒冕視塗泥。載酒尋花塢，編籬護藥畦。禮卑皂蓋守，詩富錦囊奚。物外筇隨鶴，人間甕舞雞。流光催衮衮，大夢杳凄凄。著述留殘稿，婆娑想故蹊。敕筒香墨在，琴榻暗塵迷。宰木脩盈拱，孫枝皎若圭。遺孤今雪鬢，高步上雲梯。遊宦氈仍冷，論交手屢攜。傷情歌此曲，南望暮天低。

【校勘記】

〔一〕「亦」，四庫本同，類鈔本作「甘」。

喜雨爲靳太守作

仲夏梅霖少，人情苦藴隆。兩轓専郡寄，千里念農功〔一〕。爲阻新秧緑，愁看烈日紅。露香深處禱，精意上天通。不洒泥龍水，俄飛石燕風。悠然起膚寸，倏爾滿虚空。注地除龜坼，翻瓶滴馬鬉。火鞭馳列缺，雷斧役豐隆。溜掛銀綃闊，聲騰鐵騎雄。波濤生砌上，膏乳漲田中。插蒔高低遍，沾濡草木同。頻來仍密密，欲歇尚濛濛。芋圃添新葉，瓜畦長暗叢。閭閻清疫癘，老稚解憂忡。大慰雲霓望，欣聞畎澮充。壤歌渾易接，米價頗難窮。野路收黄潦，江潮注采虹。桔槔今不用，稼穡必全豐。德澤流三縣，休徵出寸衷。名亭蘇太守，憫雨魯僖公。珠玉非爲貴，倉箱可待崇。從知祈福祉，不在走祠宫。郡舍涼陰重，溪城瑞氣融。買牛如渤海，興學見文翁。有此養民惠，無非報主忠。還當挽河漢，滂沛洗兵戎。

已上辭達集

【校勘記】

〔一〕「農功」，原作「農切」，據四庫本、類鈔本改。

追輓樂天王處士五十韻

諱鑑翁，字子明，處州遂昌縣人。

袞袞多高位，寥寥少逸民。誰甘棲地僻，君獨樂天真。直道追三代，行年傍六旬。日斜來舍鵩，時降踣郊麟。兆掩玄臺舊，銘登翠碣新。偶然聞善行，渺矣悼斯人。公族周家後，儒門浙水濱。洪鐘鳴義塾，封誥出嚴宸。累葉承光耀，孤標任隱淪。治生盤谷稼，寓意添園椿。徐孺高南郡，黔婁禱北辰。堂馨萱草雨，庭豔棣華春。有諸黄金重，無疵白璧純。言温消忿訴，恩厚洽宗姻。懶應弓旌召，常欣簡袠親。先塋培馬鬣，宰木護龍鱗。孤竹清風古，三槐世德淳。氅曾披野雪，衣不涴京塵。逕鶴隨吟杖，淵魚避釣緡。浮雲薄軒冕，別墅友松筠。静奕商顔皓，酣眠華岳陳。少微占處士，太乙降尊神。栗里遥辭宋，桃源久避秦。屢豐歡未艾，嘉遯志彌伸。理契六虛易，歌吹七月豳。鴻冥託嚴瀨，鶡語聽天津。句愛仙遊李，言排性惡荀。夢忘蕉鹿僞，坐狎海鷗馴。石髮摩青蘚，溪毛洗白蘋。屋烏翔子母，堦蟻序君臣。方沼玩澄碧，寒蟾掬爛銀。南園花繞屋，北海酒延賓。采藥攜筐遠，看山拄笏頻。鼎茶浮豕腹，爐爇噴猊脣。樵牧交盟締，兒曹禮法遵。龐公不入市，孟子願爲鄰。楷範傳鄉里，威儀列介僎。芳茹芹筍薦，幽佩茝蘭紉。息影林亭樹，傷心世路榛。晦齋寧淡寂，晚節更持循。天運趨溟水，人生下坂輪。龍蛇報辰巳，烏兔走昏晨。永訣乖遐壽，全歸畢此身。嵐霏空勝境，霜露慘高旻。行跡留巖壑，遺文播縉紳。二郎官必做，雙節女難倫。雅操猶如昨，脩名愈不湮。孫枝聯五桂，家學重千鈞。作傳需良史，垂榮等至珍。遂昌雲岫冷，遙望一沾巾。

知新近稿

陶學士先生文集卷之五

七言律詩

喜秋雨

十六歲時，見太平監郡馬公昂夫，承命面賦喜秋雨詩，用七言律「秋」字韻。

甘雨知時不待求，使君心事與天游。一時潤澤知無價，千里歌謡慶有秋。山色洗青當郡舍，稻花垂白亞田疇。作亭曾見東坡記，名筆如今出品流。

輓方兼山先生

名桂發，晚號懶窩。

家世淵源漢太常，鄉閭德望魯靈光。蒼顔白髪今何處？老竹枯芸尚滿堂。物外懶窩閑晚境，濠東小圃猝秋香。深衣社裏前脩遠，士類相逢重感傷。「老竹枯芸」，懶窩記語。

送牟景陽

清才曾贊玉堂臣，婉畫旋登闖幕賓。蜀郡衣冠家譜舊，河陽桃李政聲新。驪珠落紙成文富，鯨浪飛艎督漕頻。正是前賢遺愛地，摩挲蒼蘚認堅珉。其祖牟忠清公，嘗知太平，有太白脱韡圖、山谷返棹圖石刻。

送沈掾還鄉

華辯風生動四筵，公侯禮貌重留連。江南作客千餘里，幕下淹才數十年。荒徑菊松陶令酒，行囊書畫米家船。故山莫訝歸來早，染就恩袍又着鞭。

呈謙齋内翰

累朝耆舊著勳名，行處農民藹頌聲。清晝玉堂雄灑翰，暮年金鼎倦調羹。江南久愛溪山好，天上曾依日月明。袖有濟人醫國手，更聞帛璧召還京〔一〕。

【校勘記】

〔一〕「帛璧」，原作「帛璧」，據四庫本改。

次韻前進士唐仲文登黄山詩

獻策當年動玉音，雲霄舊路復追尋。江山聊寄登臨興，草木猶知撫字心。菊意漸香螃蟹實，松陰乍冷鶴猿吟。荒巖醉訪歌臺迹，雨長苔花翠濕襟。

采石晚渡

殘霞遠樹水雲中，淮甸江鄉有路通。沙影分開晴浪白，櫓聲摇落夕陽紅。風前宿鷺投疏葦，岸上征人望短篷。幸有娥眉解迎客，無勞更歎暮途窮。

輓嚴厚齋 字國用

皓首衣冠壽七旬，全歸無憾見真淳。濟人德厚黄承事，教子功深竇禹鈞。月夜返魂香已斷，雲山埋骨地方新。忘年交契今難得，東望藍橋一愴神。

次張孝夫述懷韻 名源，歷仕風憲，剛直人也。

芙蓉池館得秋多，深巷渾無俗客過。河朔明星遥拱極〔一〕，街衢尺雨任揚波。豸冠風采當重整，駒隙光陰有幾何？坎止流行隨所遇，暫時留連白雲窩。

【校勘記】

〔一〕「河朔」，四庫本同，類鈔本作「河漢」。

次韻秋聲

忽然金氣撼山林，響應天機捷似砧。隨處西風能觸物，當空明月獨知音。乍涼不寐偏盈耳，静夜長鳴雜鼓琴。應是蓐收嫌寂寞，做成商調答清吟。

郡史林景山見寄赓縣尹王庭槐詩因次韻二首一簡王尹林掾一以自述

客中相遇最相知，官務紛紜理亂絲。井邑近來多惠愛，簿書老去少奔馳。换鵝墨妙公餘事，放鶴籠虚客到時。守分不踰爲上計，世情機巧却成癡。

燈下功勤老硯知，何時心緒似遊絲。一天細雨侵人冷，半世流光背我馳。溪屋且宜捫蝨話，海波未是釣鰲時。偶然自得忘言處，默坐書叢絶類癡。

送師魯倅廬城

金斗城堅淝水流，淮西重地控衿喉。屏星勤駕當侵曉，鬢雪新添獨耐秋。橋板照波飛騎遠，弩臺過雨老僧游。但令民物沾恩澤，田里熙然共解憂。

送劉仲彬

天塹僅同衣帶水，霎時揺過渡頭船。半簾霜月留孤館，兩岸江淮共一天。鏡裏年華催緑鬢，屋西山色擁青氈。月娥裁得緋衫就，桂子風高待着鞭。

送艾秀才赴京二首

太液三山駕碧鰲，五門遥望鬱金袍。虞廷詩樂夔功盛，漢殿賢良董策高。塵散海橋觀白象，酒香官務薦黄羔。椿翁近在詞臣選，親聽當朝説鳳毛。

天禄青藜照夜深，校書重喜得劉歆。牙牌帶月趨棱殿，馬轡牽春過柳林。照眼西山懸屋角，近人北斗在天心。新年忝預南宫試，把酒論文擬盍簪。

送奉使宣撫護都右丞 時過太平

面承天語出京華，春滿江南百萬家。碧落雲開懸月鏡，青山霜晚避雷車。太平之名山曰青山。恤刑宛合虞朝典，道遠如乘漢使槎。原隰咨諏王事畢，歡浮玉色見褒嘉。

送天門山長孫伯明歸富春

熱官何似冷官尊，講席横經聖道存。春雨蛙鳴聞鼓吹，晚潮魚上富盤飧。亭松滴翠籠書榻，池藻吹香度戟門。莫學嚴陵便歸隱，詔黄换取被新恩。

探梅

東君消息乍來時，訪問江頭慰所思。踏雪且行新霽路，向陽應有半開枝。遥知暖意回苔幹，驚喜寒香度竹籬。又恐重來花爛熳，細看蓓蕾最相宜。

輓戴母劉氏 旌德縣大族

梅花愁滿雪寒天，無計能留住百年。禮義防身閨閫肅，誦絃盈耳子孫賢。銀綃錫命旌高壽，玉樹藏輝慘暮烟。烈女傳中名可續，詞垣正有筆如椽。

題賢母傳 太平縣。汪叔志先生作傳。

仙尉曾資内助賢，寸心貞潔對青天。教兒書積千餘軸，守節家居五十年。獨對殘燈了機杼，不將明鏡照朱鉛。老來福慶人稀有，善行垂光太史傳。

登高淩歊臺

粉黛香消輦路荒，雨晴菊意媚重陽。長江落木秋無際，短帽西風鬢有霜。千嶂馬騰環重鎮，萬松龍舞蔭禪房。英雄多被繁華誤，蜀雪湘雲舊恨長。

題青田劉氏園亭詩卷 劉履道爲太平學正，求賦此詩。

湖光近接少微星，玄鶴飛來洞不扃。天雨好花開桂苑，地栽脩竹似蘭亭。文魚躍水憑欄看，黄鳥吟春隔樹聽。江左芹香解留客，故山有夢繞銀屏。

送李生赴金陵

長途雨過息塵埃，馬首鍾山隱隱來。李綘須登龍虎榜，謫仙重上鳳凰臺。芸囊册葉逢晴晒，雪屋燈花冒冷開。志士行藏隨所遇，豈無當路爲憐才？

輓師魯監郡

龍錦頒恩雨露馨，西風吹得鬢星星。牧民遺澤流南土，開國殊勳起北庭。佳菊滿軒閑酒案，甘棠隨處蔭碑銘。侯封大郡光泉壤，寂寞窮秋老淚零。

輓陸茂先

與君數日不相見，無病一宵驚已亡。伯玉行年方五十，董仙種德異尋常。雨荒庭外江山樣，烟鎖城西杞菊莊。身後傳家今有托，已聞詩禮在賢郎。

歲暮即事

慰藉情懷臘酒香，光陰背我去堂堂。驛梅初破兩三蘂，官曆唯餘五六行。斷送殘年多雨雪，逢迎老境是星霜。街衢擊鼓驅儺出，却喜邦民共樂康。

凌歊臺 在黄山，山舊名浮丘。

西晉山河决勝秋，旌旗捲影入浮丘。離宫滿貯三千女，霸國緫攘數十州。塔鸖泣雲憐廢迹，江鯨噴浪洗餘羞。詩人興逐巴潭遠，不道秦關老涕流。

蛾眉亭 遠望天門山如蛾眉

山川一統渺無邊，喜動雙蛾黛色妍。天地氣通門户闢，江淮境對水雲連。藤烟翠濕靈鰲脊，桃雨紅飄躍鯉肩。星斗入簾毛髮冷，清樽更弔錦袍仙。

觀瀾亭 爲監郡清卿賦，在蛾眉亭左，監郡所創。

江頭下馬俯驚湍，懶把嬌娥作意看。鯨背風烟詩客遠，酒邊花木醉翁歡。日斜淮浦漁歌近，秋老吴天雁字寒。萬頃銀河生脚底，乘槎何似倚欄干？

采石

絶壁高寒天與鄰，倚江樓閣萬魚鱗。獨招烏幘騎鯨客，豈有朱衣躍馬人？天塹方今無所限，蛾眉從此不須顰。荻芽緑嫩河魨上，呼酒花前管領春。

四望亭 在白苧山，桓温歌舞之地，舊名楚山，以其歌白紵遂名，有桓公井。

松聲如訴老桓姦，白紵纖歌污楚山。南北東西春眼底，古今興廢夕陽間。半天荒井泉花碧，千載殘基碣蘚斑。萬壑清風掃遺臭，野僧雲卧竹陰閑。

謝公池 在青山謝玄暉宅前

鏡天徹底見纖毫，昔日詩翁注硯槽。老虎跑開山頂脉，蟄龍送出地中膏。藥籬護碧藏星漢，茶鼎分香煮雪濤。遥對澄江浄如練，我來漱石亦清高。

太白墓 墓前有祠，蘆如筆，竹葉皆有金星。

自别金鑾抵夜郎，江南有夢到君王。酒酣采石風生袂，屋老青山月滿梁。龍管鳳笙遺韻度，筆蘆星竹借文章。雲飛荒野苔碑斷，時有詩人酹一觴。

葆和觀 即玄暉宅，有謝公池。

曾是玄暉舊隱居，忽看珠境現仙都。池漚晝涌泉根活，巖木秋凋石骨臞。栗殼黄腴猿哺子，松巢碧冷鶴温雛。道人錬罷芙蓉鼎，紫玉簫横鳳繞梧。

三湖 丹陽、石臼、故城。

三澤茫茫一碧連，白蘋風起棹歌傳。樹頭烟浪浮沉日，水底星河上下天。葦長新沙留雁夢，草鯉斷磧濕蛟涎。何當結屋瓊瑶窟，買取臨隄二頃田。

碧雲亭〔一〕

横碧雲間千嶂開，風高廢堞雁聲哀。飲殘杯酒不成醉，望斷佳人渾未來。幾欲排雲叫閶闔，便當有路到蓬萊。池蓮對客應知意，帶露盈盈淚滿腮。

【校勘記】

〔一〕類鈔本題下有注云：「在姑溪城上。」

江東道院 即太平府治

福地渾無案牘塵，黄堂清静控江津。仙凡只隔門前水，僚吏常如物外人。衙鼓晴敲琪樹曉，戟香暖透碧桃春。政平訟簡恩波遠，勝讀黄庭禮玉晨。

姑孰溪

映帶城隅地勢雄，昔稱重鎮大江東。萬山中斷飛銀浪，一曲西流卧采虹。夾岸樓臺楊柳月，對船燈火荻花風。釣魚臺下鷗如雪，我已忘機似海翁。有采虹橋及李端叔釣魚臺。

慈姥磯

斷隴横空鐵骨呈，舟行冒險客心驚。蒼熊突入半江卧，綵鳳飛來疏竹鳴。新港抱山浮樹影，怒濤觸石帶風聲。丁蘭廟廢人還葺，世遠猶存孝子名。

泊吴興

屋覆長橋客艤舟，玻璨窟宅冷涵秋。塔穿雲表萬松嶂，水注城心兩岸樓。列肆晨喧分海錯，重簾晝捲起吴謳。玉堂翰墨多遺迹，安定祠前更少留。

登尊明閣 在江浙貢院，有先聖燕宫像。

中和氣象儼如生，下俯吴山一芥輕。葦舍萬間星拱極，棘林四面鐵爲城。海潮起立風雷壯，天宇低垂日月明。梯躡青雲重到此，更無弱水隔蓬瀛。

宿遷義塘早行

土竈燈殘洗飯盂，旗車帶月駕疲驢。脚添重韈寒如鐵，氣拂疏髯凍結珠。荒塢宿鴉喧雪樹，平田飢鴇啄霜蕪。峒峿漸遠晨光動，野店逢人問道塗。

剡城客館晚宿

烟壁風櫺幾歲華，甕漿温酌當供茶。蔓根作菜甜如芋，粟飯登盆細雜沙。病嫗暖煨蘆席炕，小娃夜紡木綿車。掩關且擁重衾坐，蘇子油燈屢結花。

至沂州訪同知彭允誠夜飲鄒平仲馬元德善仲良在焉 允誠與余甲申同領鄉薦

野人處處頌能官，久别尤當刮目看。清話忘眠將達旦，巨觥連酌不知寒。一時賓主歡娱甚，四海交游會合難。莫負平生經濟志，從來功業出儒冠。

沂州紀事

馬蹄踏雪入沂州，山擁孤城水左流。瓦甕春浮黄米酒，鐵釭凍結紫蘇油。屏車念舊攜賓訪，閫幕知名遣使留。酌别東郊人滿道，餘情未已立凝眸。

山東山行至絶頂

地峻清寒刮鬢毛，烟林雪麓幾周遭。乾坤萬國風雲闊，海岱諸峰日月高。遠堠忽逢心少慰，小車難坐足頻勞。蓬萊不隔千餘里，便欲飛身踏翠鰲。

過穆陵關

層冰積雪蔽巖扃，絶頂高寒酒易醒。鐵壁重圍天設險，石梯萬級地揚靈。國家混一無南北，州境綿聯別兗青。俯視人間懸絶甚，紫薇垣近手捫星。

益都城北三十里有郵亭名白羊鋪壁間石刻張夢臣學士詩一首乃至大辛亥末第時所作其詩曰迢迢長日路途間兩字功名抵死難豈爲身榮愛奔競正緣親老逼飢寒雲霄附鳳心徒壯客館無魚鋏自彈百畝薄田容易辦也應無夢到長安僕因次韻書事

巉巖路盡困泥間，一步猶如百步難。漸見雲開天日近，何嫌歲晚雪霜寒。客中野飯身偏健，車上冠塵手屢彈。最是慈親念游子，久無書信報平安。

次蒲臺

曉麈集似烏投林，密柵緣墻布棘針。冷霧障天雲木暗，暖風著地雪泥深。濟流東去長歸海，蜀客西來遠貨金。喜遇采江香醖賣，一尊見貺慰鄉心。

滄州五龍池

帝遺神鱗變化雄，圓湫澄碧隱幽宫。天浮片影星芒動，地湧靈源海脉通。五色蜿蜒遺舊跡，一方潤澤溥玄功。我來亦待風雷信，燒尾桃花暖浪中。

次鯨川 即長蘆

北來州郡謾紛紜，喜見連甍插翠雲。萬貨鬻麈人四合，兩州聯境水中分。道間晝擁鹽車驥，橋左宵屯鼓壘軍。呼酒燈前沾醉後，青綾被冷火微熏。

立春日至霸州

陽隨脚底轍寒消，行過平堤十二橋。官府迎春牛擊碎，車輪輾雪馬行驕。草荒高閣存孤壘，柳夾通衢接九霄。從此東君當刮目，杏花消息到非遥。

歲除日至都城

紺霞晨現太陽邊，遥望金城萬雉堅。路柳陰連三百里，禁花香繞九重天。喜看太史頒春曆，阻侍慈親守歲筵。拂拭霜衣無旅況，御堤塵軟共揚鞭。

嵩溪詩會

亭樹陰中共倚欄，春雲藹藹出毫端。嵩泉香透銀箋滑，溪月清分雪椀寒。官久厭懸龜紐重，客來不放蟻觴乾。南歸衣拂京塵污，喜見驪珠落玉盤。

次韻嵩溪悼馬

帝選龍駒不泛常，特搜下土遣王良。躡雲疾足應先逝，戀主真情恐未忘。月滿瑶池飛馭遠，塵棲金勒舊槽荒。如君自有方皋眼，天駟儲精午位陽。

瀑布泉

懸流飛落大峰尖，千丈中涵萬縷纖。河漢機空垂雪練，石巖户闢掛冰簾〔一〕。白龍倒噴天邊雨，銀浪急衝江底蟾。薄暮香爐紫烟散，卧聽泠響入松簷。

【校勘記】

〔一〕「闢」，四庫本同，類鈔本作「閉」。

鶴籠

相依蕙帳貯仙禽，不似松巢結在林。月色穿來窺瘦骨，露華飛入戛清音。寬容聊息雙輪翅，盤促難拘萬里心。童子放開欣客至，孤山祠下迹堪尋。

秋江雁影

西風不動楚波涼，倒浸征鴻帶夕陽。雲母屏間箏列柱，水晶宮裏字成行。紛如鵲映銀河面，孤似鸞窺寶鏡光。幾見蘆汀飛起處，冷涵數點在清湘。

鴻門

寒侵玉帳酒闌珊，鐵甲重圍意度閑。真命未應遭虎口，至親猶解護龍顏。一雙白璧雖歸楚，萬丈朱光已滿關。亞父不知仁義主，至今遺恨在人間。

貂蟬冠

尾裁丹黑蟪紋蒼，簪插纓垂列廟堂。毳錦柔温摇采弁，翼綃清潔附金璫。駿鸃制度存遺意，獬豸鋒稜接後行。台鼎選賢非狗續，玉階風露鬢邊涼。

晚渡

下馬江頭緑草生，蒼童笑指暮潮平。得風先送孤舟渡，過岸將爲萬里行。宿雁隔烟沙際没，寒鴉帶日樹頭鳴。多情最是津亭柳，歲歲逢人費送迎。

送毛公禮

賢綱如天覆九垓，擬看展翮起蒿萊。膺門世重登龍譽，雄賦人驚吐鳳才。歲月辛勤存鐵硯，風雷浩蕩接金臺。江南鼓篋忘岑寂，雪夜挑燈卷屢開。

送小毛秀才

北望潁川雲樹深，江南風雨幾沾襟。一千餘里遠爲客，三百五篇常究心。待用能全和氏璧，知音未負伯牙琴。論文晝永相忘處，棣蕚生輝照士林。

御史大夫帖木哥公致仕

正是當今耳目臣，急流勇退足全身。江南開府臨諸道，林下休官見一人。日月旗常功烈著，烟霞窗几性情真。公孤論道思元老，恐有蒲車出紫宸。

送李好古赴西臺御史

天花剪玉澡英姿，緑蕚梅招夢裏詩。百二山河勞跋涉，九重耳目寄詢咨。錦袍召對金鑾殿，寶墨留題太液池。正值長安花滿路，青驄騰踏轡如絲。

送張太初赴西臺御史

開國功勞出保州，武攻文輔世王侯。星垣柱史承嘉命，天府神都紀勝遊。霜草不藏狐兔穴，烟花又繞鳳凰樓。驚心時事紛紜甚，應有封章告遠猷。

送哈德卿赴内臺御史

驄花照地轡絲輕，烟柳陰中望禁城。豸角鋒稜新憲節，龍頭文采舊儒英。霜飛白簡朝巍闕，星拱鑾輿入上京。側耳諫垣聞讜論，應須有志在澄清。

送曾道士

青牛蹴月五雲京，袖得琳書度上清。琪樹陰籠玄鶴陛，碧桃香引紫鸞笙。疏櫺銀浪浮天影，内鼎金丹鍊日精。小别千年飛馭速，清風何處步虚聲？

送集慶教授博淵泉

四薦科場筆有神，三爲博士甑生塵。江南學校尊昇郡，海内英豪讓國人。青鏡忽看霜入鬢，玉堂行與月爲鄰。臨岐無限留連意，已覺風雲滿要津。

送江子宜赴京二首 宋相古心族，任湖州安定山長。

芹波香接水晶宫，老筆生花氣燄雄。安定教條行浙右，古心家學振江東。書閑清晝茶鐺沸，官滿多年俸篋空。臺閣知名新有薦，輕舟北上趁南風。

金水河環萬歲山，客中隨友看朝班。風雷變化魚龍海，日月東西虎豹關。石炭晨炊倉米老，土牀寒酌甕醪慳。慈親應有門閭望，捧得天書及早還。

送陳唯道赴廣東憲史

臺柏相看耐雪霜，天南行役泝長江。繡衣香裹風生筆，緑綺聲中月在窗。海樹迎人馳曉騎，蠻蕉對酒剔秋釭。紛紛貨利無心取，時吐嘉謀慰遠邦。

秋日述懷

一氊雖冷寄名邦，却愧辭巢燕子雙。風送霜華來短鬢，秋隨雁影落疏窗。甘霖透地晴觀稼，缺月當樓夜聽江。佳客相過常滿座，清貧每欠酒盈釭。

登樓

吟邊萬象寄憑欄，露柳烟蒲不耐看。天地一時秋氣動，山川四望客懷寬。稻花飽雨搖新霽，蕉葉招風送早寒。短褐蕭蕭知己少，任無魚食鋏休彈。

送賀憲史赴廣東

英才適用出儒庠，自喜參承繡斧光。粵雪夜寒飛海嶠，蠻煙曉霽避風霜。紵袍清挹芙蓉水，椰椀甘凝荔子漿。北望鳳臺真捷徑，先將文采動遐荒。

送張文質赴内察掾

紫禁東藩望太微，雲霄捧足去如飛。秋庭展牘霜隨筆，晨馬趨朝月滿衣。瓦釜米陳噓石火，葦簾燈寂閉油扉。澄清坊裏行蹤熟，直待君恩寵賜緋。

送張庫使

白雲館下舊藏脩，薇劄隨身賦遠游。寶婺儒家傳禮樂，金陵官帑試才猷。孤山雪月寒梅屋，兩浙風烟畫板舟。最是雙親皆永壽，捧觴獻歲柏香浮。

送趙心道赴番禺令

去天萬里海南邊，甘露清泠洗瘴烟。邑附羊城民按堵，路通獅國賈開船。荔枝雨後千巖麗，榔葉雲間百粵連。玉節金符皆大府，喜聞子賤晝鳴絃。

送邵克忠赴武岡照磨

七十二峰樓幕下，諸侯賓佐六曹師。簿書疏少尋詩酒，城郭蕭條罷鼓旗。烟濕猿藤騎馬處，雲連龍瀑倚欄時。蠻溪警絶官無事，月照秋蓮泛碧漪。

送姚秀才歸桃源

客路隨身一束書，淩雲氣似馬相如。孤燈江館厭紅粟，三月淮鄉多白魚。遇世豈容淹楚璞？到家唯喜奉潘輿。桃源雨霽春如錦，更望瓊林欲駐車。

贈江有源

紫芝雲冷隱臞仙，起傍星垣步列躔。世學有源難墜地，客遊無處不談天。秋窗攬鏡風欺鬢，夜榻評詩月透箋。臺閣公卿暫留住，幾回訪我話流年。

送朱叔志

闕里古今唯二處，新安地望魯邦同。諸賢祠墓遺蹤在，兩族雲仍舊譜通。山市醉遊春幔緑，溪窗清話夜燈紅。歸來又振龍溪業，新額榮光照學宫。

溧水湖鄉夏末述事二首

淺碧湖漪没草萊，柳陰坐石浣塵埃。流光老我添文債，溽暑酣人却酒杯。六月魚龍隨浪起，五更風雨送秋來。離家見説門無客，鳥雀羣飛啄緑苔。是日丑時立秋〔一〕，風雨大至。

江海機心久已灰，白鷗見客莫驚猜。天連一水山浮動，地接三州路拆開。野豎衝炎耘稻去，棹郎唱晚採菱回。征塗亦有歸田夢，意恐清盟負菊梅。

【校勘記】

〔一〕「丑」，四庫本同，類鈔本作「午」。

館中山朝元觀作

自出徵租五十日，朝元閣下首頻搔。客中喜遇故鄉友，秋後自憐疏布袍。老火流空望霖雨〔一〕，西風入湖飛雪濤。扁舟又欲渡江去，桂影滿身明月高。

【校勘記】

〔一〕「霖雨」，原作「霖兩」，據四庫本、類鈔本改。

鎮守太平楊侯致仕

金虎横腰世爵傳，功成謝事享高年。營家緑野閑方樂，報國丹心老愈堅。刀劍于今買牛犢，兜鍪自昔換貂蟬。江城久駐多遺愛，軍政承風尚肅然。

次韻徹通理秋日驛中二首

幾年江海擬同羣，又隔鍾山一片雲。驛路秋高人漸遠，征袍霜重火頻爋。臺臣鶚薦多知己，天子龍飛舊獻文。我亦南宫老詞客，何時把臂慰前聞？

驚看冀北馬空羣，閉户探玄學子雲。獨念邦家情未已，何心富貴勢如雲？典謨總是經綸事，館閣應需黼黻文。安得燈前一夜話，平生傾倒叩奇聞？

送鐵元起監歸州

川口通衢熊繹城，兒童竹馬走相迎。三巴草樹春浮動，萬舸風濤雨蕩平。晚市炊烟連白帝，曉山旭日射紅旌。政成當入蘭臺選，熟路霜蹄上玉京。

送李國用赴宗文山長

鵝湖朱陸講道處，書院獨以宗文名。古今自有易簡理，經注皆同日月明。蒼嶂曉蒸鉛水濕，黄簾夜度燭烟輕。交承是我同年士，爲説故人華髮生。前山長孔晥，字子充，余同榜友也。

送東川山長張彦深

去城一百二十里，川上化爲絃誦林。西塾青氈三閲歲，東籬黄菊獨知心。鷺車使者裁霜檄，鳳閣銓曹傳玉音。我亦檀襟更清淡，喜看雲驥驟駸駸。設教于山主陶氏之族。

寄宣城學正徐伯初 辛卯秋，同考太平堂試。

官燭依然淚滿臺，望中溪嶂似蓬萊。登樓幾度碧雲合，對酒獨看明月來。松葉連簷霜後好，梅花喜客臘前開。榻氈未覺如冰冷，弟子森森育異才。宣城諺云「松連簷，出狀元」。

送黄文敬長岱山

都門烟柳去年時，回首文光照島夷。半石琢成司寇像，空庠留得侍郎祠。坐看賈舶分鹽利，自笑行囊少俸資。最是郡城文獻地，不妨來往結相知。

輓湯子允

故家積德經幾世，此老享年逾七旬。先向蒲塘卜風水，免看淮境動烟塵。雨窗竹石存遺跡，月館琴書付後人。不見瘦笻扶鶴骨，市橋楊柳亦傷神。

次韻二首 并序

慈溪劉中可爲姚江學官，去家無百里，其父字隱之，因來視焉。天倫至樂，藹然庠舍，婆娑嬉遊，觴詠笑談，旬日而歸。適余來後，不及瞻承，而與中可締交，觀唱和諸詩，縉紳傳爲美事。且教子入官，父之志也，得禄奉親，子之志也。以志養志，俱賢矣哉！乃倚歌而和之。

雨後芹池長緑波，皤然來此聽絃歌。舟輿熟路江頭近，父子歡情客裏多。春館稱觴衣舞綵，晚窗題句扇裁羅。笑看清俸供甘旨，奈此廣文官冷何。

石上綸垂碧海波，山中興在紫芝歌。先生閲世身長健，當代求賢意正多。老驥獨能諳步驟，冥鴻全不被蒐羅。浙東文物從前盛，如此期頤有幾何？

送樊照磨

與庸田官履餘姚旱田，回紹興郡幕。

都水使軺江上駐，郡僚馳驛共經過。旱田官賦今蠲免，屬邑民痍更撫摩。水路歸舟賒月色，山家冷竈借陽和。蓬萊清淺神仙府，歲晚梅花照碧波。

三月三十日費安中山長告别走賦六首

春融璧海講帷開，有客攜經萬里來。天下名人半知己，芹邊冷席獨淹才。東湖時雨沾膏壤，北斗文星貫上台。回望當年舊遊地，蒼茫烟樹隔金臺。

右送安中

去年見客問相知，射目如何却中眉。安定教條西浙盛，堯夫易學後人疑。水晶宫裏風烟爽，琥珀杯中歲月馳。誰念姚江未歸客，蕭蕭詩鬢忽成絲。

右寄察德元

南潯鎮裏新文學，姑孰湖陽舊世家。兄弟從戎多武備，師儒掌教盛才華。林巒勝處春攜屐，風雨聲中夜煮茶。去歲相逢便相别，故人千里寄漁槎。

右寄邢彦賢

霅水雨中曾共飲，錢塘秋半又相逢。可憐過眼日五色，還欲扣閽天九重。才似禰衡當薦鶚〔一〕，識如太史更登龍。偶因人去傳消息，見説盈門士子從。

右寄金仲宣

我本江東一布衣，十年較藝到京畿。欲從彭澤尋歸路，且學嚴陵坐釣磯。山月度墻窺冷榻，海潮帶雨過晨扉。天台客至因留話，一笑揮杯興欲飛。

右述懷

來自東郊曾遠迎，今朝有意惜君行。落花風裏一杯酒，芳草天涯幾日程。正欲園林娱賞興，又教鶯燕動離情。臨岐預約相逢處，信到梅梢白玉音〔二〕。

右送春

【校勘記】

〔一〕「禰衡」，原作「稱衡」，據四庫本、類鈔本改。

〔二〕「玉音」，四庫本、類鈔本作「玉英」。

甲午六月旦日登嶼山觀海

脚底潮生鼓萬雷，浪頭隱隱白雲堆。諸州地到海邊盡，外國帆從天際來。但見中間浮島嶼，不知何處是蓬萊。平生登覽今朝最，髣髴珠宫貝闕開。

送豐叔良

雨添新水長蒼芹，一片書聲隔屋聞。講席青氊雷傲兀，官倉紅米代耕耘。諸侯賞識璠璵器，學子争傳錦繡文。自是冷官難久住，出門有路踏青雲。

送戴生

姑孰亭前緑藻肥，會稽山上白雲飛。四郊兵氣頻聞警，一榻燈光只夢歸。舟子争潮喧熟路，海魚脩饌奉重闈。姚江在望渾非遠，肯踏梭船訪釣磯。

送湖北憲僉亦普剌金

金斧霜威壓將營，烟塵不犯石頭城。當朝天子爲知己，列郡鄉民總習兵。鄂渚山川何日到？于湖風浪一時平。舟師好渡蟂磯去，江上游氛易得清。

送太平路同知王庭珍

隔江塵起動邊聲，采石波濤夜不驚。台鼎調元延世賞，倅車佐守厚民生。近來壁壘添烽火，未見天河洗甲兵。月滿空船歸思切，望中桑梓是東平。

送馬仲雲

兩浙繁華第一州，宦情更喜挈家遊。吏曹環立看揮筆，明府相過聽運籌。雪水晴浮金板舫，虹橋春躍紫花騮。羽書近日傳邊警，未暇絃歌醉酒樓。

壽大本監郡

四月清和當望日，壽星光滿太平城。香凝燕寢諸侯貴，鼎鍊龍丹九轉成。循吏傳中書治行，列仙籍上注長生。綠陰亭館薰風爽，玳瑁筵前進玉觥。

賀郡守靳處宜病起

病中猶不廢承宣，卧治江城總晏然。自是憂民勞守相，正緣换骨作神仙。雲間老鶴精神健，雪後寒松節操堅。今日朱轓乘興出，歡生童叟擁街前。

清和

輕爽新暄皆可人，四時佳候一時均。渾無寒氣渾無暑，半似秋天半似春。滿地槐陰連曲徑，透簾日色度芳塵。伯夷下惠能同調，晝永從容樂意真。

壬辰清明日客有攜酒城東邀陳致中謝行可程子舟馬希穆及余遊月盤洞天偶遇張文泰遂同飲歡甚行可以老杜清明二詩次韻紀事因就韻賦

千門插柳緑含煙，陌有輪蹄水有船。花下酒杯堪獻酢，松間山路更攀緣。仙童見客頻留坐，飛鳥依人每可憐。席展園亭殽雜進，粥香鄰竈火新然。有閑愛結漁樵侶，無術能飛子母錢。自笑勞生空擾擾，欲求鼎藥爲延年。

閉門且免走西東，時事無聞絶似聾。幾處干戈猶不息，一春桃李又成空。唯餘山水長清麗，未見車書遠混同。冷節傷神登墓道，禁鍾未夕慘江楓。青山舊宅南歸後，白日浮雲北望中。欲效微才今未用，滄波甘分釣魚翁。

出金陵望茆山

蔣山過後見茆山，翠幄三峰異世寰。方士虎騎崖洞出，伯仙鶴跨海天還。劍光夜照星辰白，丹氣春騰草樹班。欲覓隱居吾鼻祖，松風樓上聽潺湲。

過平江

錫山回望望亭孤，百里風烟遠入吴。虎阜雲開晴見塔，楓橋月落夜聞烏。依依楊柳環新郭，渺渺波濤接太湖。可惜捧心人去杳，大夫遺廟鎮姑蘇。

岳王墓

十二金牌發帝宫，儘憑讒舌害元功。君臣樂土偷安遂，父子邊庭屬望空。莫掩青山千載恨，常懸白日寸心忠。英靈只在棲霞嶺，冢樹無枝偃北風。

寓姑蘇半塘寺

息程來借贊公房，暫泊扁舟向石塘。苔逕烟蘿浮竹翠，風簷花雨發天香。僧依法座持仙梵，人扣禪機入道場。明訪虎丘應不遠，雲邊樓閣擁青蒼。

虎丘

海湧危峰翠拂天，瘞來池劍化蜿蜒。樓臺隱映王珣宅，樹石荒涼陸羽泉。古冢月明無踞虎，芳林春盡有啼鵑。名山勝境關情久，衹爲尋登一繫船。

毘陵道中

孤帆斜日領舟行，遠道無山爲送迎。沙店疏籬堪問酒，烟村高樹不聞鶯。一灣野水鷗波静，到處蘋香客思清。莫嘆飛蓬類踪跡，成名自昔在書生。

復至金陵

望裏鍾山擁翠螺，金陵道上又經過。韶華信比當時盛，親舊原非向日多。紫陌塵飛金勒騎，紅樓酒醉玉人歌。獨憐卞壼名忠節，汗竹千年耿不磨。

除教職

孤劍頻年兩鬢殘，飛騰每切寸心丹。喜持黃紙新除重，那厭青氊舊業寒。楊柳晚風嗟客路，聖賢心事付儒冠。也知衿佩相親處，日與敷宣坐講壇。

秩滿避亂

冷官爨舍數年過，秩滿其如世亂何。衿佩有誰談禮樂，民生徒欲避干戈。歸閑故里青霄遠，卧病衡門白髮多。江上薜蘿烟雨裏，何時重聽太平歌。

世氛久未息書悶

開極規模自有初，舊章俶擾竟何如。原頭烽燧誰爲息，海内兵戈孰可除？偃月堂深資鬼域，伏波軍老縱鯨魚。疇能一吐平淮策，與爾排雲謁帝居。

重至金陵喜熙朝建都

聖王開極坐金鑾，整頓乾坤始得安。景運河清并海晏，江山虎踞更龍蟠。四方寶貨梯航至，百辟衣冠雨露寬。從此昇平千萬載，黎民擊壤罄交懽。

送孫伯融總制赴括蒼

遠攜行伍定安危，況子才高邁等夷。勇息煙塵今日計，道經邦國古人爲。撫綏黎庶通恩澤，捭闔風雲刷羽儀。文武功臣頭尚黑，熙朝重見太平時。

寄劉伯温宋景濂二公

水溢中原又旱乾，風塵從此浩漫漫。東山好慰蒼生望，南國那容皓髮安。要整綱常崇黼黻，還成文物萃衣冠。聖賢事業平生志，幽樂何須戀考槃。

喜伯温景濂輩至新京

束帛徵賢出磵阿，來從明主定山河。攄才要濟邦家用，爲治當調鼎鼐和。定見百年興禮樂，先從四海戢干戈。當朝輔佐侔伊吕，汗簡芳名耿不磨。

哭孫伯融

陸梁未息竟亡身，誰爲祛除四海塵。幣帛敬惟招俊乂，死生端只念君親。丹心故國江楓曉，白骨他鄉塞草春。不是交游重相感，幾多悲戚爲斯民。

龍江閲兵

諸將桓桓總虎熊，戰船部伍列兵戎。白虹光射腰間劍，青鵲膏塗臂上弓。千里生民應按堵，陸梁小醜定潛踪。戎衣一着天山定，文德由來濟武功。

康郎山應制

閶闔鳴韶發羽旄，羣峰青迓鬱金袍。臣民喜覩天顔近，車駕遥臨地位高。警蹕飛廉經梵刹，行廚光禄進仙桃，真龍到處多奇勝，風捲雲松沸海濤。

送夏允中總制浙東兼巡撫 洪武初元

九五龍飛始建都，廷臣領命出分符。要參將相施韜略，直使山林盡兔狐。鐵騎曉騰霜氣肅，玉笳夜奏月輪孤。皇仁遍布東南境，綏恤羣黎萃版圖。

已上俱辭達集

陶學士先生文集卷之六

七言律詩

戊戌新春同遊蔣山即席賦

時維正月初五日，人在鍾山第一峰。石磴輕風隨馬去，寶珠佳氣結飛龍。四方文物成嘉會，六代京都覽舊蹤。我亦追隨冠蓋後，未容歸隱撫孤松。

寄董貫道

十年不見董貫道，一書忽到金陵城。越山帶雨生秀色，江月照人知此情。客裏鶯花空隔世，國初文物類登瀛。倚樓幾誦停雲句，何日尊前意氣傾？

次韻賀汪炳叔董貫道二典籤同寄諸博士余掌兵曹與博士廳隔一壁耳

虎旅傳呼曉坐廳，千官如拱北辰星。晝長館閣無塵到，時誦文章隔壁聽。席上恩光在蓮炬，杯餘風味想茶經。諸賢同力扶持處，紅日升天破晦冥。

壽詩

天地結成龍虎氣，廟堂倚作棟梁材。軍民遠近歡聲動，吴楚東南壽域開。大將風行威萬壘，老人星現近三台。年年好景逢秋九，黄菊香中捧玉杯。

送陶伯仁

白雲已逐東風去，桃李曾沾化雨恩。江左名都新作客，山中稚子又迎門。芙蓉光射蒼龍鼎，菊樹香飛緑蟻尊。奉檄南歸如衣錦，一簾溪月坐氊温。

送張復亨

玉帛邦交自古然，使軺來駐紫薇邊。從容愛説留侯事，坐問能知伯玉賢。鯨海風生喧沸鼎，鳳臺月白照芳筵。試看南北今如此，必有英雄可合天。

庚子三月十七日上登忠勤樓幕佐文士皆在焉因命各賦律詩一首即事而成

雨添溪水碧粼粼，夾岸人家柳色新。南國山川遥在眼，東風魚鳥總知春。連營插戟屯堅壁，驕馬如龍踏軟塵。上相倚樓頻指顧，幾多仁愛在斯民。

上命賦詩送樞判吴國興回鎮建興并寄其弟元帥國寶

二百年前説兩吴，中興功業滿邊隅。弟兄今復爲良將，英勇俱能敵萬夫。怒斥鯨鯢潛巨海，平驅士馬獵姑蘇。無心宴樂軍中肅，要挈山河入版圖。

次權伯文韻并以送行 時庚子仲秋之六日也。伯文，廬山人。

瀑泉噴落大江深，懶棹扁舟釣柳陰。鶴禁烟花春浩浩，龍門雷火暖駸駸。路隨山勢孤懷壯，風動天機萬籟吟。東閣呼茶清夜話，試將寸草叩洪音。

稻田秋雨一犁深，江上樓臺緑樹陰。使客軺車來穩穩，王侯版籍會駸駸。精神獨得驪黄外，騷雅元非蟋蟀吟。左轄才兼文武職，拱聽當宁賜俞音。

秋夜懷友寄秦伯容太守等

夜永懷人頻有夢，日來作郡到無爲。江淮漸見干戈息，草木先承雨露滋。家累相忘勤國事，郊行遍問撫民痍。西風依舊秋容好，未暇登高醉片時。

我憶西廳劉博士，手提判筆坐黄堂。意高自與青天遠，事簡偏知白晝長。夢裏江環儀鳳閣，望中草長卧龍岡。人生出處皆由命，先試奇才定一方。

寄林彥明

瀛洲學士跨征鞍，巢縣遺民得好官。傍市田疇逢歲稔，隔江風雨動秋寒。庭前吏牘敷陳少，兵後人家整頓難。西掖簾垂耿予獨，暮雲飛雁幾憑欄。

寄董貫道

蘭槳來從浙水東，蓮燈照入玉堂中。風雲變態兵機速，河漢爲章筆意工。淮邑士民求世治，湖田蟹稻得年豐。有才且莫哦松下，膂力經營早進功。

送清涼寺長老凱翁住持義烏雙林寺

山前雙樹翠成陰，彷彿祇園地布金。大士除疑融聖教，老禪說法震雷音。定中隱隱聞清磬，別後迢迢鬱此心。回望石城煙寺遠，一江風雨有龍吟。

贈鎮撫田無禽 字有常，守天寧翼。

鐵馬牙旗將帥才，捷書頻到鳳凰臺。陣雲護壘軍容整，塞月窺窗旅夢回。横槊賦詩江海静，舉觴酹客菊梅開。囊書讀罷憑高閣，溪嶂秋清紫雁來。

送别

將營劍甲氣横秋，幕府衣冠坐運籌。天下義師同滅楚，蜀中帝胄已興劉。星軺將命來華省，錦誥覃恩遍列侯。歸向轅門宣主德，滿城歡意動貔貅。

故人劉彦英見過喜而賦詩 壬寅二月二十五日

十五年前遠别離，空江明月渺余思。間關兵後真奇遇，談笑尊前似舊時。自古晚成爲大器，當今勝着出殘棋。國家所寶唯賢俊，且使蒼生一展眉。

偶見

前乎萬古後乎今，天體高明地體深。要識此身超衆物，只緣真理具中心。紅爐有餤消融雪，黄壤成堆揀出金。杖屨出門行不已，泰山絶頂許登臨。

憶别三首

七年同在省東廳，回首征途夜戴星。南國遠猷資幕府，西山爽氣挹江亭。壯年報國心常赤，賢主知人眼爲青。鴻雁未秋音信少，每思好語似蘭馨。

龍虎韜雄贊紫樞，鳳凰池好占洪都。文章光餤無如李，疆域西南本屬吴。戡定有謀裨宰輔，治安求策禮真儒。落霞孤鶩江天遠，未暇登臨倒一壺。

西掖明刑慎履操，南昌守郡選英豪。兩軍争戰雌雄決，百姓瘡痍撫字勞。新壘入雲環井邑，長江護境壯波濤。美人縹渺關情處，獨立溪亭月色高。

雲巢

舒卷無心太古時，悠然深處獨棲遲。每依涼影休雙翮，自斂神功寄一枝。氣出山川纏牖户，狀如車盖覆茅茨。相看怡悦安居甚，風雨飄摇勢不危。

雪洞

太素中含月窟圓，鑿開冰玉萬重堅。明生虛室疑無夜，冷積陰巖自有天。琪樹飛花迷鶴侶，石門掣鎖露棋仙。玲瓏相對同高潔，宛在華陽福地眠。

寄吴左丞二首

長沙爵邑舊鄱君，曾駐臨川壯武勳。帝室遂能賓百粤，王孫今復將三軍。火旗鐵馬晴觀陣，玉帳銀燈夜話文。北望金陵作鄉土，鍾山佳處有飛雲。

碧桃朱閣武陵塘，俯視鄱湖一鏡蒼。珍羽高棲能擇木，彤弓遠發即穿楊。春郊過雨游氛浄，曉壘摩雲旭日光。共識平生心事白，每將忠孝振綱常。

時雨爲平章公作

春雲江上曉陰陰，膏雨知時直萬金。草木總添蒼潤色，乾坤先溥發生心。新雷頻送簷花細，秀野遥沾隴麥深。今日燮調逢大手，蒼生久已望爲霖。

四月二日與黄觀瀾員外傅仲珪都事同訪單德甫憲使不值

得閑來訪單繡使，上堂只逢雙墨君。小軒雨久長新樹，近午風生驅宿雲。更策羸驂尋雪洞，偶看稚子摘池芹。連營萬屋無閑地，小滿初晴麥氣薫。

贈孫希孟

孤懷軒豁無滯礙，四坐友朋聞笑談。苦茗甌中水清冽，緑槐枝上日西南。雞豚布野民痍減，虎豹瀕江武備諳。鯁直復全端厚德，賢如汲魏更何慚。

癸卯季夏病中

隴雲溪柳別多年，棹入荷花水鏡天。心若有慾如桎梏，身能無病即神仙。行吟騷國滋蘭畹，夢斷詩家種秫田。尤物可人皆澹泊，唯存書癖老逾堅。

感懷

桃發三枝結一實，仙子獻時雲闕開。竈突臘寒煙忽斷，簷梯夜静月頻來。征塗海岱皆戎馬，故國池臺盡劫灰。松葉滿山風自掃，天高未見鶴飛來。

贈人

雲山萬疊擁轅門，將帥詢謀禮達尊。劍戟霜明屯虎豹，桑麻雨霽樂雞豚。石關阨塞清無警，茅屋融和遠有恩。歸覲彤庭陳骨鯁，心期王業固深根。

送朱允升

年年應召赴秦淮，此會留連百日偕。王室議成新制作，客窗飛動舊情懷。未霜荷葉迎湖路，初月梅花映雪齋。更約相逢多勝事，御溝垂柳拂春街。

暮秋紀事

風塵浩蕩老朱衣，草檄軍門筆屢揮。九日誰浮新酒菊，十年不採故山薇。借來駿馬諳人使，去久狸奴憶主歸。聞説舟師又西上，燈前擬策進彤扉。

夜歸

緑水紅薇暮靄芬，聯裾穿出羽林軍。一街月色白如雪，兩馬風前去似雲。橋下商船依市宿，城頭戍鼓隔溪聞。到家無意梅花帳，更作相如諭蜀文。

寄胡仲淵

共剪秋燈對紫薇，旌旗南去總戎機。馬馳射圃穿銀的，花發鄉山照錦衣。拔栅每勞躬甲胄，臨風高詠唾珠璣。别來相憶情無限，目送寒雲斷雁飛。

萬户趙禎見余訪單憲使不遇之作賡歌四章雨中來謁用韻以答

驚見連篇錦繡文，營中將校罕逢君。投壺清致祭征虜，執戟多年揚子雲。銀甲行穿江路柳，丹心每效野人芹。一窗細雨初相識，清馥如蘭滿室薰。

石頭城

鐵壁巉巖阨要衝，古來設險大江東。半天虎踞山如舊，萬壑鯨吞地更雄。上國控臨吴楚郡，西藩環護帝王宫。當年駐馬坡前望，想見金陵氣鬱葱。

鳳臺曉望

列嶂飛空翠幾重，晨光拂樹露華濃。江南地勝來丹鳳，海上天開起火龍。都邑豪華超六代，烟塵蕩滌見諸峰。可憐白鷺三山句，金谷惟宜罰酒鍾。

鍾阜晚煙

紫翠光凝日欲晡，上方樓閣隱模糊。歸林高鳥巢紗幕，噴霧雄龍護寶珠。點染神功皆造化，留連好處是桑榆。澗松掩映同遲久，莫對山靈歎暮途。

秦淮

古云天子氣佳哉！誰使秦皇鑿地開。銀漢西流環數曲，紫垣中起面三台。每逢霖雨添黃潦，更染春漪似綠苔。因此金陵都會勝，兩隄煙柳蔭樓臺。

贈友

一綫岷波緑漲天，蛾眉愛此錦袍仙。九華披霧覩驄馬，五老躡雲來酒船。鶴聽書聲秋滿屋，月隨詩步玉爲田。瑣窗新霽留清話，唾出驪珠箇箇圓。

已上知新近稿

陶學士先生文集卷之七

七言律詩

蜈磯

御風疑是上瀛洲，靈瀆生峰倚斗牛。海底龍宮隨浪出，域中鼇極在空浮。川妃據險神南國，造物鍾奇抗上流。天塹倘如平定日，畫船簫鼓接瓊樓。

江上大風入泊櫓港

底事驚飆怒不平，雄濤起立勢如争。金鼇脊上三山舞，鐵騎聲中萬鼓轟。使客孤舟先入港，水軍高枕罷催程。身逢險阻心逾定，獨愛雲霄砥柱擎。

移舟

南岸風狂北岸輕，移舟近北水波平。開帆不用争先去，得路何煩冒險行。赤鯉似從仙客跨，白鷗來結海翁盟。人生遲速皆天定，却笑狂夫苦計程。

蕩槳

雨消殘雪滑新泥，風撼枯梢響古堤。一霎路經三舍遠，兩行槳蕩十雙齊。初晴緑水浴鳧雁，落日空山啼雉雞。出得沙汀烟浪闊，九華只在暮雲西。

次管時順韻

四海何人有魯連，幾時樂土似堯年。錦江雪浪浮雲外，黄鶴風烟戰馬前。與子飄然同桂楫，昨宵忽爾夢芝田。從來建業興龍地，莫學稽山棹酒船。

馬當磯

低垂天宇濕青蒼，西走危磯是馬當。怒虎脊高生齟齬，活龍鱗動閃光芒。三更獨月開初曉，萬古重關扼大荒。應想山靈愛詩客，翠屏如削照衣裳。

曉發彭澤

清曉江風捲霧消，紅衣扶槳帶霜摇。波衝斷石蹲斑豹，樹挂懸崖走黑貂。疊疊危關當險要，曈曈旭日上雲霄。覓得長年知水勢，應機運柂去何驕。

黄麻灘

黄麻灘前難艤舟，無港無磯江直流。松雲羣行似飛狖，山雪數點如輕鷗。舉酒聽歌鸚䳇賦，清波疑繞鳳麟洲。六經文字誰當寫？到此臨風搔白頭。

同使者船過九里十三磯

臙脂樹邊霜滿巖，層巒飛動碧如藍。兩船泝流拗七百，九里有磯凡十三。淮甸風雲生遠近，岷江烟浪出西南。櫓聲摇過急湍去，水鳥低飛聽笑談。

漫興

烟篷浪檝暫爲居，爐有茶鐺篋有書。晝刻僅存三十八，里程遠涉二千餘。星辰分野明黄道，軍馬行營駐綵旟。擬向轅門陳大計，此來非愛武昌魚。

陽羅堡

朔漢强兵此渡江，前朝郡邑望風降。中華君相重開國，大地山河一倚窗。西楚無人撞玉斗，東都有客賦金釭。上流衝要皆寧帖，定鼎何須力士扛？

風雨中過陽羅堡磯

石立江中舉棹危，風驅浪下建瓴垂。輞川烟雨王維畫，灩澦舟航杜老詩。傍岸徐行方得穩，涉川能待未爲遲。惜無好酒波間酹，爲謝馮夷出此奇。

新年

夜月江聲艤戰船，故園柳色動新年。想應兒喜閉門坐，每有使來無信傳。多病嘉魚未能食，少眠得句忘題箋。瓊樓高爽縈心曲，獨倚東風望碧天。

黄鶴樓

月借金波染素身，天風吹度大瀛濱。羽衣對酒蹁躚處，綺閣梯空浩蕩春。有客乘雲去千載，滿汀芳草長重茵。城頭日暖收旗鼓，擬傍闌干暢望頻。

大別山

神秀皆由造化功，山因夏史望尊隆。崇關磊磊當衝要，南紀滔滔此會通。千古歲寒存老柏，一亭秋興感飛桐。我來極目湖湘闊，作賦登高效楚風。

鸚鵡洲

綠衣使者到南州，處士時從黄祖游。縱筆文辭嗟好鳥，動人音節振鳴璆。芳洲過雨生青草，感客臨流照白頭。若使才高忠義篤，丹心應在主家樓。

烟波亭

簷頭斜日掛亭亭，下俯珠宫紫貝庭。江漢蒼茫春望遠，鄉關迢遞暮愁醒。晴霏淡淡浮汀樹，澄碧粼粼浸石屏。未信漁舟能領此，白鷗萬里整霜翎。

昭君圖

龍沙月照漢宫詞，毳錦衣裘换陸離。君命和親勞敢憚？夫綱定分死難移。春隨驕馬觀胡隊，玉立諸姬拜女師。花須承恩多見棄，長安金屋亦何爲？

秋胡圖

春風車馬擁歸途，桑下娉婷緑映襦。尺璧絶塵心自許，千金爲土眼如無。未酬堂上慈親養，誤認城隅静女姝。何事鬚眉一男子，愧渠粉黛凜然殊。

四皓圖

龍争鹿走角功名，眼底浮雲悟世情。有地采芝身遠遯，無心執玉手平衡。衣冠誤落留侯計，帶礪愁聞漢祖盟。松下厖眉垂白雪，至今泉石被光榮。

白蓮社圖

儒墨殊科混雜居，忘形擬作虎溪漁。花開冰雪暑不到，月在漣漪天自如。座有名賢仍嗜酒，門無時貴暫停車。東林此會何瀟洒，可是丹青得緒餘。

青松社圖

天地沖融顯至仁，溪頭霽月泗濱春。滿林霜雪高標健，在坐簪紳衆理循。草色映窗青共好，棣華聯蔕秀雙陳。髯翁偃蹇真奇遇，見此師生數偉人。

登瀛洲圖

天策英才聚一堂，簾櫳清晝海波涼。神仙宫闕金銀色，朝士衣冠雨露香。飄逸詞情超世出，聯翩臂羽拂雲翔。當時下土瞻麟鳳，弱水蓬萊隔仞墻。

遊月宫圖

桂影團團舞鳳凰，瓊樓宛在水中央。白虹橋背騰仙侶，玉兔毫端挹瑞光。但覺雲霄隨步武，不知風露濕衣裳。一場夢幻傷心處，胡馬揚塵蜀道長。

太真玩月圖

華清浴後上龍樓，得與冰娥共素秋。貌對妝臺金照面，光涵宫髻玉搔頭。梨園徹樂承歡暇，桂闕當天爲我留。翠輦何緣不同到，宵衣應是罷宸遊。

次韻答徐志仁

出山意氣動人多，蒼古姿儀逼籀科。大府君侯親擁篲，故鄉文物貴聯珂。江花香映麻姑酒，雲錦光分織女河。帳底從容勞借箸，兵籌國計直無阿。

已上江行雜詠

過張氏廢居土人稱花園張

兵後殘基緑草新，土荒石砌卧麒麟。昔年花木有千種，今日子孫無一人。當面好山遥隔水，驚心啼鳥暗傷春。薔薇寂寞沾清露，還似歌筵酒在唇。

四月望夜見月

半年不見團團月，或是天陰或病中。鏡影偏隨今夜滿，鬢華不與向時同。似憐偃仰空簷下，曾照婆娑舞劍雄。遥想清光千里共，兒孫對此憶衰翁。

次楊舜中教授韻

模寫江山愧乏才，雪堂不見老坡來。炎天素扇詩題濕，晚景朱顔酒挽回。與子相依淮甸月，棲身還遠禹門雷。客中懷抱方傾倒，吏候庭前事又催。

次韓子魯見寄詩韻

自笑平生山澤容，豈能奏對大廷中？天風穩舉高飛鵠，江月遥憐隻影鴻。每懷館閣親三益，擬具船車送五窮。應被昌黎嗤我鄙，何時一見擬洪鍾？

已上黄岡寓稿

過蘄州

平岡躍過半江心，岡畔城墉上碧岑。草舍聚成新市井，桃蹊引入舊園林。七層塔在禪衣絶，諸寨兵屯使節臨。三兩故人留繾綣，舟行不待一杯斟。

泊江州

江雲紺緑夕陽邊，江水空明海氣連。一點遠帆如白鳥，數聲急鼓隔蒼煙。潯陽九派疑無地，廬阜千峰直造天。清夜開樽酧司馬，琵琶亭下月當船。

過湖口

荆楚東疆合衆流，微茫天宇一浮鷗。山圍古邑當湖口，水没平沙露樹頭。處處茅茨松葉暝，蕭蕭風日荻花秋。何時訪友章江上，共倚朱簾畫棟樓。

重過小孤山

從古開關作海門，風濤不動石爲根。地靈内拱孤身露，水勢西來萬派吞。高柱擎天環日月，飛岑起霧濕朝昏。羽翰儻出層巔上，直度雲霄叫帝閽。

樅陽寓舍

草木重圍路不知，故藏餘暑得秋遲。風驚野竹起黄雀，日下晚山聞畫眉。久客未成歸去計，累官更覺老來癡。庭松相間榆槐緑，暫展繩床坐片時。

客子

客子飄零意不憂，人間到處爲詩留。四山掩屋天如小，百鳥啼秋境未幽。古市日斜蚊蚋起，廢營草合兔狐遊。偶閒步出溪亭外，羨殺漁家一葉舟。

偶題

地無車馬逢迎少，野色溪聲一枕秋。繞屋插笆防虎突，臨池開路縱鵝游。斫來紫竹供詩杖，候買鮮魚喚釣舟。尚辱天官記名姓，市朝移迹向林丘。

撫迹

鸚鵡洲邊送夕暉，長江上下萬重磯。元之暫寓黄州别，陶令擬從彭澤歸。客裏風霜催易老，山中猿鶴怨相違。青綾被上天香在，數載銀燈照紫薇。

中秋

乾坤海嶽總虛明，照得心胸瑩水精。月色只逢今夕好，酒杯聊對異鄉傾。素娥耿耿憐人獨，鄰唱騰騰按鼓輕。如此中秋能幾度？兒曹千里各凝情。

寄示從子旻

蒼秀鬚眉一丈夫，有才能稱此軀無。儒家盛業當名世，老屋殘書尚滿廚。壯歲光陰渾易過，古人名節要齊驅。自憐遠泊淮南叟，擬傍溪流撫竹梧。

寓況

樹陰一縷突窗烟，野簌山柴免費錢。病客再經遷守令，外郎今不似神仙。投竿浪説連鼇手，扶杖忘攜躍馬鞭。多少可人蹤跡遠，朝朝相見只清天。

重陽二首

倚杖西風晚日間，一江晴色照衰顏。近年獨喜行平地，纔説登高倦上山。亂後菊花栽已少，病餘酒盞飲何慳。霜螯玉鱠無尋處，老樹殘烟自掩關。

客居正有大龍山，又有黄花古市闤。九日何緣無節意，一身猶自遠鄉關。親交對景應相憶，僚佐離家盡不閑。莫道明年誰尚健，茱萸已笑鬢毛斑。

樅陽感舊

街衢樓閣幾千家，掩映諸峰布兩涯。嶺海路通來貨貝，湖溪水落富魚蝦。十年兵火人何處，極目丘墟兔可罝。物盛還衰從可必，榮枯但看上林花。

秋館書事

多年草樹未芟除，野豕山麞走傍廬。三二吏曹來捧牘，幾回客枕罷觀書。秋江潮漲霜飛晚，暮靄鴻征月上初。木落風高生遠興，思歸意不在鱸魚。

散懷

雁飛久絶故人書，路左難迂長者車。夜永燈昏頻起坐，曉來髮薄不勝梳。玉珂金鑰薇垣夢，野月溪雲竹石居。自笑吾生無定迹，半如仕宦半樵漁。

清夜戲題

紫雁飛投渚上蘆，錦鳩歸宿井邊梧。垂天太白光先現，傍月纖雲淡忽無。估客舟航維柳岸，漁家燈火起蓮湖。虚庭獨坐明如晝，短髮涼新露氣濡。

官舍謾題

墨花落紙照兵帷，山色隨人到縣墀。官事紛紜談笑辦，民情深隱揣摩知。竹君笑我食無肉，松子墜衣行有詩。府帖徵求如雨密，軍需田賦不愆期。

千秋節

龍集甲辰秋九月，天公壽旦更光輝。四方海岳交相慶，諸國君臣次第歸。創業情同魚水好，誓師勇奮虎貔威。桐城拜舞心逾切，遥望金門忍久違。

野性

紫蟹黄花野性娱，縱川秋晚問皆無。得閑意到蔬新種，不飲神清酒絶沽。雨氣四窗浮几硯，寒聲一片起菰蒲。烟波朝暮追隨處，好似扁舟泛五湖。

默坐

默坐癡如木偶人，冥心僅免痛纏身。離家作客雖無累，少食居官漸減神。仲子乘舟來省視，寒衣出笥慰清貧。牀前夜語燒松火，歡氣融爲一室春。

冬曉

徹夜清霜凝積草，新晴東日報初昕。山身結嵐露蒼頂，水氣上天成白雲。行子愁寒出門懶，炊夫及早負薪勤。都輪土室茅簾内，擁被遲興棢柮熏。

望皖公山

平生聞説皖公山，偶上崇岡見遠顔。螭脊踴天孤柱立，鼇頭瞰海萬洲環。高虚有境藏仙洞，威武如神衛帝關。思與英靈共酬酢，何時爲爾一躋攀？

東望

東望飛鴻信頗遲，未應老大命偏奇。隨舟山色曾三日，送客江流合此時。曉月柏垣思舊路，霜天菊徑待新詩。此行採得民間事，累牘須陳慷慨辭。

桐城書事

丹明翠膩走峰巒，獨坐茅廬詠硯寬。石觸溪聲喧夜枕，雲分樹影落朝盤。浮屠鼎立頻經亂，編户星稀漸得安。北峽關開人馬過，不聞刁斗擊霜寒。

秋浦雪中

昔時過此雪晴天，今到池陽雪滿船。兩歲客塗忙易老，九華山色美如仙。朱轓聯蓋迎沙際，黄帽停篙艤石邊。自擁竹罏篷下坐，風燈動影照無眠。

夜泊采石

去歲船從采石過，夢中風雨泝江波。今宵不及登牛渚，何日重來撫翠蛾。無酒臨流弔詩客，有心坐石理漁簑。鄉城數里身難到，燈下裁書寫意多。

慈姥港

江磯西走向淮壖，曲港東環半壁圓。嘯虎涉川風涌浪，靈虬疏土石爲泉。舳艫穩泊離艱險，晝夜安行接後先。被髮道人功獨偉，玉堂紀事有誰鐫。被髮道人者，蔣如意也。至治間如意浚慈姥港，土人名新開河。歐陽原功作記，無石刻，今四紀矣。

慈姥磯阻風

一片歸心趁鶴翎，江豚忽起恣吹鯹。篷邊山色和雲看，枕上風聲帶浪聽。萬事疾徐難逆料，千艘馳逐却争停。瀟瀟夜半無情雨，忍使寒欺短鬢零。

天

偶同三韻，韻各一意，自我創始。

人道蒼蒼便是天，我言天不在蒼天。寸心顯赫私難隱，五性圓融善本全。傅說巖居登宰輔，顔淵廟食著仁賢。但令俯仰長無愧，須信吾身自有天。

鬼神

陰陽聚散在乾坤，萬物初終理一原。泯泯形聲還寓迹，森森枝葉復歸根。周流冬夏成功顯，鼓舞風霆妙用存。靈氣充然隨處有，人間承祀禮知尊。

浩氣

盛大流行天地氣，有生得此本豪雄。在人善養心何懼，配道無虧體自充。剛直忘私由集義，作爲助長不成功。大賢千古常如在，要處先存念慮公。

首尾吟六首

人生何苦走西東？眼底浮雲跡易空。遠路挈家經至險，大船鬻貨伏真窮。馬行蜀棧高天碧，猿嘯巫山落日紅。木葉蕭蕭時序晏，人生何苦走西東？

人生何苦走西東？琴劍淹留邸舍中。故隴楸梧幾寒食，荒庭松菊自秋風。天涯月色傷心曲，鏡裏年華入鬢蓬。但見知歸鴻燕去，人生何苦走西東？

禍福皆由自己爲，莫談氣數怠脩持。壯夫飲酖難逃死，貧者營資不絶炊。貴骨插身遭斲鑿，餓文入口繫安危。鬼神予奪無他意，禍福皆由自己爲。

禍福皆由自己爲，古來家國亦如之。隱情畢達羣黎悦，諫口纔箝萬事隳。漢祖寬仁兼楚地，商辛炮烙動周師。興亡未必俱天定，禍福皆由自己爲。

報應隨心理最真，樞機爲主此爲賓。殺蛇曾作國中相，度蟻當魁天下人。然火請君先入甕，出門無驗莫容身。快尋善惡源頭看，報應隨心理最真。

報應隨心理最真，當存仁厚作賢臣。從來出爾仍反爾，無或刑人更殺人。没後方知廉是僞，生前獨以刻爲淳。自經溝瀆將誰咎，報應隨心理最真。

首尾吟二十首

達觀萬象付評量，性命玄機孰主張。天地無窮皆一物，帝王有統始三皇。衮衣制禮興周室，科斗成文出孔堂。可喜生民殊鬼蜮，達觀萬象付評量。

道

達觀萬象付評量，底事虚空一色蒼。高大絶倫包六合，運行無息繫三光。忍令顔跖殊脩短，偏遇堯湯久雨暘。此意微茫還識否，達觀萬象付評量。

天

達觀萬象付評量，今古人間一素王。曾孟有書明道學，漢唐無統爛詞章。澄淵静絶風濤險，靈府虛含日月光。參透考亭宗旨後，達觀萬象付評量。

理性

達觀萬象付評量，自昔王畿制四方。天設函關雄百二，地環洛邑定中央。鷹揚西土功成速，鹿走中原力逐疆。有德易興無德否，達觀萬象付評量。

在德

達觀萬象付評量，多少英雄古戰場。曾見雌雄分楚漢，從來揖讓只虞唐。馬牛謡讖歸江左，龍鳳姿容起晉陽。天命人心非倖致，達觀萬象付評量。

覽古

達觀萬象付評量，過眼榮華夢一場。不把聰明補名教，枉將心志變荒唐。窮經如覩行天日，涉難須經肅物霜。方寸儘能藏宇宙，達觀萬象付評量。

士

達觀萬象付評量，欲訪丹丘不死鄉。天上玉棺如實事，山中金鼎豈良方？偷桃浪爾奇方朔，辟穀飄然獨子房。椎碎三神驅恍惚，達官萬象付評量。

仙

達觀萬象付評量，樓殿如星起寶坊。喝佛狂談如有理，參禪兀坐畏無常。法傳心印皆文字，形寓閻浮即色香。未必真空都絶物，達觀萬象付評量。

禪

達觀萬象付評量，大化茫茫氣翕張。地闢天開呈海嶽，春生秋殺運陰陽。先王禮樂光三代，列國干戈起四方。正閏相承離又合，達觀萬象付評量。

大化

達觀萬象付評量，司造神功挈紀綱。剗盡劍門除割據，蕩平灩澦作康莊。太空日月明無蝕，永夜星辰浄斂芒。長願清寧天地好，達觀萬象付評量。

司造

達觀萬象付評量，積石龍門勢渺茫。西瀆流長多潤澤，中原地決廢耕桑。近年有路通星海，終古無人鑿呂梁。莫信槎仙説葱嶺，達觀萬象付評量。

黄河

達觀萬象付評量，轗軻由天莫可禳。文士有才多薄命，忠臣仗節或罹殃。鱷魚遁跡潮民喜，蜃氣凌寒海市張。造物還能愛瑰傑，達觀萬象付評量。

轗軻

達觀萬象付評量，氣化參差亦泛常。美矣長松生澗底，時哉雌雉在山梁。數年許史榮西漢，千古夷齊餓首陽。往事紛紜何止此，達觀萬象付評量。

參差

達觀萬象付評量，政教流行國祚昌。皇極居尊施五福，人文成化立三綱。世家公子歌麟趾，天下奇才覩鳳凰。更有山林安分者，達觀萬象付評量。

政教

達觀萬象付評量，治日無多亂日長。漢火漸寒三國戰，晉疆頓削五胡攘。誠忘金鑑成天寶，法變青苗厄靖康。一統山河忽如此，達觀萬象付評量。

治亂

達觀萬象付評量，歷代人材志氣揚。佐國大家鍾鼎貴，開邊能將甲兵彊。乘時立見功名顯，持滿無如禮法將。驕傲謙恭懸絶甚，達觀萬象付評量。

持滿

達觀萬象付評量，惡物蕃滋苦見妨。秋雨稻畦稂莠長，春風花圃草萊荒。滿家厭聽喧蠅蚋，當路驚聞走虎狼。元氣生生何糅雜，達觀萬象付評量。

述憎

達觀萬象付評量，事遇成全又不長。井邑繁華龍鬬野，池臺歌舞鹿游場。人情正好生離別，花豔方新遇折傷。郊外行春風雨至，達觀萬象付評量。

興感

達觀萬象付評量，靜玩羲圖理數彰。五月豕羸防至弱，六陽龍亢戒全剛。彌綸道□天無間〔一〕，輔相功神世永康。太極更求形上者，達觀萬象付評量。

先天

達觀萬象付評量，喜有賢能列廟堂〔二〕。多病數年親藥餌，遠遊千里憶松篁。當門湖水涵天闊，隔樹山禽語晝長。巖壑軒裳隨所遇，達觀萬象付評量。

紀白

【校勘記】

〔一〕「□」，原文墨釘，四庫本作「妙」。

〔二〕「廟堂」，原作「廟常」，據四庫本改。

首尾吟七首

人於物外莫容心〔一〕，貧賤何憂富不淫。待價有如藏櫝玉，引年無意乞骸金。

深山鹿豕情依舊，高閣麒麟事屬今。天爵在躬懷至寶，人於物外莫容心。
人於物外莫容心，内境神光萬象森。衽席嚴持師保訓，羹墻宛見聖賢臨。游居道闡清平旦，耕獲書田惜才陰。陋巷巖廊俱自得，人於物外莫容心。
人於物外莫容心，已不求人人自尋。莘野得君亡夏日，傅巖起相作商霖。鷹揚功在九韜略，龍躍威施七縱擒。事業時來皆分内，人於物外莫容心。
人於物外莫容心，往事驕盈可作箴。七葉貂蟬權位赫，五侯蠟燭寵恩深。酒肴腐敗飢人死，裘馬輕肥傑士沉。損抑自無欹器覆，人於物外莫容心。
人於物外莫容心，古淡情懷付雅琴。山閣松風貞白隱，野窗梅月杜陵衾。入廚空寂惟存菜，鋤地清高不拾金。須信豪奢非久耐，人於物外莫容心。
人於物外莫容心，謾有聲華動士林。將帥威行丸走坂，君臣道合芥投針。瑟工不計人憎愛，酒旨還隨量淺深。老大青天應未負，人於物外莫容心。
人於物外莫容心，名教無慚我所歆。正笏立朝安進退，點書教子細披吟。青山渺渺頻來夢，華髮蕭蕭漸滿簪。虀甕茶鐺清味足，人於物外莫容心。

【校勘記】

〔一〕「物外」，原作「外物」，據四庫本及下詩乙正。

有省

順境歡娱逆境悲，天公真意有誰知？士遭困鬱文逾好，物到充盈數必虧。得失當觀塞翁馬，吉凶勿問卜人龜。雲輪變轉尋常事，難把升沉定一時。

學易

氣化形生太極函，滎龍圖獻泄玄談。静觀大易九六數，忽覺行年五十三。卦自蓍求神莫測〔一〕，辭因象設理當參。古來四聖傳心妙，絶學重明在晦庵。

【校勘記】

〔一〕「測」，原作「側」，據四庫本改。

學書

皇墳帝典古熙熙，道德光揚事業垂。温洛神龜呈大法，魯堂科斗載遺辭。危微精一親傳統，揖讓征誅各有時。萬世國家俱鑑此，存心必治不存危。

學詩

教本閨門始后妃，經宏緯密爛生輝。辭情感物多微婉，祭享登歌盛發揮。古韻自諧何用協，序文有受未全非。考亭理趣明如日，獨此時時與願違。

審慮

天地生人一眇躬，包含天地寸心中。本來道義無窮極，要在工夫自擴充。涓滴原泉流浩浩，纖毫稂莠長芃芃。公私端緒加精察，舜跖從兹路不同。

已上鶴沙小紀

陶學士先生文集卷之八

七言絶句

四皓奕圖

安劉事畢返林丘，當局機心老未休。松下樵夫應暗笑，先輸一着與留侯。

倦繡圖

困來無力整殘妝，采綫何如意緒長。纖手欲閑閑不得，要將文繡獻君王。

郯城叟

稃屑爲饘不滿甌，焚茅烘暖弊綿裘。老翁自説因何瘦，連歲田禾不得收。

次西無棣二首

寒砭肌骨酷如刀，雪走風行足力勞。糲粟充飢裘襖弊，老天正是養英豪。
鬢結堅冰斷數莖，每逢村墅少紓情。僕夫皴手輪遲輾，行到日斜方近城。

次韻溪居六絶

水長清溪晝濯纓，鄰家門巷共新晴。東風偶爾加噓拂，便見閑花態度輕。
報到韶華太半回，庭前桃杏一齊開。蝶蜂留戀多情甚，纔到花殘便不來。
榮華無定若漂流，何似忘機狎海鷗？儻使題橋言不應，相如豈不見人羞？
簾捲從教燕子歸，倚欄閒看浪花飛。晚風欲定依然起，又鼓狂瀾觸石磯。
客來沽酒醉婆娑，童子垂綸釣緑波。簷外雨晴春樹茂，無心勾引鳥聲多。
暖天漲霧結春陰，花片隨波半欲沉。病鶴翎疏飛不起，却輸黄鳥占高林。

和張景中經歷三首

未來地步預難明，達士何嫌俗眼輕。天意安排元自定，窮通不必問君平。

春暉雲罅漏微明，趁暖遊蜂體態輕。溪上閉門車馬静，柳風不動緑波平。

林外雲霞曙色明，落梅點點入簾輕。東風有意消殘雪，現出郊原似掌平。

次汪教授見索茅朮詩韻 時汪有退休意

清夢相依玉潔堂，未應辟穀學張良。紫芝朮是神仙藥，細嚼華陽雨露香。

捕魚圖二首

操舟下網水波深，幾簇漁家柳樹陰。舉目紛紛争爲利，不知誰有子陵心？

簑笠衰翁凍欲僵，溪風吹透稚兒裳。幾多辛苦求鮮食，何似安居煮菜嘗？

題墨梅風烟雪月四首 爲劉東美作

萬點餘香收不得，倚樓莫怨笛聲吹。此情已在和羹鼎，自與東風暗有期。

烟鎖空江曉未開，暗中顧影自憐才。歲寒標格不可掩，消息已從天上來。
冰雪塞天陽氣轉，幽香飛動老龍鱗。平生每事居人後，十月嚴凝占得春。
百卉未春先入選，玉堂夢遠老侵尋。黄昏耿立無人過，唯有素娥知此心。

送劉生二首

蟹壯湖村橙子黄，秫田繞舍未全荒。雙親住在姑溪上，却望青山是故鄉。
伯兄遠游江北邊，仲兄溧上舊青氊。别後遥知不索寞，梅花月下玩先天。

題袁氏卧雪堂二首

洛城風雪未開門，空屋僵眠懶謁人。獨向歲寒持節操，始知君子不憂貧。
雪滿横山曉冷嚴，華堂帳暖蔽重簾。縱然邑宰來相見，不似當時舉孝廉。

題畫

鼓罷瑶琴策杖還，空山流水聽潺潺。夕陽林外風塵起，輸與先生不出山。

淵明醉圖

何勞一縣惱閑情，五柳柴桑老此生。每向黄花作沉湎，寄奴已據石頭城。

渡江

嘗聞五馬一爲龍，烟水迢迢日自東。那信江南業儒者，也來中土攬英雄。

見飢民

傴僂提攜面黑黧，如柴瘦骨强撑支。充觴猶欲延軀命，扳上高枝剥樹皮。

早行

月光斜墜樹凄迷，山路崎嶇信馬蹄。撲面霜風行十里，村墟漸近始聞雞。

旅夜聞雨

夜雨巡簷瀉瀑聲，窗虚燈暗旅魂驚。思家非是無歸夢，自信離人夢不成。

途中别友

岐路霜楓照面紅，君歸浙右我江東。青山今夜看明月，兩地相思聽斷鴻。

初歸

幽薊歸來鬢若絲，故園三徑草離離。慰人猶有籬邊菊，强吐秋花滿舊枝。

冬晚

江上風高雪正深，倦遊人抱慰時心。柴門不掃無來轍，抱膝藜床一暢吟。

野花

點染韶華傳色均，枝枝紅白爲誰新？雖然冷落山林下，也向東風静笑春。

秋山曙色圖

樹含曉色護林巒，重露如嵐滴翠寒。猿鳥儘逢山叟慣，未嘗驚怪竹皮冠。

爲劉博士題畫二首

静趣無窮閲聖經，紅塵那到子雲亭？東風吹動廉纖雨，頓覺郊原草色新。
峭壁危峰護紫霞，讀書聲在鄴侯家。静凭窗几閒觀物，無限春光在杏花。

題畫二首

隔岸羣峰帶鶴汀，水添夜雨芷蒲青。展書每向船頭讀，風外沙鷗亦慣聽。
山鳥山花别有春，薜蘿補屋浄無塵。簞瓢自得貧中樂，肯逐京華旅食人。

竹松二首

兩岸湘雲鬱未開，一江湘水緑於苔。雖然帝子鸞輿遠，吹徹璚簫鳳亦來。
攫拏百尺聳奇材，鱗滿霜皮蝕古苔。只恐春雷舊頭角，清陰不復護書臺。

雁鵲二圖

遠塞來賓伴不孤，半生粒食寄江湖。雖然矰繳頻年少，未可巡更少雁奴。
仙信遥傳入綵樓，橋成天女渡河流。不緣報喜人争聽，金印嘗將拜列侯。

懷友

别來消息久無聞，目斷江東只見雲。遥想蘋洲吟詠處，此身豈外白鷗羣？

送何令歸江右

故山猿鶴正相招，非是淵明懶折腰。想見章江門外柳，待君歸繫木蘭橈。

送劉生省親三首

江郭橙香蟹正肥，乍寒遊子已成衣。經書滿架堪探討，底事秋風苦憶歸。
白白晴雲望裏飛，寸心日夜念庭闈。到家喜慶承顔處，春酒盈巵五色衣。
男兒立志聖賢師，移孝爲忠遠大期。要取芳名登汗簡，加功當在少年時。

過田家

緑藏芳屋樹無花，穀浸田疇已茁芽。正是春蠶成熟後，不聞籬落響繅車。

過吴江

人家住處近菰蒲，咫尺風濤隔太湖。暫泊征橈問漁父，如今可有四腮鱸？

舟中望虎丘

鬱葱殿塔倚斜曛，樹色嵐光香莫分。今夜名山當借宿，不教閑却半床雲。

惠山觀泉

潺潺瀉石轉方池，桑苧翁名第二奇。盍向清冷分半勺，月團試煮浣詩脾？

詠史十五首 并序

風塵不息有年，生民肝腦塗地，弗見援而止息者。閉户憂思，古之豪傑自漢以下張留侯等十五人，又莫知何在。慨歎之餘，爰按傳考實，每爲賦一絶，以寓思仰之忱，亦望梅止渴之意云爾。

張留侯

佐漢成功又定儲，全身遠害類吾儒。也知豪傑天生世，未必黄公授素書。

淮陰侯

算無遺策捷如神，規取燕齊席卷秦。請看囊沙并背水，古今將帥孰堪倫？

鄧禹

知主非常杖策從，務安黎庶攬英雄。炎光重振追前烈，合表雲臺第一功。

諸葛武侯

扶漢如周夙所期，遺孤委托在艱危。出師二表文猶在，伊傅存心世共知。

祖逖

雞鳴午夜不堪聽，誓取中原一掃清。河内總收歸晉土，任他西北現妖星。

謝安

東山高卧聽彈絲，正是蒼生屬望時。兒子進兵優破敵，矯情鎮物尚圍棋。

主君陰事在初年，迎敵金光戰最先。柏壁嶺西皆大捷，始終名位保雙全。劉弘基

姿容環偉業通書，忍作鄉邦章句儒。王佐有才匡帝德，詎緣兵法授虬鬚。李靖

獨收人物厭珍奇，創業艱危主亦知。更展謨猷弘輔導，商周功業可爲期。房杜

戰無不克算皆全，忠義優存智勇先。策立功勳塞天地，復安唐室舊山川。郭令公

謀成後戰戰功成，持己莊嚴號令明。以少覆多稱第一，凌烟閣上合圖形。李光弼

謹畏廉能一代人，禁兵不殺務全仁。位高志下尤行儉，累葉兒孫作重臣。曹武惠

虜塵净掃寂無譁，第一中興不浪誇。居士晚稱清隱號，賢才弗用用奸邪。韓世忠

寡弱兵能擊壯强，天生豪傑信非常。長城不使權奸壞，唾手中原復故疆。岳武穆

海鰌奮擊泝江濤，敵主旋亡戰陣消。采石金山兩稱捷，文儒恰似漢嫖姚。虞允文

志喜

黄河千里漾清洄，天犬聲傳若怒雷。掃浄欃搶三萬丈，乾坤生意此應回。壬寅三月，彗見。四月，長星見。戊戌，星墜，化石如狗頭。辛丑，黄河清六百餘里，凡七日。

閱兵奏凱 并序

上天厭亂，眷命皇上，爲生民主，所以開太平於萬萬世。肇自起濠渡江，據姑孰，都建業，命將出師，取浙左右、江東西，所謂金鼓一動，萬方畢臣，天眷有德，昭然可見矣。何蘄黄陳寇賊謀其主，已有無上之心，乃肆侮僭竊，據有江、漢之地，怙强稔惡，敢爾抗衡，荼毒生靈〔一〕，終無紀極。天用剿絶其命。於是皇赫斯怒，親仗黄鉞，帥六師討平之。先是，癸卯歲七月閱兵龍

江，臣安忝侍從，見虎賁之旅、鷹揚之帥，旌旄矛盾，如風如雲，滿望無際。駕巨艦千百，蔽江而上，遇敵於鄱陽湖。凡距二十餘日，戰三十餘合。八月，虜酋中流矢，斃於舟中，降其衆五萬，皆宥釋之，奏凱而旋。臣以文字爲職，躬臨其盛，用作凱歌爲獻，俾士卒歌，以頌駿功鴻烈之萬一，亦以暢億兆人之歡悅情耳。

鳥翔虎翼亘連衡，江上風雲萬甲兵。驚駭蚩尤旗頓捲，豺狼何處敢横行！

巍巍左纛領干旄，百萬神兵湧怒濤。戰艦際天笳鼓震，定堪江海戮鯨鰍。

右閲兵

負固荆蠻久不庭，皇天眷德統天兵。戎衣一着誅魁醜，萬姓謳歌四海清。

聖主親征百辟從，躬提黄鉞振皇風。却嗟螳臂那當轍，萬甲桓桓畫虎熊。

艨艟山擁塞荆湖，百萬貔貅結陣圖。火筏扼喉衝浪蹙，須臾窟穴盡鼪鼯。

右得捷

交鋒酣戰六時過，湖面僵屍蔽白波。一箭流星酋首殪，軍民百萬動歡歌。

天皇赫怒静荆蠻，號令威嚴重若山。諸將奮先隨克捷，六軍踴躍凱歌還。

征討兇殘奏凱旋，聖皇功德並堯天。從今汛掃華夷浄，海晏河清萬萬年。

右奏凱

【校勘記】

〔一〕「荼毒」，原作「茶毒」，據四庫本改。

題江陰侯杜安道宅畫馬

洗罷桃花浪暖時，羣空冀北見權奇。五花雲濕青絲鞚，百戰功成不自知。

房宿何年寓世門，四蹄踣鐵度天山。沙場酣戰誇神駿，奏凱歸來十二閑。

已上辭達集

龍鳳己亥秋九月上於建龍關儀鳳樓雜寫金陵山川六處命僚屬各賦絶句走筆立成

秦淮流入大江來，白鷺中分水勢開。牛首峰前曾謁望，三山遥拱鳳凰臺。

庚子二月十七日上在姑孰遊靈山無相庵時僕與汪朝宗都諫王思文理問俱侍行王賦絶句三首因次其韻

霧斂春郊現燭龍，偶來禪刹問真空。當門一曲清冷水，物外人間便不同。

千騎争馳樂未央，繡衣銀甲映花香。回看城市炊煙緑，嘉惠生民不暫忘。其時賜穀于民。

松竹清陰覆古庵，宛如靈鷲擁精藍。相君下馬行吟久，得意賓僚有二三。

次寶公韻

馬首千峰翠鬱蟠，掌中六合握成團。天生龍虎真形勢，付與英雄萬國安。

奉賡御製中秋詩韻

老蟾再閱太平年，大地山河影更圓。今夜清光滿寰宇，桂香先到鳳池邊。

參議李公次前韻二首見示賡歌奉答

自有乾坤幾萬年，月光偏向此時圓。秋澄玉宇雲收盡，照見神州海外邊。
兔臺靈藥可延年，試問冰娥乞數圓。長願身輕華髮少，台階正在五雲邊。

奉賡御製詩韻三首送茅山宗師

太空珠境豁然開，風運瓊輪任往來。雨霽丹光雲外紫，繞山海氣隔黄埃。
燭龍飛出曉山巔，草木欣欣總燁然。洞裏白雲閒已久，又隨玄鶴上瑶天。
玉笙聲歇碧窗閒，金鼎龍砂五色班。時遣仙童入林去，紫芝帶露斸雲間。

題范氏文官花二首 先碧，次緋，後紫。

卉木無情似有情，九天雨露賜恩榮。何緣顔色頻更换，别有春工染得成。
荔枝緑後緋還紫，金帶圍腰事亦常。天遣名花作奇讖，一門數世盛文章。

題畫應制

竹囊琴劍一蒼童，官道驅馳並玉驄。相顧應談天下事，封書同奏帝王宫。

墨竹

煙雨溟濛翠影雙，滿林清氣逼寒江。雲間禁直青綾夜，一片秋聲起瑣窗。

已上知新近稿

陶學士先生文集卷之九

七言絶句

曉發

五更慈姥睡雲間，潮落推船出港灣。風雪滿天寒擁被，不知已過二梁山。

鄰舟

鄰舟先發到還遲，我正蓬窗穩坐時。萬事太忙非久計，老天試使衆人知。

漫意

買得溪魚掛柂樓，野翁錯認五湖舟。夜來雪水添晴碧，輸與江鳧自在浮。

牽舟

石洞玲瓏出水邊，牽繩外遞路中穿。輓夫飛度山腰去，隱隱歡聲起半天。

晚山

翠剪雲頭萬朶花，樹梢殘雪伴棲鴉。寒風吹得蒼烟斷，露出茅茨一兩家。

揚山磯

東岸磯頭擁赤霞，西邊沙渚老蒹葭。江流盤束如衣帶，水急船遲日又斜。

大通望九華山

誰道山如九朶蓮，萬峰飛舞上青天。惜無羽翼乘風去，分取丹池一勺泉。

風逆

浪激船頭上苦遲，無端又被逆風吹。桐城山在江西畔，三日相隨尚不離。

秋浦西郭

天風招我遊池陽，飛步郭西千仞岡。笑挹九華顔色好，怪來衣似緑荷香。

聞友人童溺

馬前曾佩錦囊行，笑指風烟一舸輕。月冷江天無覓處，别隨仙客去騎鯨。

曉發

月出山頭近四更，急呼人起棹船行。蕩摇枕席咿啞去，卧聽江聲直到明。

那吒石

何處飛來臂有翰，峰頭毛髮照波寒。不知元是那吒石，誤作巫山十二看。

李楊河

順風帆過李楊河，河北平磯没淺波。快撥輕舟絶江去，大龍山遠小如螺。

攔江磯

朝來東北好風生，吹得雲帆似葉輕。穩向攔江磯背過，怒濤噴薄不須驚。

趙老洲

杯茶未了過黄湓，趙老洲平不見村。舟子指西微笑説，不消一會到城門。

濁酒

濁醪杯面漲桃花，雪後陽春滿一槎。醉裏若逢年少日，更攀北斗酌流霞。

至安慶聞廖玉溪憲副等東下

李郭仙舟不可攀，我來惆悵夕陽間。料得對床篷底話，順流一夜到龍灣。

發安慶二首

城頭雲重月色黑，唯見空江如鏡明。舟子笑談諳熟路，揚帆夜半趁風行。

細浪聲喧晝槳閑，游龍載夢過淮山。覺來忘却江行穩，疑在松風萬壑間。

竹枝詞四首

昨夜牀頭燈結花，朝來浣女立江沙。洗得紵衣如雪白，將謂霎時郎到家。

驚看屋角小梅開，别久空登望遠臺。龜兒卜得人回早，望到日斜還未來。

一去從戎音信稀，團團明月照孤幃。願郎一箭殺强虜，賞得新官騎馬歸。

十月江城霜雪飛，舊衣補熨待郎歸。將軍回後人無信，不忍開箱見舊衣。

趙曈

黄雀飛鳴野竹間，雲昏不見皖公山。東風送得船行直，拋過滄江第幾灣。

蓮花洲

絶似蓮花水面浮，緑雲香濕立沙鷗。何時摘取蓮花葉，駕作中流太乙舟。

黛來洲

江上浮來一片沙，來時沙上有人家。碧波猶自環仙島，拔宅升天路已遐。

雷港

高隴奔江勢欲摧，濤頭噴激怒如雷。多因狹處生奇險，不是風帆上不來。

望東流

千嶂浮空翠入舟，亂雲堆裏指東流。無緣結得烟霞伴，架屋松風最上頭。

即景二首

灘頭偃木似人睡，波面小船如鴨浮。何況潯陽尤在上，兩潮欲不過舒州。

白沙如雪撒平地，黑樹帶烟明遠鷗。岸峻江低人去速，山頭一尺走隨舟。

蛾眉洲夢覺

清夢回時短髮搔，百年身世寄輕舠。夜深浪静魚龍蟄，天地無聲一枕高。

晨起

水國無雞報五更，霜鵝籠裏戛然鳴。一聲驚破篙師夢，檣上疏星掛曉晴。

曉望

水氣昏冥凝白烟，恍如混沌未開天。騰騰冷霧籠初日，凍作輕冰一朵圓。

烽火磯二首

萬章松檜百年霜，石笥穿波翠有鋩。願得邊烽從此息，桑麻緑滿戰争場。
撑破蒼霄頂額雄，通身峭石掛玲瓏。草木不知危險處，直於絶壁長高叢。

彭郎磯

巨靈運起霹靂斧，斫去巉巖當面平。想爲小孤無伴侶，夾江對立一般清。

補陀巖

峭壁飛亭起十層，螺彎石路小如繩。老僧獨坐雲深處，山鬼衝寒夜剔燈。

寫情四首

本性情，存美刺。

海船如山風力輕，十朝難得一朝行。少婦顰眉兩相語，幾時到得豫章城？
豫章城邊江水清，城中新屋起軍營。人人盼望妻兒到，日日走從江岸迎。
新人顏色美如花，舊婦攜兒今到家。閨中同罵郎輕薄，何不當初等候些？
年少兒郎久不歸，營中長夜守孤幃。餘糧買得綾紋絹，留待妻來裁作衣。

雜謡

東南風起水流東，折轉雙帆横使風。莫言不及順風速，還勝撐篙急浪中。

船住堤邊同採薪，船行炊飯日初晨。衆喜湧沙船得脱，烹鵝釃酒賽江神。

新覓篙師兩少年，默然無語静行船。同來黄帽欠諳練，每日喧争聒耳邊。

兩箇漁舟烟水中，見我相違如燕鴻。生怕軍來覓魚蟹，不知船裏載詩翁。

來往船兒都起篷，天公那有兩家風？上流不及下流速，安得人心喜一同？

雨淘沙磧炫銀色，浪打石根如斧痕。近日船軍少登岸，松山窩處已成村。

徑江

水落江心露碧沙，鐵戈西向插如麻。重來戰卒尋遺跡，拾得花鑌甲到家。

石壓樓船閣淺流，至今畫板没沙頭。寒鴉不管興亡事，飛下霜蕪啄髑髏。

敵國兵殘失戰船，石頭王氣曉連天。當時一戰雌雄決，絶似周郎赤壁烟。

金釵谷

何人釵墮緑沙傍，彷彿鏤金兩股長。環護那容風浪到，特來繫纜挹餘香。

柘磯

柘磯諸山如馬馳，磯畔輕烟飛鷺鷥。匡廬隱隱望題品，應怪詩翁到得遲。

湖口二首

大湖諸水合江流，直下滄溟不暫休。到此誰能分界限，茫茫宇宙一輕舟。

武昌船來湖内停，下流兵據上流争。楚歌聲斷風烟息，依舊玻瓈一碧平。

漁問

我在江湖子在山，山中斤斧幾時閑？何如吹笛滄浪上，浩蕩烟波任往還。

樵答

舉網江心得錦鱗，新鮮滋味勝擔薪。却欣身與風濤遠，榾柮烹茶雪屋春。

棹歌三首

雖是澄江鏡面平，急流如箭去無聲。泝江不遇東風便，十日都無一日程。
萬里風吹上水船，錦帆腹飽去飄翩。不知猶是長江面，只道乘槎直上天。
偶得好風行未遥，風微帆慢槳還摇。雲際飛仙在何處？欲憑青鳥寄書招。

漁歌三首

泊在滄江萬頃天，短衣赤脚踏空船。盤渦水裏魚兒聚，網得新肥一尺鯿〔一〕。
鬢底插枝紅蓼花，歸來星月掛枯槎。老妻問得有鱸鱖，不怪夜深才到家。
篷上瀟瀟風雨寒，篷底煮魚供晚餐。清波好與鳳池似，我掌絲綸在一竿。

【校勘記】

〔一〕「網」，原作「綱」，據四庫本改。

石牌磯

山頭墜土立如石，水底伏磯穹似黿。西望江州十餘里，斷烟斜日鳥歸時。

宿老鴉港

狹港寒流數尺餘，停舟一宿即蘧廬。晚來飯飽人無事，脚踏青泥冷捕魚。

早過江州

樓廢猶思庾亮床，山邊廟是九江王。近年割據人何在？一片烟莎曉色蒼。

潯陽道中二首

百丈牽船未得閒，蒼烟白霧渺茫間。寒蘆無際人行久，高岸迢遥不見山。
水急船遲蕩槳勤，微風不動又斜曛。可憐行子心如箭，不及西飛一片雲。

夢興雲山　萬壽浴室院禪僧

脱迹閻浮三十年，夢中彷彿類生前。正緣理有無生妙，只此能參過去禪。

先祖生日

兒時拜舞祖庭前，白髪烏紗一老仙。四十四年蹤跡遠，幼孫涉世亦華顛。

讀貞觀政要

自古開基立戰功，無如仁義起英雄。造成社稷年三百，全在親賢納諫中。

官牌夾夜宿二首

晝短偏知驛路長，黄昏又泊水雲鄉。此身强卧篷窗下，心逐飛鴻到武昌。

汀鴻集侶呼夜静，野火照雲如月明。雖是冬陰星未現，波光剪剪自澄清。

過城子頭

赤壤黄莎城子頭，經霜老柏秀林丘。無人獵射空山裏，飛鳥舒徐百不憂。

過馬頭

暖日輕風過馬頭，石磯重疊鎖江流。兩朝不見青山面，驚喜層峰迓客舟。

偶成

可怪人心常不足，豈知穩處是安寧？連日江行雖是緩，却無狂吹阻揚舲。

富池遇順風

頃刻天風起自東，棹郎踴躍挂雙篷。富池相對盤塘近，笑語蘄山翠色中。

夜泊蘄州城下

黄昏燈火聚江船，來泊蘄城古岸邊。詩客攜壺忽相訪，開元樂府聽新篇。

過黄州

雲竅日光紅散縷，山根霧氣白浮烟。黄州地暖如春半，不道今朝臘月天。

泊新生洲

中流突起新生洲，南岸猶稱下矮劉。熟睡不須愁夜雨，曉看黄鶴立雲頭。

遣意

急雨打篷還易過，薄雲籠樹未全開。天公今歲陽和早，先有春風拂面來。

晚行

斜陽未暮息風波，雨後山嬌刷翠蛾。江夏相看無兩舍，少行數里勝蹉跎。

夜夢作詩二句覺後續之

晏坐山中二十年，一朝披霧覩青天。出山還似山中物，歲晚霜松鐵榦堅。

臘月四日

昨日飄來幾雪花，曉雲飛出一金鴉。迤南臘月東風暖，吹得柔青綻柳芽。

望武昌

水面遠山浮數點，地中老石獻孤根。漢陽樹色微茫裏，一寸心飛到壁門。

追述

羽檄星流遠度關，列曹案牘事如山。除非夜卧寒窗月，夢裏題詩亦不閑。

已上江行雜詠

信步

斷碑讀罷度蒿萊，行傍人家取路回。野叟不知郡太守，茅簷留坐供青梅。

馬

一匹烏騅一紫騮，遠衝風雨出西州。久諳驅策能無棄，不惜長途汗血流。

聞䴉

單䴉叫晴雙䴉雨，不論朝暮報非虚。羽毛亦解天公意，儻不知機愧不如。

新晴

石徑新晴步屧遲，半因訪友半尋詩。東風雖老春還好，開到荼蘼第一枝。

欲晴仍晦

山市初看霽色新，癡雲四野妬餘春。蝶蜂自動閑愁怨，欲逐鶯花意未伸。

桑柘

繞庭桑柘雨餘肥，郊外人來採得歸。太守愛民何吝此，正期蠶熟早成衣。

方晴又雨

一夜星明朝復雨，近來晴意轉艱難。青天白日尋常事，此際當爲異樣看。

三月晦日

三月二十有九日，雨聲蕭瑟送春歸。薔薇愁損紅妝面，留戀東風未可違。

四月十六日夜月

四月既望夜望月，雲起天東如湧波。坐久雲間明月出，或占水旱果如何。

九月甲子晴

今年甲子皆陰雨，九月初旬甲子晴。若道占書皆可驗，何緣寶穡已秋成？

已上黄岡寓稿

望廬山

峰巒萬葉舞空蒼，烟起香爐暮色涼。五老憑雲齊見笑，白蘋風急棹舟忙。

次安慶

城樓三面碧迴環，掠過烟波棹不閑。認得客塗曾到處，亂雲堆裏大龍山。

次樅陽

白波紅日柘家灣，西望樅陽數朵山。惆悵歸人辭我去，想過秋浦暮雲間。是日，妻弟喻子皋分路東歸。

遥夜

紫煙輕袂拂雲霄，冒冷朱顏亦易凋。洞府玉簫聲又隔，滿山蟋蟀沸秋宵。

十六夜月

冰奩照徹碧琉璃，此夜重看儘未遲。風露滿庭人影瘦，清光元不減毫釐。

遣役

裹糧荷臿陣桓桓，鑿塹營城往六安。老子凝情不成寐，挑燈愁聽雨聲寒。

訪梅

山市凌寒特爲梅，霜清緑蕚未春開。莫愁獨立無人見，勾引詩翁兩度來。

已上鶴沙小紀

陶學士先生文集卷之十

歌

大明鐃歌鼓吹曲

自古帝王之興，必有著述以紀其盛。若唐臣柳宗元作鐃歌鼓吹曲，所以載祖宗之功能是已。肆惟我聖皇興自畎畝，務行王道，不十年遂有天下，豐功偉烈，博侔天地。臣安忝侍從，親覩大戰於彭蠡湖，雖鬼神莫測其機，爰剿叛孽，全師而歸。其後命將出師，往無不克。臣不文，然以筆硯是職，謹用宗元所名，而弗遵其制，總爲三闋，曰出師，曰奏捷，曰凱旋，俾兵旅歌以爲容，且伸其意，所以稱頌功德之盛於無窮爾。

皇天眷有德，聖君起臨濠。定鼎向建業，夷夏胥來朝。蠢哉爾醜猶負固，蟻聚鴟張敢侵侮。聖慮憂及民，雷霆赫斯怒。爰整師旅江之東，戎衣一著親元戎。威勢雄，爪牙奮，勇武鐵貫千艨艟。結陣兩戰酣，海濤沸天風。六時不解屠戮莫可算，鄱陽湘水皆凝紅。俄飛一流矢，酋首先殪凶。千古奇遇成神功，天討有罪繇天衷。左纛從此還，當廷命將帥。桓桓諸虎臣，分符出討罪。平吳定浙及閩中，陝關魯蜀威無外。肅天兵，塵不驚，長驅抵燕城。望風披靡如拉朽，一掃海宇腥羶清。王道蕩蕩邦家寧，從此天下萬年歌太平。

右出師

皇仁憫弔生靈辜，興師伐叛鄱陽湖。左纛親將兵百萬，旌旗蔽天連舳艫。況茲將帥皆貔虎，攄竭忠誠奮威武。龍蛇起陸鬧關機，猰貐磨牙互吞吐。聲揚似雷霆，氣聚若雲靄。勢擁山排空，威肆濤翻海。大地總掀簸，白日失光彩。交鋒結陣兩酣戰，血濺長江赭波面。殲劉贙猛過刈麻，俄報渠魁殪飛箭。轅門獲醜五萬多，巍巍黄鉞還鑾坡。欃槍浄掃大憝息，洗兵就欲傾天河。其餘吳閩猶掎角，觳觫那能抗喬嶽？浙齊蜀陝諸翹芽，烏敢萌纖傲霜雹？元臣廷受命，出則奏捷功。長驅到燕薊，載籍歸天宮。際遇風雲數豪傑，到處烟塵皆撲滅。十年睿算承丕烈，天意人心總忻悅。

右奏捷

興臨濠，都建康。風雲從，神龍翔。川嶽簸蕩，乾坤低昂。掃腥羶，正紀綱。氓受墊，傒聖皇。天與人歸戡四方，如日升天萬物光。一解。戰江漢，屠鯨鯢。仗黃鉞，秉白旄。奮義威，專天機。百辟趨，虎與羆。太白冥，天狼隳。摧彼鱗鬣流成漪，江漢平，萬乘歸。二解。諸爪牙，靖東吳。剪兩浙，甌閩區，刃弗剉衂全師徒。踴躍歡呼，吾廟獻俘。幅員廣，黔黎蘇。三解。桓桓雄，伐山東。狐鼠輩，競潛蹤。隴右蜀西諸鞠兇，薙刈若斷蓬。烽火息，狼烟空。四解。轉師除赤狄，直抵幽燕境。旂旐央央來，彼竄滅形影。被髪而左衽，中原弗遑靜。百年今復清，羶羯氣全屏。廣輪際天海，輿圖屬統領。無思不臣服，萬古鎮悠永。五解。

右凱旋

重登鳳凰臺獻歌奉進時歲丙午剪除羣兇殆盡喜而有作

已擣狐兔窟，重登鳳凰臺。鳳凰臺上聖人作，淨掃六合無纖埃。白日出，青天開。煙霏無留痕，曠蕩盡九垓。但見紫金之山高崔巍，長江萬里奔駛朝宗來。朝宗來，皇圖恢，握乾鎮坤，妙斡璇樞回。大哉造化仁，浡浡雨露滋。枯槁總甦醒，烝黎樂雍熙。樂雍熙，咸梯航。聖人陞大寶，端冕莅四方，神基永固天同長。地同久，天同長，聖人萬壽延無疆，高臺覽德來鳳凰。

駕幸獅子山應制

聖皇應天運，出以安民生。撥亂反之正，仁敷臻泰寧。十年天下一剗平，紀年定鼎開神京。城西有山極奇峻，昂昂雄峙長江汀。其山儼若狻猊形，百獸仰伏皆來庭。江流其下赴朝宗，洶湧昕夕弗少停。法駕時幸臨，乃以覿民風、體民情，匪爲逸樂無事而空行。峰巒虎兕奔，波浪虹霓騰。風帆烟舶商旅互來往，秧疇麥畛農父方耘耕。雲霞舒卷芷杜青，森羅萬象皆來呈。重瞳顧盼值晴霽，謂此景界由天成。用賜此山號獅子，昭示堅久無窮名。吁！祥麟出，瑞鳳鳴，四海爲一家，於穆皇風清。肇造勤，禮樂興。順游豫，恢綱紘。武多牙爪，文誠股肱。登臺陋漢高，思士發歌聲。乾道復何爲，貽謀千萬齡。

奉旨賀平章鄧遇等諸將平定中原回

大明受命眷自天，如日上升照八埏。帝皇德業際穹壤，在古無後今無前。烽烟到處咸撲滅，無强不摧堅不折。中原開拓尤掛念，睿謀選將當庭闕。桓桓羆虎智且雄，鳥翔蛇蟠排折衝。戰機陣勢指掌握，神鬼捭闔風雲從。雷霆轟天震笳鼓，號令嚴明整行伍。統師百萬辭玉京，天塹須臾捷飛渡。蔡淮小醜不足平，齊魯妖孽難逃生。長驅汴洛煩一掃，直取圓藉投燕城〔一〕。六軍倒戈胡主逝，根株既拔連條肄。乃收晉冀廣幅員，更納秦関貢租税。朔漠已靖遼海寧，奏凱還朝塵弗驚。龍顔霽豫衆復命，白日上貫皆忠誠。止有蜀黔何蕞爾，一箭飛臨猶可弛。生民安樂頌太平，萬萬年呼聖天子。

【校勘記】

〔一〕「圓藉」，四庫本作「圖籍」。

閩中王指揮報捷來金陵就送其歸

跨錦韉，佩龍泉。豹弢鳴鏑懸，玉玦鈎重弦。手提髑髏血漣漣，走報捷音丹陛前。見殺賊酋長，天顔喜回春溢盎。金幣出内帑，三級崇資併加賞。亟還撫輯要解民煩冤，毋徒誅夷有乖優恤恩。

壽宣國李公

月當秋九屬陽數，懸弧佳辰值初度。欣從真龍飛上淮，五岳生靈共環覩。神化見田隨躍淵，轟雷掣電開風烟。長江浪闊竟飛渡，甘雨洒徧東南天。輔佐聖皇開九有，浄掃欃槍扳北斗。或行拓境仗節鉞，或任經邦陳可否。建都控臨佳麗地，沙隄火城崇勢位。十年黄閤尚清高，吴楚峰巒挹蒼翠。河山帶礪誓始終，金書鐵券昭全功。股肱元首重今昔，奚特殿陛誇孤忠。開國承家華第宅，厚錫珍饈列瑶席。獸爐青裊水沉香，瓊巵紅瀉流霞液。嘗聞大椿奇論自莊周，八千歲爲春，八千歲爲秋，願公永與椿相侔。又聞瑶池有桃仙所植，三千年開花，三千年結實，願公此桃頻得食。更願夙興夜寐事一人，啓土臣鄰魚水親。謨明迪德並堯舜，天下仁壽同享熙熙春。

石假山歌

世上好山如好人，睨傲不肯來相親。是何峰巒落几案，數寸氣象排蒼旻。我聞好山芙蓉三十六，從有鴻濛露巖谷。一宵神運霹靂斧，但見二十四峰青立玉。翻然飛去十二峰，來向君家伴幽獨。忽遇雲間騎鶴侶，爲言此事非誇詡。更有仙家十二樓，化作游龍渡江去。硯屏時映一拳小，萬壑千巖共昏曉。天地骨含千古清，收拾精神不爲小。洞天兩竅祕莫窺，虚冥眇漠涵天地。須彌亦向芥子納，静中觀妙生神奇。幽人拂拭愛蕭洒，掌握烟霏恣陶寫。着屐不勞追謝公，山同心會忘真假。

望夫山

春風江頭吹柳枝，閨中佳人怨别離。長城烟草渺天北，重見郎面知何時？欲飛向君無羽翮，登山望遠雙瞳碧。寸心似石無轉移，遍體隨之總成石。相思誓與天地久，肌骨猶香堅不朽。征夫飄泊終不歸，縱活孤幃難獨守。岫花紅簪螺髻緑，雨露朝昏足膏沐。銀河雲錦織衣裳，月光爲鏡天爲屋。嗚呼六朝重鎮姑孰城，前後藩臣來駐兵。爲臣不忠取屠醢，何如貞女身長在！

天門山曲

混沌未鑿元氣閉，帝遣斲開雙闕麗。一抽鍵鑰不復扃，彷彿閶闔當雲際。岷波如絲來自西，狂飆忽駕滔天勢。雷驅銀馬蹴兩涯，虎豹遁藏闇者逝。向年未曾到此山，遥望不知誰抱關。但見烟蒼雨黛動顰笑，畫出八字宮眉彎。春來堤柳青裊娜，一梁開顏忽招我。一在淮西一江左，夾我詩船船不過。船壓天光覺天墮，愛惜玻瓈才能唾〔一〕。舉杯對月嚼冰玉，桂香萬斛清胸腹。夜檄江妃舞長袖，爲君翻作天門曲。憶昔充貢兩赴京，九重晨啓瞻彤庭。懷策空歸名不薦，五門微茫夢中見。

【校勘記】

〔一〕「才能」，四庫本同，類鈔本作「不能」。

凌熇臺

炎熇苦鬱蒸，何處堪欺凌？黄山古臺址，峻業何層層。周覽無不極，我嘗試一登。湘潭巴蜀總在目，長江濤浪來如崩。縈迴一帶繞雲漢，天門對立青峻嶒。果然暑氣無地着，松陰六月凝寒冰。所以凌熇名，不誣世所稱。想昔宋主卜築時，工匠庶黎勞聿興。瑶堦沓錦具，金雀棲觚稜。教成粉黛歌白紵，吹彈絃管聲嬌騰。無何豪奢逐流水，轉眼衰歇茫無徵。惟餘清泉白石散林壑，雨緑莓苔鋪毾㲪。銷磨今古罔識榮與辱，長年只有山中僧。

弔虞雍公廟

趙宋累十葉，南渡紹興時。金主長驅百萬師，兩淮宵遁權與錡，駕欲航海社稷危。麾艘絶江來，氣已吞采石。顯忠期不至，事勢倉皇急。參謀本儒生，剡床痛憂國。立招諸將赴海鰌，蹴舞雙刀陣中出。六軍奮勇殊死敵，畫艦衝渠半沉溺。復追射敗之，僵尸四千餘。公親再奏捷，露布獻酋俘。隨復縱火蕩巢穴，胡亦含羞燒鳳車。江東西，遂寧謐。口碑永頌神功德，當時微公那能免災厄。生民立廟沙溆傍，補報四時陳血食。只今風塵障日昏，想公英氣猶生存。咸懷我公不暫舍，堂陛再拜奠酒尊。安得如公者，復見生斯世，慰安黎庶清乾坤。於乎安得如公者，慰安黎庶清乾坤！

月蝕次韻張誠之

誰使妖蟆心慘刻，玉宇瓊樓恣吞蝕？兔老蟾癡不及走，天地須臾變昏黑。玉川子彷徨於中庭，涕泗成冤號。臣雖有寸鐵，無由身攝天梯高。但見龍窟隱頭角，虎衛伏牙爪，龜烏睨視窘無策，金鼓震地空忉忉。夜闌還我爛銀色，天眼如何能瞽得？飛章遥賀廣寒宫，皓乘流空照箕翼。下界百萬億蒼生，永仰清光保無斁。

送静明復住持天宫寺 宋宗室，乃講僧也。

静明復毓秀乎儒族，胡乃膜拜緇其服，終日繙經坐空谷？君不見龍飛鳳舞下天目，烟草凄涼渺平陸。江南玉樹寂無舞，喜見曇花豔西竺。月影相隨湖上宿，曉玩雲樓衆山緑。苑鹿晝馴巖虎伏，飯飽青精蔭脩竹。空外一聲清唄響，寶床演法毫光燭。蓮香飛出齒牙間，天雨曼陀散珠玉。聞道天宫現人世，蒼鷲回環梵王屋。

一朝教省檄書來，主領名山起幽獨。釋子遥聞大歡喜，仰待雲間錫飛速。從今禮師如禮佛，丈室天龍來眷屬。但令宗説兩通融，選佛場中一燈續。雲樓，地名。

樵隱歌 并引

溧川端國用卜築巉山，自號樵隱。其子以善，能揚父德，託陳子良來求樵隱之文。余亦樵于楚山者也，聞端君之隱，喜動於懷，走賦長歌。或乃鋸清風，斧明月，憩叢薄以舒情，招烟霞以爲侣，蒼童白丁，扶攜後先，譜斯歌以唱和之，亦山中之真樂也。

隱君家住巉山麓，託興樵蘇生計足。得柴既可編爲門，伐木還能結成屋。身穿巉山雲，春融草樹榮欣欣。簑披巉山雨，翠濕條枚漸翹楚〔一〕。西風飛霜天又雪，忽見滿山黄葉脱。童子相隨采薪去，斤斧丁丁在林樾。下山笛弄三兩聲，檐頭風月生餘馨。到家一事滿人意，笑指瓦竈炊烟青。逃名物外絶幽雅，厭看市塵飛野馬。平生挺挺松柏姿，豈同泛泛蒭蕘者？君不見朝官待漏冰凝履，寒透鷫鷞侵骨髓。又不見豪家過冬偏費錢，衣重錦綉榻重何如取將榾柮煨滿爐，暖襲圍屏晨未起。

氈。何如斫得桑榆燒作火，團欒兒女如添綿。更有酒樓歌髻整，狂客沉酣呼不醒。不及我樵安静境，澗底青荆沸茶鼎。復有爵高多俸禄，巧覓資財饜魚肉。不及我樵心寡欲，手束乾柴煮藿粥。久無買臣富貴心，列壑層巒留賞音。清猿攀蘿同晝暇，黄鸝求友聞春吟。巢枝小天地，爛柯短古今。戴雲冠兮月在襟，白石爲枕蒼霞衾〔二〕。左招農叟右招牧，亦有漁父相追尋。長歌未歸藉瑶草，采芝又遇商山老。松花釀醪顔色好，夢魂飛上蓬萊島。

【校勘記】

〔一〕「條枚」，四庫本同，類鈔本作「條枝」。

〔二〕「枕」，原作「桃」，四庫本同，據類鈔本改。

五花馬

五花馬，雪腕驕春赤雲胯。前年來從冀北野，蹄不驚塵汗流赭。將軍見馬筋骨奇，不惜千金買得之。持韁使馬或徐疾，馬不能言意自知。騎向邊城頻出戰，背長鞍花肩着箭。敵兵四合突重圍，救出將軍走如電。將軍歸，向馬拜，謝汝龍駒脱吾害。芻如山，豆滿倉，牧人守飼寒夜長。帳下英賢籌畫妙，曾勸將軍勿輕躁。智謀仁勇勝萬人，破敵擒王獻宗廟。將軍早依如此語，免致冒險幾成虜。感恩在馬不在賢，但恐忠良氣消沮。養馬能利將軍身，養賢均利天下民。若能養賢如養馬，偃武脩文治道新。

河如帶

虎有爪，鵰有翼。爪擒猛獸威愈張，翼奮高雲身起疾。自從軹道釋降王，火旗龍馬趨咸陽。丞相淮陰文武並，良平片舌摧彊梁。開國功臣定王霸，捲除虐網民歸化。壺關仁義決雌雄，馬上安能得天下？且如吏才世常有，何亡如失左右手。儻非神計六出奇，空陷滎陽虎狼口。長樂置酒朝儀新，天子之尊世一人。元勳雖是稱三傑，鴻業皆由得衆臣。臣有才，君所倚，元首股肱爲一體，家國崗興每因此。若使虎無爪兮鵰無翼，横飛怒搏將何以，狐兔鶡鷄等焉爾。高皇念功能重酬，剖符裂土封諸侯。刑白馬，宣盟辭，告於上下之神祇，神祇洋洋明鑒知。盟若曰山如礪，河如帶，地老天荒國長在。河如帶，山如礪，子子孫孫千百世。鐵爲券，丹爲書，視彼竹帛堅有餘。金作匱，石作室，藏之宗廟何深密。分茅食邑布州郡，雉粉衣裳龜紐印。謝恩鳳闕拜且言，長與漢室爲藩垣。後來疑忌含怒怨，激得王侯屢生變。戮豨醢越夷韓族，請苑利民翻繫獄。漸次國除真可憐，幾家能得傳曾玄？口血未乾言自食，無怪殘刑有武宣。爭如待下推恩德，保全功臣扶社稷。周家雖不誓山河，國與諸侯綿八百。君心誠信能確守，帶礪不盟天亦祐。君心誠信苟有虧，帶礪雖盟終自欺。君不見呂后在前莽操後，還賴功臣同拯救。河流山峙尚依然，不似人心不長久。

澗底松

兩崖峭立夾幽澗，澗底長松生直幹。崖高澗低無路通，鐵骨霜鱗有誰看？托根若在徂徠野，千尺良材逢匠者，拔爲梁棟登廟堂，豈容偃蹇山林下？澗底松，安可賤，地位雖卑獨無怨。不願用於漢家未央宮，不願用於唐室含元殿。久無帝舜作巖廊，甘分沉淪羞賈衒。自從長養數百年，絶彼斤斧全吾天。未央含元雖壯麗，回首瓦礫凄寒煙。君不見犧尊青黄木之灾，至寶不琢真奇哉！

大風起

大風起，大風起，掃蕩烟塵浄如洗。火龍吹燄成赤雲，鼓鑄乾坤又一新。鑾旗豹車過沛里，父老子弟争迎喜。向年離家纔庶民，今日還鄉是天子。酒酣情濃思故舊，慷慨悲嗟舞長袖。復除户户動歡聲，千秋萬歲君王壽。壯哉親唱大風歌，金石鏗轟奈樂何！君不見拔山盖世骨先朽，何在威加詫雄糾〔一〕？又不見深室懸鍾烹走狗，何用猛士爲之守？大風起兮雲飛揚，不如膏雨流滂滂。威加海内歸故鄉，不如帝德天下光。安得猛士守四方，不如王佐之才登廟堂。所以漢道不克承三王。

【校勘記】

〔一〕「糾」，四庫本作「赳」。

應制次韻石城秦淮二首

石頭城，與雲平。朝見紫霞結，暮見明月生。城邊年年春信早，御溝漲暖垂楊青。駐馬坡前花雨歇，江北浮舟渡桃葉。中營兵算朗如月，鍊石尤能補天缺。氣運推移夜還晝，六代繁華應復舊。秦淮水，息風浪。宛如河漢向西流，星斗高環紫垣上。祖龍鑿山氣常王，地脈仍完秦自喪。大帝興吴天塹雄，五馬南浮形勢壯。秦淮光涵天影明，樓臺夾岸如承平。雪晴朝來春水生，且無江上鯨鯢争。鍾山萬古色不改，日出雲開見滄海。

賦

大成樂賦〔一〕

芹波環璧，芝楹鯍金，素王凝旒，有赫其臨。肅成均之蕆祀，冠天下之儒林。運隆文明之世，樂鳴正大之音。鏗宫商於翕繹，調律吕於精深。此釋奠大成之樂，所以象聖德而感人心也。若乃宿懸展聲，栒横簴立，八音繁會，莫重金石。範荆揚之貴品，蠲泗濱之瑩質。貫脈絡於宣收，妙始振而終詘。爰有琴瑟布絲，簫篪按竹。笙以匏列，塤惟土屬。鼗鼓奏革，柷敔諧木。序有堂上堂下之分，歌有凝安、同安之曲。搏拊戛擊，審輕重而中倫；要眇舒遲，益悠揚而不促。迭唱和以永言，盛物采以充目。譜雅頌之遺芳，洗淫哇之鄙俗。

於時殿陛清穆，牲齊馨香，盥薦是嚴，升降有章。明靈在天，來格來享。被龍章其負扆，嘉盈耳而洋洋。使夫聆之者陶一身之天和，覩之者詠千古之道域。融暢精神，流通血脈，信乎儷美於虞廷之韶，聯輝於清廟之瑟矣。予獨因而有感焉。當夫尼山降神，洙泗闡經，屹屹乎生知安行之資，皇皇乎出類拔萃之英，巍巍乎聖賢之標準，顯顯乎帝王之儀刑。祖述憲章而功著，仕止久速而時行。彼莘摯之自任，暨惠和而夷清。地雖躋乎至極，僅一德之宜榮，孰愈聖智之全美，巧力之優并。與其爲小成獨奏之一樂，曷若爲八音並奏之大成？是以始終條理之取喻，形於孟氏，極贊而深明。

洪惟皇朝〔二〕，教溢八紘，鼓至和於兩間，浹仁澤於羣生。一夔制作乎大章，百獸率舞乎明廷。聞管籥而同樂，欣欣然有喜色；舞干羽而格遠，蕩蕩乎無能名。崇儒重道，祖述丕承。允稱加封之詔，式符雅樂之稱。聖主龍飛，經筵盛典。中和建極，海宇謐寧。兼總條貫，玉振金聲。方將考大合於周禮，而益隆大成樂於孔庭，宜乎開億萬年之太平也。

【校勘記】

〔一〕四庫本同，類鈔本題下有注云「甲申江浙鄉試」。

〔二〕「皇朝」，四庫本同，類鈔本作「皇元」。

大成殿賦

遭文明之盛世兮，流聲教以彌幅員。闢虎闈於璧水兮，示彝倫之所先。校庠布乎郡邑兮，咸在廟而清蠲。巍乎大成之禮殿兮，嚴報本於文宣。承皇后之嘉惠兮，詔徽稱以致崇。摭鄒儒之微言兮，盡成德之形容〔一〕。總條貫於金玉兮，翕衆音之始終。是曰大成兮，視夷惠焉能同？著嘉名而有自兮，侔制作乎王宮。

大江之南曰姑孰兮，面蒼翠之三峰；溪流繚乎城邑兮，藹洙泗之遺風。湛清波之半璧兮，循橋門而沄沄。蔚喬蔭於文檜兮，發秀色於蒼芹。歲冉冉其屢更兮，棟將撓而榱桷蠹。澹煙蕪於黄昏兮，恐佳期之不吾遇。苟作興之有俟兮，亦何恨乎遲暮？思美人而忽見兮，羌邂逅於南土。駕五馬之翩翩兮，載雲旌而容與。指泮水以弭節兮，謇將覲夫靈宇。東階兮肅升，酌芳馨兮薦誠。華扆塵兮衮龍翳，中庭淒兮緑草生。澹觀者兮忘情，獨俟心兮靡寧。謂天地之廓大兮，惟聖道其服參〔二〕。

帝乘龍以撫運兮，儒化罔間於朔南。宜崇構以宅尊兮，夫豈卑圖之所堪？歲月逝而益圮兮，將承宣之我慚。萃縉紳以詢兮〔三〕，恢新制而經營。協靈辰以遷主兮，命梓人使效能。擢良材於鄧林兮，輂巨石於巖扃。百工繽紛以雲兮〔四〕，隱斤斧之轟轟。寮屬協心以贊承兮，曾不日而告成。隆殿崛其山起兮，象紫微之法宮。旅楹植立而絢丹兮，飛梁駕乎長虹。朱甍采桷，翼其如翬兮，仰之高而彌崇。信乎不可階而升兮，夫何岌嶪而嵸巃？橑木欄而楣辛夷兮，煥玉題與金鋪。鏤蒼珉以爲礎兮，削文杏以爲櫨。敞寬平於赤墀兮，納光景於綺疏。碧參差其萬瓦兮，躍龍鱗於天衢。其勢出類而拔萃兮，蓋將與造物而爲徒。溘埃風兮排雲，類特立兮無羣。干元氣兮絪緼，類太和兮萃於一身。赫奕兮輝煌，猶髣髴兮文章。倏雲譎而波詭兮，象神化之無方。具陰陽之闔闢兮，與日月其齊光。晨燎設兮獻殽醑，妥神居兮啓瑶户。皇剡剡兮揚靈，率雲霓兮來御。肅上公兮列侑，被赤紱兮自天而下。心悒鬱而未舒兮，睠焉不能舍也。位門廉以協制兮，建雄宏之廈也。圭冕秩於東西兮，挹道德之遺芳。玉綵彰施於五色兮，粲繡繪於衣裳。列星布乎朱扉兮，爛昭昭其未央。士之誠敬有所瞻兮，儼素王之洋洋。

重曰：春秋紛其多故兮，傷周綱之久陵。嘉尼山之毓靈兮，胡唐虞之弗興〔五〕。環遠轍以振鐸兮，嘅無人乎我聆。跲祥麟於魯郊兮，淚浪浪其忽零。明王不作，孰宗予兮，歸闡教於遺經。開世道之隆平兮，示人主之儀刑。惟熙朝之累洽兮，躐漢唐而軼三代。恢帝德之如天兮，鼓皇風於無外。建人極以爲標準兮，孰若夫子事功之尤大。生民以來未有斯盛兮，亦何啻乎羣山之宗岱？宜悉心以興學兮，知化原之有在。峙壯觀乎江表兮，伊斯文之有賴。事畢兮功深，丹堊煥兮鴞林。登俎籩兮奏八音，吉日上丁兮神所歆。嚴齋宫兮集衿佩，播絃誦兮游六藝。雲飛騰兮雨滂沛，漸教澤兮被萬世。

誶曰：孔子之道，集大成兮，新廟奕奕，揭鴻名兮。厥高造天，鬱峥嶸兮；龍章當陽，儼穆清兮。邦之具瞻，侯所營兮。億載文運，日月其明兮。

【校勘記】

〔一〕「成德」，四庫本同，類鈔本作「盛德」。

〔二〕「服參」，四庫本同，類鈔本作「能參」。

〔三〕「詢」，四庫本同，類鈔本作「詢度」。

〔四〕「雲」，四庫本、類鈔本作「雲集」。

〔五〕「胡唐虞之弗興」，四庫本同，類鈔本作「期唐虞之復興」。

孔廟賦　并序

至正四年，朝議以六事課守令，增興學之目，遴銓時望，爲民師帥。由是，西河高侯子明以才被選，明年守太平。始視事，朝服謁先聖廟。惟時殿庭弗葺，廡弊門逼，從祀位置未合禮度，而規制隘狹，髹繪昏翳。懼弗稱國家致崇極之意，乃建議改作。徵學田積逋，購材鳩工，躬自董督，指畫匠石，常臨視終日，歷憚勞悴，穹祇贊役，冬無陰寒。遂復開廣基址，大興棟宇，塑像嚴華，備王宮之制。其勢倍蓰疇昔，稱江、淮之冠矣。自侯理郡，善政溥施，而是舉尤偉特，蔚爲斯文盛事。蓋圖盡厥職，不負委任，視黄霸教化潁川、文翁建學於蜀，同一轍焉。昔者泮水之詩，頌美魯僖，矧兹新廟落成，宜有贊述。輒譔孔廟賦，用紀成績，昭示無窮，雖不敢追媲作者，亦古詩之流也。賦曰：

天昌文運，地獻靈基。奠素王之奥居，闢清廟之弘規。法紫宫乎北極，抗陽位乎南離。美成功於不日，重報本於明時。斯蓋廓乎千古之偪陋，聳一邦之崛奇者也。睠惟姑孰開壤江東，溪流揚洙泗之波，泮林藹鄒魯之風。況當車書之既同，校庠之是崇。焕經籍其牖民，麗日月於層空。詔大成之徽稱，仰垂範之玄功。匪夫華構巍雄，如雲而翔，如山而隆。曷足以尊帝王之師表、道德之宗工。夫何墁瓦蘚蝕，衮繡塵凝。矩度失稽，位序無徵。玩歲因仍，廢不遄興。丹虹逝兮梁木壞，金雀去兮空觚稜。斜持兮旁承，岌岌兮難勝。目爲駭視，心爲惕兢。苟非神物之呵衛、明靈之倚憑，亦將靡然而撓、頹然而陵矣。物因蠱而加飾，事遇終而始成。

洵美高侯，受命天子。洒御墨於金屏，頒宸恩於玉璽。剖符内京，守土南紀。振榮光於兩幡，撫淳俗於千里。肇當莅政之期，首嚴告至之禮。乃盥東榮，乃服深紫。瞻堂廡之隘荒，省疚懷而不已。於是會僚屬，詢賢儒，考羣策，恢雄圖。緡帑久虚，粟廪無儲。發號屬邑，勤徵歲逋。富若川委，捷若神輸。協良卜吉，定方辨隅。授全模於梓匠，遴巨木於林虞。刳雲根於瑩窟，範埏埴於洪罏。霏屑噴而瓊霙舞，大冶躍而金煙嘘。絶龍瓢之霪雨，輾烏輪於天衢。斧斤翩翩，繩墨綿綿。矯枉而直，削腐而堅。曉鍾雲合，晝杵雷填。勞者忘疲，赴者忘旋。俄而祕殿傑聳，穹址承甃。飛梁奮蜺，剛礎蹲獸。欒櫨復結，枌橑騰湊。丹楹列乎環材，采桷揭乎纖繡。怒螭掀吻於危甍，翔龍矯首於重霤。芝栭藻棁之巧繪，山楶荷枅之錯鏤。

俯深坤於懸絶，突中天而欲驟。級層階於東西，拱脩廊於左右。褰雕簷之雲翼，碧瓦燦乎煙鱗。瑣窗納景，霞壁璘霦。中唐亘砥，方墀琢珉。風無纖塵，雨無微津。流紅光於晨曦，飆翠氣於晴旻。啓靈星於黃道，棲列宿於朱闇。視鑊之庖設，麗牲之碑存。侯乃妥靈薦醴，士類駿奔。有赫宣尼，負扆宅尊。申申夭夭，有燕居之儀；誾誾侃侃，若在朝之容。建華旒以垂纊，端大圭而昂顒。享以上丁，衣冠肅恭。籩俎既旅，罍爵斯崇。載鏗鍾鼓，虡業維樅。拊以琴瑟，間以笙鏞。上公配食，傳道得宗。列速肖之羣賢，秩諸儒其追並。像設孔嚴，威儀俱盛。絢采色之彰施，爛紘璋其輝映。彼蘭陵之性惡，莽大夫之符命。宜同削於舒雩，愧江都之醇正。偉營濂之毓靈，指無極於冥徑。豫焉而顏，洛焉而孟。間挺邵張，庸奴馬鄭。我徽文之紹統，參休光於先聖。咸侑祀乎明庭，啓衆心之虔敬。爾其繚垣四周，澄波半壁。杏壇蓊翠，芹皋森碧。跨蒼虹於橋門，曳文綃於衛戟。登其堂者，恍聞金石絲竹之音；踰其閾者，洞見黼黻珩璜之飾。文風振乎草木，教澤被乎井邑。青山興而鼓舞，采江迴而蕩潏。乾坤交泰而絪縕，氓庶環觀而悦懌。若是者，豈非侯之力耶？

賦未既，乃有鴻生英流，方領圓袂，自賓階升，周旋就位，捧手而問曰：「方今明主御極，登三邁五。思皇多士，同符乎周文；表章六經，追蹤於漢武。聲名文物，充溢寰宇。務菁莪之育才，挈斯世於隆古。家塾黨庠之相望，春誦夏絃之畢舉。故建官以闡教，豐庖而具羞。先生詫宮室之壯麗，窮葩藻之雕鎪。未聞發揮乎大道，不幾馳騁於末流。請爲我抽其秘而啓其幽〔一〕。」遂喻之曰：「子來前。藏脩游息，素有其地。苟廟貌之弗嚴，恐禮典之將替。今而進德有堂，尊經有閣，齋廬爰葺，圖書攸託。導以窮理治身之功，勖以尊主庇民之學。使來游之彦、鼓篋之徒，遵義途而步武，擴仁宅而安居。翱翔禮樂之藪，饜飫雅頌之腴。考夏商之忠質，嘉唐虞之都俞。犧卦明乎消長，麟史寓乎褒誅。稽漆書之科斗，剔芸編之蠹魚。玩文詞於游夏，探道奥於程朱。掃莊列申韓之弊，正馬班曄壽之誣。是知作新教化之原以副所任者，舍侯其誰乎？」問者語塞，降階欲辭，復授之以詩曰：

彤靈彤宇，高侯所營。流離汗漫，輝奕峥嶸。於皇文宣，集厥大成。憲度百王，祀事孔明。春秋戰國，聖賢道晦。晦於一時，光於萬代。日月爾朦，雷霆爾聾。宜此報功，制盛王宫。配食維賢，乃侯乃公。牲腯而充，犧象有崇。升歌進祝，肸蠁豐融。高侯曰嘻，訓女髦士，我新是役，爾立乃志。麗澤講習，尚勉毋墜。聞命欣躍，敢負侯意？既崇仞墻，亦浚清沼。蔭以嘉樹，被以蒼藻。洋洋文魚，躍躍飛鳥。涵翔上下〔二〕，於樂至道。巍兮赫兮，禎祥集兮。侯之德兮，垂無極兮。

【校勘記】

〔一〕「抽」，四庫本同，類鈔本作「伸」。

〔二〕「涵翔」，四庫本同，類鈔本作「遊翔」。

柏山賦

繁昌監縣壽卿號曰柏山，爲作賦曰：

有歲寒子出自新甫之境，秩重蒼官之封。持翠節，驂青龍，拂輕霄，凌剛風。擢脩標之磊砢，發清韻之玲瓏，忽與谷棲高士會於縹渺之墟、薈蔚之叢。高士氣象巖巖，宇度谾谾。仰之彌崇，即之靡庸。納煙霏於雅抱，貯泰霍於巍胸。是二客者勢相埒、趣相同。方期互爲資益，幸天假之奇逢。

谷棲高士顧歲寒子曰：「嚮焉慕君久矣，乃今覿喬才於丘壑，託厚蔭於岈嶸。願聞挺特之概，以攄子之悰、豁予之蒙，不亦可乎？」

歲寒子曰：「唯唯。吾嘗傑立殷社，寄神明之蹤；危峙蜀祠，揭宰輔之忠。堅剛金石之幹，夭矯蛟螭之容。鬱溜雨之蒼皮，竦撐雲之直躬。鼓簫籟兮紆婉，翳車蓋兮青蔥。爾其霜鏖白曉，雪酷玄冬，萬木既脱，千林告空。吾乃鶴骨增癯，虬髯奮雄，葉森翠羽，枝翹碧銅。結芳鄰於左紐之檜，締交盟於錯節之松。悲梧桐之早緑，笑桃杏之春紅。後凋興歎於尼父，守義誓舟於衛共。翔烏肅臺憲之地，棲鸞表孝子之忠。彼啖餌之仙翁、悟心之禪宗，亦恃此而爲功。先生胡不於兹而研窮？」

高士謝曰：「偉哉！予將語子以飛巒複嶂之勝麗，巨崖列岫之巃嵸。超鴻濛，摩窮窿，乍昂乍俯，或横或縱。形高厚之德，溥發育之公。藴神光於寶藏，浮積翠於靈宫。玉筍流彩，金屏暈彤。壁立萬仞，根延八鴻。雷震其下，遂養物之盈豐；澤通其上，象受人之虚沖。君子體之，以安所止；仁者樂之，以類而從。若夫盤羊腸兮百折，突鰲脊兮三峰。綴二華之菡萏，削五老之芙蓉。是特餘秀所衍，猶爲世之壯觀。子亦嘗聞其始終乎？」

二客談辨未已，時有襄邑主人來自西北之要衝，躡飛舄，吐長虹，朱衣墨綬，緑鬢方瞳。是嘗曳王門之素裾，瞻天陛之青楓。職封疆之字牧，遂弭節於江之東。思以致鳴琴之治，成製錦之工。踵避蝗之卓茂，倣馴雉之魯恭。於是進二客而告之曰：「柏兮貫四時而不改，山兮亘萬古而常隆。冰柯偃蹇，匪山曷鍾？石骨巉巖，匪柏斯童〔一〕？吾當兼其有而酌其中。負暢茂之資，寄崇高之所，質雖異兮吾能通。厲貞勁之操，禀静直之性，道雖異兮吾能融。蓋將培千尋之材，登棟梁於廊廟；出膚寸之雲，沛霖雨於厖洪。固宜效扶傾之力，聳具瞻之勢，妙即物而擴充。布清陰於四野，蒸祥氣於九重。豈比培塿之設、樵蘇之供？」語未既，二客洒然有解，如夢而寤，如聵而聰。相與觴柏葉之酒，歌嵩高之詩，以爲主人壽，藹歡意之和濃。請以二者而歸美，表令譽之渢渢。遂乃操觚紀事，抽藻思於雕蟲。

【校勘記】

〔一〕「童」，四庫本同，類鈔本作「重」。

天爵賦

赫上帝之有命，賦良貴於心官。全衆美而光榮，超萬物而尊安。蓋是爵得於天之所賜，何假分茅而胙土、班瑞而錫鞶也？維人有心，主宰一身，克具天理，故曰天君。當其大化渾淪，沖氣絪緼，質凝胚腪，靈秀爲人。帝令誕敷，付以性真。上帝若曰：「咨爾心官，聰聽誥戒。天地生物，元德至大。全體爲仁，妙用爲愛。畀汝斯爵，惻隱爰在。服此寵嘉，力行無怠。制事之宜，其理爲義。應酬裁度，發彊剛毅。畀汝斯爵，羞惡所繫。申服嚴訓，擴充必至。維爾心官，朕所簡閱。尚其毋貳，臨女昭晰。行之以禮，粲然有節文之詳；明之以智，截然有是非之别。既降衷而不遺，當秉彝而對越。然而與是德者天之道，實其德者人之功。盡己而忠，則仁義實藴於其中；循物而信，則仁義實用於無窮。樂夫善而不倦，曾無間於始終。兹皆天爵，可慕可從。咨爾心官，以思爲職。代天作工，爲民立極。敬受爾爵，其永無斁。」

於是尊居靈臺，光闢泰宇。端莊整肅，臨莅而處。以方寸爲所封之土，以誠信爲所佩之組。耳目之司有其統，筋骸之束有其主。維屏維翰，嚴禦欲之雄藩；如圭如璧，瑩真純之奥府。遂乃極高明而爲堂，蹈中正而爲塗。觀艮象以行庭，御巽風以乘車。施廣譽而代繡，積太和而成廚。醉以道德之醇，飫以義理之腴。衮衣赤紱，未足爲重。高牙大纛，何足爲殊？凡君臣父子之有倫，隆殺等級之異宜。揭綱常於萬世，示法則於羣藜。于以爲邦家之光，于以立太平之基。則又皆於出於斯也。嗚呼！時降風移，人爵是炫。趙孟斯貴，趙孟能賤。枉己求合，浮雲歆羡。昧天爵之當脩，宜鄒孟氏感於世變也。

系曰：皇天無私兮，賦德在躬。彝倫咸備兮，委任寔隆。匪軒冕而自榮兮，不品秩而能崇。紛吾既有此内美兮，守而不能舍也。誓忠貞以自許兮，庶幾因時而待賈也。

詞

水調歌頭 九首

送汪教授

都城柳絲緑，曾跨錦驄遊。玉堂紫薇花發，不聽故人留。却憶江東雲樹，薄采浙西芹藻，氈冷亦風流。移榻謝山下，菡萏碧波浮。煮茶鑪，題詩筆，庋書樓。瀟瀟官舍如此，疏鬢不勝秋。教雨潤流名郡，愛日晴烘歸路，未許久林丘。回首五雲裏，鳴玉鳳池頭。

送宗文山長孔子充秩滿

伏以去聖人千七百載，派演平陽，貢禮部二十八名，榜崇江、浙，遂承省檄來長儒庠。恭惟子充山長省元，雲漢爲章，風霆示教。觀光鳳闕，美形容而頌成功；講道鴦湖，抑詭怪而暢皇極。溪山鼓舞，簦笈趨蹌。振泗水之遺音，宗考亭之正學。式欣采藻，已報及瓜。三年有成，每取法於白鹿洞；萬里而上，行待詔於金馬門。乃爲水調之歌，以致雲程之祝。

東魯聖人後，流派浙江東。一家叔姪兄弟，取儁棘闈中。雁蕩秀分靈嶂，蟾闕香熏老桂，文燄爛摩空。講鼓震鉛皐，户屨藹儒風。一角麟，千里馬，九和弓。人材超偉如此，道出紫陽翁。正擬洪鐘待叩，便跨征鞍歸去，多士誦成功。再踏玉京路，射策大明宮。

送天門山長馬玉相

江上兩峰立，門户自天開。香芹翠繞精舍，暢望美人來。麟鳳洲中仙骨，龍虎牓中文物，絳帳育英才。椽筆泚銀浪，澎湃走風雷。錦盈機，冰作鑑，玉無埃。

笑談馳騁今古，況是舊經魁。培植三年盛業，脩舉前時曠典，回首把離杯。老桂吐清馥，飛步上瑶臺。

贈王義庵

先生乃儒者，有道出羲黄。袖將攀桂名手，種作杏林芳。江月玻瓈萬頃，山雪瓊瑶一色，開户挹寒光。清氣滿胸臆，何況有奇方。鶴淩雲，鵬擊水，鳳鳴陽。平生濟物心在，隨寓寄行藏。丹鼎芙蓉紫豔，寶杵芝苓玉屑，豎子避膏肓。神聖可醫國，功奏十全良。

贈醫官徐齊山

柯山倚天碧，秀聳浙東南。惟公與山齊德，結屋對巉巖。門外紫芝瑶草，窗下丹爐玉杵，元氣此鍾含。藥鏡發靈彩，金匱啓玄緘。鳳凰臺，龍虎地，駐行驂。佳聲飛滿當路，氈冷自能諳。手握回生大造，心悟成仙秘訣，神效過蘇耽。雲外鶴書至，衣袂染柔藍。

贈臺醫張氏

良醫比良相，活物是奇功。乾坤萬古生意，收入藥囊中。屋上石城雲樹，砌下秦淮烟浪，掩映杏花紅。仲景有家學，照耀大江東。悟金丹，傳寶訣，契參同。一方共仰司命，臺閤譽何崇。談笑香生蘭室，指顧春回茅舍，沉痼掃除空。行矣展高志，壽域藹仁風。

秋興

秋高興何遠，爽氣挹星河。雨晴山勢飛動，樓外雁來多。丹桂香凝幕府，銀燭光摇青瑣，試問夜如何。天地大無外，老子儘婆娑。寫兵機，脩馬政，詠鐃歌。西風莫添華髮，壯志未消磨。眼見帝都龍虎，人似仙洲麟鳳，留我共鑾坡。把酒暫舒嘯，明月借金波。

言懷

天地一開闢，日月幾東西。古今氣化無息，萬物豈能齊？春樹珍禽韻巧，秋水紅鱗影捷，松石伴幽棲。佳景與心會，得句或無題。碧油幢，蒼玉佩，紫金泥。明時文武勳業，我亦棄鋤犁。志在螭頭直筆，道在床頭古易，奏策濟羣黎。野鶴忽飛到，清夢繞山溪。

偶述

皇天萬物祖，生氣本沖和。忍令古今天下，治少亂常多。血濺中原戎馬，煙起長江檣櫓，滄海沸鯨波。割據十三載，無處不干戈。問皇天，天不語，意如何？幾多佳麗都邑，煙草莽平坡。苔鎖河邊白骨，月照閨中嫠婦，赤子困沉痾。天運必有在，早聽大風歌。

水龍吟 三首

壽青溪主者

先生文武長才，五城三島頻來去。絳霄繞室，紫烟煉鼎，青雲得路。銅狄摩挲，琳書披閱，玉京游步。想乘牛函谷，飛鳧鄴郡，今與古，同高趣。一曲青溪迴護，似逍遥，蘂宫深處。黄眉洗髓，洪崖拍手，赤松爲侣。桃實千年，芝莖三秀，喜迎初度。任九霞觴滿，七星車轉，看仙童舞。

送李國用赴宗文山長

伏以天門爲太白游詠之山，宗英繼出；鉛山乃文公過化之地，精舍爰興。闡教得人，視今猶古。恭惟國用山長李君，瑞芝三秀，威鳳九苞。人才如在冶之金，陶鎔有待；經籍譬行天之日，垂示益明。神悟正傳，力排異説，往應鱣堂之瑞，將弘鹿洞之規。車同軌，書同文，行同倫，世幸逢於一統。家有塾，黨有庠，術有序，化大洽於羣心。遂賦水龍之吟，用祝溟鵬之舉。

碧天雙岫門開，澄瀾幽竹環仙境。長庚孕秀，明河借潤，孤蟾争炯。疊嶂樓前，桐君山下，幾年馳騁。説芹池雨化，杏壇春滿，緗卷富，青衿整。　桑柘鵝湖佳景，對清樽，且忘氈冷。紫陽謦欬，春雷響震，秋虫聲静。老屋無塵，短檠聽雪，寒爐烹茗。看回頭捧得，詔黄香墨，出中書省。

送人出使

酒闌和夢登程，秋陰壓得征鞍重。似華峰霜隼，禹門雷鯉，丹山雲鳳。滴露松窗，煮泉朮鼎，漉冰虀瓮。向金閨高步，羽林雄論，便寫就，中興頌。　主將遠提兵衆。細評量，古人言動。太公韜略，蕭何圖籍，孔明擒縱。茗莢吹香，芝英産秀，荔支脩貢。更此行妙處，訪求賢俊，助明時用。

木蘭花慢

送教授汪處謙

羨蓮花博士，珠照乘，璧連城。更經筍生香，詩筒寄興，教鐸揚聲。故家老成文物，便鑾坡寶炬被光榮。來勺姑溪秋水，雅懷一樣澄清。　芹宫燈火月華明，時主校文衡。向玉潔堂前，詠歸亭上，飛動歡情。堪憐盍簪無幾，又梅邊歸路馬蹄輕。此去朝天有日，御爐烟裊瑶京。

大江東去

送段伯文赴太平帥府經歷

紫薇香冷，看風生銀翰，月篩朱箔。面有長淮清潤氣，培以老成才學。菡萏波澄，瓊花霧斂，夢跨揚州鶴。案塵不染，聲華飛動臺閣。　天上妙選仙官，牙緋恩重，婉畫清油幕。坐對江山雄麗處，依舊太平城郭。令肅貔貅，歡騰雞犬，千里蘇民瘼。雲間路闊，一樽試爲君酌。

金縷曲

夜宿省中有懷賀久孚

庭樹秋聲冷。夜迢迢漏傳銀箭，月明華省。最惜稽山無賀老，短燭照人孤影。做好夢，又還驚醒。風透圍屏青綾薄，且披衣，立傍梧桐井。兵衛肅，畫廊静。　江湖聚散如萍梗。笑談間雲霄滿足，一鞭馳騁。萬壑水晶天不夜，人在玉晨仙境。説近日、四郊無警。兵後遺民歸田里，漸桑麻緑映鵝湖嶺。須再見，好光景。

敬次上所賦漁家傲

駐馬坡前觀虎踞，金陵都會興龍處。共沐普天恩似雨，芳草渡，江邊營壘人家住。御柳映街籠翠霧，錦衣銀甲青驄馭，文武百官班篷鷺。呼好侶，軍門獻納勤來去。

西江月

六月二十日初暑書事

久雨相連伏日，太陽初變炎天。緑槐繞屋未鳴蟬，浴罷新攜團扇。子病親臨藥竈，童歸愁問禾田。藤床移近水亭邊，卧看星河西轉。

太常引 六首

壬寅季夏即事

江城六月雨聲寒，河漢倒雲端。白浪渺懷山，笑門巷撐船往還。龍吟水面，魚游砌上，田野勢漫漫。稼穡本艱難，問何事天公太慳。

晚景

透雲魚尾縷晴紅，縹渺水晶宫。人在小橋東，看絲柳輕摇晚風。斷霞飛練，遠煙凝紫，山勢活如龍。浴罷倚長松，愛歸鳥孤飛半空。

連陰書事

濕雲宿樹暗樓前，潮上緑苔磚。煙雨滿江天，似畫出王維輞川。蔓墻蟲篆，草池蛙鼓，飛溜聒高眠。海闊晚風顛，最穩是溪翁釣船。

偶述

對人無語敘寒暄，多病似文園。學未造淵源，空寫到千言萬言。長江雨歇，高天露下，星繞紫微垣。山友結馴猿，儘占取清風滿軒。

書巢

一巢結在萬書叢，營葺半生功。稽古豁然通，任蹤迹幽棲此中。鶴居松頂，龜藏蓮葉，意思亦相同。牖户敞玲瓏，是理窟包涵太空。

蒼芸緗軸幾周遭，身世占清高。風雨不飄摇，最相稱先生一瓢。鯤鵬海闊，鷦鷯枝上，各自遂逍遥。經史雋芳膏，似養翮翱翔九霄。

松風

怪龍湧起半天潮，驚破月明宵。爽籟自然調，來慰藉山中寂寥。瑶琴罷鼓，茶鐺息沸，一片奏仙韶。兩耳洗煩囂，且莫效當時棄瓢。

陶學士先生文集卷之十一

序

送劉仲彬序

天下之學原於理，理然後有氣，氣然後有數。氣則陰陽五行乎可推，數則脩短吉凶乎可測，孰主宰是，理實具焉。蓋必有先天地而生、後天地而存者矣。儒者爲學，務以理勝，猶元氣也，由儒明乎技術，推氣測數，洞徹奇奥，猶元氣流行而生成於物也。可以與是者，其劉仲彬乎？

仲彬中山人，居姑塾别墅，繙閲經傳，該貫今古，詞藻煒然。即人始生歲月日辰，辨五行生勝衰王，轇轕參綜，條疏節解。其論玄博精暢，於窮達、壽夭、禍福刻期取應。又能以七政四餘度分垣布，雖萬殊千變，判别無爽。觀其爲術，若火之燭物，蓍龜之前知，權衡之，定輕重。仲彬藏脩于家，唯儒素是務，未嘗從師以學術，而所能若是。凡老涉星曆、子平氏書，給食江湖、業稱專門者，莫敢與較能。貴人文士競趨而樂叩焉。則夫儒而明術者，信有異乎常矣哉！

今將遠遊四方，告别於余。余意人受形質，固皆禀於氣、囿於數，莫有能逃焉者也，君子貴窮理以立命而已。自星命之術遍天下，遂乃諉之氣數，鮮克究力於人事。强者萌僥倖之心，懦者惰脩爲之志，靡然成風，但曰我有命焉。若是，則聖人脩道立教，可以無也。苟窮理立命，以己之天制天之天，進退得喪，悉安所遇，豈不卓然傑出於天地之間哉？仲彬儒者，知此審矣，斯行也，其爲我以是驗諸人。它日歸，吾將舉而問焉，聊以卜斯世果有窮理立命之人也。

送毛公禮序

古之君子，出其才智，經濟事物，風節聞于人，勳業光於朝，設施皆得其道者，素定於未達之時也。當其潛晦，積學累德，舍宴安，甘勞苦，或耕牧田野，或羈旅江湖，父其師，兄其友，蒐羅羣善，用廣己能。下至閭閻艱難、米鹽細故，罔不縏心，是以閲之熟而慮之深、知之詳而守之堅也。其或深居惰逸，獨學寡聞，欲冀用於世者，第以徼寵爲志爾。幸有美其藴植，鮮克更涉民務；不幸早貴臨事，處置未盡合宜。然則立身應務，固亦難哉。

許昌毛公禮家潁水上，杜門稽古，不妄言動。於詩、易微旨，默有會悟。爲文豐不近冗，華不損質，弗耀露所長，人莫之識也。乃嘆曰：「今天下同文，南北異才，角立相望，曷若外適，擇其尤而薰炙焉？苟僻處狃常，揆所見聞，能幾何哉？」於是游汴、洛，歷汝、蔡，自以爲未足，乃渡淮，涉江南，至于吴、楚。去年冬，來姑孰，郡侯見而賢之，俾館穀學宫，親師取友，誦覽脩纂，渟涵暢衍，功十它人，弗可量也。久乃辭去，將歸許昌。

余頃居京師，獲交中原之士，視決崇科、陞顯級者，較其藝能，非皆右於公禮也。若公禮之志，固將行道澤物而踐其所學，此所以間關千里，衣布素，飯脱粟，寧勤勩而不悔者，意有在也。豈非素定於未達者哉？其所謂閲之熟而慮之深、知之詳而守之堅者哉？

送金梅窗序

九州之地，皆聖人所别，無偏重也。九州之人，皆王者所治，無偏私也。地有南北，猶天有陰陽、時有冬夏，然人心之理，不隨地而異。湯立賢無方，孔子稱南方之强爲君子，尚可以南北第其人哉？當國初之混一也，一視同仁，南士擢居顯爵，才烈彰聞，相望于位。邇者三四十年，始棄逐不用，日銷月鑠，浸以弗振，載名銓書者，寂無幾焉。

夫中原疆域方九千里，古今莫可增損，若遼陽、甘肅、雲南、女真、高麗，舉非九州之地。西則巴、蜀，又出九千里外，今其人皆得與中原等。唯荆、揚貢賦極饒，文物極盛，而朝廷鄙其人。當夫奄有萬方，曾何彼此之限？奚荆、揚獨可鄙歟？將産其地者盡非可用之才歟？舉其尤著，則吴季子、言游、澹臺滅明之賢，屈大夫、宋玉、陶靖節、歐陽脩、曾鞏之文，王羲之、虞世南、褚遂良、歐陽詢、蔡襄之書，謝安、張九齡、陸贄、范仲淹、趙抃之功業，周濂溪、李延平、朱晦庵、張南軒、吕東萊、黄勉齋、蔡九峰、真西山之理學。其他巍勳大節、高風卓藝，浩乎莫能勝紀。若是者，果皆可鄙歟？况江、浙爲天下理學之統會，而新安者又江、浙理學之統會也。自晦庵既出，名儒繼興，窮演著述，陽輝而玉粹，列聖之心，羣籍之道，洞無遺藴。挈四海爲洙泗者，以新安之書迭出旁流，不可忘所自也。

新安老儒，有以梅窗稱於時者，姓金氏，字維清，居京師十五年，元老鉅卿待遇有禮。坐以南籍，竟不獲登諸朝。聯以太史院薦，始受命教授太平陰陽學。梅窗讀書博識，守其鄉先生之理緒，爲文有渾厚風，尤深於詩，寓意悠婉。凡星緯、地理、占筮諸家之學，靡不融暢，使貫中土者得其一長，皆可名世，以取顯榮。乃獨栖遲隱忍，弗辭卑官，甘處南人之分焉。

嗚呼！君子所恃以不朽者有德焉爾，用不用，命也。梅窗達命之理，德以制之，雖不用乎，何尤？苟吾不朽者存，縱不用於一時，將見重於後世，較其所得，孰爲多乎？於其謝職，餽之以文，使人知有梅窗之賢而不遇也。

送劉仲脩遠遊序

今南北混一，適千萬里之遠，若近踰户閾，故行者樂而居者不憂也。彼商衒萃其貨力，操舟犯乎湍深，驅車轢乎險峻，卒抵於遐陬外徼，往來率以爲常，僅營銖寸之利而已。若士之遊於南北，志將有所爲也。遊而學焉，可以成其德；遊而仕焉，可以行其道。不資貨力，而無湍險之勞，所獲又非止銖寸之利，惡能自已乎？春秋戰國，天下裂據，非有今之混一，而聖賢者亦事於遊，顔淵過匡，季路問津，欲成其德者也。孔子歷聘，孟子轍環，欲行其道者也。遊之云乎〔二〕，馳騖汗漫云乎哉？吾自慶生逢盛時，四海如家，每思經涉南北，周覽疆域之廣、文獻之美，而杜門窮經，願莫之遂，乃獨驚喜仲脩之遊也。仲脩謂予言：「族本縉紳，思繼其業，我不敢不學也；家有父母，思養以禄，我不可不仕也。歲月荏苒，年漸壯矣，未由振拔，恒悒鬱於吾心。非碩儒宿師之依，莫克邃於學；非名卿達官之擢，莫克華於仕。苟困處閭巷，將無所倚成。決意兹往，必有得而歸也。」

予聞其言而有告焉：「宇宙間至貴者理而已，理自天出，力不能以强致，謀不能以幸取，博而窮之於物，約而會之於心。心平意定，至貴者悉備乎我。積忠信爲學之本，謹言行爲仕之基，求之己而有餘，復何俟於它求也？子行過通都鉅邑，擇其人而質之，其有戾於予言乎？否則，駭目而悸神者，山嶽海瀆之靈奇焉，城郭溝隍之高深焉，器服珍寶之華侈焉，固能極視聽之娱，恢翰墨之氣，其於學與仕所資，何如也？」仲脩謝曰：「先生命我矣。」遂買酒，登溪樓上，宴别甚歡。贈斯言以壯其遊。

【校勘記】

〔一〕「云乎」，四庫本同，類鈔本作「云乎哉」。

送周彥升歸宛陵序

有可施之具，由仕而後顯其美，遭世承平，志略之士用禄代耕，振奮以自拔。然出處義存，窮達命賦，或詭遇以要時者，君子弗貴也。有其具唯義命之守，不詭遇以要時〔一〕。余素難其人，今始得於彥升焉。

初彥升父周君及其婦翁燕君締交，周没，燕受託，壻彥升於家。余與燕之子叔義義厚〔二〕，雖識彥升，不數數會遇。頃同徐仲善來踵余門，獲接其言論，復與劉仲彬見過，察其性情，甚矣，類吾叔義也。余惜彥升有其具，不由仕以顯其美，因謂之曰：「良材之桐，困於薪矣；太阿寶器，晦蝕於土。非聲激爨下、氣見斗間，以驚動覩聞，惡能受知於識者、表其異於世乎？子胡不一爆其聲、一吐其氣，殆將有所合也？」彥升曰：「今世謀進者，結權要，援親黨，氣勢凌壓，取仕禄易若探懷袖物，若是者，我所無也。囊金帛，餽餼醑，争求薦達，惟恐不躐人之先，務快志於時頃，若是者，我所無也。無是二者，則美容辭、勤奔走，恒屈折於鞭輿之下，逢迎謁請，視喜怒之色以爲進退。苟焉一得，外自侈炫，若是者，我又不能也。我將歸宣，廬先人之居，田可稼，圃可蔬，安其素分，不躁求以妄圖。若其乘時有爲，遂所志願，我固欲之。然豈敢必乎？」

吁，向吾難其人，彦升果其人矣！持是而弗變，立身成名，信可期也。余亦知義命而能守者也，嘉燕氏父子知人而善處也，從仲善、仲彬請，爲文以賁其歸云。

【校勘記】

〔一〕「者，君子弗貴也。有其具唯義命之守，不詭遇以要時」，原文無，四庫本同，據類鈔本補。

〔二〕「義厚」，類鈔本同，四庫本作「相厚」。

送游景達序

士之特立於世者，其品有三：脩於道德者上也，發於事業者次也，著於言辭者又其次也。仁義禮樂養其性，孝友忠信達於人，安土而樂天，足乎己，無待乎外，雖未及於事業，言辭綽然有以自重，道德脩之於身者然也。得其位，行其學，功可以濟時，澤可以被物，振譽於朝廷，垂光於竹帛，則又視言辭爲不暇。唯隱處晦阨，研經稽古，不得施於世，乃苦心殫力，旁求精思，一皆托之言辭，顧豈不欲發於事業哉？窮達之勢殊也。

金陵游景達脩纂考論立言於經傳，憲臺以著述薦。景達既敏於學，知道德不外乎一身，勉而脩焉可也，年甫壯，未至於晦陀，期乎事業之發，亦可也。勞勞焉以著述爲事，甘處於最次，如使析理剖疑，會其所同，辨其所異，爲世教人心之益，其志可謂大矣。或資以求知取仕，利其私圖，言辭奚可恃乎哉？然則景達宜緩其所可能，勤其當務者，斯可造乎上也。於其歸，因質諸言，尚思繹之。

送胡達卿序

國家財賦，鹽利爲盛。民日食鹹，其用至切，設官以括利，莫若淮司爲豐也。淮壤多斥鹵，瀕海煮鹺之饒，甲於天下。北踰汝、息，南越江、湘，靡不取給。歲入錢貫爲萬者一萬八千，朝廷倚重，簡才領司事。由是，河南秦公出踐使職，剜剔宿弊，號令偉赫。檄姑孰郡史胡達卿爲屬曹〔一〕，誠以利源所出，宜得人以贊其政也。達卿自從吏，慨然有遠志，不屈下以取容，容觀步趨，表表殊異，人以顯仕期之，達卿亦自信不疑也。郡守魚臺賈公薦於淮司，賈公嘗爲兩浙鹽使，與秦公才譽相望，其言見信于時。達卿因是得以揚翹吐華，裕國之財，足民之食，獻謀長二。儻可減額損直，少紓東南凋瘵之力，以慰衆望，庶不負於斯行也。

予奇達卿氣之揚、年之盛，果能如其所志也，重賈公知人之明、秦公任人之公也。形諸文以爲贈。

【校勘記】

〔一〕「郡史」，四庫本同，類鈔本作「郡吏」。

送游教諭序

官以教爲名，師道之所存也。自教不領於司徒〔一〕，後世臨教州郡者，鮮能盡其職。況在一縣，勢孤位下，歉然不振，教典乃曠，師道之不立也宜矣。一有以教自任，不狃於世習者，豈非毅然特立君子哉？

上饒游起南先生，任當塗教官，其始至也，學宫不治，廟貌不肅，無斗緡之儲。乃規畫興理，作新教條，叢經傳於座右，躬課諸生，懇懇無倦，弦誦之聲，洋溢乎朝夕。有歷千里及門者，每旦望，會多士於公堂，深衣講説，人莫不飫義理之味，退而重自刮劘，文風大變。蓋其學粹而德厚，介義利於秋毫，甘貧淡而不厭，毅然特立，宜夫脩廢之易而感乎人者深也。

舊嘗録徽學，士子稱譽不衰，繼領薦，衆方冀其大用，而猶教於百里之地，尚幸師道獨存，學者有所仰式也。使其登成均，教大郡，亦率是焉而已爾。秩滿而別，吾黨有不能釋於懷，故云。

【校勘記】

〔一〕「司徒」，四庫本同，類鈔本作「師徒」。

送趙生序

求道莫先於得師，師之所在，無問遠邇，必以爲歸。苟深居里閭，溺於宴安，遷於流俗，而欲學焉以求道，吾未見其宜也。

中山壤地邃密，風氣所聚，民多富饒，其讀書好禮者曰趙族。有字宰衡者，儉素自持，彼其以華靡相高，膏粱饜飫之習、裘馬佚游之態，紛至其前，宰衡一不歆於心，命諸子姪執脯脩禮，事嚴君仲容爲之師。仲容來自四明，講經於益清閣，弟子翕集，趙族聞而慕焉。名志民者，宰衡子也，年未弱冠，炙其師説，若有契於心者，耳焉異其聞，目焉異其見，將敏於求道之不暇，尚何宴安之溺而流俗之遷耶？今歸，予懼其方進而或止也，能無言以勉其成乎？擇交以慎其所趨，守正以勤其所勉，外之誘者拒之，内之窒者廓之，約其心於理焉，可也。率是以往，歸求而有餘，師於道亦庶幾哉？

送潘仲升序

士之世其家學，不外慕而移其業者，在今爲最難。蓋勢利紛華，動耳目，誘心志，操守弗固，從而變焉。唯寒素静淡，處之自裕，使先德不泯，推所善以及於人，豈不足爲賢師哉？

潘氏在姑孰，自拙逸公以行義文詞著名，吾友仲升，其曾孫也。予所見者，仲升祖若父，儒雅相繼，爲搢紳模楷，從游之士翕趨其門，由拙逸至仲升凡四世，皆處師位於陳氏。陳爲西隴名家，其子弟務學入官，承潘之教也。仲升刻苦勵學，脩飭其身，有祖父之風。其爲文搜奇摘奥，窮盡事物之變，安於憔悴，專一無所移其業，真能世其家學者。諸大族争奉厚幣，欲羅致西塾。仲升皆不就，獨於陳氏□聘〔一〕，不吝於復行也。豈教澤之流者深，使其久而不忘歟？嗚呼！培之厚者其發則榮，伏之久者其飛必遠。教於一鄉，日以義理啓導，功有學半之益，涵泓演迤，充美於中，出而措諸事業，視前人其有光矣。於其往也，申以勸焉。

【校勘記】

〔一〕「□」，原文墨釘，類鈔本作「再」。

送總管賈彘山序

儒者懷道藝，不獨美其身，務以致用於時也。當其得位行志，勳績顯於朝，聲名流於世，固足榮矣。至於難進易退，持守不渝，致政高尚，克全晚節，使人嗟歎懷思，贊服其賢，斯足爲尤榮者，則賈公其人也。

公字惟貞，家魚臺，人稱爲彘山先生。蚤受業於孔林仕，由教官辟入中書，拜監察御史，還樞密都事、行省郎中、兩浙都轉運使，遂以正議大夫任太平路總管。太平三邑，簡静易治，府廨雄麗，公事蕭然，號江東道院。守土者坐鎮其上，尊而不勞。又有江山登覽之勝、魚米需給之饒，每朝廷優賢，必以是郡爲選。主上重公宿學舊德，不欲煩以劇務，特授今官。公亦愛其民俗淳晏，敷宣政化，千里之疆，日被休澤，有古循吏風。居歲餘，年未七十，遽辭職爲退休計。佐貳僚屬接踵請視事，弗聽。耆艾數十輩日候于門，公亦不出。於是士議於學，農議於野，商賈議於市，相率俟其出。乃羣懇馬首，願毋速去。公慰喻而别。比登舟，吏民拜溪滸，猶冀少留。公命舉帆，順流而下，耄倪聚觀於兩岸，目送垂涕。此舉在公則榮，其如人心不釋何？彼嗜利者滅歲貪位，造戾荷怨，以去官爲戚，其賢否何如哉？

公雖屢登華要，歷事五朝，秩正三品，爵禄不加於心，安處澹素，仁義忠信，形諸踐履，求之當代，儒術致身、始終完美者，如公不多見也。公歸，視其桑梓，必曰此吾先人之所居也；省其松楸，必曰此吾先人之所藏也。然後觴酒於耆英之社，杖屨戴白，婆娑以娱，詩、書、禮、樂，傳之子孫，是皆公之素願也。雖然，老成典刑，人所敬慕，論道濟物，非公而誰？必有安車帛璧，遠賁林壑，又豈容默而已哉？

送張生序

天翼張生，東平人也。東平古附庸於魯，俗尚禮教，有洙泗之遺風焉。賢才之盛，著自往昔。入元以來，登政府，肅風紀，接武翰苑，掌成均之教，魁大廷之選者，類多東平人。勳業文章，冠冕中州，何其盛哉！近年入仕，限以資級，茂異歲貢，著述之法，相繼而廢，科制亦輟，南北士陸沉而不振，雖東平亦不復如前之盛矣。今以儒進者僅兩途，會計於學校焉，試吏於郡縣焉，其職雖卑，非有勢位之援、資貨之挾，莫由以自達。窮經懷藝、困乏無助者，咸不得進用，張生蓋其類也。

張乃東平仕族，生務學勤敏，僑寄南方。無禄養親，謁臺憲諸公，既無所遇。需次太平郡史，翺翔泮林，執經問難，剖理屬文，突出儕伍。後天翼而來者郡府補吏已數輩，又獨不遇。奉母之東吴，行有日，予既不能周之以力，遂贐之以言。

嗟乎！用舍之命懸於天，學問之功由於己，在天者不可以力求，而在己者可以自致也。沉静專毅以大其器也，温厚粹雅以達其辭也，謙抑誠莊以持身而應物也，循是而無失焉。則仕禄之來也孰禦？東平之賢才，不獨專其盛於前矣，其勉哉！

送李景輝序

苟有以異乎衆，雖深居藪澤，不求聞於時，而聞者自求之。必其心志恬晏，才業充裕，待聘而起。或置之爵位，則利澤可以被乎世；或處之賓師，則善教可以淑乎人。所就者異，所負者同也。今賓師之職曰訓導，專學校之教，公卿顯宦，亢勢鈞禮，有廩粟之供，而無官守之責。故爲士者，未由爵位以遂其榮，或由賓師以養其尊也。

吾邦世儒最蕃者爲黄山李氏，家學備五經之傳，由左司君之後有菊野先生、竹山先生，皆表表賢範，學者慕之。景輝紹其世業，居北郭外，門巷隘僻，車馬謁見，憧憧其途。郡侯優以禮幣，羅致泮齋，户屨景從。聞者咸曰：「李君儀度偉雅，文詞流麗，推其善以及物，抑何幸哉？」君尤工書翰，殘章剩稿，人珍惜之，持縑帛而購書者争趨焉。再期引退，闔扉讀書于浮丘襄水間。九江檄至，亦有賓師之聘，君樂其道能遠行，遂泝江而邁，非有以異乎衆，能如是歟？吾聞九江多大川靈山，必鍾美於人，當有碩茂之資。然而長育導誘，方有望於成效。慎哉斯行，應其所需，而益有聞於時，使其家學所及，由江東而西焉，則李氏世澤，光流于久，也可知矣。

送縣尉程宗成序

郡縣官制，歷秦、漢、唐、宋至於今，其名與職沿革不同，獨尉之爲官，代相襲而不易。子真之於南昌，孟德之於北部，縣之置尉，古矣哉。夫尉也，擒姦禦寇，懲非禁暴，雖其弓刀邏捕之煩，誠得賢者專其責，設施有方，則疆域之内，潛消不虞，晏清無警，匪特效力威武，固所以翼善治、保齊民也。

宗成程君來尉當塗，條疏禁章，風動邑境，市博者復常業，肆囂者無濫欺，强梗知所畏，而攘竊知所羞〔一〕。君嘗言，尉與令簿聯銜，而弗與縣事，苟在所宜爲，當盡心而不辭。其怙吝不率，致之有司以詰其慝，用是民重犯法，刑罰稍簡。君雖不侵官，然縣事賴以弗冗，非賢者而能之歟？

初宗成居黄岡，慷慨負大志，從名儒賢大夫游，善屬文。今上潛邸南遷，其才徹於睿聽，因備扈從，日侍燕閑。及入纘大統，軫念舊人，優以爵賞，紆金曳朱，頒自特命。唯宗成僅在卑秩，恬然不較。然昔人階是官者，每登朝行舉其略，若婁師德之台輔，牛僧孺之西臺，白居易之翰林，其所就何如也？

宗成秩滿赴京，入覲黼扆，獻納之際，其必曰：時政之弊，爲目多矣。貨賄者騰達，而德藝者困窮也；貪虐者横驕，而廉潔者挫抑也。民力乏而斂愈急，吏滑滋而法不行。出餘論以幸天下，正賢者之樂爲。則予雖處遐僻，尚可被餘光而起敬也。

【校勘記】

〔一〕「羞」，原作「差」，據四庫本、類鈔本改。

送謝宗玉序

國朝重錢貨之實，輕錢貨之名，經費常資，税課居其一，歲入甚繁，蓋在在有之。設官征商，其品級以税額爲差，命服緋緑，選列長流，爲其重錢貨之實也。然以一統之朝，其大侔天，其富侔地，乃與細民計利，錙銖芒忽，筭括無遺，視古關譏弗征者異，故不得不輕錢貨之名，外示賤利美意，庶無貶於治體焉。爲人上者避嫌而輕其名，可也，世俗視其官而概輕之，不可也。借曰由刑書左遷，苟善理職，猶當取瑜而棄瑕。况門功廕仕，必掌金穀，然後清資華級可循以陞。幸有刮豪蕩，篤文學，又卒以事功顯，此任子之優美者，而宗玉謝君亦其人也。

宗玉司税於姑孰，完飾廨舍，籌會精覈，謂征取寬平則人不肆欺，衆物湍集，由是川運陸輦，商貨聯屬，外無竊入，内無逸出，税額雖繁，不勞力而盈其數。先是，征官賈騎爾女語市上，君儀貌儼肅，望者敬畏，鬬奪博擲，亦屏氣斂迹。蓋廛肆囂譁，利之所趨，乃訟之所起，卒致有司牒訴寡而易治。休則考方策，游意翰楮，所製詞章豐縟整楚。或席賓士，談論倡酬，杯酒接歡，瑣瑣錢貨，一不塵瀆于懷。今考滿遷秩，行膺字民之寄，則何政弗舉？又將躋清要之衢，鏘鸞鼓策，尋其先世軌轍而馳驅之，亦在脩持所致。所謂以事功顯者，余日望於宗玉焉。

余既與君友，又承教授金君請，遂序以重其别。

送教諭夏仲符序

古之爲教，慎脩持於身；今之爲教，徇好尚於時。慎夫脩持，其學約而有倫，德行文藝而止爾；徇夫好尚，其學煩而無統，訓詁詞章而止爾。距古滋遠，善教浸微，聖賢歸趣，貿貿將無知。雖黽勉從事經傳，操筆札成篇，方役意進取，爲求脱貧賤之計，故德行廢而文藝衰，豈所教者乖其方、學者因而失之歟？處今之世，雖不能免於訓詁詞章，即訓詁以窮理，因詞章以寓道，反之於己，表裏交治，本末重輕之不迷，明而誠焉，猶庶幾乎古。奈何教者學者莫此之由也。

吾嘗觀學額之廣，殆無過于今，學弊之極，亦無過于今。國朝增置州縣，下至小邑，必建學設官，務以尊儒育才。然而任教責者恒非其優，爲廩餼之糜費，弦誦之寂寥。旦望謁拜，而登降不虔也；春秋薦獻，而俎籩不肅也。學爲虚器，官爲曠職，傳舍而已焉，借逕而已焉。吾重爲學校人才之歎，每思得賢教官，以望復於古。仲符之諭東流也，故以是言申懇懇之告。

夫環境百里，編甿萬計，居教官者導其人於善，毋徒徇時之好尚，俾皆慎其脩持，必有忠信之質懋進於聖學者。儻仕有餘力，繹吾言而躬率之，其教官之賢也哉？

送張得原序

予聞高唐張氏以儒族稱重北方，後或徙家于南。有守道者文學鳴于淛，今當塗縣幕官仲治，乃其從子也。仲治明習吏律，子曰得原，結髮讀書，長益脩飭，或勸舉吏，俛首應曰：「非我志也。」蓄學不輟。吾以是觀之，知其爲有志者矣。凡力於學，豈但勞誦記、窮披尋、炫文翰以儌利干寵貴乎？志有所立，自期以高遠乎爾。天下之人，孰無志也？但人各殊志，所嚮亦隨而殊矣。志苟定焉，嚮苟正焉，將何適弗臻？何願弗遂？無它，由己而不由乎人，雖子不能以得於父，父不能以奪諸子。

吾既見縣幕自儒即吏，能進於仕，而又嘉得原變吏歸儒，能復其先業也，然吾有以卒子之志矣。古之人才率勝於今者，初非甚高而難及也，積乎己也甚勤〔一〕，而求乎世也不急。居之以恬静，持之以堅確，成於艱難之餘，用於完實之後。故其發也，浩乎沛然而無窮，若良冶之淬礪，必銛而剸裁也；若良農之耕稼，必熟而斂穫也。循乎是，則異時大張氏者，非子也耶？予過潮，見而從祖，請訓焉，或不異於吾言矣。

【校勘記】

〔一〕「積乎己也」，原文無，四庫本同，據類鈔本補。

送黎仲賢序

采石距郡城垂舍許，膏壤豐夷，憑江而出，山勢泝流巍峙，煙濤渺瀰，遂限江、淮之疆。其形勝冠絶遠邇，南北清美之氣，會萃于兹，鬱蓄久矣。其地則室宇鮮華，賈貨闐溢，民物阜蕃，水焉舟楫，山焉亭觀，以給遊覽之娱。吾疑氣之會萃鬱蓄，宜發爲翹磊暢邁之才，而罕見其人。豈或潛晦俟時、學充於己，不待資乎外，將吾偶未之見也？及憲軺按部，簡拔俊能爲學官，乃聞有采石之士試藝與選，喜而叩之，則知其爲仲賢，竊因有感焉。

三代盛世，夫井黨庠之制行，民嗜脩學甚於飲食，常登進賢德，命以爵位，不學則棄而弗用。生斯時者，勢不容於不學，由禮義之習深、勸懲之道明也。後世習降道衰，上無教，下無學，逸豫苟止，循襲浸久，遂以爲常。一有革心嚮理、奮自濯磨如仲賢者出乎其間，能不墮於流俗，其可貴於三代之士，審矣。

仲賢長育富家，獨樂儒素。居其職，無廩餼出内之煩，唯燖繹經傳，窺聖人之藩籬，躋君子之堂奧，匪直弄文翰而止。吾意清美之氣，得非發於斯人哉？考滿，余無以爲仲賢贈，雖然，無它求也。即所居之境，仰觀山之静重，以厚其體；俯視江之流通，以廣其用。默然心契，而不以資遊覽之娱，駉是不已，惡能測其高遠耶？

送燕叔義序

士當治世，思欲致用，科第之艱，非可必取。或由吏進，雖致身異塗，較其學術才行，同焉爾。

余友燕叔義，英朗疏敏，耽學善文，業周易，窮四書，旨趣旁涉羣史、百子諸家者流，記覽韞積，淵涵而谷納，辯議馳騁出入，援據上下數千餘年事變治忽，若近在几席。嘗有志於決科矣，及科制輟於至元，今中丞夢臣張公、承旨繼學王公官行臺，俾從吏昇郡，調徽，理刑獄，有聲。調姑孰，司繭絲粟米之征，蠹止惠流。總管賈侯惟貞薦爲廣東憲史。科制既復，貢士不聽吏於憲司，以命士九品、郡曹一考廉能者充，它職弗與。憲史之擇，不下貢舉之艱。叔義去科第而就吏行，志於清要，馴致膴仕，視決科者均也。凡識叔義者，或稱爲經生，或稱爲文士，或稱爲詩人，又或稱爲守法之吏，舉衆美而歸焉，不啻與決科者均，當有以過之矣。

夫嶺海以南，去天萬里，番禺之民，唯知尊憚風憲。其官聯皆朝廷遴選，將必有如前三公之知已。往佐幕下，廉以厲其操，誠以擴其公，莊静慎重，任激揚之責，風動荒徼，則吾黨之所望也。重叔義之行者，合辭徵文以贈别。是爲序。

送斡勒彦文序

皇朝官制，廉訪司秩三品，尊嚴於庶府，專勸懲之柄。書吏奉邦憲，贊佐政刑，宜得端潔幹達之才以舉其職，肅一道之表儀。求之於時，而彦文幾乎是矣。

彦文始祖斡勒氏，掌完顔國馬政，貌類其君，代死於遼，遂啓金運。及賞功爵，其長子請讓二弟〔一〕，卒得均賞。夫忠于君而棄其身，念其親而先其弟，危行著聞，綱常有賴，軒裳奕葉，後金彌顯。大父從淮安王征伐，以勞拜官，五牧州郡。父典教廣信，退隱高尚。兄彦時登進士第。彦文自少勵學，侍父在信時，太守秦侯元之拔爲郡史，以其才有足用也。調姑孰，賈侯惟貞守郡，察其操守，薦陞書吏。余與彦文雅交，每相見輒劇談歡洽，坐終日。僑舍空寂，無贏餘之資。今赴湖南憲司，則勸懲之柄，由人而加重，又可幸彼之得吏而憾余之失友也。

歲晚告别，徵余贈言。余惟彦文承世家之休光，沐儒林之膏潤，置身清要，益充令德，浸致顯達，光紹前烈，勿以遠役爲嫌也，遂申言以勸其行。

【校勘記】

〔一〕「弟」，四庫本同，類鈔本作「子」。

陶學士先生文集卷之十二

序

送周彦升北上序

宛陵周彦升，業精五行書，以人誕時支干考其生王制克，凡窮通、脩短、災休之值，悉如其言。雖累千日，錯雜南北人，清濁高下，紛糅不齊，彦升從容裁剖，分寸毫釐，具有徵驗，其術亦奇矣。嘗留金陵，久而未禄。寓當塗幾三載，歸鄉里，恐無以自著，遂幡然動其遠遊之思，仰而嘆曰：「今夫求吞舟之魚者，必涉乎鉅海波濤之深，而後獲焉；求千尋之美材者，必入乎大山喬林薈蔚之墟，而後足焉。求顯榮於時，乃鬱鬱處鄉里，又安所得乎？吾嘗浮大江、逾長淮、遡黄河而上之，過齊魯之邦、覽觀岱嶽之雄；北抵燕畿，觀光於闕庭，與天下豪士結交，吐吾術以臧否人物，震撼公卿。其或曳裾王門，前席宣室，庶吾志可伸矣。」

余因其行而有感焉。古之仕者，才德宜其位。彦升乃不得一試，以是推之，凡守道懷藝、困窮不偶者多矣，不獨彦升爲然也。安得使才德布於位，亦若彦升之術，第其清濁高下，無分寸毫釐之爽也哉？吾知兹行將有所遇，無以戚戚爲也。子獨不見新豐逆旅之事乎？觴之酒，以爲别。

送易生序

國朝重惜名爵，而銓選優視中州人。刀筆致身，入拜宰相，出自科第，往往登崇臺，參大政。才學隱居，輒徵聘授官。下至一技一能，牽援推薦，取緋紫不難，中州人遂布滿中外，榮耀于時。唯南人見阨於銓選，省部樞宥、風紀顯要之職，悉置而不用，仕者何寥寥焉。山林草澤之士，甘心晦遯，窮理高尚，終老文學，故近年四書、五經論釋益粹，纂附益精。其書遍天下，聖賢之道如日月麗天、江河行地，輝光潤澤，無所不至。使朱子理學之緒益盛以昌，其淵源有自來也哉。以是觀於今之世，南士志於名爵者率往求乎北，北士志於文學者率來求乎南。求名爵有命，得不得未可期也；求文學委心窮理，必期於得也。

南陽易生彦忠，氣質樸厚，生長北方，年既冠矣，游姑孰，從予究義理，爲詞章，頎然羣衆中，朝夕往來，專勤誠確。今告别北歸，贈詩成軸，請予序其端。予謂生之南來，志於文學者也，夫學無先於窮理，理萃於四書、五經，體之於心，驗之於身，踐以强毅之力，居以弘裕之量。使行成於内，文著於外。况以北産，則名爵可翹足待矣。嗚呼！文學難而名爵易，宜申告於中州之人也。

送醫者鄭國才序

在天則元氣統乎五行，在人則元氣主乎五臟。太和絪緼，充周無間，始終庶物，存之而生，失之而亡。故調理元氣爲醫之本，至於療治，苟非急卒，又先致益於脾焉。蓋土氣流通，則水火金木悉賴以生；脾氣蒸潤，則心腎肝肺皆資以養。良由元氣之所繫也。然攻病之術，衆人所共務；厚本之道，智者所獨得。彼其情欲憂喜戕乎内，暑寒乖沴暴乎外，感觸之端不一，其元氣弗和均而已矣。是以上焉者運神聖於不言，次焉者施工巧而取效，脱乎至危，而納乎至安，知其本之有在也。

郡東南之黄池，自如庵柳翁以脉劑高一世，而繼者迭興。今鄭國才穎拔衆中，志在濟人，聞其通典籍，知古今事變，匪特良於醫，亦儒之秀者矣。其先治難、素者十餘世，傳有端緒，且參摭柳學，於元氣流行、天人之理已達其要。蓋國才道則儒，藝則醫，醫者貴得其本，而儒又醫之本也，宜能察識病源，使不橫罹夭閼。感其惠者日多，有病劇累醫莫愈者，君投劑益脾而痊，遂持縑素，求令辭，頌其能。余亦樂道人善，慨然不辭。

嗚呼！世之醫者，於理冥然，則其功漠然，求能調理元氣者寡矣。然民者，有國之元氣也，爲人牧者，有若君之於醫，則民瘼甦而遂其生矣。聞國才之風，將有所感也夫。

送照磨馬克讓序

凡立乎位，事有踐於義者，不以利害爲趨避，盡所當爲，弗二其心而已。古君子脩身理物，動必以正，不詭譽，不苟同，寧見憎於俗，而公議與之，以其踐於義也。道喪風靡，容身固禄，諂附阿承，委曲備至，雖見悦於俗，而公議鄙之，以其傷於義也。居今之時，立乎位而踐義，有如克讓馬君，殆猶古君子者歟？

君東原儒家，以簿書贊風紀。主上昔幸南土，知其名行，已而爲照磨於太平，居幕僚之末。郡府監守，貴戚顯官，勢位隆盛，職佐貳之近，猶不敢出一言立異，唯俛首斂舌，遜謝而已。君乃抗論可否，厲聲正色，折之以理，好善嫉惡，指斥無隱。退食閉門，無貨賄之交，是豈以利乎趨、害乎避？一踐於義焉爾。

朝臣有薦於上者，授資政院屬官，北上京師。余惟君之端潔，確然有守，當其在官，益乎人者，人不知也。及其去官，始悵然思之，識與不識，交口歎美。天理之在人心，終不可泯，宜公議之與之也。異時大用，兆於是行，其必始終惟一哉！

送馮生序

古之君子，學以善其身，非務幸取榮富。在孔子時，三年不志於穀，猶弗易得，況至於今，古學益遠，不敢概以望人也。苟窮經蓄德，俟時而達，推其才以濟物，斯亦可貴焉爾。是以朝廷立制，使士出而致用，其目有三：曰進士也，曰學官也，曰儒吏也。州郡吏曹，士或不屈從，而進士拔一於千百，未易猝與，寧受辟爲學官，若馮生景文是已。

馮世居采江，其尊府聘師西塾，教子若孫，唯景文自幼翹拔，嶷如成人。曩欲從余受業，時予爲親負米於外，莫克應其所需。去年冬始歸，則儲氏禮幣已在余門。

景文求學益懇，館穀于儲，以俟受業。馮儲世姻，皆余懿戚，故樂育而成美焉。乃取四明程先生讀經程式，倣考亭六條之法，與之窮繹濂洛以來緒論，會歸於往聖旨趣。日脩月積，未見其止，豈專科舉之習而已哉？

今景文奉檄需次學官，使能恒久勤勵，毋渝始志，毋替後功，雖進士第可期以登。然科舉不足第人品，予厭之且久，但以親老乏養，無階得禄，遽欲舍而未能。若夫慕古君子所學，則誠本心也。余既强顔充賦鄉省，景文亦歸，臨别因道斯語，俾以自勉焉。

伊洛淵源録序

道在天地間，經緯人文，綱紀世教，無一息不存。其明與晦，繫乎人而已矣。三代浸遠，真儒善治，世不一見。聖塗榛蕪，爲害滋衆，上下千餘年，孔、孟遺統泯焉墜地，斯道久晦，天實厭之。於是濂溪先生特立先覺，建圖演書，啓導後人。程兩夫子心領正傳，遂嗣鄒魯絶響，其學以誠敬涵養本原，自洒掃應對貫乎精義入神，自静存動察極乎盡性至命，即物以窮其理，反躬以踐其實，擴聖賢未發之祕。凡羣言混殽、俗學乖陋，一掃其弊，悉反諸正。時則康節邵子游神先天，闡揚理數；横渠張子得於見聞，沉潛堯、舜之域，以相羽翼。斯道大明於世，天下英才接跡及門，佩膺師説，言行出處，散載方册。朱子彙次成編，總四十六人，題曰伊洛淵源録，所以上泝洙泗，下衍考亭之流，可見道無一息不存，因其人而明焉爾。

國朝許文正公身任斯道，傳之右丞耶律公，俱掌胄監，唱和伊洛之學，使其淵源之盛充溢四海。故爲士者皆知根據理性，考精粹而棄穿鑿，其於聞道，反若出乎三代之前者，蓋有所自來也。右丞之後行己公，光嗣家學，曩貳憲湖北，嘗出是編壽梓鄂泮。及調江東，復命刊置姑孰郡庠。值太守子明高侯大新廟學，圖興教養之具，喜得其書，用廣傳布。府推李君全初協心董事，將俾學者探討服行，約諸身心，建諸事業，歸宿乎仁義中正。其於人文世教，信有補益哉！

送教諭張彦聖序

先王仁愛斯民，其政尤要者三：治有封建，養有井田，教有學校。三代迹熄，首變治養之制，代相踵襲，莫能復古。所存者唯學校，久而益廣，誠以性衷倫理在人至重，不可一日不明於世。況乎考德藝，美風化，又國體之所急哉？漢、晉以下，學盛於京師，而郡縣無定設。唐、宋以來，學布於郡縣，而教官無常銓。縣倚郭者皆弗克特建，附隸郡庠而已。今也邑必置學，學必命官，禄雖輕而道則尊，勢雖孤而任則專。去民最近，禮樂之澤，易浹於百里。是以儒者試仕，願階乎此，有不屑於它岐焉。

華亭爲古名邑，倚郭於松江，廟學弘麗，廩帑豐牣，稱最浙右。曩余識其文物，類脩整醖藉，有機、雲遺思，故談者舉教官美任爲是邑屈巨擘。行省以斯職授諸彦聖張君，可謂得其人矣。

彦聖科第世家也，學敏文贍，超躐等伍，如奇寶横道，趨者樂競。嘗位賓師於鄉校，端表儀，肅條約，弟子訙訙。推是以教華亭，啓義理之秘，藥浮奢之痾，新耳目之習，謹身心之脩，則德藝有不考歟？風化有不美歟？性衷倫理有不益明歟？然余告於君者，非以是爲足。傳曰「惟斆學半」，又曰「仕優則學」。君子之應乎外，正以資乎内也。子其砥利器，馳堅車，必得儁於千萬人之場，將使科目由己重，無使己由科目重，廓其用於時，是固君之所志，而余之所望也。豈徒善諭一邑而止哉？

送海漕官徐師顔序

朝廷經國之資，仰給於東南，貢賦者惟田租尤盛。荆、揚荒服，遠王畿數千里外，巨艘山矗，歲漕三百餘萬石，涉越溟洋，達於沽口，風潮恬便，旬可抵燕，視古鑿渠引河，勞工力，阻湍石，困於輸將，萬不侔也。海漕開府姑蘇，品居正三，寵以銀章，位在列郡上，勢埒藩閫。其屬千户，命服深紫，金符煌煌。每督運至京，户部奉旨燕勞錫予，特陞其爵，豈不爲邦有儲峙，乃命脉之所寄哉？

太平爲瀕江下郡，秋租十四萬石。今年春夏兩運漕府，以千户徐君來督事，準量適均，官無虧逸，人不知擾。往時漕夫恃豪，倉曹恃衆，氣不相弱，啓釁片語，攘臂奮呼，黨應蜂午，鬭挨擊敚，延害於民，市肆晝閉，物情震洶，歲常狃習不悛，有司莫能輯也。比者治郡皆賢大夫，重以君之才柄，故能潛遏競端，勞績彰偉。蓋君乃吴門巨室，其尊人領漕職，風烈鬱存，則繼美於先世者，有由矣。諸公名流，以君勝任，而民咸德之，於其行，歌詠累牘，俾予述其概。

竊惟詔旨嘗賜天下半租，而民力向紓，奈之何中原洊歉，天子痛元元横罹飢溺，脩德弭災，傾庫廩以賑救，仍下令蠲全租。近京師穀價翔湧，公室私家，皆以不給憂。則夫延頸而望哺者，方切切於斯時也，君宜速於往，以佐其用，勿使粒米如珠，而重朝廷之慮也。

送丹陽山長劉彦質序

姑孰城東南羸兩舍，井邑豐華，地名黄池。其學舍曰丹陽書院，老屋數楹，歲乏常入，教官借廩郡庠，幾無容託。甫至，突未黔，尋託事去，無以振宣文化，踵襲滋久，見聞爲常，禮摧樂喑，莫克扶植。余竊病焉。其能釋余病者，僅彦質劉先生而已。常端坐論堂，舉五典三物之懿，誘導諄切，闡揚朱詩經緯。其性情温柔寬厚，人樂親之。寓況澹寂，空室磬懸，唯簞豆自奉，無金穀出納之煩，得肆志於理奧。乃考創學之由，知自西山真公，嚴潔祠報，使其餘響遺烈震蕩耳目矣。郡侯嘉歎，思有以慰先生之心，因相其材役，崇飭廟堂，樹墉浚池，規制合度。憲韶聞其賢，割天門剩儲萬緡有奇，營産以給之。積數十年不可興者，一旦浡興，光華偉哉！郡府承憲旨考藝郡庠，衆曰：「持衡公平，唯劉丹陽能然。」禮殿落成于泮，衆曰：「賦以頌禱，非劉丹陽不能然。」每入城市，士大夫争迎承歡杯酒間，願望儀表以自肅也。

余覽天下事，其可興者順勢而成，爲力率易；不可興者建謀而造，爲力率難。君處難如易，昭有全功，苟移其能，措諸時用，則利益無窮，不特釋余所病，世凡共病久不能釋者，猶涣然釋矣。

劉，越人也。考滿，詣余言别，故樂稱其實。豈苟譽焉而已哉？

送趙致端序

十四年前，余與中山趙致端居同里，學同師，治同經。自髫及冠，情好甚篤，游止與俱。其間别久者，唯侍其尊府尹縉雲時爲然，餘則無數日不面，面輒講討理性，評古今文章，或倡和成什，率以爲常，其樂藹如也。時趙氏自憲使朴隱公寓姑孰市之東巷，古屋逼城，蕭蕭然也。稍東則廢城之基，其地高爽，下俯深隍，植以花竹，嘉蔬盈畝，中峙歲寒之亭。余生晚，不及拜朴隱公，公冢嗣即致端。尊府字子範，余每見其宴坐亭中，静閲書史，性高古，與世不合。再除旌德尹，志弗樂，仕甫五旬，棄官，攜家西居臨潁，致端因别去。余每西望，興思往來于懷。又懼致端氣質豪敏，不拘小節，見所接者莫己若，乏規戒磨礪，將中道自輟。

去年春，余在京師，遇其從弟致安、致本，獨喜問致端事，則稱其志彌高、才彌進。冬，許昌毛公禮遊姑孰，屢與余言致端，如致安所稱。今年冬，致端與其弟致敬來尋先人舊址，首訪余，相見驚喜，劇談舊事。才數日，過金陵省其從父子威君，浹旬復來，渡江西還，徵贈言於余。君業周易，請舉而喻焉。

升象傳曰：「地中生木，升；君子以順德，積小以高大。」夫木由尺寸而拱抱，能升自地者，以積而致之也。人有所積，培植以素，進爲以漸，勿棄小善，勿負己能，日升不已，道德崇而才業廣，將無施而不可。嗟乎！其必積而能升哉？

送天門孫山長序

今書院星布海内，類多後創。教養之具不足，甚至歲無緡龠之入，虛額崇而實效微。求如天門粟幣之饒、佩屨之繁，鮮有也。教官紛列庠校，每借階餌腆禄，故視事席未暖，輒乞委引去。視廟堂蕪圮，墁瓦飄剥，漫不經意，求如伯明孫君守任獨勤，又鮮有也。以天門之山，得孫君長之，其果能振揚斯文哉！

書院建自前代，扁以宸翰。當大江，上直兩峰，屹立相顧，勢抗霄漢，宛然户闕之象。基弘構矗，專其地勝，遭季世兵擾，士浮淮繽至，咸賴給於兹。田租石踰二千，邇年蠶漁日滋，反至匱乏，廢寂若傳舍。有識憫嘅，每冀得人光復舊觀，嘉惠士子。惟伯明在官卓然殫力，徵浙田歲逋，購材鳩工，撤新禮殿，翼以崇廡，塑圭冕像百有二十，脩闢齋庖，招集諸生，闡明聖道，以淑人心，覬嗣鄒魯遺響。而君適考滿，積資萬緡以授代者，於是聽試憲司需選于吏部。

觀長是山者，未嘗親獲交承，其善終如始，克蹈全美，僅見君爾。行將典教州郡，職益重，責益深，振揚斯文，當不止此，吾又厚期於君也。

送王子楚序

有虞世賞，岐周世禄，獨官不世者，人賢否殊也。逮至周官，師氏以禮樂德行掌國子之教，然猶考藝進退，未嘗悉世其官而必任焉。後世蔭補法行，或曰顯官必公卿子弟爲之，以幼習其業，熟朝廷臺閣之儀；或曰驕驁不通古今，無益於民，宜明選求賢，除任子之令。是皆偏見爾。及考漢儀，二千石以上得任子弟，擇茂廉者補令丞，其法良而未備。今制蔭補五品之上，受命于朝。降自六品，省銓掌金穀，第其上中下，以歲月爲差，至滿始受朝命，許典民政。蓋治民者爲國之大端，理財者經國之要務，將俾因仕知學，練世故，涉艱難，以培其才，然後移以治民。故不得不自理財始，此則古所無也。

王子楚，金華人。四世祖魯國文定公爲淳熙相，由宋而元，世繼簪紳，其父兄皆儒仕，子楚以蔭補爲姑孰征官之貳。夫貳也，在它官特佐其長，唯征税則操柄規利，勢與長使等。君雖日游廛市，雜然商販中〔一〕，而清資偉觀，見者珍慕，猶麟鳳拔乎羽毛之倫也。自其夙承庭訓，受經許文懿公之門，遂有成立，雖由是以治民，而爲之奚難？其或薦名文翰，接武朝行，得以著其猷爲，既非驕鶩，又熟朝廷臺閣之儀，漢所擇茂廉，吾非斯人而誰與？江風載薰，歸舟言邁，持觴列餞，贈之以文。

【校勘記】

〔一〕「商販」，原作「商敗」，據四庫本、類鈔本改。

送經歷張景中序

銓衡重守令之選，而經歷次之，蓋不輕以授人也。自幕僚不辟於長官而命於朝，得以均禮抗論。彼可于上，此否於下；彼非于前，此是于後。準律而裁之，當也；據理而行之，決也。其責任豈易乎哉？

姑孰郡有幕官曰景中張君，執心以公，雖疑而不避；持身以廉，雖貧而不怨。議事弗隱，長官心服其能，不敢越理而肆。夫幕僚有三，經歷居其長，當一郡喉衿錧鎋之司。苟得其人，則恩流福衍，是則寄千里之命者，不獨繫於牧守，而尤繫於經歷之賢也。然牧守出治者也，經歷贊治者也，出治得專制之，而贊治無自遂之義。或不得於守，雖欲語而箝其口焉，雖欲動而掣其肘焉。經歷之難爲，蓋有甚於守矣。一有弗當其才，强者矯戾，以立異爲能；弱者詭隨，以苟同爲便。守以崇貴臨己上，必與之異，飾譽而已；必與之同，罷軟而已。苟守之所行未中乎理，則戾而非矯也；中乎理，則隨而非詭也。或任其偏，而贊之乖方。此郡政所以不理也。若君則不然，不怵於勢，不屈於私，鼓唱公道，見義必爲，無箝口掣肘之患，無矯戾詭隨之失，三邑士民樂聞其善而稱誦之。及去官也，歎羨思惜，欲留而不可得矣。

君河東人，家於浙西。其詩文備雄厚清楚之氣，風儀脩潔，美鬚髯，望而可敬。今將入京，方當登用髦俊之時，則昔日之賢幕官，即異時之良守令也。不特陳力效職，以忠於君，又將立身揚名，以顯其親。

施山長挽詩序

人有遠百世而相知者，況同時乎？凡居遐壤異域皆同時也，況鄰境乎？苟言行中於義，文學根於道，雖不及目乎貌、耳乎辭，吾將信其力善，而没有餘思矣。無它，天理同然，人心無間，此敬叔施君之没，士類不能已於哀音也，宜哉！

至正初，余識君之子景中於鄉闈，抑抑乎其恭也，循循乎其良也，余嘉敬而深期之。是歲，果與江淛省貢。甲申，再會錢塘，而景中禮益恭，德益良，蓋其涵育薰摩，服父訓不違，故植立如是。余既因景中知君之賢，然未獲一遇以遂所願，甫五十而卒。觀余友鄒功父狀其行，謂君立身本諸孝弟忠信，持己以敬善，奉親睦族，恤孤濟危，雖三代淳厚之俗蔑以踰兹。余又知君德脩於内，則其綴文攻詩，發於培養之素，異乎雕組末習矣。

君家宣之雙溪，受辟長初庵書院，未及赴任。其卒也，姑孰郡邑大夫暨在泮搢紳聞而感傷，今窆有吉卜，遂相與聲諸挽什，用相綈謳。姑孰與宣鄰境，而大夫士未必皆識君也，韻度悠然，寄其哀思，豈非力善可慕、出於心之同然者乎？彼其富家大姓，斂怨興讟，猝遭變故，衆心幸焉。余以是益歎施君之賢，不特可知於斯時，將有遠百世而相知者矣。

送張誠之序

朝廷課守令，興學居六事之一，屢飭風憲，勉勵人才風化之寄，有所委屬。然而肘教印者，撓於錢穀出内，正録曠爲閑秩。遂設大小學之師曰訓導，表儀諸生，每旦望，守令謁廟聽講。或憲節按臨，羣集論堂，獨以師生藻黼學宫，而訓導爲職反重於教官矣。

至正甲申冬，江東憲官來戾泮黌，懼教養弗稱，命選訓導教官。宿儒合辭進曰：「有張姓字誠之，巷處受徒，行義文詞，允宜是選。」監郡子實尚書、郡守仁卿胡侯遣幣致辭，誠之遜避再三，乃起供職。憲官分庭鈞禮，郡侯喜於得人，士子慶學校之不廢焉。及胡侯考滿，子明高侯視事，新建廟學，君爲考其制度。高侯致政去，尚書綱總學務，其爲人剛嚴，少與可，君與之始終三載，無違言忤色，人以是多之。歲大比，充賦于鄉，且請解職學正。臨行，簡學録劉彦英登門固留，而其意不可矣。

嗟乎！古道浸遠，篤於力學者寡。勢燄之所歸，貨賄之所在，紛紜是趨，孰肯甘澹静以自淑其身哉？君既有植立，推善及人，而學校有所賴，於張氏其有光也。張之先來自安豐，居當塗者累葉，今爲當塗人。

送篤彦誠赴官紹興序

至正初，科制復興，國人增試明經。迺迫試期，鼓篋場屋者，類以未暢全經自惕。然積學深純、見理明徹，則敷繹有裕。時彦誠以詩經領江浙省薦，試藝京師，弗合而歸。歲甲申大比，又領薦行省。乙酉春，遂得儁春闈，奉對大廷。余亦與計偕，在京師，聞稱右牓之士莊肅端慎，人輒以歸彦誠。受衡陽縣丞，以母憂不赴，改紹興録事司長官，即字牧正官也。今年春，余較藝南宫，寓都頗久，見新進士及前兩科登第求仕者多除字牧正官，彦誠因有是命焉。

竊觀近數十年，朝廷拔文學之士，共治天下，不過徵求隱逸也，作養胄監也，開設科舉也。然起自丘園，卓有顯效，寥寥幾人哉？胄監之選，歲僅六人，至於躋省部，歷臺憲，纂脩國書，掌教成均，布滿庶位，下至寄郡縣之命，凡補益治體者多自科舉出，上意責望不薄也。

今彦誠之官越上，猶故鄉也。人情風俗，知之有素，發其所藴，施諸政而有餘。矧其同官徐國賓，余曩忝同貢，彦誠與之協心莅治，孳孳撫綏，越人必被其澤，而克上副責望，以增大科之光也。彦誠既往，出此質於徐君，以爲何如哉？

送蔣茂功序

稱學校之盛者，非貴其金穀豐饒、棟宇宏麗，在乎得人施教，使詩、書、禮、樂之澤涵濡羣心，爲國家育賢才，爲斯民美風俗。任是責者，由於訓導得人也。太平學宫教授缺員，正録代出内，日趨走奉承不暇，然教事卒賴弗墜者，幸有蔣君茂功以訓導爲職耳。

曩郡侯承部使者命，求髦儁爲學者師，士論翕推茂功無忝是職。教官踵門迎請，遂謁廟告至。官僚寓公、薦紳名流，羣執賀爵，列進德堂。賤夫下走，亦知爲得人。日坐公齋，敷揚唐、虞、三代心法治道，紬繹微旨及伊洛格言，委曲誘進，學者歸心。太守高公興造殿庭，輟庖饍，君僦屋于市，以居其徒，朔望仍會講公堂，不廢常儀。今試藝浙闈，棄職而去，衆謂余與茂功雅交，不可靳一言以泯其美。

余惟君在庠舍幾三載，當監守之親莅，分憲之按臨，御史之循歷，宣撫之詢訪，能使學校光華，稱盛於遠邇。苟不自以爲至，端誠簡重，充拓志業，又將展攄才猷，適用於世，豈止若斯而已哉？

送王生序

宛陵王生廷淑嘗受業於余，今從父官奉化，同舍生請曰：「王及門且久，去有離索之歎，吾黨亦戚然於懷，願先生贐以辭。」

余因自念弱冠時閉門獨坐，研討經籍，頗涉諸家。慕古人脩詞章，病未達其要，乃從朋游。間得四明畏齋程氏讀書日程，放考亭六條法及吕舍人規，節目次第，筋聯脉貫，使攻儒術者有楷式，遂遵效其略，持循累歲，真若承嚴師而親畏友也。既長，爲童稚師，獨愛導以程說。十年前分教泮庠，廷淑來遊，摳衣弟子列，聽演易旨，探索象數、義理之隱賾，諷覽考覈，亹亹忘疲，年漸盛猶請益不已。近數載，余東游吴，西過淮、汴，歷燕、趙、齊、魯，往回無常。廷淑亦深居寡出，姑孰人士敬其德性，悦其才藝，羣遣子弟執禮事之，僦室邃巷，勤於訓說。余於程蓋私淑焉者，則廷淑治身誨人，其端緒亦有由也。

奉化距四明城兩舍，程氏教育遺澤在乎人心。子之往也，敷求典刑，進而不畫，博焉以會其理，篤焉以蹈其實，尚其强勵，而惟永終之圖。余既喜廷淑之行而成其學也，而自惜不獲親炙於程而程逝也〔一〕，又以志余恨。

【校勘記】

〔一〕「而程」，原無，四庫本同，據類鈔本補。

陶學士先生文集卷之十三

序

送李儀伯赴西臺序

國家以諫諍繩糾之任託諸憲臺，遴選才德爲監察御史，所謂彰善癉惡、激濁揚清者，所繫特重焉。官無崇卑，聽其舉劾；政無鉅細，賴其維持。將以廣一人之耳目，建百僚之標準。稱是職者，李君儀伯，大梁人也。其尊府嘗持憲節，君自早歲即以名節自許，初通守汝州，遷章丘尹，以最績聞朝，用薦者拜南臺監察御史。乃至正戊子，守省湖廣，連劾大官，威震徼外。明年，讞獄州縣，情無冤疑。於是憲綱尊肅，而政體清嚴矣。又明年，調西臺御史。竊謂今之從仕莫要於言路，當不諱之時，則忠國惠民之策蘊於平素者無不可施。況君心術端粹，言動不苟，無愧諫諍繩糾之任哉？

君在南臺，其同官李正卿、赫彦凱、李好古，皆時之所重，君又與之同官于西臺，粲乎珪璋之交映也，鏘乎金石之相宣也。言路得人，於斯爲盛，則何功業之不可成也歟？將使斯民被其休澤也歟！其可賀也歟！

送安思善赴西臺序

皇元有天下，要荒之外，悉主悉臣，疆理四方，分二十有二道，統以三臺。西行臺置關内，其所屬漢、隴、巴、蜀，猶禹貢州境，若河西、雲南，皆氐、羌、蠻、戎之居，遠連絶域。廉訪司四道，既重政刑之柄，監察御史坐而鎮、行而巡，所以疏王澤、儆吏治、繫民心也。

安君思善由南行臺監察御史而有是調，將以國家威懷之道、勸懲之法，往彰示乎西土焉。方其官南臺也，出按江浙行省，莅事静重，成憲是率，股肱大臣，心用厭服。及入閩，慶讓廉汙，咨求隱瘼，物議稱善。其素性寬厚，不立崖峭之行，而聞者敬憚，文學恬退之士薦揚弗疑。蓋其蚤游上庠，師承鉅儒，禮樂以陶其質，德義以養其心，經術試藝中高選，歷仕端介，遂登清要。今移節于彼，而風烈益峻，器度益容，則函、崤未足喻其崇，灃、渭未足喻其深也。

僕聞盡忠所事者勤勞不怨，或者驅馳曠邈，而偉論令儀有以肅遠人之聽瞻，使知朝廷任言責者有其人，豈不爲風紀增重哉？故序以贈其行。

送張太初赴西臺序

出自世禄之家，與起身於閭閻藪澤異。蓋公卿子弟夙習世業，素閑朝儀，若天性自成。至於四方幽遠，物情民瘼，利害纖悉，鮮克周知。其由布衣應時而奮者，雖歷世故，然多疏迂野率，弗適其宜。二者恒難於兼有，今乃見於張君也。

君字太初，保定人。其高祖汝南忠武王、曾祖淮南獻武王，皆以勳勇佐國初征伐。其祖恒陽忠獻王，又以文學爲賢相。至其尊府襄孝公，與其諸父昆弟，俱有顯爵。自元有天下，而中原世家以文武忠孝輔翊景運，王公累葉者未有若斯之盛也。君以廕補官，拜南臺監察御史。寬明仁厚，不殘躁以立威，不假貸以縱法，庶官承風，望而敬畏。於繩愆糾謬、舉善薦賢，克盡乃心。雖出自世禄之家，而能脱略貴介，且知物情民瘼，若多歷世故者。求於斯時，亦云鮮哉。踰年遷西臺御史，往踐厥職。君其思盡補報，不特爲天子之耳目，使累善積功而不已，豈不爲天子之股肱乎？如是，則先世文武忠孝之澤益大以昌，而無忝於祖父。傳曰「公侯之子孫必復其始」，其在於君歟？於是昇之士知其果異於人也，遂作詩以送之，而俾余序之。

訾母高氏慶壽詩序

行臺管勾訾君母高夫人，壽八十有四歲，其誕辰當仲冬二十有四日，搢紳之士賦詩爲壽。惟天報施善，人恒稱其宜，德之厚者，福隨而厚，此理之可必者也。夫人早有令儀，以禮法自持，長適名門。其良人字伯元，善事親，讓兄弟以田宅，仁於閭族，濟物樂施，卓義聞于時。朝賜旌表，亦由夫人能輔佐君子，以成其美焉。諸子訓以義方。由是管勾入仕，温雅謙謹，以禄奉養，恪恭子職。夫人雖深居闈閫，教令不出于外，然觀伯元所行及管勾在官，則夫人之賢可知矣。夫人在室爲賢女，相夫爲賢婦，教子爲賢母，厚德如此，是宜日享康祺〔一〕，登于頤耋。聰明彊健，食息安逸，有孫有曾，垂裕者盛。其福之厚，方來而未艾，然後知報施自天，其理果可必也。傳曰「積善之家，必有餘慶」，又曰「天之生物，必因其材而篤焉」，信有徵矣。

于時新陽布和，綵庭燕集，拜舞稱觴，承顔怡愉，莫不嘉歎夫人之夫婦齊年，而樂其子孫之英秀。又從而祝曰：「夫人之壽，如松柏斯茂；夫人之福，如川流斯續。如山如阜，如金石永久。有命推恩，錫封榮侈。綿綿脩齡，其自今始。」

【校勘記】

〔一〕「是宜日享康祺」，原作「是日宜享康祺」，據類鈔本乙正。

行臺管勾訾德明壽詩序

凡頌禱美辭，必以壽稱，天之所祐，人之所期，莫盛於此。洪範壽居福首，賴以享有百禄者也。是以誕生之辰視爲吉旦，相與稱觴爲壽，致慶祝之禮。況當父母皆存、兄弟翕和，有德行以華其躬，有爵禄以興其家，而又有子有孫，此皆人所甚欲，而不可以必備。唯訾君德明能兼有之，可謂得於天者全矣。

君居德州齊河縣，讀書取仕，歷省部臺憲，以廉謹聞，今爲江南行御史臺管勾。性度寬淳，風儀頎峻，出言有章，事無過舉，宜於其職，見者敬而愛之。二親康健，垂白在堂，年皆八十有餘，奉養盡禮。同氣四人，敦於友愛，子皆教以儒業，而且抱孫焉。人謂訾君諸福咸集，豈非前人培植深厚，而英華發於兹歟？抑其賢而力善，自有以致之歟？何其兼人之所不能兼也。

乃月届嘉平，時維初度，教官多士，聲諸賀章，僉以君質如松柏，壽之符也。然今朝廷求治旌賢，臣爵有德，當益廣忠孝，乃心王室，盡其才力，必進升高顯。則仁者之壽，不惟在己，上以壽國脉，下以壽民命，是又衆之所期，而亦君之所願也。

送崔文翼序

朝廷選官，以任憲臺之職，憲臺選官，以重從事之寄。賴其稽律令、操簡牘，上佐耳目大臣，表儀諸道，糾正百僚，禮法所由出，刑政所由平。故惟大體是務，不以承順趨走爲能，此從事憲臺者所以異乎庶府掾曹奉行簿書而已也。

崔文翼歷内御史史、江西廉訪司照磨，調海北廉訪司知事，行臺辟爲從事。沉毅不躁露，言動中理，遇事明決，克稱兹選。夫行臺治集慶，統江南十道，吴、越、閩、楚，外薄島夷，其地萬里，郡縣數百，吏治廉汙，未易悉知。然風紀嚴崇，爲善知勸，爲惡知懼，法度行而禍亂弭，使主上無南顧之憂，由得賢以任憲臺之職，而贊助者又得從事之賢也。

竊觀斯時起身由此者，類登顯仕，或持節一道，或歷三臺御史，或位至中執法丞，不可勝數。其或官于省部院監，無往而不宜，故名臣碩望接迹當代者，多若而人也。考滿升秩，又當砥礪名節，服勞王室，必有深慮遠猷，爲國與民建久長之策。其志豈在爵以華其身、禄以裕其家而已？則異時所立，益有加於今也哉！

總管視學詩序

今天子遴選牧守，内則省部臺察，外則宣閫憲司，歲各舉一人，課以六事，特增興崇學校之目，其委任之法良、責望之意深矣。由是，太中大夫李公思敬以厚德令望出守金陵。其地當東南都會，統州二縣三，崇臺鎮其上，庶司隸其下，繁劇叢脞，視他郡難爲也。自公莅政，不勞力而治，人心悦服。其於學校尤所加意，亦既戾止郡庠，延聘英儒，分教齋廬，學者知所歸向矣。惟是明道書院實程伯子遺光餘化之所被，廟庭有祀，師生有養，其來已久。然而宣明勉勵，必有待於牧守之良也。公乃慕前賢之道德，啓後覺之進脩，臨視于兹，次第興舉，豈非斯文之幸歟！

竊謂牧守之職，農桑、刑獄、錢穀、賦役無不兼領，而每重於學校者，蓋先王詩、書、禮、樂之澤所以厚彝倫、美風俗、育賢才，悉由此出。推公之心，其與黄霸教化潁川、文翁興學於蜀，同一致也。區區叨長教席，瞻承威儀，以爲昔者魯僖在泮，頌禱有詩，敬率多士，形於詠歌，用昭政教之美焉。

張景遠詩集序

自朔南同文，七十有餘年，季朝遺老殆盡，斯民長養於混一之世，凡詠歌成聲，彬彬治平之音矣。在昔作者，江左宫商振越，河朔詞義樸厚，當其分裂，各隨風氣，以專一長。逮其末也，振越者流於輕靡而意浮，樸厚者流於陋率而味寡。今風氣相通，無間南北，能詩之士傑出相望，宣宫商於詞義間，況景遠張君又自北而南者乎？

舊居河東，徙家毗陵，獨喜攻詩，雖遇事糾紛，常吟哦有雅致。歷覽名山巨川，仙墟福境，輒吐英藻，罄其模寫，使東南偉觀、雄奇靈怪、千態萬狀，莫能秘於片辭隻韻。及情因物觸，嬉娱感戚，一寓之詩。其或游神沖澹，托意悠深，則又脱氛埃、棄雕琢，故體格屢變，卒歸於治平之音焉。且詩亦難矣，苟培蘊豐碩，志端而遠，氣充而弘，則形於詠歌，自中律度。君髮雖斑，造進未已，猶當揚厲風、雅遺芬，高視兩京六朝之上，兹又余之所望也。

送教諭潘君序

僕幼時師鄉先生勿齋潘公，公諸子唯叔聞君秀出昆季間，僕兄禮之。疑有質，過有正，其趣解超明，辯議該融，足以廓人之見聞。僕既幸受業勿齋公，而又幸君啓益之多也。勿齋年浸邁，而君以文學馳俊聲，四方户屨以所事勿齋事之，自是師道日隆矣。勿齋既没，君愈自脩勵，耿介剛直，人所敬服。當科制輟於至元，無禄養親，憲節按郡，遴拔髦士爲教官，時監府戚畹崇貴，雅聞君譽，命僚佐勸其試藝。君英風邁厲，未肯遽就，邦之士夫咸勸君起而爲是舉榮也。君始操翰簡就試，遂中首選。人謂使科目興，所得才能亦豈加於斯人哉？初仕富陽教諭，脩廣廟學，文教焕興，其民皆曰：「教官之賢如此，吾邑未之前見也。」今調嘉興，重其去者歌詠聯牘，僕惡能無一言乎？

蓋君曾大父真居先生學以理勝，大父拙逸先生文以理高，累世儒雅，子孫多賢，至君大振先業，屢誨鄉校，育才輩出，是不私其家傳。今又恢闡緒言，播揚休芬，以惠百里士子，則潘氏之學將流衍而未已也。僕因思世之爲文章者有二：古文尚簡嚴，故紀述有法；時文尚純暢，故進取合度。人病不能兼有其長，君於此素皆優敏，而必培之以深潛之功，昌之以正大之氣，異時登名天府，而代言翰苑，益以濟美於前人，則夫善諭一邑者，豈足以盡其才也哉？

送學録吴仲進序

學有録，其位第三，上則典教者，綰篆視出納，專署事之柄；下則分教者，列居齋宫，訓弟子員。皆有常務。間其中者貳之以正，參之以録，若無所務，棲偃空室，爲況寒澹，至者席未暖輒引故去，曠瘝歲時，覬滿而遷秩，漫弗省所任當何，若此爲正録之庸習也。夫官以録名，有糾督之寄焉，有檢束之責焉。官制宰相録軍國重事，隸郡城理民者曰録事，而於學亦置録，雖資級懸異，其爲糾督檢束，義無獨殊，尚宜曠瘝也哉？

録昇學事吴仲進，上饒人，在官盡所當爲，不苟焉以庸習自同於常人。子處泮庠東廨，闔扉四壁立，以簡衺自適〔一〕，廪粟僅給，枵然無餘資。忍於久留，絶望望之念。若教養，若祭祀，若月書季考，及催科營繕，悉得與聞，而無侵官之嫌，以能協謀較勞，使功不歸己，勿之有意焉爾已。終三載，不少廢怠，其於糾督檢束，蓋無所愧，果曠瘝之可議乎？然士有直身行道、不阿世徇俗，君子好之，則小人惡之，故譽興而謗隨，脩己者不易其心也。而在昇郡，雖有直身行道，好寡而惡多，凄菲成風，樂傳喜聽，不崇朝而遍城郭。

仲進之守官也，吾見物議有嘉，而庸人賤走無毁也，又以驗其皆無所失也。今將謁選行省，吾黨同時寓昇者惜其遠别，俾序其事以爲贈。

【校勘記】

〔一〕「衺」，原作「褭」，四庫本同，據類鈔本改。

送訾德明赴刑部序

六卿之贊佐，在刑部者所繫尤重，裁制簡牘，議天下之獄，使麗其法，死生輕重，由之而決。故中書選主事，視他曹加審，所以慎邦禁、憫人命也。

南御史臺管勾訾君德明，改刑部主事，以其嘗爲刑部史，因有是調。命下之日，衆論稱宜，赴官北上。予因語之曰：「五刑之用，天俾齊一，下民謂之天討，人君猶不得私，況有司乎？居是職者，其道有二：明無所蔽，則察之精而情不隱；敬無敢忽，則處之公而法不濫。觀皋陶作士，惟明克允，蘇公司寇，敬爾由獄，可知已。自申、韓刑名之説興，而虞、周忠厚之心泯，故秦、漢以來，法家少恩，間有賢英之君、豪傑之士，亦爲其所移，而治道有愧於古。君既深於律令，其性仁慈寬平，當贊卿士，追求皋、蘇之意，刮磨申、韓之習，制罰以中，令伏辜者不自以爲冤，而致祥刑之效，則古治不難復矣。」又申古訓以告曰：「欽哉欽哉，惟刑之恤哉！」

送王秀才序

滏陽王立中來自江都，從學於余友許君栗夫。許君長金陵南軒精舍，招徠學徒，生故聞而有慕。客論堂西齋，左圖右書，晝夜披考，常敏焉勤劬，其進若川湧山出，未見其止。意將爲君子之儒也。或者竊謂之曰：「夫江都淮海奥區，游仕之所趨，賈貨之所居，水陸珍味，可以適口，宫室温凉，可以寧其軀。擊筑吹竽，酌酒歌趨。又況服飾纖麗，紈袴而綾襦，或被薦擢，則又拾青紆朱。子何孤苦于旅途，而棄其所娱，不幾於迂哉？」生笑而不應，俛首脩業，唯師説之務聽，而其志不少渝。余每過許君，生必周旋下風，趨蹌秩如，辭貌温如，余心悦之，予其優異於初焉。歲暮，省親歸廣陵，請一言以爲諭。生以余與其師同年交，而視余猶師也，可無辭以勖諸？

今夫適萬里之國，歷山險，犯湍激，若未易至。苟日進百里，十旬而可徂矣。或乃百里千里，其心厭斁，遂息焉而不速其程，雖假以歲年，莫克至其所也。生歸，承顔之隙，汲汲循循，究力於學術，而以聖賢爲模，毋若百里千里而自息者，亦能復來而卒業乎？審如是，則益笑或説之非，而有以稱余之所予也。

送陳秀才序

天之賦予，不靳於富貴，而獨靳於賢秀焉。蕞爾之區，豐貨賄榮爵秩者，隨在而有，況通都大邑乎？若清明靈淑之氣毓美於人，器識超異，而德藝崇茂，求諸通都大邑，寥曠幾何？故賢秀者天之所獨靳、人之所難得也。幸焉得天之所靳，宜致力攻學，成其始終。不然，是自棄其天矣。然學貴得師，孔子大聖，無所不學，則無所不師。學者非有聖人之資，而緩於求師，方策之間，未易識其向方。或手一觸、目一寓，遽謂道已在是。嗚呼！道果在是乎？

淮西學者陳師賢，聞番易許君栗夫長南軒書院，渡江而東，執經從游。許君嘗以易經領首薦，與余同年，而余承乏長教明道，亦以易授徒。兩書院相去不數十步，師友常相會，一時文物浸盛。師賢居儕伍間，觀其師闡理象、摛詞章，心潛意索，汲汲忘勞，豈非夙賦賢秀而得天之所靳乎？乃能遠涉擇師，不謬於所歸，其器識德藝，將由是而過人，有不自棄其天矣。告别而去，其友徵言爲贈，師賢明易，以其所知者語之。

大象傳，乾曰「自强」，晉曰「自昭」，天之行也，日之進也，無使之者出於自也。自强以久其功，自昭以撤其蔽，聖賢之學率此乎由。子之得師既美矣，體驗而蹈其實，涵融而領其奥，又己之自爲，而師之力無所施矣。子歸同安，見其先達仲暹汪君，參究所見聞，并出吾言而評之，可也。

送畢仲和赴廣西序

銓選重内輕外，自古爲然。今官京師者稱美任，官中原者次之，江南又次之，接境又次之，邊遠尤次之。故仕由江南者不得歷中原，自中原出邊遠必超進資格，用是莫不重京師、中原而樂趨之，於江南、接境、邊遠，概視以爲輕。唯風憲則不然。天下分道二十有二，其勢均一，在内者固重，而在外者益不輕。南臺統十道，兩廣海北爲邊遠之境，廣西視廣東愈遠，遠則憲府愈尊。矧溪峒猺獠負險盜掠，職字牧者或不良於理，歲常弗寧。朝廷遣名臣往踐厥土，寄耳目之任，所以宣王化，糾庶僚，綏鄙民也〔一〕。贊憲府刑政者曰書吏，擇其才能以導揚威德，去憲官最近，立于諸侯百司之上，衆所敬悚。余故於畢仲和喜其行也。

余與畢無素交，中山曹仲德來，曰畢在童年隸經籍，長而弗懈，攻三尺法，出入臺閣，補金陵郡史，調秋浦，薦廣西憲史。今驅馳數千里，其志可以有施也。余聞其言，因念廣西憲府既遠而愈尊，又無重内輕外之勢，書吏雖奉承簿書，亦可貴焉。其拔自郡吏者，一道僅三人，得與是列甚難。今江、淮以南，無慮百餘郡，吏額不減數千，仲和以舉者而登諸三人之列，獨非幸歟？必將佐其官振紀綱、明法度，貪縱者伏戾，而猖獗者順令，使禮義之美昭于遐荒，乃憲紀之光華也。

仲德以余之言可告於畢也，遂書以貽之。

【校勘記】

〔一〕「綏」，四庫本同，類鈔本作「綏」。

送天門劉山長序

天之厚賢，豈以美秩豐禄驟享於少壯，爲一時震赫而已？故常假以歲年，使練閱久、培植深，雖艱回滯，抑不撓其所守。用是心志堅，才行充，然後無施弗能矣。自科制興幾四十載，老成儒流有洊領鄉薦、不獲被選南宫，猶勤敏不息，意將伸道濟物，是謂心志堅而才行充者，吾於仲愚劉君見焉。

君鄞人，蚤治詩、書，既悟旨歸，又以聖人微權寄諸春秋，乃探討筆削遺意，博搜諸傳，精覈淹暢，學者北面而心服。至順壬申秋，與貢江浙行省，後十有二年，爲至正甲申，再與貢，然皆弗合于春官。當其得儁千萬人間，而文藝恒有餘，豈於三四拔一之頃，反有所不足耶？故朝議知下第之士坐以頷沮，慮其遺才，悉授學官。君因得長天門書院。天門東望姑孰城一舍，昔宋季地蹙兵警，且教養弗輟，寓士滿庠舍。近年以來，曠典多矣，自君視事，崇飾廟庭，增廣齋廬，日莅論堂，以理性之奥、彝倫之懿啓迪後覺，遠履翕趨，風教大行。此雖小試其能，蓋已動人耳目，則凡重任之克負，其不兆於兹乎？異時敷施治道，衣食生民，功被當世，以垂方來，故知天之厚賢，其不速而遠也審矣。

滿代言别，僕忝同貢之好，而相知最深，是爲序。

送東川山長張彥深序

守官而敬其事，雖地居幽遠若可曠緩而不怠，積業累功，久而自著，理勢宜然。推是心也，雖古忠臣志士，何以異哉？

太平書院四，天門、采石、丹陽皆在廛井，據水陸要會，憲節循視，郡守臨勵，使官賓客，舟楫車騎，往來接迹。長教者勤於當務，不獨可以塞責，亦得見知于時。唯東川精舍邈焉奥區，冠蓋搢紳，無因而前。學官寒寂，勢寡位下，或才德蕪餒，則沮茶弗振，用是敬其事者鮮矣。

僕嘗識張君彥深於金陵，神表清峻，有足動人。其教江寧時，嘗攝邑令，代行尉事，臨政通敏，整武備，禁姦攘，踰歲大治。調東川山長，可謂幽遠而宜曠緩，乃劬躬厥職，未嘗一日廢。使經籍宗旨、禮法正論宣暢于藪澤，則嚮道澡質、沉潛聖化者，豈無其人乎？今年夏，僕自金陵考滿歸，每從士林聞譽張君。

夫東川去郡城百二十里，人所罕至也，君異邦疏遠，迹少入市，人所罕親也。衆口愛憎，尤所罕同也。然稱善則均，咸若身至目覩者，無他焉，因其實而已矣。今庠序滿郡縣，其當循視臨勵往來之衝，漠然不加意者不少，聞彥深之風，宜知所愧哉？傳曰「蘭生深林，不以無人而不芳」，又曰「鶴鳴于九皋，聲聞于天」，彦深有之。山主陶氏，與僕通譜，族多英俊，惜其代去，遣人徵文以爲贐。余既懷張君而不遇，又喜同宗之好義也，惡能已於言？君將聽除命於朝矣，旅寄京華，交際貴要，當有讜言良猷以撼羣聽，俾施于世，有以固承平之基、蘇瘡殘之境，毋懷寶以自得焉。鴻鵠振羽，青冥無極，安得攜手於北風，徒延佇於停雲也？

送林景山序

守令六事，其一曰常平得法。郡邑建倉置屬，以府曹倖久者充，優減其考，由是林景山與兹選焉。景山旌德人，貌古而言直，自新安遷姑孰，鬚鬢斑斑，趨蹌黄堂，引經援律，商訂政務，列侯納其忠。性愛工詩，或閑隙，或紛遽，吟哦常弗輟。往來衢市，襟帽偉雅，宛有老儒儀度，人莫知其爲吏。及調常平，乃不以冷寂爲嫌，欣然受委，將以展斂散周恤之策，使官有備而民有恃，其志亦不羣矣。

夫常平之名始於漢五鳳間耿壽昌之請：穀賤，增價而糴以利農；穀貴，減價而糶以利民。及觀管仲相桓公，通輕重之權，謂歲有歉穰，故穀有貴賤。民有餘則輕之，人君斂之，以其輕；民不足則重之，人君散之，以其重。輕重斂散以時，則大賈蓄家不得豪奪吾民矣。令縣州里受公錢皆籍粟入。李悝爲魏文侯作盡地力之教，謂糴甚貴傷民，甚賤傷農，善平糴者必觀歲上中下而糴之，使價平而止，小饑則發小熟之斂，中饑則發中熟之斂，大饑則發大熟之斂。或遇水旱，糴不貴而人不散，行有餘而補不足。齊、魏用二子術，國皆富强。耿中丞之議，蓋本諸此也。然成周養民之制，縣都有委積，倉廩有分頒，振荒恤災，具載禮典。聖人立法，先事豫防，俾歲雖凶而常豐，民雖貧而常足。則管、李之見，又豈無所本哉？昔耿説甫出，蕭望之非之，元帝時諸侯多言可罷。後漢語曰「外有利民之名，内實侵刻百姓」，「置之不便」，豈常平獨可施於邊郡，而不可通行於天下歟？抑亦可以通行，而治之者不得其法歟？今制既曰常平得法，爲守令者可不加意歟？景山居其職，要不可不知其法也。

今糴本示增直之文，輸户罹倍償之擾，貯之久則腐而味變，曝之乾則耗而數虧，待哺者未沾惠於勺龠，而中產者已不勝其配抑矣。景山往盡乃心，變通有方，師成周養民之制，而采管、李、壽昌之所長，使國家實利，異時下及困窮，而不徒以粉飾治具，庶幾成守令之最功，是則余之所期也。

送劉秀才序

唐、虞、三代之世，皋、夔、稷、契、伊、傅、周、召，渾然全才，爲時輔佐，道德勳業，標準萬世，未嘗有儒與吏之名也。周官謂儒以道得民，吏以治得民，二者並立，然猶相濟爲用。秦不師古，棄詩、書，事刀筆，吏始抗儒，而反勝焉。漢之時，習章句者爲儒，攻法律者爲吏，判爲兩塗。純任吏而用其長，故有蕭、曹、丙、魏之能；不純任儒而用其短，故有貢、薛、韋、匡之偏。世不察此，概謂儒不吏若，豈刑名賢於六經□[一]？宋儒者設經義，治事齋，人之才興[二]，駸駸逼古，吏本於儒也審矣。國朝混一，治雖尚吏，世祖號稱儒教大宗師，則崇儒尤重可知。今職簿書佐官府者，通謂之吏。先朝詔旨若曰「秀才、生員願爲吏者，俾爲之」。竊論秀才爲文行英茂者言，生員但廩業於學校者爾。文行英茂者必將異於人，生員初學，何敢攀而伍之？然擢吏恒於生員，而名秀才者不得與，似非明詔初意。此亦吏弊不諳大體之一也。

劉秀才者，嘗訓導南軒書院，繼爲太平泮庠訓導，憲韶臨部，命郡府辟爲吏，則與生員者殊矣。所謂儒術飾吏事者，非獨見於古也。余故表而出之，且示取吏於儒，不專求之生員也。

【校勘記】

〔一〕「□」，原文墨釘，四庫本作「歟」，類鈔本作「乎」。

〔二〕「人之才興」，四庫本、類鈔本作「人才之興」。

陶學士先生文集卷之十四

序

送黄文敬長岱山序

天下之都邑，京師爲大；天下之川澤，海爲最大。北至于京師，東南觀于海，皆雄奇之遊。或無因而往，則想慕而不可親，憾於心者有矣。

江淛貢士黄文敬，去年會試中書，今年赴官海上，余故喜其有行也。文敬居蕪湖，自少有能文聲，端厚專勤，藴德不伐，弟子盈門，禮法森整，邑大夫樂稱而争重焉。及領薦鄉闈，羣情慶愜，以其氣清神朧，不閑於跋涉，風雪萬里，將有難色。乃慨然長往，旅食燕山，不特與四方豪俊角一日之長，而九重之巍嚴，萬國之朝覲，凡可娱心耀目者，無物不備，志雖弗合而歸，其識則廣矣。

行省授岱山書院山長。岱爲海島，隸四明，渺然波濤之黑，蔚然林薄之翳，精舍數椽，命官任教，將以文明被于幽遐。文敬越大洋，登講席，吐其剩餘，化漸卉服，無金穀塵鯁于懷，彷徉憑覽，挹暾光於未晨，睇神州於無際。且有珍鱻美錯之饒，鹺商貨舶之富，可泛視爲海之窮裔哉？又得往來郡城，文學儒流，星聯壑聚，日交接以資見聞。至於飛翰驅辭，尤足聳撼轅門大府，以流譽于時，遊之雄奇者兼得之矣。

余與文敬爲同郡人，前後俱以易貢，爲同道，復同選爲浙東教職，在斯文素爲同心。明年春，承乏越上，則文敬進脩之功益倍，儻思夙昔相與之至，尚肯爲余一來乎？

送司獄易元允序

國家立法忠厚，麗禁典者固不貸其辜，亦未嘗不閔其命，曲全有生之理於天地間也。圜土桎梏之設尚矣，飢有廩，疾有醫，建獄官以掌視，不惟要繫無逸泄之虞，且俾矜撫，或平反而得其情。法之忠厚如此，尤貴得忠厚之人以行其法爾。

易君元允，瑞之世儒，嘗以簿書贊治于憲府藩閫。受太平路司獄，人或以君之才猷，使得佐郡宰邑，則惠澤可以及民，獄官之任，若不足以淹歲月也。是不然。夫恤刑好生之德，自唐、虞、三代而降，雖以漢、唐盛時，猶有愧焉。今朝廷刑罰務於寬平，故獄官所繫，視以爲重。太平囹圄寂然，比者饑歲，加以兵興，纍執之徒，不能無矣。每郡府之推讞、憲軺之審録，莫不嘉君能官，豈非忠厚之人哉？

嗟夫！民有訟則陷於獄也，無訟則獄無設可也。使長民者理之有方，導之有素，孰不汲汲焉遷善而遠罪，訟何由生？君秩滿，將有長民之責，尚其以無訟之本反求諸身哉？

送采石山長濮友文序

江南山水雄麗之區，以采石稱。樓觀亭祠，皆據勝境、跨高冥，俯清泠，可以縱心目之娱覽。臨流而廛，室宇巍華，貨貿充溢，民業酤釀，多致殷富。宜有書院闡教敦俗，庶俾其人不至荒於遊逸、怠于驕奢也。書院創自淮陽獻武王保定張帥，地當四達之衢，往來者陸則車騎，水則舟航，過而瞻禮尤衆焉。

至正己丑歲，余客昇，與番昜許栗夫於御史家聞有談采石書院山長之美者，因叩姓名，則知爲濮君友文，中山人也。御史歎曰：「安得與斯人接辭哉？」明年，濮君來昪，御史見而傾倒，余與許亦在坐，此識濮君之由也。又明年，余歸太平，望采石幾一舍，雖相遇不獲，而相知不淺。及壬辰孟春，滿代矣。君在官，復没産，曰：三江渡歲賦水利供祭祀，脩完廟學。乃塑獻武像祠以報功。自喜錢穀少，而出納不煩，得以詩酒彷徉於山水間，與天地清氣酬酢物表，亦教官之高致也。況能以闡教敦俗爲務，儒家子弟尊其師道，德藝是習，雖欲游逸驕奢，寧不警省於心哉？

君文獻之族，才識老成，衣冠言動有故家風度。嘗歷江寧武康教諭，升今官。將由是表儀侯泮，教行千里之郡，其績業有加於此，從可知也。

送浮屠慧師序

始吾見遊方之外者，入空寂，出倫理，與吾道不類也。既而行南北，歷名山巨刹，時與釋子接，或博辯多聞，或静默有覺，或記閱能文章，皆知仁義中正之旨。至其祝釐于上，有君臣之分焉；不忘所自出，有父子之親焉；羣居怡怡，規諷以善，有兄弟之情、朋友之誼焉。則既與吾道類，而又嚴敬其師，勤勞不懈，一得所傳，心領膺服，終身不悖，而吾黨反難能也。

從吾游者崔生子元，義興人也，來姑孰，寓光孝禪寺。寺僧慧師日巖乃其鄉人，因生過余。目其威儀，則服行戒律者也；耳其言論，則習聞聖人之道者也。其學以無爲爲宗，以不二爲法，以去死生爲向方，以實相具足爲歸宿，吾知其有可尚者。未幾，崔生請曰：「慧有母在堂，其授業之師亦居義興，而敬師之禮甚至，歲時省視往來以爲常。今又將去，以其平日好與文士游，故賦詩爲贈，願先生序之。」

嗟乎！天道不外乎人理，佛氏功行之脩，無擇於巨細，況孝敬之心不衰，則其天者全矣。吾喜其與吾道類，且有吾黨之難能者，安得不與之言哉？

送教諭彭景先序

江東文物，番爲盛。僕兩入京，見南士官館閣翰監，或負才學，旅遊棲棲，以至賓貢春官，番人居多。比叨禄金陵，見仕郡邑掌校庠者復多番人。時景先彭君受當塗文學，自番赴官，便道過余，一見如素識，言論英發，理富機敏，知其學有本原。信宿辭去。余既歎不獲與君久相從游，然獨喜吾邑得賢教官。今年夏代歸，私慶日被薰涵。君尋滿秩，會方新而別已迫，固不得不鞅鞅于懷也。

曩柄臣奏廢科舉，三臺二十二憲司上疏請復，不得。命御史及各道憲節以文藝試士爲教官。時南北學者無階取仕，與選則榮炫如擢大科，老戰場屋者咸樂就試。君以御史舉名占高等。及來莅職，堂揭誨語，敦厚儒習，俾知所尚，逢掖敬從。學素無帑庾，缺禄給晨夕，君介守沖澹，無苟得意。部使者及郡監守知而嘉歎，分泮廩充俸，著爲定令，有禄遂自君始。其盡心學務，勤若理家，廟宇齋廬，葺治完美。創亭宫墻左，地幽景曠，俯仰山水，相忘於物外，顔以「樂山水亭」，而理致高遠矣。僕已慕番盛文物，而君復若是，尤有光於斯文哉！

今朝廷屈羣策以綏萬方，使在位效力者如君不少曠瘝，則臣職脩而王化洽，而君之才有可嘉矣。其去也，貴公俊士羣餞溪郭，俾僕敍其事如右。

送汪教授序

汪氏爲神明之胄，居新安七百餘年，族屬蕃衍，復多賢秀，其福澤流被，雖久益深。而又有若處謙先生者出，君子謂積善之慶，果有餘也。

先生之歷儒官也，始諭長洲，調長清獻書院，升嘉定州教授，凡三仕，皆久任。最後典教姑孰。姑孰學校東南稱第三，匹休於漳明，士風淳厚，稱小鄒魯。先生視事似不能言，若不勝衣者。及其登講座，進諸生，導誘淳懇，羽翼綱常，表章道義，使先王遺教之懿入耳而著心。嘗與郡侯大興堂試，倣科舉式，所選多髦俊，文風乃振。其接物和易，至於不可，則義形於色，志莫能奪，又人之所難也。甫歲餘，即引退。士子驚愕，相與議曰：「先生備天下之達尊，神氣彊健，才學精覈，乃高舉而去，弗克盡攄所能，曷有以爲賢者之留？」遂相與力請，而其意不俞矣。僕等出入泮林，望其表儀而起敬，知其長育文獻之邦，父兄師友，漸陶有素，故見聞異常人，雖老猶不自足。視世之苟利禄者往往以去官爲戚，而印綬不忍去手，其所爲何如也？

先生由此佐大府宰鉅邑，推善教之心，以施於政，則功惠及民，如春陽時雨，涵煦無窮。余將側耳以聞嘉聲，亦有以慰此心云爾。

送醫官黄與任序

歷代陳迹，去今懸遠矣。論及漢、唐全盛時，猶使人欣快於百世下。況當海宇混一，而文明隆熙之治，與覆載無極，雖漢、唐全盛之天下不能比其什一。士生斯世，身親遇，目親覩，凡德學技藝充足於己、度可濟用者，願效力行志，自拔衆中，奮袂振策，趨集京都，星拱雲合。不特受官可以爲榮，得禄可以爲養，而且水浮陸輾，經閱萬里遐邈，如周旋堂室間。喬嶽巨鎮之奇，大河清濟之雄，皆在指顧。又得仰瞻宮闕神麗，以至廟廊列司之崇貴，車馬人物之繁華，常紛紜而日接。此黄君與任所以兩入京都，意有在於茲歟？

君儒而醫者也，意氣動當道，因爲醫官，歷長林、右郞、樂平，陞太平路醫學教授。使其在京師，擢置長選，累資級以踐清華，則興事樹功，將無不可。僅官於醫，志若未就。然而遠游勝歷，見漢、唐全盛之所無，居其職，又足專衛生活物之寄，其亦可矣。

黄氏家新喻，其業儒醫，傳已七世。君從祖曉峰，官奉訓大夫，臨政州縣，利澤及民，壽幾百齡。詩文成編，於軒岐而下諸家之書，領悟要旨。秘方靈劑，世未知者，悉授與任。自其來肘教印，郡府官僚、寓公多士及閭閻庶民，恃以爲命。切脉視證，究極根源，叢草木、玉石、昆蟲諸品，適君臣佐使之宜，或相助以全其性，或相制以成其用，易呼號爲歡欣，起沉篤爲康裕。然郡官、寓公、士民所産之地有北庭焉，有西域焉，燕、魏、齊、魯焉，江、淮、荆、粤焉，稟氣異而致疾不同，君隨類應，其服餌無温涼寒燥之偏，乃家傳之有徵也。

今將别去，醫家者流羣謁文以爲贈。余惟黄君以「仁」名其齋，以「同仁」名其堂。天地生物，一元妙化，運行無間，全體皆仁。人具是理，惻隱慈愛之真，隨在呈露。醫者功用最近於仁，視人疾痛癢痾皆切於己。矧君講求儒術，苟克治存養，使仁之性純乎内，拯療惠濟，使仁之道周乎外，由教一郡，等而上之，其仁流浹益遠。京都熟路，遄復馳驅，則異時之所遭，異乎曩時之所遊也。

送黄尚明序

凡邃於學而豐於文，必以極致爲歸宿之地，所由得者有二焉：沉潛乎幽寂，以畜其才也；經涉乎廣遠，以充其氣也。方其闔户深居，稽經繹傳，雋嚼六藝，羅絡百家，燈鈔曙閲，手不輟披，口不絶誦，固能沉潛乎幽寂矣。然而天地之高廣也，川嶽之雄奇也，南北疆域之大也，遠近文物之至美而繁也，非寡交罕出者所能悉知而徧覩。於是行四方，則視於目者非其所常見，聽於耳者非其所常聞，賢可尊而師也，善可親而友也。經涉既久，其氣有不充矣乎？

余嘗問關浪漫〔一〕，喜與豪儁伍，得其類此者，多西江之朋也。近歸姑孰，識黄尚明，臨江人，較余所得西江之朋，則又斂焉而容敬，薰焉而德和。蓋其蚤歲脩省于家，有沉潛之功，不遽以自足。操舟東渡，歷吴之郡邑，因留姑孰。時嵩溪馬侯新建義塾，招徠學子，議選髦士，聘爲塾師。衆以尚明薦，遂登講席，教事乃振。暇則與客躡喬峰，俯洪流，訪前賢遺迹，追逐雲月，調嘯於物表。今又思維揚爲四衝之會，將浮游淮海，其經涉者益遠矣。儻回翔而西，則鄉之人士見其學之邃、文之豐有加於昔也，寧不改容而敬歎也耶？

【校勘記】

〔一〕「間關」，原作「閒關」，據四庫本、類鈔本改。

送黎仲良序

友人王克明以上黨黎仲良來謁，且曰：「黎本潞之名族，仲良在京師，奏名爲胄監生，受鄭州學正。精風鑒術，蚤有藴負，自視欿焉。於是歷燕、趙之疆，東至齊、魯，南游于荆、楚、吴、越，將務富其學而充其才，遂以『益齋』自號。若其鑒人窮達壽夭，奇驗縷出，特餘事焉爾。今其來也，聞子有素而請見，惡得靳一辭以賁之哉？」

余聞克明言，因取仲良齋扁之義而告曰：伯益謂謙受益，仲尼以遷善改過爲益。德無盛乎謙，尊光而卑不踰，其益爲何如也？君子遷善則過必寡，改過則善必增，相資交助，其爲益又何如也？上黨隸平陽，民俗剛勁而任氣。仲良儀恭禮和，惴惴如不能言，有謙之心哉！意其親賢取友於四方，得遷善改過之道，故無負「益齋」之名也。世之挾技術、涉江湖，觀貌聽言，辯氣察色，臆度禍福，妄期榮富，以徼利於一時，俾庸躁之徒生覬覦僥倖之想，芒芒滿路而未已，不徒無益，反致損焉。合伯益、仲尼之言而加警者，仲良所以益己也。即風鑒以持正論，使人知力善吉而悖德凶，所謂相形不如相心者，仲良所以益人也。今將官于鄭，積其歲月，受命陞職，又當推其益于時，未可以技術自待也。仲良宜知所擇哉！

送馬仲雲序

隆平之時，有臺察以肅憲綱；征伐之際，有將相以統兵政。奉承於將相臺察，能不失職，保有令善，則於佐理一邑，又何難哉？

馬仲雲世爲薦紳家，結髮事刀筆。嘗爲吏金陵郡臺察，莅焉天子耳目。大臣坐鎮尊嚴，聯寀列居，霆轟而鶚鷙，乃周旋其下，儀度整閑，接物無忤。郡幕缺僚，拔君攝其事，處置有方，羣吏慴服。及掌官廩出納，田賦數十萬，悉稱其平。余在金陵，見其勞績，喜吾邦有人行志於大府，受知於崇臺也。考滿，歸姑孰，除長洲幕官。適淮甸兵起，姑孰濱江，迎送供億，日不暇給，郡府委君贊畫當塗。未幾，三省行臺官皆以宰執領大將，治師江上，軍需浩繁，責辦於旦夕，陵轢摧撼，寢食不遑。仲雲應變神捷，當路咸喜其能，不唯免過而已。今將赴長洲，雖劇縣，刑名之轇轕，錢穀之富穰，倍蓰他處。然於臺察將相，既親歷其難，而其才有爲，則佐邑無難矣。古謂遇盤錯而别利器，仲雲有焉。

余惟姑蘇爲東南財賦甲區，比歲民力凋弊，蓋地産有限而横斂無窮。或有謀策，徹在上之聽，推以矜惻之心，濟以惠利之澤，使赤子樂其有生，亦吏治之光華也。

送張文泰序

士所願者，有文學以美其身，有名爵以行其志。天下文學所萃者，辟廱也；天下名爵所出者，朝省也。張君文泰則隸業於辟廱、知名於朝省者也。往年鄉試東平，衆謂其當擢大科，乃弗如志。居京師，執經聽樂，趨蹌胄子之列，不自滿而遽止。一旦去燕，歷齊、魯，浮大河而下，涉淮泝江，游觀于吴、楚。至正庚寅秋，余與之邂逅京口，同舟抵金陵，君覽六朝故都，時與賢俊伍，既而訪舊姑孰。明年，余歸而相遇，言論意氣，視昔有加，所至弟子歸向。故居有廬，食有魚，門有長者之車，雖羈旅萬里而觴詠自娱。今北上爲卒業計，吾意太學先生及諸公卿皆將叩遠遊之所得，君可默而不言乎？

今徐、豫、荆、揚之域亡郡縣百餘，兵火蕭條，黎元塗炭，江河淮濟，天地血脉，貴乎流通，乃至分截。海上攘奪，阻塞粮道。擁重師者未明戡定之方，有民人者不先撫綏之術，財用耗費，公私罄竭，力役愈横，賄賂公行。文武才略，可以立邦家太平之基者，豈無其人哉？或者任之而未至、取之而未盡爾。文泰以身歷目擊者，發忠讜之議，聳樞要之聞，宜有濟時長策以副當代渴賢之想。由是，以文學取名爵，蓋非幸而致也。

送許經歷序

至正辛卯春，喻川許君來長姑孰郡幕。時承平既久，官事民俗，一皆簡静，以吏文贊政而有餘。值兵起淮西，連破州縣，姑孰並江，相望孔邇。城堞久廢，軍伍寡弱。君謂難於守禦，大募民兵。明年，武昌陷，饒、信、徽、廣皆不守。行御史臺中丞江南三省平章並領大將，以姑孰居要會，掛印開府，招勇悍，集輜重，府官多以差遣去，故長幕者不克少休。董造兵器，動以千萬計，巨艘良馬，武備赫張。出師之日，彊弓精鎧，虎旅雲趨，金鼓震發，旗纛蔽空，許君亦與有勞焉。築城役興，時進善策，上官聽納。大軍征討，假道不絶，君出入鋒刃間，供給不避艱苦。暴兵犯寧國界，及據溧水，四境日迫，勤議拒守之計。又明年春，淮南省平章將兵來援，駐劄城郭，供給益繁，士馬飽芻粟。於是據溧水者潰，境内脅從悉降。自君到官未久，羽檄遄至，不得從容坐幕中，晝夜奔馳，寢食弗安。家累隔數千里，音問頓絶，曾無私憂形於言色，唯思盡忠王事而已。觀君神儀蕭散，世當無事，謙抑逡巡，似不能任勞劇。及軍興，隨機應務，雖紛擾倉卒，意度閑雅，何其能也。

然數十年來，南人不得仕省臺院部，僅補遠道憲史。君因以吏役歷海北兩廣憲司，除惠州路照磨，陞從仕郎、太平路經歷。嚮使累朝股肱耳目之臣，祇率世祖舊章，南北人才視之無間，俾其君子彙進，小人愛戴，而致治之美，垂衍無疆。夫何安生區別於一統之朝，日益猜忌？懷憤諸人亦以擯棄不録，構釁引類，發於長淮數千里間，蔓延江左，干戈爛熳，亦有以致之也。比者悔過，復國初之制，産自吴、楚者得與中原人等。則許君秩滿，銓司考績，非復向時之待南人者比。予故因其行，以卜世道云爾。

送程子舟序

人有同室而異心、異鄉而同道者，其故何哉？彼異心者重利輕義，易進難退，已絶而益附，已去而復留，雖嘗同室，不害其爲異心也。此同道者愛惡之公正、議論之讜直，毅而能和，通而有制，雖出於異鄉，而實爲同道也。僕得納交於程君子舟，蓋異鄉而同道焉。

君世居婺源，族人仕姑孰，因來視。有薦其文學於郡府者，遂聘爲泮齋之師。適僕歸自金陵，同時分教，而自賀其得友也。列居罏亭，謦欬相應〔一〕，晝則茗飲而集，暮則袂屬而歸。每聞君語，心用開悟，源源清濟之貫濁河也。其爲人也，不可以勢屈，不可以利誘。義之所在，汲汲趨從。至於正色斥邪、據理折傲，卒使公道昭明，而異心者不得以同室矣。遠近嚮風，簦屨雲翕，君得以闡揚經術，雖擾擾危急之秋，教養不輟，學校光采，冠于東南。

君至姑孰之明年，婺源陷，南望悲嗟。及婺源平，來者報母夫人及妻子避難皆歸，室廬具存，疾癘不染，又以見作善之祥也。道里漸通，將圖歸省。僕亦東渡浙江，同道而遠别，寧不愴然于懷耶？尚冀脩其德業，充其才智，出濟時艱，當有餘裕。毋長往而不來也。

【校勘記】

〔一〕「謦欬」原作「罄欬」，四庫本、類鈔本同，據文意改。

送豐叔良序

天下之至險者，水而已。智者設爲防庸，制其氾濫潰決之勢，不惟遏絶民害，且成潤沃之功。物健而奔逸者莫如馬，故馭以羈絡，雖懦夫亦能擾而馴之，使其勝重而行遠。人有心也，一或邪僻，其險於水；人有欲也，一或蕩靡，逸於馬矣。先王之治天下也，執其樞機，不勞力而衆自定。防之馭之，有其要耳，示以道德仁義，習以詩、書、禮、樂，教立而化行。杜禍亂之端，延泰和之祉，曾何險逸之虞哉？然古者爲教，其原出於朝廷；後世爲教，其責歸於學校。今郡縣學校之教，學官董其事，訓導專其職，則師模而繫，尤在乎訓導焉。苟得端士，闡論至理，開發英才，使斯民相觀爲善，雖有殘暴，亦知尊君愛親，不至於干戈紛争、赤子塗炭若此之極也。

姑孰學有訓導，曰豐君叔良，其先四明人，宋尚書清敏公之族。至正戊子秋，同知張庸道主持學務，聞叔良才行，命學官致幣，徵爲訓導。叔良時爲富族塾賓，其塾厚禮堅留，未即起，郡府遣縣官迎請，乃至。時余同教四齋，授業之隙，聚話傾倒，相驩無間。冬，余赴金陵，後至考滿歸，則見從游叔良者增多，貴介子弟，規矩森肅。余又獲與叔良同教，相驩有加焉。值兵符四馳，敵壓近境，軍馬載道，而誦讀之聲、庖廩之給，未嘗一日廢。重以憲司郡守臨勵，春秋享祀，朔望會講，升降周旋，宛如承平時。方人心惶擾，見庠序脩舉，衿佩趨蹌，恬不解散，遂稍稍自安。

甲午春，叔良辭職去，蔣君茂昭集詩爲贈，俾余序之。夫江東統八路，屬亂離之際，學校教養，率多停弛。其七路之境，兵火傷殘。姑孰治三縣，獨能保有全疆，民不思叛。今又習保伍之法，奮威武之容，將以扞城禦侮，豈非教化尚明、聞風觀感者衆歟？先王防馭之有要，可驗於此，故因叔良而發焉。

送梁教授序

至正戊子春，會試南宮。朝紳居江浙者近百人，相與裒金，大宴江浙貢士及監生登第者五十餘人，余忝在坐。時會稽梁君叔亨爲國子伴讀，頎然出衆中，相禮奉賓，謙德和氣，輝耀俎豆間。及余見太學諸先生，或與六館諸生相遇，每聞稱道梁君。後二載，除太平路儒學教授，需次未赴。癸巳秋，余往會稽，承乏高節書院，行已數日，君始至太平視篆。明年冬，余以公委便道歸侍，遂得聚首泮林。且見庠舍脩飾，黝堊華炫，弟子游歌，藹藹彬彬，乃知君盡心厥職。觀其情性，寬平倜儻，舉觴屬客，劇談軒豁，殊無凝滯。郡府薦于江東憲司，將以爲憲史屬。鄰壤兵警，君以浙東樂土，其兄奉母在家，恐貽遠憂，惕然有東歸之思。郡府遂俾白事行省，以便其歸。士子咸謂先生出自太學，禮法習閑，典教一邦，方以善道化民育才，惜不能竟其所施。於是賦詩贈别，期以早旋。

余謂仕而行道，顯其親也；歸而承顔，安其親也。移孝以事君，其爲忠也大矣。夫如是，必能厲志秉節，隨所任用，宣著於事功，如古所謂求忠臣於孝子之門，豈不增倫理之重哉？

送楊生序

余頃居海濱，聞海人言有漁者力彊而善游，厭綸釣利薄，采貝于淵。無所得，遂縋致岸底，入水百仞餘，覺有物焉，負而上，塊然塗砂，重蘚錮結，形質莫辨，其徒相視駭笑。偶越賈輿錢而過，識其爲奇，顧市得之。俄而倭賈舶至，亦欲貿以珍貨。兩賈争求，長價至數千萬錢。漁以越賈先市，特貨與之。及募剖斲，乃巨蚌也，得徑寸珠二，圓潔晶潤，瑩無纖纇，光采流射，日中艾觸，明火焕發，希有寶也。越賈由是益富。嗟夫！物之可寶者如此，而士之可寶，不尤貴於物乎？

楊生子直嘗從余問學，其華美不露，故容辭弗殊常人，與塗砂薜錮之類也。始者受徒里閭，福定楊氏聘爲塾師。明年，溪南劉氏奪而聘焉。又明年，楊氏增厚幣，踵門懇請。子直之父喜，復故氈，命赴楊召。猶兩賈争求而長價，卒與諸先市者也。吾聞楊氏賢而禮賓，其子弟多令器，虚席待子者一載，今得子至，真若得徑寸之珠。子宜敷聖謨，明理緒，使其疑釋而業精，期底于成德，豈不猶越賈之益富哉？又惟古君子之教人也，獲學半之益，子惡得不反躬以自勉？藏諸己而深純，有媚川之功；施諸事而美著，有照乘之用。書曰「所寶惟賢」，其子也夫！

送程推官序

凡臨民爲政，脩於外者，不若誠於内；善其始者，不若保其終。今之從仕於視職之初，執禮奉法，似乎公也；敏事服勞，似乎勤也；貨賄不通，似乎廉也；是非有斷，似乎明也。或存諸内者，非其誠，徒藉是以立威徼利。由是公不勝其私，勤易至於怠，廉變而貪，明隨而蔽，遂不克保其終。求夫内外始終之一致者，余於程君德明見之矣。

至正丁亥冬，任太平路推官，專理刑獄，詳於聽讞，用平反之法，老吏憚服，不敢任情出入人罪。越三載，淮西兵起，郡地危急，府官多以守隘去職。君受省委，兼署府事。省臺諸大臣來治軍旅，爲之繕甲兵，具糗糧，奔走供億，晝夜不得寧。居民乘釁攘奪者，輒擊死於市，用是衆不思亂。淮民舟居，避難蕪湖，利其財者執以爲寇，纍纍繫獄，議將盡戮。君往推究，雪其冤，免死者三百餘人。大軍來過，迎勞罔不如意。事當繁擾，未嘗避縮。遇倉卒，不疾聲厲色。其鄉婺源，素無兵難，或勸其遣家屬還，爲自安計，毅然不聽。未幾，婺源果陷。又三載，代者始至。在官六年，公勤廉明，有如一日，可謂誠於内而保其終矣。

程氏爲忠壯公苗裔，中順大夫苟軒先生，君大父也，用其廕主新城丹陽簿，遷清江鎮征官，陞候官縣尹、建寧路推官，調太平。其在丹陽、清江、候官，皆久任，而於太平益久。官至于久，能稱其職，孰謂久任之制不可行也哉？既代，士類爲詩送別，俾予序之。若其政績之詳〔一〕，載在去思之碑，兹故不述。

【校勘記】

〔一〕「政績」，原作「政續」，據四庫本、類鈔本改。

陶學士先生文集卷之十五

引

送楊廷玉引

于湖昔有賢令楊姓，長沙人，善理政，副慶遠安撫使。地當嶺南要害，蠻夷土俗，怒則戰爭，遂撫循其民。夫以楊侯才德，僅官小邑遐徼，其子辟帥曹而早世，天之報施，若不得其平也。予既歎楊侯之賢，憫其子之不顯，而思識其孫。今廷玉之來也，吾安能不悦乎？嘗受業於梅溪李氏，李以博學望湖南，故其成立也異，才德不墜其世守，宛然令器也。天之報施，不速於近而悠於遠，將以昌楊侯之父子者昌其孫，曷嘗不得其平哉？

廷玉留于湖，訪前人故跡，道經當塗，泝長江，南歸荆湘。予友徐仲善集詩餞别，告予曰：「廷玉歸省母，將廕席入官。子宜有以榮其行。」予惟省親，孝先於愛也；廕仕，孝移於忠也。一舉而二善存，是爲引。

送曹秀才引

溧水之境，據太湖之隅，城郭介山阜間，金陵當其北，姑孰限其西，非冠蓋往來之衝。産兹土者，雖讀書抱藝能，亦隱而弗彰。苟厭其邑鬱，不北之金陵，則西之姑孰焉。金陵憲臺所莅，溧之求仕進而往者爲多。若問學，則從游於姑孰，前後至者踵相躡也。

溧人曹子實，儒族也，嘗侍其祖官浙東。歸未幾而至姑孰，姑孰文獻舊邦，多賢士寓公。子實翱翔乎其間，觀感日深，請益日不倦。仁義道德之言，藹乎其日聞。詞章記覽，日每有增。暇則日從賓客游，觴詠笑談，文義日益盛，故皆樂與其進焉。嗟夫！世俗急仕進、緩於求學，舍己爲人，本末失宜，可憫也。孔子曰：「學也禄在其中矣。」因其歸，書以遺之，尚克底於成哉！

送申振之引

大名申振之，由憲司典牘爲獄曹於姑孰。人謂振之通才，憲司要途，獄曹細職，舍所宜處，俯從乎細，惡足以盡其才乎？

是不然。簣九仞之山，必始於下；航萬里之海，必始於近。國家恤刑，麗禁典者視以寬厚，廩焉是給，醫焉是療，此獄職所由設也。姑孰訟簡，狴犴蕭然，振之餘暇必思法何爲而可行，刑何爲而可措〔一〕，善何爲而可勸，惡何爲而可懲，縲紲何爲而非其罪，桎梏何爲而非正命，與夫革心禁暴之方，資其用於他日者，要亦求之於素也。積其歲月，升吏溧水州，由州又升憲司不難。則所謂簣山而航海者，實此乎始，孰謂不足以盡其才也哉？

【校勘記】

〔一〕「措」，原作「惜」，四庫本同，據類鈔本改。

送谷美之引

甚矣，才之難得也。所貴乎才者，能適用於時耳。今封疆千里，郡府統治，事若蜂午，吏曹持案牘、研律法以佐其官，責不重乎？

金陵谷美之生長富族，輕財好施予，慕者多客其門，由是家資無贏餘。當道薦爲姑孰郡史，明於政體，陳説可否，當理弗苟，乃適用之才也。予因其事而驗之，蓋不以富累其心者，則亦不累乎貧也。美之前時未嘗驕侈自盈，及爲吏而貧，又豈窘戚不能自安乎哉？積而能散，其不貪也審矣。求盡是道，在儒者猶不多見，乃於美之見之。

今調廣信，囊槖蕭然。是行也，不變平日所守，遇事有方，雖處繁劇，亦優爲矣。於乎！尚慎厥終久大，斯可期也。

送劉生引

莫難耕於磽确，力倍則可以有秋；莫難濟於湍激，力協則可以挽舟。君子務學，不計材質之敏鈍，力之篤，而不畏其難，則可以趨於成也。聖門傳道，唯參也魯而有得，才辯明穎者弗與，豈其材質不敏哉？學有力、不力焉爾。

東平劉生從予學未久而去，請一言爲別。嗚呼！材質天所賦也，學力己所致也。梏於其質，視學爲難，豈予所望於生者？彼磽确之可耕、湍激之可濟，亦在人力爲而已矣。狃於安而憚其勞者，怠也；甘於退而沮其進者，畫也。無是二者，力篤于學，使義理充溢於中，光華宣暢於外，庶幾其有成也。予，師也，故規之以辭爾。其聽省毋忽哉！

送李國用引

學校之政，必先於教養；教養之具，必資於金穀。直學司金穀出納，苟用當其才，分守而公處，學政可期於脩矣。士夫之論，重教養而賤金穀；朝省之制，由直學而陞教官。位無崇卑，以盡職爲賢爾。孔子大聖委吏，猶屑爲料量平、會計當、司出納，於孔門者，此其標準也。

天門書院稱最東南，李國用直學於兹，學田在浙西，豪佃租賦不供，悉懲其逋。廩有餘粟，帑有餘財，脩廣廟學，非用當其才而盡其職者歟？予觀國用，猶利器之解盤錯。今將陞教官，乘時而出，君子之道，毋久隱於澄瀾幽竹之居也。

送馬師魯引

朝廷以吏術治天下，中土之才，積功簿書，有致位宰執者。時人翕然尚吏，雖門第之高華，儒流之英雅，皆樂趨焉。

馬氏在南陽，世有爵秩：官行省者，師魯曾祖也；總管，其大父也；兄師孟，昔尹當塗，師魯偕至。時兵部尚書清卿以貴戚出監姑孰，一見師魯，亟加愛重，命爲郡史。今遷廣信，請文識别。

余觀由儒入吏者，歷四考，始登於選部，此爲吏之常調也。有一拔陞清要，可立取緋紫，唯中土之才躋是者十八九。師魯就吏，有以也夫！夫信，劇郡也，勗哉斯行，廉隅以砥其節，恪慎以勤其職，豈無如尚書知己者拔而陞諸清要乎？將見膴仕光於家世矣。予嘗交其昆弟，有斯文之雅，故爲引。

送田克讓引

從事於吏而不爲吏之常習者，鮮矣。甚矣，人心之無恒也。能不隨物而變，如克讓者，可尚也哉？

田氏爲洛陽舊家，友直楊侯獨愛克讓，以子妻之。需次姑孰郡曹，僑寓陋巷，居室屢空，當是時也，克讓不戚戚以憂；及職簿書，監守幕官咸加器重，當是時也，克讓不躍躍以喜。有不爲吏之常習矣。今調宛陵，乃憲司所莅，尤宜謹畏。余友李毓之亦在幕下，爲我祝曰：「孝廉可以榮其親也，名節可以全其身也。審如是，則遠大可致也。」言既而别。

送白生引

河東白氏，由金而元，衣冠禮樂之傳，著美中土。族人游仕於南者，余間識之，則聞子端才美士也。及貳幕姑孰郡府，始獲託交。巷寓闔扉，澹然自守。歲時諸弟或來省視，最後鴻來。鴻字子高，其從弟也，子端喜其可教，遂留止，從余游。子端尋以憂去，鴻亦去，吾固嘉生質可進道，生亦非不欲依余竟業，勢弗能耳。

筆硯之伍惜其别也，詣余請曰：「白子高及門雖未久，然持飭有加，勤懇尤至。且事師之禮恭，衛道之意嚴也。先生幸有以貺其行。」吁！吾學不逮，辱諸生相長，又篤友誼如此，可嘉也。鴻獨未久而即〔一〕，然益可嘉也。自是而往，省身治心，言行誠一，毋荒怠厥功，則衣冠禮樂之傳，方新而未艾也。其勉哉！

【校勘記】

〔一〕「即」，四庫本、類鈔本同，疑作「歸」。

送朱從善引

唐、虞之德猶天矣，不能去刑，以底治隆，後世民訟日滋，入於辜益衆，得無善其法以處之乎？各郡理刑之職曰推官，掌繫囚之職曰司獄。推官詰微釋枉，辨察情僞，銓司遴能者以任之。司獄惟典囹圄，不攝它務，人獨不樂爲，爲者類貧病寡能。近年以來，有能推官而無能司獄，必得能獄曹以佐之。

朱從善者，太平獄曹也。其爲言曰：「凡麗於縲校，在法然也，饑渴疾痛，與常人同，寧不思盡予心哉？」從善雖業吏，間涉書史，由國初至今詔令例格，纂集成編，恪遵繩矩，裨其官之不逮焉。滿代，當吏於理民之司。

予嗟今之爲吏者務先刑罰，獨未知德義可以化民心、禮樂可以陶民俗也。能以是於未然，則刑罰不煩矣。誠如是，無辜者不陷於辜，庶其善承理民之寄哉！

送梁生引

新安葉宗海稱其友梁廷舉者，弱冠嗜學，甘若啖蔗，平居不好游。其父爲郡曹，廷舉厭習吏事，寧委心儒素。今將歸，願有以教之。余雖不識梁生，而宗海稱許，可知其人矣。

今世學者，或視人出己右，輒萌忌疾，且遏抑其所長，不能損人之善，適以自滋其過。匪唯學術失正，抑其羣居有以相漸而化也。今梁生得譽於人，宗海不匿其美，俱善矣哉！雖然，余將進生於道，謙虚而自處若無，果毅而自進若趨，夷物我之町畦，求聖賢之堂閫，勖其成功，可也。梁生寓吾邦而不吾知也，知之而不吾見，何也？於其去也，并以問焉。

送高鵬舉赴新安引

邑於茅山之陰曰句容，其境幽奥，風氣藴結，土多美産，珍草靈木，性良於服食。石之色理，温粹如玉，嘉穀豐饒，居人殷殖。間有讀書負藝可表暴於世者，軒然動其出遊之思。用是高鵬舉就辟太平郡曹，日趨侯府，左簿書，右法律，忠厚之意，發於辭色。今調新安。夫新安，大郡也，領州一縣五，爲理學文物之區。然風俗與化推移，昔稱剛而喜鬬，豈復有焉？則可以優游於佳山水間，霞林瀑壁，清滿胸臆。又有金星礦石之硯，冰翼凝霜之楮，諸茗絶佳，皆可助其雅致。余然後知句容美産，不專在乎物矣。

青山雪霽，振旆而南，余素嘉其性情淳確，不爲吏習所遷，作送高鵬舉赴新安引。

送高進道引

儒學正臨行簡言於余曰：「廣西憲史高進道，馳驛白事行臺，道經太平，相見於傳舍，言論之頃，文采粲然。今回廣西，裾風帽雪，莫或寧處，子其有以美其行。」

余惟廉訪司，禮法從出，百僚式焉。桂林在嶺表，控制百粤，爲西南會府。境壤荒遐，風憲勢益崇矣。然其民獷戾輕生，苟馴擾有方，未嘗不可治也。昔人稱其俗比華風，今官於斯，例升兩級，俸資特優。間有不良於理者，遂獠夷其民，孳孳黷貨，煽害郡邑。故峒猺承釁，盜剽無時。進道奉行憲典，志在澄清，則有司必加之意，使國家恩威流震海嶠，將無怒則獸之虞矣。遂書授行簡，貽諸進道哉！

送吴生引

番昜吴廷鎮，與余同試場屋。余既充貢京師，及歸姑孰，則廷鎮職金穀於郡庠，其弟字廷用，實從之來。余見其兄弟友愛敦篤，敏焉脩學。既而廷鎮請以其弟受昜於余，生遂踵門摳趨，服勤佔俾，問難請益。余不專導以科舉之習。方將納於高明之域，而生以父命親迎，歲晚告别而南。

嗟乎！倫理莫始於繼承，孝敬莫急於定省，生於是道，固知之矣。余友伯誠彭君，於生爲鄉先進。生歸，接其言動，承其輝光，深省實踐，毋逸欲之遷，沉涵義理，以成其德，庶乎有以慰其兄之心，而不負余之訓也。

送陶培之引

延祐未設科之先，郡縣學校，襲前代故常，季考不廢，但經義務穿鑿，詞賦拘聲病，其塗既岐，其習益陋。及大比賓興，然後芟掃前弊，尊崇正學。由是聖經旨趣，日月於人心之天矣。故季考之制，其文藝無異場屋，因茲而得儁鄉闈、決科大廷者，蓋嘗有之。余未暇悉數，特舉一二。曩董伯與以皇極題中選明經書院，庚申居江淛首薦，己巳又薦。余同年友鄒功父，嘗以文捷於樂平，今年登進士第。季考有益，不誣也。

陶培之家三湖之陽，力學孳孳。乃春夏二季，郡侯舉堂試，主司考第，連中第二，郡侯率僚佐戾泮林，燕贈光華，吾宗文物，幸有培之成立，寧不躍然增喜哉！湖雨新霽，爽入軒几，咀遺膏於殘編，吐英詞於新策。恢所造詣〔一〕，詎有涯耶？若是，則出身科第當有日矣。子將焉辭？

【校勘記】

〔一〕「造詣」，原作「造諸」，據四庫本、類鈔本改。

送秦君用引

朝廷爵人非一塗，入粟拜官，未可概以易視也。凡厚德者雖居殷富，不蕩焉以肆，不泰焉以侈，好禮樂善，心存乎濟物，乃君子操行。假之以名器，非幸也。

秦氏故饒於資，君用肆儒書，謙恭節儉，有祖父風。吾嘗以爲秦積德數世，其子孫寧有不顯哉？君用果以入粟受蘇溪巡檢。蘇溪附寶慶之新化縣，其地介長沙、零陵間，其俗雖參百粤，其人則貴信而喜直，惡欺而弗奢。然尚氣恃險，不可以威制，而可以德懷。苟誘諭撫馴，不咈其心，雖黠慝可以革面。若夫脩武備，防姦暴，輯寧境内，是則君用知之矣。

昔周元公攝守是邦，後因卜居，至今有濂泉。大賢餘烈遺化，炳炳具存，訪求其跡，致高山景行之思，循其道以資於用，異時將如張釋之、卜式，躋於郎選，尚可易視之哉？

送嚴明卿引

西江儒流嚴明卿，客蕪湖累年，文學受徒，資脯脩以給晨夕。其爲人也，方不專執，和不詭同，記聞該洽，言論援據。姑孰郡庠留執簿書，周旋堂戺之間，奔走籩豆之下，儀文偉然。太守高侯子明圖新孔廟，恢拓基構，明卿克遵約束，趨事董工，靡憚劬勩。俄而禮殿崇麗，翼以脩廡，塑從祀像，高閎輝煥，神庖外列，先賢有祀，悉中矩度。高侯致政去，仍協力以畢餘役。又議復久没産，驗舊籍，辨于有司，未竟而考滿，終歸故額，賴其倡謀於前也。明卿雖班下吏，實則儒流，效勞聖門，弗爲卑貶，涉艱難而無怨尤，尤人所難者。

抑獨不見夫良材乎？隱於叢蔚，霜鑒雪酷，歲月屢經，幹益脩，操益堅，一旦見知工師，則登諸棟梁之用。安知世無知子者？尚其培養深固，庸俟所需哉！

羅君禮送行引

嚴陵羅君禮爲行臺書訟者詞牒，期歲而代，循常典也。行臺統江南十道，政令刑罰，爲時儀準。由大夫中丞而下，以至御史掾曹，持禮蹈規，彬雅清嚴。君禮趨蹌其間，耳所聆者多嘉謨，目所覿者多美行，心所養者無非僻之私。故於詞牒，明以詢其隱，公以覈其情，使疑者彰、冤者釋、貪悖者伏辜，其能不可泯也。臺評嘉賞，檄補吏于郡。僉以其恪慎恭抑，無纖芥吏姦，歌詠以侈其行，而屬余爲引。

吾聞龍驤萬斛之舟，往來江河，穩如夷塗。一旦浮游鉅海，茫無津涯，長風疾驅，波濤吞天，靈怪百出，其勢莫測，卒能載重涉遠，恬然以濟。及復入江河，則視若沼沚，熙熙無驚危之憂，由所歷者大，故不難施於小耳。君禮既親臺察，出至郡署，何以異於是？然常情於事以大爲難處，故兢畏而獲安；以小爲可忽，故怠豫而萌變。君禮知此道，惟善是圖，乃克有終哉！

陳生送行引

五年前，余自京師南歸，四方士從游益衆。姑孰城東一舍有靈墟山，山口著姓曰陳氏，遣子良器字君用者來從余游。時生未弱冠，神清氣完，誾誾淵淵，有老成風度。自是奮志，精搜强記，聽余論義、文之心，演洙、泗之旨，若有契悟。操觚成章，蔚可觀采。纔踰歲，所進駸駸逼人。後余貢京師，而生亦以親迎還靈墟。每閑暇時，思昔從游之士，於生尤惓惓。及來金陵，長明道精舍，及門舊友時有來省者，生亦不憚勞而至，其意亦勤矣。居無何，請一言而去。

嗟夫！求道必自近始，孝友周於家，行義昭於鄉，彬彬然爲君子矣。由乎近而致遠，使德崇而業茂，廣譽之美，克符其實，庶其遂吾之心哉！

魏典史詩引

理民之司縣，負郭爲最勞。典史位居幕屬，裁決簿書，政事出入，資其始謀，禄輕而責重，視他職難爲也。當塗疆域，左湖右江，爲往來之衝，郡府控臨，纖悉取給於縣，小不及意，督責立至，視他縣難爲也。於難爲之縣，居難爲之職，將恐迎送趨走唯日不足，奚文詞之暇務？唯優於才者兼而能之也。

魏德瞻典當塗縣史，獎善斥姦，處事無壅，長貳待以賓禮，郡府亦善遇之，昔焉難爲者，爲之無難矣。予友蔣茂功出示與德瞻倡和諸詩，知其優游文翰，陶寫性情，超然叢雜喧囂之表，庶爲優於才者。豈泛常幕屬所可擬倫哉？茂功俾予敍其概，且用其韻，系詩二章：

秋蟾皎碧霄，襟抱共清高。刀筆精三尺，綱維總六曹。紅蓮賓幕麗，白髮世途勞。簡牘有餘暇，溪山付濁醪。

老氣薄層霄，官卑足養高。平生無吏習，雅會有吾曹。驢背新詩穩，牛毛細事勞。每探經史味，心醉勝芳醪。

姚江類鈔略引

姚江類鈔略者，姑孰陶安氏之文也。安字主敬，早治科舉業，以爲不足爲，遂攻古文。既讀韓、柳、歐、曾等集，又自史、漢、左傳泝而求之四代之書，粗能成章。然根據於性命道德，非魯、鄒、濂、洛、考亭遺旨不道也。不知者輒以文士見稱，而有識者則以理學歸之。但平昔之作，不得已而應酬，爲性疏慵，多不留稿。近歲諸生追求散漫之文，得序、記、銘、詩、雜著，彙次成卷，題曰辭達類鈔，謂能達意而已。每出外方，不欲攜以自隨，以其文有未善，不敢以示人也。至正癸巳秋來姚江，儒者趙養直求視所爲文，茫然無以應。命從子昱發行李，出其私藏，纔三十篇，散亂不屬，因令敍次謄寫，就正於有道。作姚江類鈔略。

陶學士先生文集卷之十六

記

勖齋記

予友劉彦琬名其讀書之室曰勖齋，所以加勉於身心、致力乎學也。書曰「勖哉夫子」，禮曰「勖帥以敬」，誓師醮子，諄諄爲勖，而況士之力學乎？彦琬學優，非予敢勖，聊誦所聞而告焉。

夫勖合冒力而成文，勉其事，冒犯而爲之也。堯、舜生知，無假於勖；仲尼生知，自述好學，以勖人學知者率勉焉而冒犯其難。馴是以往，爲聖爲賢，危微精一，禹有待於勖也。懋昭勝怠，湯、武有待於勖也。克己主敬，顔、冉有待於勖也。心自聖矣，自賢矣，不此之由，欲覬學有成功，無之。且陰陽流行，理賦諸物。祕全體於寸心，何其微也？顯妙用於萬事，何其賾也？學之者茫若望洋，重以氣蔀欲梏，惡能識夫光大中正之域、精奧深玄之閫？信矣，學之爲難哉！畏難而沮其進，將昏怠自棄。苟務於勉，冒犯其難，奮毅而勤勵，察之以明，行之以決，孳孳循循，罔有虧間。養性情於静虚，端一以酬酢萬變。子焉勖於孝，臣焉勖於忠，言焉勖於誠，行焉勖於慎，觸類措諸天下，舉無遺理。學固多術，莫切於斯。譬之操干戈而勖其勇，敵雖勍，可期於克也；持耒耜而勖其耕，土雖瘠，可期於獲也；乘舟車而勖其往，地雖遠，可期於至也。勖在我爾、在人乎哉？勉之久，斯熟矣；難之終，斯易矣。將從容乎道，無所致其力矣。若乃窮纂輯以佐詞華之美，稽名物以矜聞見之多，苦心勞力，非勖之要也。

彦琬與予交甚善，别甚久，假道姑孰訪予，道故舊甚歡，因俾記其齋之扁，而告之如此，尚思所以爲勖哉。

方寸堂記

夫宰制乎大者，不于大而于小，天體周匝九十餘萬里，極居乎中，主其運行，以天視極，能幾何哉？在人亦然。七尺之軀，所主者心，其方僅寸許，若是其小也。然衆理真純，包容有餘，不以方寸之小而或遺；庶務紛糅，酬酢無窮，不以方寸之小而不周。以其統治百骸也，則曰天君；以其至妙不測也，則曰神舍；以其知覺善應也，則曰靈臺。荀子言「口耳之間，纔四寸爾」，史、漢言「三寸舌」，累寸至於三四，唯方寸能管攝之。況天下之事不止是而已。使累寸而成尺、積尺而成丈、仲丈而爲引，由是加其倍蓰，縷縷極於十百千萬。又極而窮天地，亘古今，其所以會之有要者，亦莫外於方寸之小也。唯其小也，易於昏蔽，内私交其町畦，外誘乘其罅隙，擾擾營營，莫知所定。方寸之地，荆榛蕪穢。當是時也，無毫釐絲忽之存，何寸之可得哉？故善養心者，操之使不失，正之使不偏，念慮端潔，鏡空衡平，全體昭廓，大用流通。於是方寸瑩朗，有以宰制乎七尺之軀，何異天之有極乎？

鄱陽儒家余氏，以方寸名堂，託余同年友洪仲方來徵文，而余同舍友彭伯誠亦俾爲之言。竊惟心學自堯、舜、禹、湯、文、武，傳之孔子，而曾、孟所言尤悉。寥寥數千載，人固知方寸者心之形也，得其旨歸者寡矣。逮乎考亭，上接遺緒，其曰「方寸之間，虚靈洞徹，萬理咸備」，明夫心之本體也。其曰「能知所止，則方寸之間，事事物物皆有定理」，示夫功之所先也。西山真氏繼興，其贊心經，謂「斂之方寸，太極在躬」，非存乎己者然歟？其箴勿齋，謂「方寸盎然，無物不春」，非推之物者然歟？惟堂之主人，周旋登降于兹，游身正大高明之境，則其方寸將内省而無疵，充滿本然之量，勿使有方寸亂矣之云可也。

余嘉余氏有求於心學也，且重二君之命也，遂爲記。

處安堂記

新安故家程伯固，以「處安」名所居之堂，託其族人子昭來請記。或引古語「安處善」爲據，但「安處善」與「樂循理」對，謂安於處善，安猶□樂也[一]，變其文曰處安，去本意遠矣。余觀大學言「靜而後能安」，解者曰「謂所處而安」，此止善之功也。孟子言「自得之則居之安」，解者曰「所以處之者安固而不摇」，此深造之方也，旨雖不同，均爲處之安爾。自止善之功，言真知所止，則事有定理，心靜而弗妄動，隨其所處，不擇地而皆安。處於閑暇平易之際，身固安也；處於卒遽顛危之頃，身亦安也。處富貴而安，不驕盈以蕩其志；處貧賤而安，不窘戚以撓其節。故於應務思慮精審，斯得所止之善矣。自深造之方，言君子進學，優游厭飫，默識而自得於己，則居處者乃安。未能有得，固無可安之所。急迫而得者，雖有所居，不獲所安。惟自然有得，則義理融會，悉有以居之。猶人安於居室，動作食息，咸適所便，眷焉而不離。於是處無不安，可以資深逢原矣。夫學而不能止善，無以盡事理之極，其所重者在乎處而安也；學而不能深造，無以循進爲之序，其所欲者在乎居之安也。二者可以相有，不可以相無。苟爲不然，吾見其所處不能一息以自安矣。嘗推之天下，其處最安者，風雨震凌而大厦不動也，波濤奔衝而砥柱不移也，屹乎泰山之鎮重也，堅乎磐石之弗可轉也。人能止善焉，深造焉，何以異於是？彼其巢林以棲，鳥之處而安者也；蟄以存身，龍蛇之處而安者也。而況於人乎？或乃外物惑其耳目，恒役役而不能安；内邪亂其性情，又戚戚而不得安。視其爲處，反與巢蟄者不類，可乎哉？

余雖未識伯固，即名堂之意，可想其人，故援曾、孟書抽繹以塞請，使並行不悖。儻勉焉勿忘，則其處也，將何適而弗安歟？

【校勘記】

〔一〕「安猶□」，四庫本作「安猶夫」，類鈔本作「安猶」。

省心齋記

心具天地之理，人所同也，而人之等級有聖賢焉，有愚不肖焉，其歸不同者，省於心與不能省之殊也。省也者，有所警悟之謂也。心爲天君，虚靈善應，神明不測，宰制乎萬變。有是心而無所省，其爲知覺，溺於情欲，放逸雜亂，無以管攝血肉之軀。甚矣，人之不可不省也。一有省于心，昔焉之迷，今豁然而達；前焉之非，後幡然而是。此古人所以有深省猛省之云也。蓋省之不深，則蔽於淺近，而所知弗精；省之不猛，則安於苟惰，而所行弗力。故君子學道，莫切於求諸心，求諸心者，莫切於惕然而自省也。

余友斡勒彦文，好古通經，仕於清要，與時弗合，則拂袖而去。深居晏坐，澹然忘勢利，取林和靖省心詮要讀而悦之，遂以「省心」名其齋。余寓姚江，彦文自蕭山操舟來訪，囑曰：「子曷記之？」余與彦文别十載，喜得一遇，其意又甚勤，且慕朋友相規之義，故樂告焉。

夫善於省心者，遇物感觸，輒有警悟，非一端而止也。舉其要者言，五性至善，所宜存也，一有未存，當警悟於中，不可戕其善也。五品大倫，所宜厚也，一有未厚，當警悟於中，不可傷其倫也。有人於此，德藝足以美其身，威儀足以表乎民。行其道，沛然而濟時；晦其迹，卓然而獨善。則宜自省曰：「我何爲不能若是乎？」彼其學術詭異，言行邪僻，悖戾而不情，諛諂而不立。至於貪者死于財，酗者死于酒，高者危，盈者損，則亦自省曰：「我不可有一于此也。」雖然，省於暫者有矣，暫省而即忘，無得於心也。必其濬思密察，處無過之地，日脩月積，使方寸之間涵養熟而操存定。其體之微，斂藏弗露，及妙用顯行，包括六合，貫徹萬事，天地之理，俱全于己，其不爲聖賢之歸也者幾希。彦文思余言，必能省于心而興起矣。

深省齋記

上虞等慈寺僧曰熹，居有水木竹石之幽，前直鐘樓，取杜少陵「聞鐘發深省」之句，題其齋曰「深省」。吾意少陵遭時亂離，羈孤旅途，困阨其身，憂苦其情。一夕宿招提境，倏爾離氛歊，息幽静，及聞晨鍾，釋然神融，豁然心開，知戚欣、窮達、得喪、聚散，皆身外之物，不足撓乎其中。一時之頃，獨有感悟，脱略世累，其爲深省，充然自得，乃曠達之高致也。若夫求道者之深省，則不止乎是，亦無待於聞鍾而後然者。

余聞諸鄒孟氏矣：「仁，人心也；義，人路也。舍正路而弗由，放其心而不知求，哀哉！」善乎説者之言曰：「令人惕然有深省處。」西方設教，務使其徒冥然兀坐，屏棄事物，垂首瞑目，窮日夜默坐，其果能有所省乎？嗟夫！人生於世，明者有矣，而昧者不有所省，邪妄横生，正理湮微，莫知其所趨向也。唯其省也，警覺於内，識道之機，由此乎始。唯其省之深也，竦動力善之志，自不容於少懈，必求造乎極至。若省之不深，則局於淺狹，無悠遠之功，作輟靡有恒矣。是故省益深，則知益真。殆猶聞鍾之際，神融心開，若醉而醒，寐而寤，則身有檢束，手足百骸，統屬堅定，仁心無時而不存。往來出入，咸適其宜，以應萬變，而所由者皆義，斯不至於可哀矣。

熹雖釋子，雅嗜儒道，恭敬作禮，請記于余，因示以聖賢旨趣。苟欲談空論無，固當問於其師，何至詣余而懇懇也？熹也聞吾言而深省焉，求夫仁義之歸，出於少陵所得之外，則墨名儒行，吾必與其進，孰得而麾之也耶？

志樂齋記

士之所以異於人者，以其能立志也。志於君子之三樂，則其爲志大矣。蓋三樂者，乃天下至樂之所萃，孟氏條闡以垂教，亦示人當志乎此焉爾。

姑孰文學掾梁君叔亨探亞聖微言，以「志樂」名齋。觀其立志，凡外物之可樂者曾不足以動其中也。竊嘗論之：父母俱存，兄弟無故，倫理之樂，藹然真切，然關乎天，爲難全也。教育英才，斯道有傳，聖賢尤以爲樂，然由乎人，爲難遇也。天不可以必求，人不可以必得，或未能悉遂其志焉。若夫己所自爲可以必求而得，而遂其志者，不愧不怍之樂也。且理具于心，萬善周足，大公至正之體，初無偏邪。仰而觀諸天，天道不異乎是也；俯而視諸人，人道亦不異乎是也。唯其情隨欲遷，質與物化。虧其本理，日用動作，始與天人相戾，俯仰之際，靦然愧怍，於是志不立而害其樂矣。君子有志乎樂者，約而求之於身，屏斥外誘，刮磨内欲，使凡所爲，一踐實理，不徇乎私，洒然無累於念慮之間，心平體舒，坦焉蕩蕩，動静食息，無入而不自得。用能無愧怍於天人，真若雋永快意之味，置身安逸之境，其樂無有窮極。是所謂「樂以忘憂」，與所謂「反身而誠，樂莫大焉」者，皆立志之所致，此叔亨之所宜爲也。

自兹以往，雖聖人枕肱之趣，顔子之不改，曾點之浴沂詠歸，程伯子之人所不識者，同一軌轍。其於父母兄弟，油然生其孝友之心，而天下英才，翕然被其薰陶之化，至樂所萃，兼有之矣。古云「有志者事竟成」，叔亨幸然斯言，亦名教之樂地也。

樂山齋記

人各有所樂，樂乎物之形，不若樂乎物之德，形忘而德合，始有益於性情矣。是故巍峨秀拔，山之形也，高厚静重，山之德也。若其巖耕而谷處，撫泉石之幽美，覽林壑之清邃，煙霏晴雨，可以娱心目，遊則忘歸，愛則成癖，乃真樂山者也。

今嚴君鄉于北，禄于南，攜家數千里，勤瘁空匱，日有警捕期會之煩，使遇佳山，樂且不暇，齋名「樂山」，託意而已，豈爲樂之真者乎？是不然，彼所樂者于形而不于德也，于其形好樂之僻也，于其德好樂之正也。夫山也，具高厚静重之德，故能止其所止，仁人之德，實類焉。素其位，不慕外而有求也；固其守，不因變而有遷也。貧富窮達，利害勞佚，事至而身履之，決於義理，無適不安，則能止其所止。止固止也，行亦止也，立于朝廷，居于廛市，遊于江湖，其德皆山，非必在山而始樂也，敦吾仁而已矣。

嚴君讀書知道，居官能守，確不踰分，是固有德可貴，匪真樂山，惡能然歟？余亦不居於山，每知山之可樂，因嚴君請，記述其得者如此，否則，玩物喪志，君其戒哉！

周氏同居記

金陵城南三舍，地名同山，有大族曰周氏。由宋初卜築其地，紹興以來，同居者九世，歷二百有餘年。子孫蕃衍，老幼千指，功緦以降，幾至親盡。朝夕聚處，雝雝怡怡。出則同門，食則共爨，爲其長者，類皆尊而能勤，富而能儉，以率其下。用是家法嚴明，人心齊一，孝友慈愛之情，油然交至，未聞其有間言戾色也。

余嘗論三代盛時，其民涵育於仁義禮樂之教，風俗醇厚，忠臣孝子，義夫貞婦，固比屋有之。但其田各井授，廬舍有制，耕桑者自食其力，揆厥所終，其同居而永久者亦或難也。去古浸遠，而九世同居，僅見於張公藝之一家，北齊、隋、唐咸表其門閭，嘗以忍字百餘對高宗之問。或謂公藝之家不能睦於九世，但相忍於九世爾。竊惟教化流行，尊卑長幼，仁讓和敬，一循乎理，各安其分，使大倫親厚，此爲至善，復何俟於忍乎？但一門之內，至於九世，男女衆多，賢否不齊，故一有未然，必至相與忍之也。聞諸先達曰，忍之爲義，刃加於心也，痛而不聲也，含而不吐也，吐而復茹也。且入有容忍之德〔一〕，慮周而量遠，忘物我，息憤怨，則骨肉之恩篤，乖異之釁消，是亦睦族良法，殆未可以易視也。然古人齊家，自刑于寡妻始，尤病於莫知子之惡、苗之碩。蓋婦言不可以私暱聽，子惡不可以私愛掩，貨財不可以私蓄專，由偏於私，卒致裂户争産，此古今之通患也。

若周氏睦族之道，承傳有自，必當循理厚倫，得公藝之忍，而不偏於三者之私。持是弗變，以勵其子孫，豈特九世同居而已哉？他如范文正之義田，而宗人有養；劉允迪之義學，而子弟有教。講求力行，則其所及不亦尤遠矣乎？尚惟後昆守其成法，以紹前休，可也。

【校勘記】

〔一〕「且入」，四庫本作「且人」，類鈔本作「且夫」。

斡勒氏家傳記

自昔隕身於國難者，特以義不可生，未必能興人之國也，然猶增重於名教，垂榮於史册。況能脱其主於危急，以興其國之基業乎？

斡勒氏孛兀台事金武元，爲掌馬牧，君臣之大分素定，知有其主而不知有遼也。其貌絶類武元。遼主延禧疑武元日彊，將叛己也，徵而欲殺之。事不得已，孛兀台請僞爲武元，往而誑之，延禧果不能辨，遂見殺。其在掌牧，無可議者，在武元，有可少焉？當遼之季，延禧失道，人心離畔，武元才略爲衆所歸，固宜乘機舉兵，數其荒惑暴虐不君之罪，明大義於一時，與衆共廢棄之，則遠近悦從，而大事定矣。計不出此，陰蓄異志，迫於危疑，使非有掌牧可誑，則造次之頃，身蹈不測之禍。而延禧舉國之人莫有覺其誑者，是何昏冥之極也？掌牧遇害，二國興喪之源則判矣。金既彊盛，不見容於衰亂之國，事得已乎？激其起而速亡者，遼自致之也。夫以二國之興喪由於一人之死，以是知掌牧盡忠其主，見之明審，行之果決，愛其君而棄其身，卒以興人之國，爲難能矣。金乃後於報功，不聞褒贈之典，僅以謀克授其長子。謀克猶言千户也，其報弗稱。爲之後者必將辯訴之不暇，方且讓爵於其二弟，遂得均賞。敦于友愛，故斡勒之事，君子亟稱而樂與之。

余閲其家傳，嘉掌牧不徒死也，且閔武元、延禧胥失之也，遂著其事，以示鑒戒云。

集慶路達魯花赤善政記

國制，郡府長官曰達魯花赤，即古諸侯也，必有惠愛之德、設施之才，乃稱其職。若中大夫鎖哈侯之於金陵，可見矣。金陵之屬州溧陽在東南二百四十里，田賦八萬石，入海漕者七萬四千石有奇。歲輸龍灣廣運倉，陸走輓載，雖傷財勞力，不克以達。方舟水浮，經宜興、無錫、崑山、嘉定四州之境，遂出海入江，至于丹徒，歷金山及黄天蕩，泝流而上。風濤之阻，湍激之險，累月然後能至。其程二千五百餘里，或遭覆溺、寇攘之患，則爲費倍蓰。窮困孤弱者既莫能躬役，富族彊黨緣是掊克，民之凋弊，由乎此也。

至正三年，行臺監察御史循行溧陽，因民之訴，建議於臺，以爲溧陽與宜興連壤，舟楫之利，瞬息可至，曷若聽民，築倉于宜興，歲輸其租，以給海漕，則官賦足而民力紓，誠大益也。次年，御史至州，復舉斯議，而郡府亦請于行省，屢委官講覈〔一〕，上之省部。或者難於更張，遷玩累年。至正丁亥，御史大夫銀青榮禄納麟公莅政南臺，溧民廷訴其事，公極稱善，命有司申明前故。適鎖哈侯來長郡府，奉命唯謹，會僚寀考論其詳，具列始末，達之行省，以聞中書。又懼其弗能成也，遣郡吏高岑馳驛至京以圖之。溧之富彊果私囑省掾，妄加沮駁。時銀青公入調中臺，聞事不允，白於執政，又使岑面陳，中書力爭其不可。執政遂易掾署檄，事始克濟。明年，溧陽田賦改輸宜興，民大欣慰，如病而痊。

夫自御史創言，前後五年，文移反復，罔有決辭，幾於寢癈。侯承順憲臺風旨，任爲己責，而且委託得人，卒使任粟米之征者舍勞而就逸，去危而即安，則惠愛之德、設施之方，孰有過於此哉？侯在金陵，善政迭出，而是舉尤光偉，宜有文辭以彰美功。遂記其實，且爲詩曰：

邈彼金淵，版隷于昇。民困輸將，怨咨乃興。陸焉囊槖，致遠孔難。操舟江海，犯於深湍。疲勞既極，誰實矜惻。言路有賢，欲節民力。猗哉郡侯，中心隱憂。念此凋瘵，如疾未瘳。慷慨建陳，事聞于上。遠俾胥曹，請命時相。相君曰俞，築倉于浙。忍令赤子，風濤震慴。朝議端下，侯爲主者。士慶于邑，農抃于野。瓊粻穰穰，累舳連檣。無復越險，起其驚惶。輕颿吹帆，適此坦夷。吴歙未終，已達荆溪。國賦是儲，海漕是需。民力是紓，於前則無。自侯踐職，美政屢敷。惠利之大，孰此之踰？豈弟君子，民之父母。豈弟君子，遐不眉壽。鍾山鬱蒼，淮流湯湯。侯績高深，同其久長。

【校勘記】

〔一〕「講」，四庫本同，類鈔本作「請」。

詩盟記

客有以武爵鎮徽城者，屬承平日久，邊陲警絶，優游文翰，遂倡詩盟。應者景從，月集羣彦，分題彙什，凡與盟者，其詩皆可觀也。

夫徽，朱子之邦也，朱子道德渾成，發言爲詩，卓卓超絶，遺風餘響，久而彌存。今其邦之士，故多能詩者。余嘗評詩自洙泗删後，漢、魏以下作者迭興，間有調高意遠，終未足媲美三代。自感興諸詩一出，融暢天人，權衡經史，以性命奥學寓於音節韻度中，較之古詩十九首、陳拾遺感遇，理致悠深，氣格蒼古，直可追逐風、雅，是又詩之一初也。故善詩者一本於心，充積汪洋，遇物發機，吐辭成聲，則骨幹偉傑，神采焕揚，不暇雕組〔一〕，自中矩矱。若夫求工於綺靡纖巧之餘，受窘於拘攣掇拾之際，余竊病焉。況是盟也，因詩爲會，敍坐以齒，籩豆有差，興其孝弟揖讓，俾之即吟詠以和性情。幽窮得以紓其鬱，榮達得以約於正，會六義之旨歸，豈止争一句一韻之奇也哉？然古之將帥，或樽俎折衝，或敦閲詩、禮，或雅歌投壺，或手不釋卷，卒以勳烈顯。今也必能横槊賦詩，飛勇氣於勍敵，破曹、劉之壘，惜余不得與於斯盟也。

山長王達善假道姑孰，過余求記，爲述其概云。

【校勘記】

〔一〕「暇」，四庫本、類鈔本作「假」。

槎溪記

當塗城東有地曰博望，其山以横望名。漢張騫封博望侯，班史載其窮河源、使絶域，以侈孝武威德遠被。世傳其有乘槎事，故今博望有溪名曰槎溪。博望右族爲袁氏，族之長爲瑞甫，遂以「槎溪」自號。治産勤儉，好禮尚義，壽八十有三矣。

按槎與查同，增木爲楂，字書曰「邪斫木也」，又曰「水中浮木也」，而木之老無枝葉者亦曰槎牙。自有張騫乘槎之説，而王子年拾遺記謂堯時有巨查，浮四海，十二年周天，名貫月查，又名掛星查，羽仙棲息其上。張華博物志謂天河與海通，居海上者浮槎到天河，得織女支機石。嚴君平以爲「客星犯斗牛」者，即此。

夫自舟楫之制興，雖浩渺湍激，隔絶不通，安坐而可濟，未嘗資槎乘載以達遠，槎之不爲世用可知。張騫窮河源，以爲出于闐、葱嶺，乃不知出自星宿海，惡覩所謂河源者哉？則乘槎不足據矣。王子年、張華亦不過馳騁神怪，後世文人詩家多引其事，以致清高曠遠之思，而欲瀟散於物外，余意其非實然也。瑞甫之槎溪，當有以異乎是。且槎之爲物，不用於世者也。老且堅之木也，浮水而不沉，觸風而不覆者也。先生遯迹林壑，澹静恬退，弗求知於時，託意於槎，豈非示不用於世乎？年既大耋，神完而氣充，全其所得之天，愈久益固，豈非老且堅者乎？闢屋而居，斥田而食，利其嗣人，遺之以安，而弗遺之以危，又豈有沉覆之患乎？然其才藝可用，而曰不用於世者，先生謙抑也。其老且堅而不沉溺者，人皆期之也。先生備一槎之美，逍遥於溪上，其德如泉之有本，其壽如川之方至，其積善之澤方演而未艾，曾何慕乘槎之空談也哉？

東溪記

水之行地，南莫大於江，北莫大於河。江出岷山，徑楚入吴，以注于海。河經崑崙之墟，勢爲九折，長亘中國，其源皆發乎西。豈西爲金方，水乃金之所生歟？若紀氏所謂溪者，則來於東者也。姑孰左匯三大澤，周數百里，跨三州之境，宣歙諸水浩汗下趨〔一〕，與之合，自東而馳，遂成巨川，名曰姑溪。色清而勢駛，縈迴屈旋，環繚郡城，西入大江。昔賢李端叔嘗以「姑溪」爲號，其釣魚之臺在白苧山西南別麓〔二〕，磯石蒼峭，雄峙溪陽。紀慕乎此，乃號「東溪」。其爲意也，不特取溪之來於東也。夫東主春生，天地大德在乎生物，故元氣流運，充滿六合，無往弗存。東之爲義，廣矣。

紀業衛生諸書，知神聖工巧之秘，善療治，嘗爲醫官，聲著淮、汴間。其於象緯龍穴卜筮之學，罔不究心，尤以醫稱，蓋將推東生之意，求無愧於是溪也。況水生天一，爲五才之始，與覆載相爲無窮。君子託以喻道，隨其所在，各有取焉，豈專發源於西者哉？

嗟乎！水之爲源，肇自涓滴，至於尋丈，混混而流，晝夜不竭，其勢至於不可禦。苟能澡慮以澄其源，滌德以濬其流，則生意及物，盎然春和。於是東溪之實具在吾心，演而弗已，孰能測其所至耶？

【校勘記】

〔一〕「浩汗」，原作「浩汻」，據四庫本、類鈔本改。

〔二〕「白苧山」，四庫本同，類鈔本作「白紵山」。

陶學士先生文集卷之十七

記

重脩蛾眉亭記

出大江而山曰采石，昔人因其山川雄麗，亭絶壁上，以盡登覽之美。前直東西二梁山，夾江對峙，脩嫵靚好，宛宛如蛾眉，遂以名亭，亦東南之奇觀也。歲久弗治，棟宇垣墉，日就于弊。經歷亦速甫君贊理太平郡府〔一〕，暇日臨視，歎曰：「不葺，奚稱？」遂請于太守髥山賈公，慨然發己資，倡謀脩營，應者翕從。未幾，焕焉華飾，翬飛麗空，視昔有加。

夫采石爲地，當南北之衝，風帆浪楫，繽紛朝夕。使客之往來，賈貨之繁萃，又有文儒韻士，遨遊題詠。觀其波濤渺瀰，吐吞乎吴、楚；煙雲杳靄，出没乎淮甸。一視千里，洞無所翳。雖窮巒剩澗，僻在遐隱，莫不貢靈輸秀於軒楹之下。况前賢於此遊觀俯仰，高風雋烈，有關世道之興廢。炳炳遺迹，昭著古今，令人興懷而不能已。君能留意於此，非特盡登覽之美，亦不泯前賢之迹也。

君字明之，官承事郎，剛直明爽，才志有爲。嘗議於長貳均傜役，審刑名，興學校之教，剗倉庫之弊。公田佃者或至貧乏，不徵其逋，人甚便之。治工斯亭，特餘事耳。兩蛾有知，寧不展舒其顰，溢歡顔於江雲之表也？余相知有素，因衆之請，紀文于石，并書其善，以勸來者。

【校勘記】

〔一〕「亦速甫」，類鈔本作「赤速甫」。

遊龍鳴山記

遊之勝者，適其時可樂也，得其地尤可樂也，而所遊又皆佳士，則所以宣其和、舒其鬱、暢其心而發其文者，蓋樂焉而不失乎正也。

至元丙子二月甲午，厚齋嚴君治酒殽，拉予遊龍鳴山，即無想山也。時春霽既久，風日暄麗，耆英少俊，序齒而行，鼓吹前導。從藍溪東南行五六里，兩山峙如雙闕，相距百步，綿亘東趨，中夾石田，田右小路，隨兩山勢深窅曲折。行三四里，隘不宜田，僅可爲路。又數里，山益奇峻，輕嵐暖靄，微襲襟帽。山外崇峰複嶂，杳無窮極。少焉，峭壁對立，狀若華表，松杉萬章，夾路北轉。澗多石底，雲深樹茂，繁卉被巖，鳥聲清碎，似非人間世。僧舍雄麗，榜曰「禪寂」。門外獨松古秀，大連數抱，脩篁干霄，森列門内。寺長老出迎客，延坐後堂，扁曰「白雲深處」。其西有聽松軒，又西即韓熙載讀書堂遺址，所植檜猶存。其北有甘露室。又北上爲招雲亭，氣象空曠，攢峰玉立，視嚮所歷羣山，低俯其頂矣。遂躡蹬至潮音巖，怪石異態百出。

同遊者疲於躋攀，於是止焉。予以未登絶頂爲快〔一〕，與三二友決意直上。地勢斗峻，褰裳援蘿，履蒼莽中。上有天池沆瀁，其水下飛潮音巖，引以給庖。其西絶頂，巨石雄坦，可坐數十人，渺焉四顧，心目豁然。其東絶頂，視西尤高，倦不欲登，還飲白雲深處。于時暖氣薰席，蒸焉如夏，凄焉如秋，栗焉如冬，觥籌無筭，談笑甚歡。雖從者樂工，各適其意。酒既，長老引客看花，徐行登環翠閣。已而與長老别，出寺門行幾一里，衆以興未盡，席地坐，分韻賦詩者久之，詩成而歸。

斯遊也，適其時而得其地，信足樂矣。但溧之爲州，非通都要路，兼是山隱於邃奥，故無前賢題詠及當代名筆發其幽潛，予故表而出之。

嗚呼！樂而不失乎正者，浴沂風雩也。蘭亭之會，乃或感慨悲戚。今同遊者心平氣易，發言爲詩，皆有可觀，其亦樂之正者歟？遂記兹遊之勝，使無想山得以著於世云。

【校勘記】

〔一〕「怏」，原作「快」，四庫本、類鈔本同，據文意改。

騰雲樓記

騰雲樓者，薛鎮東北陳氏家居之樓也。樓成有年而未顔，其主人裕之遣子良器請名於予，遂以「騰雲」命焉。樓之後横望諸峰，蒼翠綿聯，前矗靈墟，若青山白苧之勝〔一〕，皆蔚然遥拱。左則鍊丹溪、丹陽湖，又有武山圓麗，是爲山川奥區。夫山川之氣騰而上浮，油然成雲，以澤下土，化工玄默，神運無方，莫雲若也。

薛鎮在當塗東，其地高燥，畎畝勢割陵阜，陂池寡瀦，必俟滂沛時降，始克耕墾耰藝，否則，坐待赤立。故雖恒雨，不能爲災。每夏秋之交，苗槈發榮，炎暘彌旬，旋見色槁，其人惶閔，引頸仰望。一或雲騰於空，相視喜躍，既雨，則嘉穀豐穰，可跂而待。

今斯樓也，高爽暢朗，林樹蓊鬱，晨霏暮靄，皆足怡心娱神。然尤樂於騰雲者，當夫憑欄四顧，則田疇畇畇縱横連屬，不獨山川景象資眺覽之美，實以天地妙用在乎山川之氣焉。况裕之藏書其上，孳孳爲淑後計。長子字君傑，克家者也；次即良器，字君用，從余受業。若殷其學殖，將見用於時，有悠然出岫之意，由是從龍而馳翔也。遂作騰雲樓記。

【校勘記】

〔一〕「白苧」，四庫本同，類鈔本作「白紵」。

聽雨軒記

物有自然之音，衆人聞而以爲常，知者聞而以爲樂。雨之有聲，莫不聞也，唯兄弟共處，則聽之而適其心。蓋雨之聲出於天，兄弟之樂亦出於天。不有此樂者，不知此聲也。韋蘇州有「風雨對床」之句，眉山蘇氏兄弟讀而感懷，爲聽雨之約。既而游宦異塗，離闊憂沮，晚年飄泊，艱於會合，雨聲不復共聽，遺憾終身。故劉後村評其能爲此言非能踐此言也。

分陽羅氏，昭諫裔也，兄弟四人，早孤，立志慕學，務承先業。長君舉，領郡史禄，棄歸。次君明，次君焕，皆善治産。又次君禮，掌行臺詞牒。方羣居時，友愛敦篤，衣同椸，食同案，扁其軒曰「聽雨」，蒔花植竹，爲怡集之所。君禮之寓昇也，擇交慎行，愿直明坦，士類嘉之。求余記其聽雨軒。

余謂兄弟懿親，分自一氣，翕和雝睦，發於真情。故風雨之夕，聽其聲而樂焉。當是時也，清燈語話之際，簷砌浪浪，或蕭瑟於草木，或驚泱如波濤。其入於耳者，若奏管絃，考鍾鼓，天下至樂，莫此能過，非出於天者然歟？然風雨之作，凄寒牢落，易於傷愴。今乃聞之而樂，則凡涼飇霽月，花晨雪晝，撫光景，暢情性，無不同其樂矣。嗟夫！世降俗漓，手足同體，視均敵仇，裂門析爨，倫理乖而骨肉疏，不知聽雨之同樂，反從而以管絃鍾鼓獨樂者，何其悖也？聞羅氏之風，得無少愧哉？爾子若孫，其心乃祖父心，塤倡篪和，益深同氣之好，則聽雨之樂相傳於百世，而無蘇氏之遺憾也。

驛户餘粮應役記

國家疆理之大，極天所覆，廣袤數萬里，自畿甸而要荒，如腹心手足，聯合一體。内外使者往來於道，若血脉之流通，此驛所由置也。驛有饋餉，官給錢米爲倡，驗驛户民賦，謂之餘粮，俾任其費。故一介之使，經涉遐遠，不資裹囊，所至如歸。蓋自成周設官，掌牢禮委積，以給賓客，歷代沿襲，而於遠人重其迎勞，立法詳密，則莫今若焉。

太平路界大江之東，居水陸衝要，北邇臺察，南鄰憲司，又南而江右、浙、閩、湖廣，又北達於京師。郡統三縣，縣皆具水馬驛，饋餉之役，歲久弊繁。新其政者，今郡侯中大夫也。侯名蒙柯普化，字子實，由刑部尚書出監太平。廉明剛正，號令風飛，刮鋤煩苛，美利迭興。初在城驛，舊額民賦及十石者户四十有九，遞供是役，乃總管鐵柱侯定於延祐間者也。後贏耗不齊，富者恬然弗增，貧者則困且逋。巧詐日滋，詭匿産税，苟於規免，期限愈蹙，不踰年而再役。侯考舊額，得勝役者僅二十七户，蠲除困乏，新得三户，總爲户三十，以賦之石爲其日之差，凡一千一十有一日，幾三歲而一周。盡稽宿弊蕪薅而蠹剔之，富不滲遺，貧不罥掛，輕重多寡，權度弗偏，羣心感悅。兹侯所以重遠人之迎勞，且蘇民之久病也。

夫三縣之驛，魯港隸蕪湖，荻港隸繁昌，而水馬兼焉。當塗分兩驛，采石之舟、城厩之騎既皆因侯而堅完驍良，使者踵躡，罔間晝夜，饋餉不絶，今俱籍爲成法。然城驛乃郡府親臨，尤三驛之望，衆願勒文以昭侯績，仍列其户于碑陰，庶將來有所考也。

青山酌别記

山之勝，以人而增重；别之意，以酌而益勤。今青山之酌，非宴游也，非旨於味也，因酌而致贈别之言也。姑孰東南諸峰，唯青山崇峙雲天，玄暉構居，太白吟詠，終身樂之。米元章大書「第一山」於石。山之陽，陸多車騎，水多舟楫，爲往來要途，故於兹而祖餞焉。

宋安常，廣平文貞公之裔也。其兄衍常，長姑孰郡幕。母在堂，安常性孝友，省視慕戀，久不能去。年已壯，有署爲宛陵府曹者，安常恐違色養，不樂就。長幕勸其爲親奉檄，始肯往焉。諸友送之餘十里，憩於青山，有酌而言者曰：「君子用於世，不係職之鉅細，在伸道行志，求盡責任，由此高顯可躋。譬之水焉，始自涓流，積成溪河，汩汩不已，必將至於海也。子其勉諸。」又酌而言曰：「時政滋弊，民瘼滋深，往佐大郡，悉乃心力，脩治而撫摩之，必勉爲而毋忽也。」又酌而祝曰：「士之持身，名節行義，保其有終，以永令德，匪特爲利達之榮而已。」安常拱而復曰：「敬服斯言。其敢忘於警省？」

於是繪圖以紀別意之勤。則山之勝，寧不因而增重哉？圖成，詩賦滿軸，而予爲之記。

梅竹蘭葡萄圖記

草木之枝葉花實，各具一美。或以雅潔見重於幽潛者焉，或以珍遠受知於富貴者焉。梅舒英於冱寒，倡羣葩之始；竹以直幹高節，弗易於四時；蘭之幽寂，不以無人而不芳。然多産於窮山剩水之際、深林静谷之中。若葡萄，在中國萬里外，卒能入致京師，移植禁林。漢使者斸於大宛，唐太宗取於高昌，特詔褒除煩之功，賜食嘉病渴之對。孟佗以一斗拜刺史，世宗以百縑謝元忠，其榮寵如此。蓋彼乃幽潛之寄興，而此則富貴之娱懷者也。

予既隱處，不爲時所知，坐廣平之窮簷，諷淇澳之遺章，飲楚畹之墜露，西涼之醲，味不到口。客有䄂圖示予者，展視則四美在目，吾意斯人效梅之清、秉竹之直，齊馥於蘭，又將冀葡萄之用也。兼其美於四時者，有係乎出處用舍之道焉。且梅也，竹也，蘭也，著於易，稱於書，詠於詩，聖賢假以言道。至於葡萄，味不足以和羹，材不足以協律，香不足以紉佩，徒以珍遠爲富貴者所好，而雅潔者罕獲其遇，抑勢之然歟？故感其事而爲之記。

萬萬户軍功記

國家疆域與覆載同大，曠古所無，民物衆廣，從化弗齊。矧承平歲久，四方無金革聲，官恬吏熙，孽孽間作，必除姦暴以拯無辜，則在良將苗薅而禽獮之，固不可弛武以遺患也。

漳州李智甫恃險聚衆，江浙行省調兵討之。閩閫以師抵巢穴，賊計巧詐，陷襲官軍，累月不下。省命鎮守太平副萬户萬侯協力征捕，時年纔冠，慷慨赴敵。逼賊壘而軍，部伍整嚴，猛氣飛揚，戰捷，賊平。羅天麟寇汀州，勢張甚，行省以地惡人獷，師老罔功，命侯與諸將夾擊，戰數勝。賊設伏林莽，輒焚蕩深入，以奇兵擣其腹心，羅黨悉除。朝賜銀器，有旨升爵一級。劫盜據花麓，省臺合軍重圍，侯選精騎禦之，羣兇無敢衝突，未幾潰散。湖南猺賊竊發，殘燬城邑，主將知侯練習軍旅，馳檄俾往擊之。侯用其智略，已而凱旋。浙東扼塞海道，省臣將舟師以進，風濤弗利，遂議招撫，選官往焉，將吏畏縮弗前。侯聞言甫畢，已操舟涉洋，見彼，語以禍福，果納款。帥壯其勇，大加慰賞。奏可班師。乃至正辛卯冬，還鎮。適江北有兵警，太平瀕江戒嚴，萬户缺員，軍民咸喜其歸，恃以無恐，可謂賢於長城矣。

侯字威重，官武略將軍，世家濱州。高祖國初立戰功，受官，曾祖亦以功獲寵。大父佩金符，副萬户，至侯，五世襲爵。侯仕十餘載，每坐席未温，輒承委去。凡五出師，沉機鋭志，克成勳勞，真良將哉！使在位者以身許國皆若是，雖有禍亂，不難定也。侯讀書執禮，事母孝，所居有忠節堂。

姑孰閲武記

至正壬辰仲秋之末，鎮守太平路軍官閲兵于北郊，脩武備也。去年，荆襄諸路陷。今年春正月，武昌以强兵障江、漢，狃習治平，將驕卒熙，警備遂弛。既失守，下流郡縣汹汹震驚。大江西岸數千里羣起立敵，而太平危矣。

太平，古姑孰也，扼水陸衝要，由六朝以來，爲必争之地。内附八十載，民不識兵，城塹夷廢。比者敵壘隔江相持，南則寧國告急，蕞爾一邦，軍馬寡弱，岌岌幾不保。渤海萬侯獨以副萬户統軍府事，千户差遣缺員，江浙行省命忠顯校尉唐州翼上千户移戍太平。萬侯一見，握手論心，敬以賓禮，一切軍務悉委之。遂乃合部曲團集教場，躬自訓練，三令五申，無敢違者。日習月熟，皆驍勇，一可當十。萬侯喜曰：「如此，則何憂無備？」

時監察御史湖北憲司、江東分憲皆莅太平軍府，請觀閲武。俱出郭就次，有司駿奔。是日也，秋氣肅清，天風凄然，萬侯與忠顯率諸校戎服從事。祭五方星，禡牙誓衆，旟旐蔽野，戈矛若林。萬侯長右隊，忠顯長左隊，各建大將旗鼓，佐以偏裨，麾兵而進，如古陣法。五人爲伍，五伍爲兩，四兩爲卒，五卒爲旅爲師，聲金鼓以節之，跪起進退，衆心齊一。乍分忽合，乍方忽圓，呼譟震地，往來挑戰，擊刺馳突，周迴旋轉，互變不常。或堂堂而正焉，或紛紛而奇焉。既畢，勞將饗士，動合禮法。觀者異焉。

且其初本戍徽，徽僻在深山，代無兵禍，不争之地也；太平，必争之地也。不争之地淪没久矣，必争之地保全不失，係武備之有無也。使其在徽不遷，復教閲若是，必能守其境。今操閫外大柄仗鉞專征者所得智略之士如兹，幾何人？嗚呼，恢復不速，有以也夫！

監郡珊竹元振招安記

國家混一以來，民不識干戈者八十年。至正辛卯，兵起淮西，攻城掠地，蔓延江東。壬辰十月，陷溧水州。溧與太平接境，敵騎抵界，招引亡命爲嚮導，耀兵西行，三鄉之民震恐脅從，竄葉家橋，距太平郡城僅四十餘里。官軍進拒，合民兵一萬二千餘人，逼河而陣。彼軍增聚，人情駭惶。行臺檄江州監郡元振攝府事，衆請益兵捕戮，侯意在招諭。未幾，淮南行省平章領精兵萬人至太平，欲選輕騎數千長驅而東。侯謂：「如此，則三鄉屠滅無遺。萬一未克，師老財費。況細民樂生畏死，受制於彼，豈其本心？曷若撫綏有道？」侯乃請於省憲止兵息戰，下招安之令，來歸者許以不死。其衆聞之，舉手加額，願如命。侯約同知仲禮各單騎入其巢穴，渠魁五人投戈出迎，羅拜馬首。侯曉以逆順之理，脅從七千二百户有奇獻其兵仗旗鼓，悉自悔悟。旋旆之日，降者五人，及其部卒，悉與俱至。郡民聚觀，室家相慶。蓋其全活十餘萬人，環千里之疆，釋其憂危，納於樂土，厥功茂哉！

侯世爲珊竹兀臺氏，嘗監廣西興安縣，惠愛及民，征戰屢捷，蠻獠畏威，不敢侵境。招致猺寇十二峒及鄰境猺首三十七人，由能廉明果毅，知無不爲，虚己下賢，開廣聰明，宜其事功光偉如是。昔渤海盜起，龔遂單車赴郡，化刀劍爲牛犢。今陸梁百倍渤海，一時帖息，則侯秉心布德，其古之循吏歟？衆願著其績，故記述如右。

太平路同知仲禮功績記

至正十二年冬十月，溧水州陷，敵兵犯當塗境，絳衣白刃，縱火劫掠。三鄉脅從至數萬人，鼓行而西，連營立柵。至葉家橋，望太平不遠。適江東分憲以臺命鎮兹土，與文武官議攻禦之策，同知府事武毅將軍仲禮侯曰：「今脅從皆良民，倉卒受迫，勢不得已。若招安來歸，不待勞兵耗財而自定。果不悛，剿屠未晚。」時官軍斷葉家橋，夾河對壘。侯慷慨請行，訪求素知道里扼塞、民情善惡者數輩以自隨。選精鋭民兵四百人，或以爲寡，侯曰：「我計若行，何在兵多？不然，當順民心以除害，則民皆良兵，豈患寡乎？」乃以十一月望陳兵啓行，建招安大旗，隊伍嚴整，金鼓震鳴，纛旐央央，勁騎龍趨，出自東門。侯戎服乘馬，以爲殿。民夾道瞻望，喜曰：「釋我憂矣。」遂抵葉家橋，與官軍合，聲威大振，撫諭居民。不數日，從者萬餘人，連戰皆勝。淮南平章實烈門公領大軍，經太平，將遣勇鷙騎射東行攻之，分憲郡府咸以招安爲便。監郡珊竹元振尤與仲禮意同，自抵侯營，定計募人往諭，曰：「降者不坐。」侯却兵釋甲，與監郡入敵境，曉以信義，使知逆順。魁桀五人，崩角迎拜，侯召至榻前夜語，即解衣卧，示以不疑。衆感慰，束兵來歸者七千户有奇，得不死者十萬人。及五人者入城，平章喜，各賞繒帛以安其心。其人皆曰：「非侯，則禍且滅門。」謀作生祠，祝侯壽焉。

先是，侯統義兵於郡城，防衛有法，民賴以安。至是有功，歸。未幾，臺委總兵櫓港，守隘益嚴。嘗渡江，燒淮岸營寨，擒其士卒。蓋侯出於貴族，剛明英斷，臨事不避難。觀其所爲，可謂愛民忠國矣。省臺具實上聞，宜哉！余故文以載其功。

繁昌縣監邑鐵仲賓功績記

太平統三縣，皆濱大江，與淮對境。唯繁昌爲下邑，去郡城最遠，地狹民貧。至正十一年夏，彭翼兵起，十二年春，陷無爲州，隔江營落，布陣示威。繁昌孤危，民心動摇。援兵弗至，岌岌幾不保。監邑孛羅鐵木兒憂時多艱，政先撫綏。江浙行省參政委總兵，務俾衛其境。乘釁盜竊者斬以徇衆，遂皆帖然，無敢念亂。□募精鋭〔一〕，官帑或不給，佐以俸資。羣感悦，勇氣咸倍。集申港馬馱、戰艦分守要津。

閏三月暴兵入繁昌，捕其兇桀李姓等四人，誅之。夏四月，敵舟四百餘自泥汊分道渡荻港，縱火來攻。監邑聞急，率敢死士百餘赴敵，賊勢熾横，監邑曰：「彼衆我寡，非出奇計不可破也。」指鳳凰山謂衆曰：「據此者勝。」遂疾趨登山，列部伍，下視賊陣，雜亂不屬。監邑曰：「賊易破爾，無能爲也。」麾兵下坂，鼓噪衝突，分截賊勢。監邑發矢連中。衆力戰，擒僞劉先鋒等三十一人，斬首數百級。餘黨奔渡，舟甫發，監邑以戰艦乘勝追擊，溺死者太半。自是民樂守禦，不以寇至爲憂。未旬，賊度銅陵，戰敗，走繁昌界，擒其賁先鋒等三十三人，戮於城西。又五日，賊復至，乃設奇拒戰，獲其僞王等。南行臺侍御史左公統兵蕪湖，嘉其績，賞以銀繒，行臺亦遣使頒賞。

栅港賊掠王家沙，聚兵禦之，屢有擒獲功。浙東閫帥恩公代，左公統兵，賞賚有加。冬十二月，賊采湯陳沙魚藕，獲其魁陳良甫，留詢敵情，未即誅。越三日，賊舟三百餘欲東渡，聲言攻繁昌，奪陳良甫。監邑磔陳于江岸，整兵以待，賊望風而退。前後十三捷，常以身先士卒，生擒百有二人，殺溺不可勝計。賊鋒挫衂，不敢窺繁昌矣。至是民始安居。監邑不懈益勤，晝夜嚴備，食息不違。愛養黎庶，優老恤貧，爲始嚴明〔二〕，利興害去，以故深得人心。則其保全一邑，豈獨恃威武而已哉？

監邑字仲賓，官敦武校尉。好古尚文，遜抑簡直，口不言功。易曰「勞謙君子」，仲賓近之。邑士民屬縣吏董中來請文紀功，予因特書，俟夫秉史筆者。

【校勘記】

〔一〕「□募」，四庫本作「召募」，類鈔本作「購募」。

〔二〕「始」，四庫本、類鈔本作「治」。

瑞麥記

河南靳侯處宜守太平之明年，爲至正癸巳，瑞麥産於城北，一莖兩歧，郊民持獻侯廷。蓋始者麥苗發榮，幪幪漸漸，勃然而興，農慶于野，皆言前所未有。及吐秀，穗實堅好，登場計利，倍於常歲。按小麥爲來，謂瑞麥天所來也，秀出兩歧，尤天與之嘉瑞焉。天所與者，因人所感，豈無其由哉？

自侯視事，值彭兵東寇。郡地傍江，敵壘隔水，相持甚近。侯募勇壯列營立柵，密屯江岸，以防禦之。溧水州陷，彭營分道來攻，陸抵新市，水抵三湖，各數萬人。侯益兵拒戰，三湖之敵敗潰。下令招安新市諸鄉，其魁黨盡降，用是境内晏然，耕桑如常。淮民避難，攜家來居。大軍屢過，官帑雖空，供需有策，唯恐傷民。夏四月，麥未穫，霪雨，侯虔禱，乃霽，遂穫焉。麥既大熟，民得續食，漸致平康，視鄰境兵燹瘡殘，獨爲樂土。兩歧嘉瑞，天人感通，信有徵矣。僚屬請奏休祥，侯隱抑，不居其美。士民皆謂曰：「漢張堪守漁陽，兩歧有歌，彼遭治世，其理效爲易。此當多故，其理效爲難。苟不著其實，非所以彰景貺、報惠政也。」求記于余。

竊惟是邦昔有瑞麥亭，在南津橋北，亭廢已久，父老猶能稱道，以爲盛事。今侯寬厚慈祥，勤勞應務，敦本抑末，脱民危急，和氣所召，祥穀復臻，勸農繫銜，無忝厥職，其有光于漁陽哉！

侯名義，歷仕省樞臺憲，奉使陝西，今官中大夫。是年七月望日記。

陶學士先生文集卷之十八

説

張誠之名字説 名友諒

實理无妄，渾全於心，誠之純也。氣與欲并，理未悉純，雜乎誠也。求進於誠，必資於友，宜取友之貴乎諒也。夫五典之行，非誠不可，君臣、父子、夫婦、昆弟各專其道，兼而明之，在乎友也。朋友有信，信即諒也。輔仁以求其純，正過以去其雜，善之擇而執之固，誠斯得也。諒之與誠，小大若異，非諒莫由以誠也，然取友貴乎諒，處己貴乎虚也。諒可進於誠，虚可受夫實也。予竊怪今之人一有墮於末學、徇於小智，矜其技能，謂足以出乎等倫，既害其誠，復不幸而親狎柔佞，志益猥下。

及聞忠言，肆然無怍容，友雖諒焉，不能用也。誠惡乎進。嗚呼！虚己無我者，友之諒爲己之益也。物欲窒其心，自毁其誠者，不能虚者也。虚以受之，實以踐之，勉焉無弛，不容乎雜，誠之純者於是而得。友諒之益，奚可量也？

張誠之名友諒，來徵予説。予雅與之友，故告之如此，蓋以諒自期，將以誠望於君也。

徐伯仁字説

天地之德莫大乎生。即其生物之無窮，知其仁之不息矣。人之有身，具是生理，德全於心，仁之體也，愛周於物，仁之用也。人而不仁，得爲人乎？

武林徐伯仁爲蕪湖縣典史，請余衍其字之義。因告之曰：凡爲縣者最親於民，百里之地，朝令而夕可徧。典史綱總諸曹，簿書謀議，悉倡其始。苟行事適其宜，出言得其當，雖令簿不敢棄理而縱。其或苛刻貪暴，殘民舞法，人將擾擾，喪其樂生之心。是何有於仁矣哉？彼市井賤氓，雖極昏蔽，介然之頃，而惻隱之真，猶勃乎其不可遏，矧居官贊理者得以施其仁乎？蓋生理具於吾身，哀矜之念興於内，寬平之政敷於外，隨事而博其愛，使邑之民物阜安，咸被利澤，以遂所生，而仁之用行矣。因其用而求其體，則天地生物之心，於是乎可見。故善爲仁者無它焉，在乎擴而充之爾。充之足以保四海，豈止一邑而已哉？

黄氏三子名字説

番昜黄德輔，醫世先業，療治輒驗。達官賢士樂譽其能，濟物之心藹如也。其子三人，確守家學，長曰處禮，字以仁復；次曰處常，字以仁壽；又次曰處善，仁美字之。嗟乎！天地溥其大生之德，賦畀萬物，莫非不忍之真。人得之而爲仁，愛之所施，油然而發。故儒者以求仁爲先務，使可行志，則澤被天下。但窮達不齊，反不若醫家者流得以施其仁也。然仁未易至，至必有其道焉。撤其氣欲之梏，唯禮是處，蹈乎規矩準繩之中，而仁可復矣。孔子曰「克己復禮爲仁」，易之言仁獨見於復，處禮勉諸。苟外物擾攘於内，將變遷无恒，能處於常，止乎義理，安固弗摇，保其仁於永久，是之謂壽。先儒以仁者壽爲静而有常，處常勉諸。況仁爲衆善之長，譬猶安宅，當處而弗曠。或擇術不精，如匠矢役意於喪物，則自戕其性。故孟子引聖言明擇仁爲美，處善又勉諸。

蓋仁道至大，而醫者最近乎仁。若其趨富貴，棄貧賤，衒能責報〔一〕，甚而服餌不投其疾，藥物不求其真，坐視危篤而不一動顧惜之情，猶手足痿痺而不仁矣。華其名而豐其實，余之所望於三子也。徒爲美稱而已爾，豈余所望於三子哉？

【校勘記】

〔一〕「衒能責報」，原作「衒報」，四庫本同，據類鈔本改。

程叔元字説 并銘

天地之德，莫先於元，故曰「大哉乾元」，「至哉坤元」。是以天下之民謂之元元，三才之道，亘古今而不易，以其有元也。人得是元以生，具於性爲仁，發於情爲惻隱，貴乎推而敬之耳。

新安程氏有名仁字叔元者，余友子舟乃其族人，求廣其義而銘之。夫元氣流行，無物不在，君子之仁，隨感發見。事親之孝，事君之忠，待物之公，愛衆之慈，無非仁也。因事而施其仁，猶一元之妙，貫通萬物，必也致知以察其微，而絶外誘之私；力行以守其正，而全本有之善。則真理昭融，無適非仁，天地之德在是矣。叔元勉乎哉！銘曰：

元統四德，仁該五常。乾坤生生，賦性寔良。莫大於元，心體如天。莫始於元，得之最先。人自小之，遂昧厥初。不忍之真，本然自如。君子求仁，精察勇行。外邪必閑，内欲不萌。全體既瑩，博愛斯盛。形諸踐履，大公至正。是曰善長，具此衆美。萬物一春，萬事一理。人爲元元，含靈緼真。能存其仁，不愧爲人。

張文道名字説 字用之

道之顯者爲文，文與道異名而同出也。夫禮樂典章、紀綱法政焕然施於天下者，皆文也。必有當然不易之理，可常行而無弊，是乃所謂道也。先王用之以爲治，百姓用之以爲生，順之則理，悖之則亂。亘萬古猶一日者，良以此也。張文道字用之，幼肆儒業，長習吏事，謙謹可嘉，求予廣其名字之義，予亦樂爲之言也。且夫飾浮豔以爲文，淪空寂以爲道者，無用於世也，而世之爲吏者又往往昧夫大體，刻深其文、悖戾於道者多矣。予將以有用之才期之，故以道之顯者爲告。佐理於官，率是用之，可也。

宋生彦中字説

宋彦中名德瓚，言者亦既詳矣，而復求余申其義。

蓋器之貴在乎瓚，瓚之用在乎中。今也瓚必曰德，因物而求其道，物豈徒美哉？中必曰彦，以道而責諸人，道豈虚行哉？且瓚以圭爲柄，黄金爲勺，外青金而朱其中，體具衆珍，詩人獨表以玉瓚，疑若偏也。然良玉温潤而栗然，有不偏之德，不偏固爲中之本。及夫黄流一注，美在其中，芬芳條暢，以薦誠敬、格神明，適有合乎人心之中焉，何者？當祀之際，心舍虚靈，肅然警斂，持守於内，而無敢放逸於外，念慮澄瑩，私欲屏除，不偏之體於斯而存矣。易曰：「王假有廟，王乃在中也。」程子傳曰：「在中謂求得其中，攝其心之謂。中者，心之象。」是宗廟執瓚，即黄流之在中，而吾心之在中，又有以攝服天下之心，使皆歸於中，則瓚之爲功，其弗盛矣乎？學者存心常如執瓚灌地之時，言行動静，將不失於過與不及，庶無負名字之義哉！

高忠名字説

保定學者高忠字彦實，來謁予，請爲名字之説。

竊惟聖人四教，賢者三省，一貫之道，九思之目，與夫中庸「違道不遠」，大學「君子大道」，孟子論天爵，易文言論進德，其要悉在乎忠。他如主忠信、言忠信之云，不一而止。蓋天之所賦，人之所守，師之爲教，士之爲學，皆重於忠也。先儒曰「盡己謂之忠」，夫存乎中者，一念或不實，非盡己也。發乎外者，一事或不實，非盡己也。是知忠者，實而已矣。君子立心脩行，凡動静語默，一皆出於真誠而不雜於私僞，乃爲得忠實之道。苟離於此，則入於虚誕。於是言涉乎妄，事涉乎譎，欲蕩而理滅，所謂不誠無物者也。

彦實篤厚而不浮，其質類乎忠實矣。日用之間，事長敬賢，接人應務，以至坐作食息，必思所以盡乎己，而唯忠實之踐，尚當始終不渝，表裏一致，有以美其身心，豈徒美其名字而已哉？

秋田説

潤遠董翁號曰秋田，諸名勝歌詠滿軸，皆知田之有秋矣，亦知田之所以有秋乎？

夫所謂秋田者，據其成而言也。耕於春，耨於夏，種之美而生息不已，苗之茂而稂莠不雜，故至於秋而熟焉。其在人也亦然。德之有成，若田之有秋也。天理明而生息蕃，則其耕也深矣。人欲消而稂莠去，則其耨也勤矣。由是方寸之田，其秋穰穰，愈穫而有餘，子孫尚亦有利哉！董翁之田，其殆託以諭德邪？

耕養齋説

耕以養生，庶人之職。君子入官，有禄爲養，足以代其耕也。王君尚賢，年七十餘，名其齋曰耕養。以君平生學古窮經，宜有代耕之禄，乃蘊其才美，不求知于時，自壯至老，囂囂畎畝間，得無意哉？蓋君素志用耕爲養，將示其子孫，務本抑末，以享美利。如書所謂「服田力穡，乃亦有秋」，古人有起自犁鋤致顯爵者，安知不在其後也哉？反之於身，亦若是焉。以方寸爲可耕之田，其種德也，如藝嘉穀，其去惡也，如拔稂莠，計其所穫，不特自養而已，又貽養於嗣人而无窮也。

若漢志所謂「耕且養，三年通一經」，則爲年富未仕者言，余故不敢爲期頤者勉焉。

陶學士先生文集卷之十九

墓銘

故完顔判官墓誌銘

君諱權，字時中，榮禄大夫徽政院使柱國魏國莊敏公諱正叔之子，榮禄大夫大司農柱國陳國公諱德仁之孫。曾祖居敬，資善大夫陳留郡公。其先出自金源，居汝州梁縣，莊敏公官于南，愛當塗溪山，築室退休，以壽考終，子孫因家當塗。成廟時，君以勳胄入侍禁中。仁宗在東宫，選授司經，除承務郎，遷承直郎、江浙省照磨，陞奉訓大夫，歷贛州路信州路判官。至治辛酉冬十月辛亥，卒于錢塘之寓，年四十有七，殯當塗淩家山。後二十有五年，其配某氏卒，始得吉兆于殯南，乃徙君柩合葬焉。

子男五人，長某，以蔭累官從仕郎，早世，今從葬兆次；次世榮，歷浙東西福建憲史；次某，河南貢士；次某，行省宣使；次某。女三人，皆歸名族。孫男九人、女七人。曾孫男女各一人。

世榮護其母喪，歸自錢塘，窆以至正丙戌冬十月丙午，求銘掩諸幽。銘曰：

英英魏公，顯有烈庸。嗣子象賢，克揚清風。承光天籞，宣譽春宮。累命錫爵，政流渢渢。壽不我崇，禄不我豐。有韞于躬，弗耀于功。嗟哉歷年，淺槥是忡。卜吉奉襄，同穴而封。岡陵峙隆，溪流自東。有永斯藏，銘昭不窮。

周廷瑞墓誌銘

君諱天祥，字廷瑞，宣城人也。性敏，善記誦，睦宗族得其歡心。年二十餘，目病喪明，乃冥心屏慮，瞑坐終日。踰數歲，夜夢大龜舐目，覺神氣清灑，詰旦，彷彿能視物。久漸明甚，無異平昔。遂覽醫書，通暢其理，慨然有濟物之志。病者無親疏貧富，治療必勤。雖冒暑寒風雨無倦色，未嘗伐能覬報。其意豁達，每以贏餘周給困窶。寄興山水間，悠然自適。至元丙子十月十三日，疾終于寢，距所生庚辰歲，五十有七年。娶朱氏，先君二年卒。子三，長復，次升，次某。女二，適楊某、湯某。其葬附城西宋村之先塋。升來太平，奉潘穀狀請銘。

曩余聞談周君目明事，往往飾以神怪，謂其能感玄武之靈。予追卜其夢，曰：龜，離象也，離爲目爲明，目明之兆。且目爲肝竅，心多思紛擾則火盛炎，肝木受焚，腎水失升，目病滋劇。能養之以静，積久而神全，宜有復明之理。人苟好處恬澹，不以外物嬰情，將無適而不自得。余於周君驗之矣。銘曰：

古道寥邈，聲利紛華。孰晏其心，晦德于家。惟周子賢，時之傑然。志操弥堅，不爲物遷。我視既明，彼痾則痊。所全者天，于以永年。宣邑之西，有隆其基。不亡者存，與石同固。

行狀

故文林郎江北淮東道廉訪司知事費君行狀

君姓費氏，諱誂，字太初。其先涿州定興人，避兵遷清州，後徙濟南，遂貫棣州。曾祖諱某，承直郎，彰德路總管府判官。祖諱某，承務郎，龍興路同知寧州事。

考諱某，承事郎、台州路同知、黄巖州事，贈文林郎、江浙等處行中書省、左右司都事。寧州南仕，因家金陵。君生朞而失母，育于祖母楊恭人，事繼母孝。

右丞韓公叔亨掾南臺時，稱其文學于臺察，遂舉浙東憲史，調福建廉訪使。卜咱爾怙勢不法，衆畏縮，從令唯唯，君每抗論可否，辭氣不屈。或者危之，君曰：「棄理必敗，何足畏也？」已而果敗。

僉事巡部，選君輔行。至漳州，聞有闞姓官領兵戍漳，没于王事，妻王氏求尸弗獲，哀慟間有持刃者逼以非禮。王曰：「汝能助我得夫骸，吾當託身。」因得尸於林莽，王積薪焚之，遂赴火死。君歎曰：「忠臣烈女，旌以厲俗，風憲職也。」白僉事，覆實上聞，朝命立廟，賜額雙節。泉州萬户孫姓賄覺，南臺遣使追金佩符，憲司俾君偕往。使覬貨於孫，不獲，欲辱其妻子。君厲聲曰：「使來拘符耳，何乃非法惴人妻子邪？」使慚而止。

考滿，廉訪使朵爾只班公、幕長何公彦敬率僚屬祖餞溪滸。閩人聚觀，謂見憲史多矣，未有如費君之賢也。舟次水口，有拜于沙者，乃孫萬户，遺以金贐，拒不納。道建陽縣張灘，水勢湍激，舟顛撼亂石間，幾溺，挽者力莫措。君仰天祝曰：「詵果虧行獲戾，當覆舟。」縣官聞而相謂曰：「我久德費君義，當趨救。」亟率衆至，舟已安。次蘭溪，祖母訃至，舍舟變服，陸抵金陵。殯未幾，都事卒，居喪盡禮。先是自祖考以下諸柩尚淺土，至是得地於江寧縣鳳臺鄉王家山，以元統甲戌季春，奉祖考寧州府君、伯考寧國縣尹、考都事府君、叔考西安縣尹，與諸妣合葬焉。

除紹興路照磨，郡守聽納其謀。會朝使大斷，先期讞獄，悉無冤疑，使至，囚伏辜，不勞而決，使甚禮之。同知諸暨州，邏邏黨權臣貸資久不償，屢挫資主。君召讓之，猶不償。資主庭訴。監府貪墨援邏邏，抑不爲直。君正色言「强暴當鋤」，遂立正其罪。覆災田于諸暨，父老曰：「是正州貳罪者，必能持公道。」羣跪馬首，言：「前守單侯功德在民，没有餘思，今已立祠，獨治行未文于石，敢請。」君曰：「詵，適侯孫壻，恐疑涉私。」父老曰：「此不可以嫌疑廢，勒石示公，何謂私也？」辭不獲，爲立石。處士韓明善記之。郡吏需次者，富勢輒先補，貧或垂老未禄，拔久滯者十數輩。蕭山縣民吴姓塾客誣吴逆言，興大獄。行省檄浙東帥鎖南班公理於紹興，君與謀，一鞠而詐露，帥喜，辟爲浙東帥府掾。受從仕郎、池州路知事，未赴。值帥任南臺侍御史，舉爲臺掾，見知於大夫脱歡公。時治書張公孟功本費親戚，君不言，後張侍親歸，餞以戚禮，張始知，駭曰：「君重厚人也。」除承事郎、浙東憲司知事，得推恩父母，考贈都事，妣東平范氏贈宜人，繼母益都葛氏封宜人。調文林郎、淮東憲司知事，廉訪使定定公優貌之，多所晝諾。貧無馬，鎮南王以廄馬一遺司馬銜命以賜，辭不受。

既而遘疾，廉使日一至，親視醫藥。至正八年八月十四日卒。廉使哀臨，率官屬賻奠。鎮南王悼之，遣使致祭。諸孤以是年九月扶柩還金陵，以是月某日葬王家山先塋東，距君所生年元貞丙申季冬〔一〕，僅五十有三歲。娶曹南單氏，溧水州儒學教授諱禧之女，封宜人。子男七，長惟德，蔭補常州甘露務使；次惟賢，浙西憲使；次惟信，嘉興路常平倉官，先卒；次惟政，廣西帥府奏差；次惟仁；次惟義，廣東帥府奏差；次惟和。女三，長淑柔，適金溪縣主簿劉仲璋；次淑儀、淑慧，在室。孫男三，鑰、鉞、鏞；女一，定。

曩乙酉春，僕客京師，識君于邸舍，言論風節，肅人聽觀，近而親焉，則温乎其煦物也。及見臺諫諸賢評論時才，謂其操守清嚴，儒雅適用。嘗白號容齋，積經教子，皆彬彬成立。仕雖有年，帑無贏資，旋終于官。僕在姑孰，聞而傷懷。及來金陵，而君之墓掩矣，惟德等衰絰踵門，泣拜曰：「子知先君，曷有以昭之？」又託余鄉友李光德來懇。君既遇我厚，且與其諸子善，義不得辭，於是有狀。

【校勘記】

〔一〕「距」，原作「踞」，據四庫本、類鈔本改。

代朱城述母行狀

先妣宜人梁氏行狀

先妣宜人諱妙清，姓梁氏，世家歷陽，今爲當塗望族。元統元年，先考爲延平路經歷，先妣挈家以從。至元三年，先考陞福建都轉運司經歷，四年，卒于官，先妣獲喪以歸。自閩抵江東，湍磯之險激，山嶺之崎嶇，越數千里。炎暑濕蒸，以哀悼致疾，還家，勢寖危篤，遂至大故。惟是不肖孤城罪逆既深，荐罹凶毒，蒼黄呼號，顯揚無道，尚敢以不孝之辭，追擬先德。

按國制，宜人秩七品，先考官延平時封爵於父母，先妣同受命焉。先妣天性温厚，幼在室時，事親備孝道，奉饋省侍，勞而益虔。女德既周，宜配君子。惟我朱氏之先，代以科第顯，先考文行偉然，外祖梁公見而奇之，許以子妻。既婚，先妣謂曰：「朱氏世有名人，宜讀書自脩，庶可嗣遺光也。」先考善其言，勤苦務學，恒以不墜先業爲志。行臺舉廣西憲史，調廣東。考滿，受衢州路照磨，辟福建帥史。所至皆有能聲，先妣贊益爲多。及先妣之父母既没，其祖年高無恙，嘉先妣孝謹，不衰愛顧，特異於諸孫，乃命以田宅益其資奩，諸孫遵戒惟謹。先妣曰：「婦之從夫，隨其有無，足以自安，且多財者過之所由生。使其藉婦資而富，適以滋驕惰之志，非勉其成立之道也。」辭不獲，强受其半，族人稱其賢。自是劬躬起家，敦行節儉，敬以事上，慈以遇下，輯睦宗姻，閑於禮範。尤好施予，飢寒困阨者惻然周給之，假貸不責其償。媪有來見者，及去，遺貫珠百繩，急遣歸之，存心之厚類如此。

先妣惟城一男，訓以禮法，擇師爲教。女二，長適秦珏，次適童德賢。卒之日，七月甲辰也，壽五十三歲。距先考屬纊僅三閲月。嗚呼，悲痛甚矣！將以是年十月丙午合葬於東龍山吴村之原。先考既有誌以掩諸幽，先妣善行不可湮没。銜哀泣血，紀述其概，乞銘於立言君子云。

代嚴潛述父行狀

先考思永居士嚴公行狀

先考諱松，字茂叔，世爲溧水儒學。先祖諱日光，治周禮，領宋武舉亞薦。有子七人，先考居長，醇厚守禮法，讀書嚮學。年弱冠遭世變，先祖被兵傷頸，創劇瀕死，先考與其諸弟舁先祖往山谷間逃難，每求善藥療其創，先祖賴以不死。兵後，即藍溪舊居增構崇室，田園亦斥，視先産有加。敦尚儉朴，勤勞不懈。先祖妣丁氏先先祖卒，先考事繼母陳如親母。先祖既以壽考終，家累千指，先考治養有法。篤意教子孫，聘師家塾，類多名人。

歲己巳大饑，鄉民失業，先考倡謀於諸弟，合賑稻米五百石，餘所儲峙半直出售，全活者甚衆。時賑粟得補官，有司將具實以聞。先考曰：「凶年民饑，周之宜也。因是希進，豈樂施之本心乎？」事遂已。

平居不妄言動，性情坦夷，聲色玩好之具不蓄於家，澹然勢利。扁所居之堂曰「思永」，因號思永居士。召諸子訓曰：「吾平生居兄弟間，不敢虧骨肉之愛，用能保其終。汝等各盡恭友，思其所永，以篤天倫，庶可植户門於久遠也。」藍溪西有小阜，勢隆而平，山水拱秀，名曰觀城，距家百步，每杖屨遊其上，厖眉白髮，徜徉以娱。嘗曰：「生於斯遊，没於斯藏，不虧於身，不愧於心，吾願畢矣。」

元統甲戌十一月十一日，疾終於寢，年七十有二。臨終戒治喪用古禮，毋以金銀器物納棺中。先母陳氏有賢德，先卒。子男三人，長即濳，次曰濟，次曰汶。女一人，適史季章。孫男六人，鈞、鏞、鍔，餘未名。曾孫男一人，健。明年正月庚申葬於觀城，遵治命也。先考力善如是。其生也，既隱而不聞，其没也，必求令辭紀述其行，庶乎久而有傳。故抆淚奉狀如右。

哀辭

蘇長卿哀辭

士有負才藝而不得試者多矣，雖或一試莫能盡其用，卒困鬱以死，與不得試者同，亦君子所宜悼也。世之取仕者合道之宜，每不多見，無所挾則干徇求合，其病也汙；苟有挾則剛矯自用，其病也固。汙雖苟容於世，不足言。固則鮮爲世所容，戾道均乎爾。不執其固近乎道，而不大戾者猶愈於人也。

吾鄉蘇長卿不專於固，而義不苟容，以是莫能盡其用，勢亦宜哉。長卿名元善，在幼時，右丞完顔莊敏公、左丞暢文肅公愛重許予。業春秋，攻朱子理學，以勤苦爲甘，文辭尚奇古，貴勢知其才者争欲羅致出門下。海北辟憲史，聞命遂行，謂可少行吾志矣。乃正色直言，貪墨豪猾沮懾畏服。苟有益於民，將不計其禍福而爲之。風行列郡，皆曰：「蘇君不可犯也。」指斥無所隱避，因忤權貴，劾歸當塗。長卿少矜名節，一遭擯棄，深切悔恥，益務脩勵，自號曰静學，然猶俟用於世。以不善干徇，竟無與直其事者。疾，卒於家。

嗚呼！才藝若是，而於道不戾，且脩勵有加，使得展攄所藴，激揚於當時，以警在位，其有不能者哉？予哀其志之不就而早没也，爲辭以昭之，且直其事云。辭曰：

吁嗟乎長卿，竟何爲也！世冒倖而榮，義之虧也。佞僞之是行，孰堅其持也。劬躬以效誠，獨蹈其危也。不遐其壽，而不崇其名，何予命之奇也！嗚呼已矣，世孰能明之？辭以志予之悲也。

蔣茂仁哀辭

至元四年夏五月甲寅，蔣茂仁旅卒于武昌。踰旬而柩舟至，予往哭溪滸。父母兄弟極其慟，親戚朋友極其哀，過者歎曰：「觀此，則蔣君爲人可知。」

君諱榮親，言貌和易，力學强記，纘言成文。故總管誠齋魯侯譜琴操授徒，君精其調，以能琴名，鄉校聘之爲師。時予始習舉業，常與君見。君不以幼相易，見輒加敬。後六七年，北方學者歷亭郭克脩、東原劉彦琬、邢臺霍德良、大梁王士勉，皆寓當塗，君復以鄉校聘，與王子直、張彦聖同時爲師，暨予凡八人，交甚善。借論堂之東齋，蓄經史，講解辨難無廢日，聽者滿座。君每立説，奇卓出傳註意外，務壓衆論。所居題曰「竹樓」。嘗遊京師，有薦其才者，於是中書移檄湖廣行省，君往候銓除，見禮於親王，久乃歸覲。居無何，又挈挈而南，意在得禄以慰其親。未受命而疾作，遂至不起。惜其可以聞於時者不聞也。嗚呼！才而不壽，死而無子，皆可悲也。爲之哀辭，述其略焉。終不使其可聞者不聞也。辭曰：

雲夢之南兮，荆楚之陬，阻江漢兮艱以脩。洞庭波兮風飂飂，魂何爲兮於此留？天門深兮何極，旋飆輪兮南適。悵行子兮安在？黯芳草兮萋碧。魂氣兮流通，返故居兮江之東。薦芳醑兮殽黍豐，感哀誠兮無遠弗從。乘黄鶴兮别鸚鵡，尚徘徊兮南浦。望君來兮未來，目渺渺兮愁予。仕不遂兮年不昌，閭里咨嗟兮父母永傷。才行著名兮，其存者長。嗚呼哀哉兮，云何可忘？

壙志

代孫某述母壙志

先妣恭人姓吴氏，諱某，廬江人。其父諱岗，蕪湖縣尉，知先君謹厚，因以女歸焉。先妣性慧悟，温懿慈良，雖出自富家，不好侈靡，言行合禮法。事舅姑盡孝，敬躬蠶績，教子有方。先考以蔭補官，先妣内政雝肅，有警戒相成之道。先考同知歸州事，敕封恭人，品在第六。先考調集慶路府判，卒于官，先妣哀毁。至正六年八月十三日，終于當塗正寢，距先考之卒甫八閲月。嗚呼痛哉！

先妣生於至元□年九月二十三日，享年六十有九。子男二人。女三人，長適休寧主簿上元楊翾，次適當塗儒家李壽孫，次適吴思佐，先妣兄子已〔一〕。孫男三人，女一人。卜以閏十月，合葬某山先考之墓。用志其概，以永其藏焉。孤哀子某某謹志。

【校勘記】

〔一〕「已」，四庫本、類鈔本作「也」。

文

代嚴源祭父文

維至元二年歲次丙子，五月丙午朔十四日己未，孤哀子源等謹百拜哀告於顯考竹西先生嚴公之靈曰：

嗚呼哀哉，嗚呼痛哉！嗟我慈父，天奪之速。胡爲慶門，遘此凶毒？豈特諸孤之無怙，且失鄉邦之名宿。哀籲天而罔聞，念百身而奚贖？追昔平生，質粹如玉。德性謹厚，儀表莊肅。詩禮承訓，道腴澆沃。儉以起家，和以睦族。脩身勵操，令聞揚馥。往在幼年，世罹兵衂。我祖屯蹇，幾殞鋒鏃。竊負衛捍，孝心純篤。時既平康，藍溪卜築。幹蠱服勞，棟宇崇矗。蚤作夕休，勤渠自勖。産日殷阜，業日充足。祖用壽考，介兹百福。兄弟翕和，閨門雝穆。藹然義風，敦於骨肉。子姪既蕃，孫枝有續。無間彼此，均爲撫鞠。教以義方，延賓西塾。凶歲薦饑，賑民以穀。遠近嚮慕，遵其約束。冠帶儼雅，衆善弥蓄。寓懷經史，樂披簡軸。逮夫景漸逼於桑榆，日優游乎林谷。紹嚴瀨之遺光，蹈商顔之高躅。終深藏而不售，如至珍之韞匵。彼軒冕之勢榮，曾何心於奔逐。興託紋楸，手釀醽醁。觀東皋之稼，愛西村之竹。婆娑老境，杖屨往復。神閑氣平，澹然寡欲。其清風高節，足以輓狂瀾而振頽俗。信斯文之前脩，爲後生之所服。方仰砥柱，遽摧梁木。一疾弗瘳，彼蒼何酷！使夫聞訃音者〔一〕，莫不心傷而頞蹙。況父子之至親，痛罔極而誰告？嗚呼哀哉！悲風起兮愁雲飛，神之游兮何所依？嗟人命兮露易晞，身雖没兮名則輝。壽七旬兮古所稀，令德著兮難湮微。銘旌揭兮垂素幃，心慘裂兮增歔欷。嗟永訣兮不忍違，靈輀去兮何時歸？嗚呼哀哉，嗚呼痛哉！尚享！

【校勘記】

〔一〕「訃音」，原作「仆音」，類鈔本同，據四庫本改。

代滿讓祭父文

維至正六年歲次丙戌，四月己酉朔二十九日丁丑，孤子滿讓暨闔家孝眷等謹以特牲時羞之奠，銜哀祭告于先考朝列大夫、曹州尹、騎都尉、河東郡伯滿公之靈曰：

嗚呼！天厚善人，既錫多福。乃不憖遺，又何慘酷！遽然永別，俾我荼毒。雖九十之脩齡，然人子之心猶以爲未足。嗚呼已矣，何嗟及矣。音容漸遠，憂傷曷已？載惟義方爲教，淑後有素。家由是興，資由是裕。敦朴簡直，昭有令譽。朝廷推恩，封命薦隆。錫爵嘉祥，陞秩河東。詔旨優老，襲衣示崇。榮耀有加，曠典幸逢。方茲暮境，得遂禄養。千里南居，姑孰溪上。年高德卲，衆心慕嚮。鬒髩雖皤，顔色如壯。納江山於軒榻，招煙霏於几杖。具以甘滋，酌以佳釀。庶心暢而身安，冀百年而無恙。夫何遘疾，曾不逾時。子孫羣侍，是醫是祈。功效杳然，終莫能爲。讓也在官，王事驅馳。驚聞哀訃，倍道而歸。不及一見，涕泗漣洏。嗚呼，益可痛矣！將以仲夏上旬，柩舟北還。離此寓館，卜葬家山。父子至親，死生異路，未酬罔極之恩，徒抱終天之恨。跽而陳辭，荒迷不次，靈其昭格，鑒此孝誠。嗚嗚呼哀哉！尚享！

惜逝文 并序

溧城南餘十里有藍溪，當溪流縈折西趨，而崇構連矗者，儒家嚴氏之居也。曩以禮致余處賓師之位，識其先輩兄弟五人，爲忘年交。皆淳厖雅肅，有古君子風。歲時宴聚，衣冠偉博，鬚鬢皓蒼，子孫環侍，舉觴稱壽，言笑藹然，閭黨視爲盛事。既而茂叔君卒，踰二載芳叔君卒，余歸當塗，後數年，國用、君壽二君又卒。嗚呼！歲月幾何，逝者如斯，能無惕然疚懷邪？

君壽之卒也，其冢嗣子長遣從子鈇以書來訃，且曰：「先人與子相知素深，願徵一言用揚幽光，幸勿辭。」予嘗聞君壽之考業周禮，領武舉薦，是生君兄弟七人，余識其五爾。當宋季，兵傷父頸，創劇迫死，君尚幼，從諸兄侍粥藥，卒致痊寧，蓋其孝友出自天性。母早世，事繼母以禮。居藍溪，地當舟車之聚，遠近至者慕其尚義，請謁交于門，樽俎接□〔一〕，周盡禮意。己巳歲大饑，賑穀數百石，仍發餘積，損直出售，民賴不餒者衆。例得補官，君曰：「周急，義也。寧爲徼寵耶？」闢室向明，蒔花蓄書，顔以「直齋」。子孫蕃盛，教有禮法，往往明經、能文詞。年漸高，晏居息慮，澹與世忘。壽至七十有七，以至正乙酉十月辛未屬纊于寢。十一月丁未葬思鶴鄉之郭塘。惟君厚德美行，雖弗及顯榮當世，然肥遯充裕，既富且康，福澤遺其嗣人。古稱仁者必有後，將天以顯榮俟其子孫哉？既序其事，而文之曰：

海飆兮揚濤，何旭旦兮天高。泳文教兮息武韜，蔭蒼橋兮嬉娱以遨。筌清漣兮畬火，久隱淪兮江之左。君之田兮有秋，撫疲羸兮德我。碧墅兮雲椽，瓊芳兮春鮮。天之衢兮手可援，期不至兮告之以不前。歙豳兮伐鼓，飛觴兮屢舞。遽死别兮殊塗，耿予懷兮淒楚。念直道兮匪阿，德音昭兮弗磨。寒風嫋嫋兮溪水波，月色皎夜兮傷如之何！

【校勘記】

〔一〕「接□」，四庫本作「接待」，類鈔本作「接歡」。

陶學士先生文集卷之二十

雜文

太平路總管胡侯遺愛碣

今朝廷嚴守令之選，守繫千里休戚，令所仰式，其任愈重。甚哉，守之良未易得也。循吏莫盛於西漢，然卓卓可稱道者僅數人。東京已爲不及，況時世屢降，政俗益弊，豈弟之風不振，禮義之教不行。或至嚴行刻法，威服郡縣，豈所謂民之父母乎？

唯總管胡侯出守太平，其治以惠愛爲本。屬縣有三，依江接壤，民性晏質。侯撫字不煩其令，無叫囂隳突之譁，老幼恬熙。農田高者連山阜之燥瘠，下者割江湖之沮洳，俾崇防浚瀦，歲比有秋。闢繁昌沙田一千二百餘畝。天門書院租，衆緣爲蠹，宫宇摧撓，絃誦響絶。侯徵積逋，合錢四萬緡，貯官帑。新建禮殿，招致弟子員。丹陽、采石兩書院，歲無常入，倡率營繕，宿廢具舉。以天門贏資一萬五千緡，買田給采石教養。

先是，官廐遷郡泮東，馬死相繼，薰穢學宫。廐故基據於强右，侯復其基而廐焉，馬不連死，役户德之。每春首謁火，命運水入市，淮城郭不災。甲申春夏不雨，閭閻艱糴，淮民流徙入境，穀遂穹價。遣使馳驛白行省，發官米一萬石，損直出售，全活者衆。甘雨尋降。常平素無倉儲，集缺官俸米八百三十餘石以實之。養濟院燬其半，割俸勸民，構屋餘三十間，兼旬告成。黄池舊爲貨區，税課繁重，近年井邑荒落，課額頓虧，官府役富室佐征官分償，征官坐罰，至蕩産不給。侯建議上聞，歲得減錢一萬五千緡。郡賦綿七千斤、絲一萬斤、米十四萬石，躬冒寒炎，勤視其輸，權量合律。造姑溪浮梁二，華壯堅厚。又造官運船，連艘北上。朔望戾庠序，諦聽講説，拔儒流爲郡史者數輩，郡史擢陞憲史又數輩。部使者嘉其績，薦之，御史又薦之。覆實，聞中臺。自侯莅職，敷政寬平，芟鋤苛暴，德風扇揚，利澤周浹，强禦嚮化，柔懦有立。既滿代，行道咨嗟，羣來謁文勒石。

按，侯名國安，字仁卿，世家雲州。由遼陽行省照磨、少府監經歷歷集慶路都漕運司、上都留守司判官，遷太府監丞、京畿漕運副使，陞中大夫、太平路總管。慈仁坦直，怨怒不宿于心。急於好善，緩於疾惡。觀其所爲，殆守之良者矣。宜紀遺愛，用昭不忘。其辭曰：

秦革封建爲郡邑，列郡乃置二千石。漢承舊制仍爵秩，往往循吏不失職。誰謂此風遠莫覿，偉兹胡侯揚世德。惠簡遺勳垂竹帛，前後名卿並輝赫。兩轄來臨江上國，江月照人光愈白。公署閉門晝岑寂，民恥喧訐趨淳質。春酣桑柘緑雲濕，牛背童謡送斜日。炊煙碧連榆柳色，人家飯飽事耕織。侯無掊克惜民力，又無水旱戕稼穡。報祈田祖牲告腯，里社酒香喧鼓笛。試言此樂自誰得，豈不知皆侯所錫？侯於庶政罔不悉，求之列郡十無一。我民思慕在胸臆，善爲邦者此宜式。

秋溪侑酌文 并引

金華王子楚蔭補杭州軍需庫官，歷平江倉使，調太平税課副使。秩滿言别，于時秋也，酌餞姑溪，文以侑之：

寶婺之精，縠溪之靈。秀儲芝砌，美紹蘭亭。觀其麟角瑞世之姿，龍劍干霄之氣。匱璞玉而奇逢，撫南金而弗貴。豁神輝於智囊，雋芳膏於經笥。蓋已有之。原夫黼黻前朝，圭冕東魯。光流奕葉之澤，翠蓊靈椿之府。振教鐸於鴞林，擁屏車於澣土。棣華鼎茂，藻思咸古。聲摩薛鳳，才參賈虎。訪遥派於濂伊，聆微言於金許。其來遠矣。彼或文聯珠樹之奇，質擢瑶林之粹。冠傑譽以過情，騁清談而誤世。雖其同宗，吾無取爾。

若乃拂冠，塵滌床笏。試仕慷慨，練志蒼兀。凝楮素之薇馨，挺梅蕤於蕪没。駕萬里之長雲，邁千金之駿骨。泚毫月露之天，飛棹湖山之窟。於是庫盛軍需，倉豐國儲。雄彼耀武，慰爾含哺。佺偬自釋，從容以娱。弔禾黍於錢塘，感麋鹿於姑蘇。寄雪鴻之遺跡，懷霜雕之遠圖。仍被堂銓，來操利權。征商效能，盡職推賢。川運連檣，陸輦駢肩。眩廛閭之列肆，見地上之流錢。窗雨牙籌，江飆驛船。侈賈貨之繁甚，湛予襟之灑然。佩芳楚茝，唾粲淮蠙。話三生於石上，戲萬象於樽前。舞鸞鶴乎琴榻，組錦繡乎詩箋。覽謝山之泉壑，挹采石之風煙。悲凌歊之宋武，訪騎鯨之謫仙。爰終美考，復俟新遷。登豹關于尺五，擊鵬水之三千。

於時也，老雁横雲，殘蟬泣樹。桂馥蒼宇，葉染紅露。歸舟發兮溪水寒，别酒盡兮亭草暮。然後緑萱動色，綵服承歡。徑菊免於就荒，林竹報乎平安。指童釣其如昨，温朋盟於久寒。念故山之離曠，聊暇日以盤桓。恐佳期之弗遠，展步武於金鑾。

謙山頌 玄妙主者陶姓

盛德莫過於謙，天地鬼神皆與之，而況於人乎？山體高大，屈於地中，有卑抑之意。卦以謙言，主乎山也。道家者流，觀易之象，號曰謙山，蓋惡滿戒盈，方外亦然。充積盛德，振其玄教，豈矜伐者能之？虚心以求道，降己以受益。能如地中之山，斯不失其爲謙矣。頌曰：

山之高兮峥嶸，地雖卑兮上行。至高抑於至卑，皇羲視卦以謙名。老氏之徒，異教同情。觀艮體篤實而居下，其道以之而光明。昔者膝行崆峒，受道廣成。長跪進履，黄石傳兵。皆道家之所尚，以能謙而爲亨。雖有不居，雖充弗盈。處以退讓，守以孚誠。沖焉不矜，澹焉無營。猶山之静重而無所變更。以清浄爲宗，以窈冥爲精。存身乎福庭，游神乎太清。去驕息争，心寧氣平。庶幾可以長生。

答天門山長馬玉相啓

伏以天門廣開，見兹天馬。雲箋遥寄，得之雲鴻。拜命未遑，撫躬深感。自幸鼎鐺之耳，久聞金玉之相。價重浙鄉，薦崇科牓。二十八宿，名齊氏土於蒼龍；三百五篇，義冠文林之繡虎。荆山獻璞，方期識者之逢；滄海遺珠，遽起主司之歎。九重天遠，五色日迷。誰能掩寶劍之精，遂得脱囊錐之穎？雲霄展翼，雨露沾身。檄出紫薇垣，新膺儒職堂。施絳紗帳，鬱有祖風。芹藻藹其騰芳，江山喜而動色。泰山北斗，士望既屬於昌黎；霽月光風，胸次無慚於茂叔。洪鍾待扣，遠笈争趨。循循然善誘人，著前脩之偉範；斷斷兮無他技，諒賤子之何能。方抱屯邅，特承謙聘。衣涴長安之塵土，行役無聊；庭荒栗里之菊松，歸來有賦。未得手抛于藥餌，曾煩齒及於郡庠。頃因賢守之下招，亦以病軀而懇謝。此皆誠悃，非敢託辭。弗窺董仲舒之園，不如學也；忽見蘧伯玉之使，坐而問焉。筆以黄白之詞，篚厥玄纁之幣。禮雖過厚，受則良難。兼金既卻於齊，全璧復歸於趙。堂成白鹿，欣聞教雨之施；宅近青山，猥戀耕雲之樂。事慚有負，罪恕不恭。

袁氏義學請師書

某端肅再拜存存先生執事：

竊聞之，所貴乎大賢君子者，慨然以善世明教爲己任，不以道之顯晦、時之取舍，或貳其心。篤信固守，而不惑用，能師表一時，是果何繇哉？以其求聖人之心於千載之上，明聖人之道於千載之下，口誦而躬行之，充於己者既盛，則及於物者應之而不窮矣。是以慕學之士仰其聲實，願爲依皈，被其涵濡薰陶之化，冀可入聖人之户庭堂奥。蓋賢者恒樂於育才，學者恒願於得師。其勢相求，而難乎相遇。幸有遇焉，則教澤流而德業成。後之人考論師友源淵之自，以爲美談，不其偉哉！今執事宏才碩望，著于江左，父子兄弟，簪紳蟬聯。言論風旨，遠邇矜式。當斯文寥寂之後，安於不遇，獨能振人才於不振，是豈以顯晦取舍貳乎其心哉？所謂求聖人之心、明聖人之道者，其在執事之門矣。

比者賤弟兄建義塾於横望山下，闢屋數楹，招徠學子，子孫輩因得廣其見聞。然而研經聲道，儀範雅肅，使人北面而心服者，舍執事復誰望歟？况横望，執事過化之地也，去之愈久而思之愈深。執事其忍棄之耶？吾子孫不肖，無能仰承嚴誨。

或者簦笈響應，異才輩出，不惟賢者所學傳且不朽，而賤兄弟亦與有榮焉。使執事無善世明教之心則已，苟有是心，則區區之言固當聽而不拒也。謹遣舍姪晉奉書幣於左右。

新春天氣漸和，拱俟文從一出，以臻溪山之光。幸毋我辭焉。某再拜。

采石書院聘訓導書

某頓首再拜叔良訓導執事：

蓋聞書院之制，昉自石鼓、嶽麓、白鹿、淮海，皆鴻儒碩德講道明教之地，去華而就實，敦本而抑末，不求世之聞知。故其爲學，極天人之奧，造性命之原。爵祿不能累其心，勢利不能易其操。世所謂四大書院者，是也。厥後書院遍天下，日增月益，星羅而鱗次，多尚虚名，而實學則荒矣。

采石地據長江之上，山川之澄秀，民物之富繁，宜有善教，以厚習俗，使收放心，不至懈怠，此書院之所由立也。昔人有言曰：「古之學者必有師，所以傳道授業而解惑也。」又曰：「師道立則善人多。」今執事派出四明，學傳十世，章句訓詁之明，義理文詞之懿，爲師蓋有餘裕。況兹境也，靈淑之氣鍾美於人，安知不有忠信之質？亦在教以成之爾。審如是，則髣髴四書院之盛，求其實而不求其名，先王遺澤遂將溢於民之耳目，諒亦執事之所樂爲也。惟幸惠然來思，毋爲辭遜，當率諸生祇迓道左。先此奉聞，伏冀照察，不具備。

與蔣伯威書

每憶姑溪酌別，轉首扁舟與江流俱遠矣。不意太夫人奄逝，時方擾攘，道阻無聞，竟失匍匐往弔之義，罪也。仲秋在武林，遇四明之士輒詢近候。東渡浙江，與柯儼思、樓季爾同舟，又知爲義塾師，竊深欣喜。

賤迹九月初來高節書院，空山老屋，蕪穢凄涼。新穀既没，客計茫然。姑寄僧舍，聊取吾易，明消息，窮神變，自有吾樂耳。似聞兄在集慶時，交結數輩，寄以心腹，憧憧往來，銜杯握手，較智略，騁謀説。或酒酣氣張，鼓舞號謼，乍喜乍怒，奇怪迭出。區區昔者未見兄有此失，吾疑傳之者過也。或自別後，所與游者不拘禮法〔一〕，以談俠相高，以功名自許，故不暇計利害。此皆血氣使然，似若涵養未至，思慮未詳，非所以隆盛德也。想居制以來，默省向時，必有悟而自悔者，則日新之益，奚可計哉？

餘姚判官傅仲常，在兄爲丁亥同牓，在僕爲戊子同貢，居官一載，民懷其德，赴義海上，没于王事，聞者嗟傷。有司聞其事於帥閫，例得對品承襲。仲常無子，其弟志尹蓋可勝此任者。兄宜發揚于當道，仍與沙君彦博共成其美，不特慰傅君之忠魂，亦可見死生之交情也。兄平日以骨鯁聞于人，亦必喜人之骨鯁，故云耳。

【校勘記】

〔一〕「游」，原作「浙」，據四庫本、類鈔本改。

答楊彦常書

曩在京師，接談笑於觴豆間，酒酣倜儻，意氣飛動，信其爲詞場之人傑也。庚辰印卷，常瞻承於衆中，卒卒數語，情不能竟。别來幾載，老將冉冉，慨想金石之音、鸞鵠之姿，則固隆隆耳根、隱隱夢中也。

伏惟掌教慈湖，攝席杜洲，崇正道而闢異言，動蕩海隅，使考亭理性之學漸被含生，何其盛哉？

區區承乏高節，僻在深山窮谷，非人所居。孑然孤蹤，借榻江館，日課童子訓詁，聊以自適。雖相去寓次不遠，竟不能相與周旋，踟蹰悵望，徒切于懷耳。近袁生廷器來，得所惠書，其言詳悉，誦玩再四，宛見顔色於辭意之表，慰契闊矣。夫以偉才達識，使居金馬承明，可以補益時用，而猶棲遲冷職。天固以此養賢，使之端凝其德性，韜斂其英風，豐乎内，不暴乎外，積之深厚，則其發也光大無窮，必將兆於斯也。

便中有可示教，幸毋吝。

高節書院紀略

高節書院奉子陵嚴先生之祀，在餘姚州東南十五里，重山環合，巒飛嶂躍，邃林豐草，蒼翠炫目。書院乘山腰，隨地勢，前低後崇，棟宇雖不高大，葺理嚴潔。門屋四楹，中建大成殿，兩翼短廡。殿後子陵祠，褏衣冠像。祠東西室列秩鄉賢。祠下左右爲四齋，講堂四楹居祠後。漢書逸民傳稱先生會稽餘姚人，耕於富春，釣於嚴瀨，年八十終於家。其墓在書院右。蓋書院因墓而立，以祀先生也。登墓道上東望，山凹處如吻仰張。天晴日朗，凹外隱隱見海。地近鹽場，鄰書院居者多亭竈户，其習彊暴。自余至，稍有數家相謂曰：「陶山長，善人君子也。」時來謁見，亦頗慕化。余以職在長教奉祠，欲即書院齋居訓徒。士類咸曰：「前此教官無居是者，嘗有山長執僻，違衆論，遂寓此。一夕遇盜，所受省檄、行篋諸物蕩掠一空，僅以身免，覆轍可鑒。又況山谷荒寂，動人悽愴也哉。」時老儒趙君璋與圓智寺長老乘鐵舟善勸掃一室，留余居焉。法性寺住持悅白雲穎慧能文，每訪余，聽談易，達旦忘寐，留戀不能去。間有習陸學者，出辭邪怪，妄議先儒，余必據理辨折，或正色斥去，旋有自悔其非者。未幾，浙東西學子接踵至門，願執經受業。僧室隘，不能容，遷姚江北官舍，幽敞可棲，徒黨日集。每旦望向晨肩輿赴書院，率士子拜謁，具膳而退。春秋上丁前期詣祠下，及行事，薦牲勺醴，獻奠清肅，頒胙有儀，享士醉飽，衆謂豐腆于昔。

余每往書院，則出郭循田間小路，行十里許，石梁跨溪水，溪陰有絲風亭遺址，後人以先生嘗釣，故名「絲風」爾。溪陰有石砌路，闊三尺，緣山趾而脩曲，過三里，當路有石基，方可八丈，莓蘚斑斑，昔人建亭，摘「雲山蒼蒼」之歌名「蒼雲亭」，亭廢久矣。又二里，石路盡，遂登山，由土徑崎嶇盤折抵書院。陰雨徑輒泥淖，或阻潦水，行者告病。時新用直學潘國寶以錢五百緡脩贄禮，余拒不受。乃託士夫邀余宴其家，又不往。潘生年少好學，與其二弟皆來從游，因以土徑弗便，諷其甃道。

潘生慨然出錢買石，隆壤於徑而甃之，下接石路，上徹院門。環舍茂樹，尤多楊梅。學産歲利，供朔望丁祀，教官得禄强半。

余始視事，當癸巳九月二日。所與交者，前守郭彦達、省掾李元中、判官程邦民、學正劉中可，及土人儒仕者劉彦質、鄭學可、李文衍、楊季常暨其弟元度、趙維翰、宋無逸。維翰，君璋子也。又有文士鄭元秉、趙養直、帥史王國臣、漕史高仲寶，方外則四明山宫主茅石田，餘所識不悉載。

甲午仲冬，以公委去職，書籍行李寄州吏吴仲祥家，臘月望後至當塗。

書陰符經後

世傳廣成子隱居崆峒，黄帝訪道，授陰符經。陰符者，寂然契合之謂也。首之以觀天之道者體也，執天之行者用也，經之綱也。所謂五賊三盜，天人殺機，生死恩害，陰陽神鬼者，著其目也。理雖玄而不誕舉，切於身心，推以經綸，天下無施不可，後世言治道清浄者意同乎此。

唐永徽間，高宗命褚遂良書百餘卷，蓋必知其理也。知而不用，猶不知也。且其惑於嬖邪，亂倫蔑禮，召牝晨之禍，胡不一警其心於斯以行清浄之治乎？而徒好其書翰之美。遂良宜乘其所好，導以經之旨意，格正其非，庶或消亂於未形，亦納約自牖之意也。其後叩頭納笏、備瀝忠懇，幾陷於死，君子議其昧夫陰陽消長之漸。然高宗爲蔽益深，卒致非常之變，革唐爲周，毒流四海。經有曰：「火生於木，禍發必克；奸生於國，時動必潰。」高宗有焉。嗚呼！是可以爲監矣。

書彭伯誠所著字説後

余來姚江，與趙養直居相近，見輒談古今文章。一日，袖示文一簡，乃余友彭伯誠之作也。養直族人名學禮字克誠，在池陽識彭君，彭作字説貽其歸焉。初至順間，伯誠從父至太平，年未冠，已精詣性理，摛辭美贍。與余同舍，余長一歲，伯誠兄視之，相好也。其歸德興，以遠罕見，每秋闈相遇，握手論心，歡洽累日。蓋二十四年之交矣。去年寇掠德興，鋒燹慘毒，有懷良朋，寤寐不置。乃者秋闈，君弗與貢，吾方憂之，而養直乃示其文，展視，則伯誠邇日手翰，真若親其面顔，喜不能已。君之論禮也，儀文森煥，度數整嚴，博而知要者也。

夫天尊地卑，禮有定體，而天地之道，至誠無息。誠其禮之本歟？聖人爲天下至誠，故動容周旋中禮，天地、聖人莫非禮也，禮制由興，莫非誠也。禮之大用，散具事物，君子真知不迷，實踐不違，以其能誠爾。人或無誠，則心亡其敬，而禮無以立；事乖其序，而禮無以行。必忠信爲主，由中及外，不雜虛妄，約其身於規矩準繩，使出入有門，立乎正位，鉅細弗遺。經權有當，斯無適而非禮，則學禮貴乎能誠，審矣。

余雖不識克誠，其見與於彭君，余獨不嘉之哉？觀彭君之文，若游天府，而玉璧球貝，刀鼗弓矢，凡古今寶器圖訓，極天下瑰異之物，靡不在目，故樂書其後，聊以志余之喜也。

書李育之行卷後

至元己卯秋，真定李育之來爲姑孰郡曹，奉二親至自錢塘，年皆七十餘，戴白壽康，僕嘗爲堂下之拜。育之禄雖微，能以色養。出入公庭，剛介嚴正，人所憚服。辛巳秋，調宛陵，江東憲官嘉其孝廉，擢陞憲史於湖北，自是不相見者累年。聞其繼遭大故，駭然動情。今年夏秋之交，遇于金陵，則疏經毁瘠，若不勝憂者。謂曰：「父母之喪不當出，今吾不得已也。曩先人没，悉力營資，歸葬藁城，而母老，居灄上，不獲遂廬墓之願，因南旋而省養。既又不幸失恃，號籲無可與謀，權厝淺土，將圖同封先塋，則空乏不能致遠。朋友通財，往以急告，吾所以爲斯行也。」

余聽其言，不惟駭然而動情，遂將慘然而痛心矣。使育之曩時在職翕翕以取容，孳孳以黷貨，如庸吏之習，則今送終大事，可頤指而集。唯其執理蹈善，廉介弗汙，不貽父母羞辱，則所以爲親之榮者多矣。雖旅櫬數千里外，寧勞勩間闋而無所怨悔也。昔海虞令何子平以不得葬親而不聽葺屋，育之貧苦，殆與之同。若夫輕財重義如郭元振、范堯夫者，豈可謂空一世而無其人乎？

余既痛育之重罹荼毒，而又傷余不能有以周之。聊於其行，將以觀斯世有輕財重義、能繼古人者，果爲誰也？

書趙道昭擬挽自序後

至順初，趙君道昭來自中山，姑孰士夫延置泮北詠歸亭，劇談星緯。余年未冠，與下坐，見其貌偉美髯，動止周旋合儒家矩度，與世之挾小數游食江湖者不類。别十六七載，今年春，便道過余，纔四十七歲，鬢鬢皓白，神采劬瘁，與昔絶殊，余幾不辨其爲道昭也。暮秋，見寄自述挽序。嗟夫，道昭可謂達識也已！

生死之道，猶晝之必夜，雖遲速異期，終歸於盡。窮古歷今，未有超然永存者也。道昭善推禍福脩短，而於世人灼然先見，況切乎己者哉？彼庸昧小夫，貪生惡死，不能受命，固無足道。而名爲士君子者，垂老猶冀富貴，咨詢術者，縷縷不能休。聞及災咎，則咈然而怒，邑鬱弗能堪，以至終不悟而死也。道昭乃獨安常以待，知死爲必有，可謂達識也已。雖然，死生稟於初，皆天也，言乎已定者，其分莫能移；言乎未定者，則在人之理，可以回天之數。鬼神予奪，恒因善慝，臨時寄其微權。昔相者謂裴度餓文入口，卒登宰輔之貴；竇禹鈞當，無子而夭，晚見五桂之榮。惟德動天，在乎人而已矣。若夫長沙賦服，彭澤擬挽，未可遽以自期也。

余亦知命者也。書此以慰道昭之心，庶以解其憂思哉！

陶安集補遺

陶安集補遺

詩

古詩

贈劉汝弼赴京

珊瑚生海底，淵深邈難致。人世曾幾株，遂作希有視。鄱陽古大邑，文物淵藪萃。干戈一紀餘，衣冠日陵替。際此維新朝，四方延俊乂。劉君孤鳳凰，文彩無與儷。才難古所歎，寥寥不三二。一夔作大章，雖少已足貴。選堂執權衡，詞藻賞瑰異。爵禄被光華，名節勤砥礪。孝親在顯揚，報國勖忠義。薦才吾所職，至珍得非易。掇此芝蘭芳，移栽上林地。南風天宇高，目送青雲驥。

明劉肩仔雅頌正音卷一，明洪武刻本

積善堂歌 贈劉琮玉

積氣成形大爲天，土積而阜泉積川。吉人作善功亦然，散聚修廣基本堅。金刀玉卯世有賢，廬陵衣冠家誦絃。尚書履聲應列纏，鳳毛文采分蟬娟。安齋播種方寸田，處世重義輕貨錢。貧交南游乏腰纏，饋以豐貨給車船。白檀出袖覺僞先，我眼如月秋空懸。壽翁食報享天年，大椿翠映南華仙。芝英相招山色妍，攜家來此番江堧。積善有堂居數椽，黄歧遺金造幽玄。先生光紹祖考傳，一堂生意春無邊。圖史環坐精究研，夜爇太乙青藜烟。萬象勤盪銀粉牋，琳琅金薤清音宣。仰觀鳶飛俯魚淵，默契道妙功用全。君臣草木叢几筵，笥有金翼青龍編。菖蒲雨細洒蘇磚，白兔擣藥窺窗前。霜橘香生碧井泉，杏花透簾紅錦鮮。叩門拜德疾癘痊，苞苴拒絶喜溢顴。庭蘭茁芽玉樹聯，慶門降祥天所延。善源衍派歲月縣，雲礽百世承青氈。

鄱陽縣志卷十九，清同治十年刻本

五言律詩

鄱江

玉湖寒閉蟄，雙港曲藏舟。草暗行蹊掩，瓴空治竈留。漁郎驚漏網，農業忍亡牛。霜葉垂磯上，龍祠廢幾秋。

江西通志卷八，明嘉靖刻本

淵明祠

昨自荆蠻來，扁舟泊彭澤。我思靖節翁，名利輕一葉。蚤賦歸來篇，秋菊有佳色。悠悠千載間，高風景先哲。

九江府志卷四十九，清同治十三年刻本

七言律詩

韓山

曉天霜落晚天風，陵谷陰寒樹色空。樵徑斧斤來雜沓，烏巢牖户覆玲瓏。千巖今古包神氣，萬物生成託化工。洞口荒苔人跡少，早梅獨立小橋東。

饒州府志卷二，清同治十一年刻本

澹津湖

瀛海飛來萬斛濤，城心瀲灩漲芳皋。鰲擎大地呈雙髆，兔走明河見一毫。天女織綃紅菡萏，波神釀酒緑葡萄。幾回雲母屏閒過，立焉涼生白苧袍。

饒州府志卷二十九，清同治十一年刻本

初夏行部景德鎮

春歸可以省斯民，駐節徘徊昌水濱。欲使窮簷熙緑野，莫將芳草趁朱輪。花深閭巷追呼少，雨足郊畦種植新。須識至尊先本治，屢勤耕織降綵綸。

浮梁縣志卷二十一，清道光三年刻、道光十二年增補本

文

題劉潤芳詩集

乙巳嘉平之月，余將歸金陵，告别劉君潤芳。君留坐積善堂，出平日所賦詩，誦之縷縷而忘倦，殆猶觀風於武庫，瑰偉精異之物，炫目奪神。惜乎去速，不得徧閲而雋其芳、窺其奥。欣喜之餘，而悵怏無已，莫能盡此懷也。因題其稿曰清華吟集，「清」以言其意，「華」以嘉其文焉。覽者有得於斯，然後知予言之不誣也。

鄱陽縣志卷十八，清同治十年刻本

桃源書院記

古者先王之制，天子之都以及諸侯之國則有學，而黨庠術序則隨所在之鄉而酌

立焉。名雖不同，而所以爲教者，一而已矣。是以人生八歲，自王公以下之子弟，入于小學，以習夫小節。至於十五，則天子之元子與衆子，及公卿大夫元士之適子，入於大學，以修其大道。而凡民間之俊秀，亦得與王公之子弟由鄉學以次升之，至於國學，以需國用。其不能者，則歸之于農。此士與農之所由分也。而庠序國學之中，爲之灑掃、應對、進退之節，詩書、六藝、詠歌、習射之文，以養其心身；爲之鄉飲、洗爵之儀，祭〔一〕、升降、尊賢、養老之禮，以致其儼恪。而總以率其日用倫常之行，究其修齊治平之道，去其非慢邪僻之習，以復其固有之德、本然之良焉。此唐、虞、三代所以治天下而建學設教，化民成俗，立之大法也。降自後世，祖龍不務學，以權術御天下，而蒙遂廢。漢、唐以來，或廢或興。即有爲師爲弟子云者，亦不過爲章句、訓詁、詩賦、藝文之末。而聖人所以立教之意、爲學之方，則茫不識。其所謂人才之弗克成就、風俗之弗克醇雅，其不以此乎？

桃源之地，舊有書院，祀夫子像于其中，爲宋應求王先生説講學之所。其所以爲教，一本聖人所以立教之意，與夫爲之之方，蓋實進乎小學，而上等於大學者也。歲月既久，主教無人，書院遂壞不治。至於元至正間張徵君文海憫焉，爲請於官而復建之。今天子即位，張君就徵，書院又毁。釋氏聞天鼓素以文學得交于張君，既以福應經堂爲書院，起先生臧君愉表爲之師，以教授鄉里之秀良子弟，而上繼應求先生之職。桃源之學者，因多良士〔二〕，而臧君，鄞之隱君子，學行足以師表人羣者也。以桃源之良士，且得學行著聞者爲之師，而啓迪於其間，有不易頑爲秀，化民成俗，人才成於下，以資國家之用者哉？於是桃源諸父老，莫不扶杖而往，睪然神望，願須臾少待，以觀德教之成，而又憂夫後之人失是意而或不能爲之繼也，爲書以請，曰：「必有述，以示後。」因記之而置諸壁。洪武某年月日記。

清臧麟炳桃源鄉志卷六，民國油印本

【校勘記】

〔一〕「祭」，上或下疑有脱字。

〔二〕「因」，疑作「固」。

豫國俞公神道碑

陶安翰林學士奉敕撰，節首尾。

吴元年四月九日，中書平章政事俞公歸自軍中。上幸其第，見其病革，顧曰：「平章知余來問疾乎？」公不能語，遂揮淚而出。明日，薨。即車駕復臨，哭之哀慟。從官衛士莫能仰視。還宫，親紀平章國初歸義事，諭中書右相國李善長命臣安脩文，勒石神道。臣忝侍從，舊知渡江以後事，不敢以陋辭。

謹按，俞公諱通海，字碧泉，其先濠州鍾離人。父廷玉，遷巢縣，業農。天下亂，彭祖以殀惑衆，江、淮人多應之。公父子從其部屬李普勝爲軍。彭事解，泊舟巢湖，與妖黨左君弼有隙，戰不勝，遭其困。聞上開閫和陽，稟命于父，遣使間道來曰：「通海父子與諸將將率舟師來歸，强敵阻道，未遂誠款，乞發兵爲援。」上大喜，謂幕官李善長曰：「吾率步騎駐和陽，邇江東，今士馬乏糧，即欲渡江，乏舟楫，通海父子以舟師全付，良應我機。」乙未五月，親帥兵至巢湖，諸將迎上登舟，謀出東口，因大水，舟至桐城閘，已脱敵險。後俱節略。屢建奇功，擢管軍總管。丙申，平陳也先，定臺城，拔鎮江，陞秦淮翼元帥。丁酉，平常州，授行樞密院判官，尋經略東洞庭山，艤舟施口，與僞左丞吕珍血戰，流矢中右目，失明，鼻且衂。致上軫念，親爲祈福。戊戌，討江陰石牌海寇，又復池州，陞僉書行樞密院事。庚子，破僞漢主于龍灣，陞同知樞密院事。癸卯，滅陳友諒。甲辰，改立中書省，進公中書平章政事。夏，廬州平，立江淮行省，命公往攝省事。郊野之民，慕如慈父。乙巳，從徐相國平安豐，克湖州，太倉、崑山、崇明、嘉定、松江皆聞風降。大軍進圍姑蘇，公提兵經桃花塢蕩其營，中流矢，創劇而歸，遂以不起，春秋三十有八。夫人於氏。四月既望，賜葬于金陵城南聚寶山之原，御製祭文，奠于墓道，又哭之慟，贈光禄大夫，追封豫國公。

臣安既序次其事而論之曰：世運草昧，據土地者相望混淆，其有炳然真識，擇主依歸，用其智武，弼成基業，豈偶然哉？若俞公者，先事知幾，遂其得君之志，舉舟楫之利，佐國征伐，所向成功，而又沉幾簡重，出言合宜，勞不矜能，和不踰節，馭軍以嚴而處心也慈，恤民以惠而守法也正，不獨戎略精彊，亦輔弼之良也。若天永其壽，俾盡所施，竹帛名烈，焕赫有加，乃止于是，宜乎上心盡傷而不能忘也歟〔一〕！銘曰：

帝起鼎運，乾龍勃興。才傑應時，如雲之騰。天塹洶湧，貔旅繽烝。不有艅艎，濟川曷能？變通幾先，惟公克端。匪私于王，仗義承天。勍敵梗前，天實相焉。大雨洪濤，襄陵漲川。楫也飆馳，檣也櫛連。弗經孽巢，已達江堧。自淮濟航，武績輝煌。一舉姑孰，再舉建康。旗纛森張，金戈凛霜。相靈助順，飛廉效祥。往征羣方，其鋒莫當。虎吞獰猙，冰消擾攘。捷書夜馳，凱歌晝洋。彭蠡火攻，膽策俱壯。樓船蔽江，居敵之上。殪彼兇渠，馘彼驍將。王曰偉哉，時予爪牙。匪唯爪牙，股肱爾嘉。辨章中書，地望高華。淝水澄清，開省廬城。淮民德公，室家相慶。骨吾肉之，寒吾燠之。移撫浙民，愛而育之。裹創而旋，曷不永年？九重痛悼，三軍涕漣。猗王之臣，猗民之親。猗國之珍，已矣斯人。勒文崇阡，昭其勳德。垂示將來，與國無極。

巢縣志卷十八，清雍正八年刻本

【校勘記】

〔一〕「上心」，原作「土心」，據道光巢湖志改。

書簡

翰林陶學士主敬與王先生廷實書　以下通六秩

安頓首奉記廷實賢契友講席：

疊得書信，每一折緘，如一見面，極以爲喜。但病且冗，加之健忘，是以失於治答，因循到今，每以爲欠。且審寄迹丹霞，聊可適意。蓋名教之中，自有樂地，君子無往而不安，此固有道者之高致，而非常人所可知也。忝在文翰，考議禮制，日無寸暇，乾乾之文，未及著筆，尚圖搜索，以畢所願爾。存敬老仙近惠法翰，會間申敬，餘不悉。士與、澹如、之奇、志明郡庠諸士友茶次引忱。安頓首再記。

又

致意廷實賢契：

近況必佳。區區如常，無足云道。會澹如、存敬等，道甫問訊。七月五日安稟丹霞觀問王先生。

又

饒州志書稿册，謄寫畢後，乘便寄來，須托得其人爲佳，庶不浮沉也，幸介意。安頓首。廷實賢契友講席。

又

方此馳思，喜得手翰，足慰别懷。且知設帳丹霞，弟子雲集，尤以爲懌。又知有敬相與之情，迥與昔日所聞不同，令人暢豁。存敬暨彭自然處，俱告致意。四月旦安頓首。廷實賢契友。

又

得信甚以爲喜，已體來意。一向多病，殊無好懷，姑此以道拳拳乾乾齋。

又

日昨特承遠訪，足仞厚意，一向公冗，不及一字奉問。兹辱雲翰，如見顔面，喜如之何！乾乾之文，少暇即成，别當附去。饒州圖誌，本處必存似本，望達幕長，抄録一本付來。譙樓下更漏圖，就印一二幅公用爲便。統干孚照，不悉。安頓首。廷實賢契友。

明王士琛順成集稿卷四附録，明天順五年刻本

附録

附録一　序跋

陶學士先生文集序

費　宏

先生姓陶氏，諱安，字主敬，太平當塗人也。元時嘗以親老養艱，再爲書院山長。歲乙未，起從太祖高皇帝，爲太平興國翼元帥府令史，尋陞都事。丙申，爲江南行中書省左司員外郎，尋陞郎中。辛丑，爲黄州知府，尋知饒州。吴元年，爲翰林院學士，尋以重臣出參江西行省政，以卒。其學以濂洛關閩爲師，讀書守居敬持志、循序致精之法。博涉經史，尤精於易。所爲詩文甚富，其存者在元有辭達類鈔，在中書有知新近稿，赴武昌有江行雜詠，守黄州有黄岡寓稿，在桐城有鶴沙小紀，總若干卷。今刻置太平郡齋，則前守嚴陵徐公時中圖其始，今守嘉興項公誠之成其終，當塗學諭鉛山張君天益校其譌、次其類，而郡倅董君德美，張君瑞夫，辛君公應，李君宗漢、守儀，皆與聞其事焉。蓋距先生之卒已百三十餘年矣。

嗚呼！帝王之興，必始於得士，士當變通之世，亦必擇夫可與興帝王之業者而後事之。若伊尹之就湯，吕望之歸周，張良之從沛公，鄧禹之赴蕭王，彼豈苟焉自市者哉？所歸而人從之，所言而人賴之，蓋其負救世之才、藏待時之器，而繫天下之望也久矣。

當元之末，南士類擯不用，先生爲貧而仕，低徊散地，其精華果鋭之氣，一寓於文辭，而不得見諸設施。此蓋天厭夷德，將啓我國家文明之運，而陰蓄異才以爲之輔也。及聖祖渡江之初，先生首率父老迎謁轅門，龍姿鳳質，決於一見，慨然以身許之。其在易即乾之五、二同德相應，可謂千載一遇矣。于時豪傑並争，地大兵强者相望，然皆嗜殺好貨，取快朝暮，非有撥亂救民之志。聖祖既得先生，善其謀而用之。渡江之明年，定金陵，據形勢，遣使者旁招俊彦，置之左右，諮訪治道。王師所加，主於吊伐，不殺降，不鹵掠，不燬民居。根本既固，威德日隆，數年之間，全有江南，遂成者矣。胡君子之論贊，獨遺先生而弗及耶？

先生志於道德功名，其所樹立固不待文而傳，然以其嚮往之端、生蓄之富，凡筆之簡札者類皆深醇醲郁，辭備理正，固宜登名於文章之録也。古稱文如金玉，即埋没於一時，而其精氣光彩不可晦蝕，必有收而寶之於後世者。兹集遇二守而傳，非此類也夫！覽者慕其人而論其世，則知斯文參天地之化爲不誣，而儒者難與進取之説陋矣。

弘治十二年歲在己未春正月既望，賜進士及第儒林郎左春坊左贊善國史經筵官兼侍皇太子講讀鉛山費宏序。

陶學士先生文集卷首，明弘治十三年刻本

陶學士先生文集跋

張祐

祐署教來姑孰之明年丁巳，郡侯嚴陵徐公以所得學士陶先生辭達類鈔詩文三卷督命校刊。因詢先生之孫致政貳尹廷玉，庠生曰華、曰端，始得其所藏全集，外即曰知新近稿、江行雜詠、黄岡寓稿、鶴沙小紀，總二十餘卷，謹併摭其類而次之。未幾，徐公秩滿北上，刊而未能。值今侯嘉興項公下車之初，祐以是集呈覽，請梓傳之，以畢徐公之志。公遂欣聽，復命重加校編，毋怠厥事。噫！顧予何人，斯而敢與是耶？且先生之集，繕之非一手，積之非一日，其殘膏剩馥，不能無魯魚亥豕之譌。故每講暇，莊誦而詳考之，猶懼弗復其真以副其責也。集既成，郡之士夫有與言曰：先生起天造草昧之時，弼成王業，去今已遠，其製作之盛，人多慕之而未見；勳蹟之異，人多知之而未詳。雖同鄉輩出，猶恒竊餘憾也。兹幸吾郡侯偕諸君倅謀爲梓傳，而又得春坊費先生子充以歷敍之，遂使觀者於百餘載之下，而併得之於一展手之間，顧不偉歟！予曰然，謹述諸末云。

弘治十三年庚申歲春三月之吉，直隸太平府當塗縣儒學教諭鉛山張祐拜書。

陶學士先生文集卷末，明弘治十三年刻本

當塗陶文憲公文集序

陶澍

一代之興，必有一代之臣，雲龍風虎，相與啓發於其際。明太祖以淮右布衣，不階尺土，而有天下。觀其初起，自言迫於救死，未必有異於人。自破采石，至太平，陶先生安一見，決爲真主，首揭大義，勸以不嗜殺，太祖欣然從之。明年，遂取金陵，贊成帝業。太祖嘗言：「水有源，事有因，朕之王業，惟安之謂。」又言：「朕初渡江，陶安杖策謁於軍門，即以帝王事業期於初見之際。贊襄軍務，多歷年所。宣號令則軍民信，議禮刑則體要成。建陳之論以忠，出納之命惟允。雖艱難繁劇，不以動其中。至於牧民民安，治吏吏治，捍城禦侮，寇懟成擒，列郡晏安，其勞則著。」並賜門帖子云「國朝謀略無雙士，翰苑文章第一家」，載在敕書，與劉辰國初事蹟相同。

於虖！有明三百年規模宏遠，遠軼漢、唐，而開其先者，先生也。迨金陵既定，旁取兩浙，始禮致宋濂、劉基、章溢、葉琛四公，先生輒自以爲不及，帝亦多其能讓。然四公者，劉以謀略顯，宋以文章著，章、葉以政事稱，而皆未竟其用。當太祖初起，以一軍介羣雄間，運籌帷幄，掌行機宜文字，實先生尸之。其後出守黃州、饒州，政蹟昭灼，民爲立祠。而朝廷大禮及律令皆出先生手。然則四公者各擅其長，而先生乃兼有之。且四公之來，在金陵建國之後，而先生獨專其任於草昧艱難之始，其難易亦迥殊。觀敕書與門帖之言，帝固知之深矣。惜乎洪武初建，先生遽卒官，僅追贈姑孰郡公，不及剖符受封，而史氏所載其煊赫遂若反出諸公後。古名臣如鄧禹之於光武，諸葛之於昭烈，其成功不必同，而皆擇主於一見之頃。如先生者，三代而下，豈多覯哉？

先生名安，字主敬，太平當塗人。其爲學以濂洛關閩爲主，守居敬持，志循序漸進之法，於經史無所不覽。爲文爾雅淳正，有體有用。在元時，有辭達類鈔；在中書，有知新近稿；赴武昌，有江行雜詠；守黄州，有黄岡寓稿；任桐城，有鶴沙小紀。弘治中，郡守徐時中、項誠之刻於太平郡齋，鉛山費宏作序，顧年寖遠，舊板無存。余撫皖時，議修省志，徧索之，始得一本，紙色灰黯，首尾尚完，因語當塗張生寶榮重刻以傳，而論其大端於此云。

清陶澍陶文毅公全集卷三十七，清道光刻本

書陶翰林墨蹟後

王廷實

右小簡凡六帖，乃先師翰林先生大參陶公之翰墨也。一書雖代筆而名亦手書也。廷實年未弱冠從先師授易經，習舉子業，出入門下者將十年。庚寅、癸巳兩科同入鄉闈，是秋別，遂相南北凡十四載，始獲謁見於饒，實丙午之春也。歲杪，先師朝京，明年入翰苑，又明年參政江西行省，至致身薨於任所，乃洪武之初年也。是帖蓋在京與江西時所寄，歲月弗克考矣。廷實每念居講下時，先師所注四書點讀音考、周易集釋，詩、書亦有説，亂離中悉已亡棄，此平生最所恨者。庚申夏，偶於故紙中獲覩前後所賜手帖，披玩弗忍釋手，不啻立館下而承顏接辭也。恐日久廢失，因命裝葺成卷，寶而藏之，以爲手澤，俾後之覽者亦知先師相與之深也。

時洪武辛酉三月既望，門人王廷實拜手敬書於乾乾齋。

又

范之耆

右翰林先生大參陶公與門人王廷實手簡，凡六帖。或從容問訊者，或付託某事者，或寄聲交游者，其間雖無深論，亦足以見師友之情惓惓不已也。公去世後十有四載，廷實一日於故紙中獲覩前帖，奉誦再四，弗忍去手，因令裝葺成帙。既爲之辭，以跋其後，復徵言於人，以識不忘。余不敏，嘗聞傳道、授業、解惑者，師之道也；摳衣趨席、執經問難而潛心勉學者，弟子之職也。古之人立雪三尺者有之，白首北面者有之，或賦詩激烈誓不倍者亦有之。此廷實所以覩遺墨一舉之卷軸之間，師弟子之義昭昭然動人心目。使繪以丹青、飾以錦綺者，並列于前，孰能舍此而取彼也？雖然，廷實所以不忘於師者，豈此一事而已哉？

愧予不才，先生爲郡時，亦獲以進，又舉爲郡學訓導，及在翰林，又承書問，其感佩之情，去吾友亦不甚遠。展卷觀誦，淚爲之墮，尤有異於衆人之動心者焉。因敍此于卷末云。

鄱陽范之耆拜手謹書。

又

趙致明

余自前元侍宦江東，讀書秦淮之上，識主敬陶先生於師儒間。時則有若臨川馮海粟、新安胡雲峰、金華黄溍卿、永嘉李五峰、四明陳敬叔、上饒祝蕃遠、中山李晉仲、池陽戚子實、江寧楊志行、天台丁仲容諸公與先生輩，並以經術文章當文明極盛之時，歷論今古，儀範士流。於東南都會之地，人仰之如日星，皆謂命世傑出之表表者藹如也。眇予不敏，周旋其間，而諸公以余有志文學，或示人之文，或贈以詩者，莫可得紀，而陶先生尤加器重於余焉。迨三十餘年，時異事殊，彼此行藏皆不可計。天命惟新，洪武初元，欽事本朝，迺知先生繇姑孰近侍天顔，以經濟材入參大政於江西，而饒爲過化之地。比余賜老還鄉，稔聞善政，及過劉原清積善堂，首觀先生遺文及詩，不覺興感。而諸公示贈於余者片楮無存，因誌所懷，敍于卷末，而不能無愧焉。一日，鄰友王廷實氏復出所藏先生手帖六通裝葺成軸，令人於十餘年之後，不能不有感於心也，不能不補葺成帙，爲辭表章寶而藏之也。

嗚呼！時之人朝從游而莫不識者有之，面譽而退毁者有之，久則不齒其所從者亦有之，誠獨何心？於是編能無愧乎？然則是編也，有關於名教、有振乎頽風也，豈淺淺哉？傳曰：「民生於三，事之如一。」廷實之謂也。於是乎書，復系之詩曰：

庭階久闕摳趨願，雲樹常垂眷念心。書下玉堂忘地遠，筆飛薇省更情深。開緘宛似承顔色，奉誦無非感德音。回首忽驚梁木壞，令人悽斷幾沾襟。

皋比每惜音容隔，蠹簡空餘翰墨香。兩鬢風霜時易久，百年師友義難忘。森森手澤日星麗，惻惻心喪天地長。掇拾都來五六帖，斯文千古振頽綱。

洪武十年歲次癸亥，芝山趙致明敬書。

又

章　復

夫義生於心，必見於事；事存乎義，必動乎人。故君子之所爲，非以爲觀美也，而有美之實焉。其悦人之心，異夫夸耀以悦人目者也。

友人王廷實甫次其師之手帖以成卷軸，出以示予，一事之小，大義所存，寂寥簡短之中，感慨思慕之意有無窮者，其能不動於心？廷實始受學於敬齋陶先生，後以世故相違，雖學業老成，未嘗忘所自也。既而先生富貴，隨所在而手書屢至，其謙德愈盛也。師弟子之間，其義有如此者。嗟夫！人心之義均有也，當爲之事非甚難也，舉而措之者常少也。先生手帖與故紙同腐，則其義亦泯泯矣。今莊誦再四，反復友善之情，洞著言表，又知先生於廷實有師生之義焉。

吁！昔昌黎韓文公爲李氏子蟠作師説，嘗有「師道之不存也久矣」之嘆，迄今六百餘年又久矣，不聞學者崇尚師道之風。今廷實以先生片言隻字，能寶手澤於亂離之際，所謂絶無而僅有者也。此見廷實學有淵源，而鄉友趙致明、范之耆皆紀之爲甚詳，余何容贅？況以年既衰老，學不加進，而日以荒落，安得復覩諸公之儀刑，盡取先生遺書以相觀善，而與廷實益勉於斯文也耶？

賜歸老人章復七十六歲書。保定知府。

又

周　易

昔大父仕前朝太平路照磨時，大旱歲饑，民多流徙，於是發廩以濟，復率富室米五萬餘石，因以得活□二十萬衆。先人潛心經史，時民有陶氏子從遊焉，後十三年，陶以學成舉進士，咸稱之曰主敬先生。又十有五年，余年十九，較藝鄉闈，識先生於錢塘，是知先人之所與遊者。

歲甲子，余守饒州，又知先生知饒得士民心，頌其善政，至今不忘。及觀王廷實所裒手帖，非惟廷實尊師之意可見，而仰先生之令德，慨然大父先人之思，則昔之與遊者如一日。淚下沾襟，請題其後，余豈敢言？

洪武甲子二月既望周易書。饒州知府。

又

戴本

先正陶公牧大郡，參大政，居翰苑，惠愛在百姓，功業在廟堂，文章在典册，具載國史本傳。此卷六帖，乃先生與其門人王廷實者，先生既歿，廷實思先生不可復見，覩先生之手跡，如見先生焉。表章什襲，以貽後人，乃先自敍其始末，而芝山趙致明、郡文學鄱陽范先生、全州太守章公、饒州太守周公相繼聯書于其後。自洪武辛酉逮今正統丙辰，五十六星霜矣。廷實謝世，其子子進横經鄞□，徐生節受業于其門。既寢疾，乃以此卷授節，節拜受唯謹。一日持之過予官舍求題跋。余惟廷實所以表章此帖以存永久者，不忘師友之情也。師友之情道義之所在，居師友間而能以道義相處，此其□□□久而弗替也。以廷實師友之情推而廣之，則□□子進師友之情又何如哉？子進往矣，節覩此卷□□□之見陶公，可也。勉哉，勉哉！

正統元年季夏初伏庚申，淮府伴讀九江戴本書。

又

李禎

當塗詹用章號平軒，主敬陶先生高第弟子也。用章冢嗣名恩，字光夫，任長史。嘗爲予言，聞諸過庭。先生諱安，字主敬，中元鄉舉，遭亂不仕。我太祖高皇帝龍飛渡江，先生與其友范常首詣軍門謁見，與語契合，遂侍幃幄，卒爲佐命之臣。洪武元年四月，拜翰林學士。二年二月，追封祖大宥嘉議大夫、禮部尚書、上輕車都尉、姑孰郡侯，祖母杲氏姑孰郡夫人，父文興中奉大夫、江西行中書參知政事、姑孰郡公，母徐氏姑孰郡夫人。是年，陞公江西行省參政，代汪廣洋，賜公參政。誥命并贈封公，妻喻、陳皆姑孰郡夫人。九月，公薨于位，有傳在國史，世罕得見，獨詹氏父子粗能記憶如此。

此帖蓋在禮局翰林時，與門人王廷實，凡六紙。廷實子子進又以付其徒徐生節，蓋欲人知其學傳授之端緒。此子進之微意歟？卷中諸前輩題跋已詳盡，節復出示徵一言。自揆膚淺，何足以知先生哉？姑以聞於詹長史者書于末簡，使學者得以考其概而不敢質一辭焉。

正統甲子秋閏七月望，河南左布政使致仕後學廬陵李禎拜手敬書。

又

尹昌

文章政事傳之無窮，惟簡所載爲可考。自五經作而帝王之道統著，四書具而聖賢之道學顯。自餘□之鳴也，蟬之噪也，不關風教，亦奚益哉？今觀芝城徐生節所藏元陶主敬與其徒王廷實通問六帖，辭甚簡古，意亦至到，深有以見師弟子相厚之至情。廷實表章之，求縉紳間題識其後，諸公因是帖而有感焉，故發揮陶公出事聖朝、敭歷中外、學優仕優、起人敬慕，各罄見聞。噫，斯帖也，非廷實安知其不爲覆瓿用耶？其何以來諸賢揄揚之盛意，俾陶王製作爲不朽事哉？節也得之，其來有自，豈徒藏之以供玩具？覩六帖，當知師生之誼不可以或輕；讀諸作，當思立身之要不可以不謹。由是而尚友前人於既往，下資學業於將來，則何患乎不攀其逸駕、不循其軌轍耶？生其勉之。予因識是帙，書以俟云。

正統九年甲子重陽前二日，賜進士出身翰林庶吉士承事郎太常博士吉水尹昌識。

詩

習　興

明師游宦久云亡，弟子猶存翰墨香。今日乘雲仙已遠，昔年立雪義難忘。冰清玉潤文千古，鳳舞龍跳字數行。撫卷爲君長嘆息，清名天下散芬芳。

又

汪　本

龍蛇墨跡出先賢，高弟珍藏已數傳。忠厚存心□一致，乃知恩義得兼全。

明王士琛順成集稿卷四附録，明天順五年刻本

附録二　傳誌

陶安

張廷玉

陶安，字主敬，當塗人。少敏悟，博涉經史，尤長於易。元至正初，舉浙江鄉試，授明道書院山長。避亂家居。太祖取太平，安與耆儒李習率父老出迎，太祖召與語，安進曰：「海内鼎沸，豪傑並争，然其意在子女玉帛，非有撥亂救民安天下心。明公渡江，神武不殺，人心悦服，應天順人，以行弔伐，天下不足平也。」太祖問曰：「吾欲取金陵，何如？」安曰：「金陵，古帝王都，取而有之，撫形勝以臨四方，何向不克？」太祖曰：「善。」留參幕府，授左司員外郎。以習爲太平知府，習字伯羽，年八十餘矣，卒於官。

安從克集慶，進郎中。及聘劉基、宋濂、章溢、葉琛至，太祖問安四人者何如，對曰：「臣謀略不如基，學問不如濂，治民之才不如溢、琛。」太祖多其能讓。黄州初下，思得重臣鎮之，無逾安者，遂命知黄州。寬租省徭，民以樂業。坐事謫知桐城，移知饒州。陳友定兵攻城，安召吏民，諭以順逆，嬰城固守，援兵至，敗去。諸將欲盡戮民之從寇者，安不可。太祖賜詩褒美，州民建生祠事之。

吴元年，初置翰林院，首召安爲學士。時徵諸儒議禮，命安爲總裁官。尋與李善長、劉基、周禎、滕毅、錢用壬等删定律令。洪武元年，命知制誥，兼修國史。帝嘗御東閣，與安及章溢等論前代興亡本末，安言喪亂之源由於驕侈，帝曰：「居高位者易驕，處佚樂者易侈。驕則善言不入而過小聞，侈則善道不立而行不顧。如此者，未有不亡。卿言甚當。」又論學術，安曰：「道不明，邪説害之也。」帝曰：「邪説害道，猶美味之悦口，美色之眩目。邪説不去，則正道不興，天下何從治？」安頓首曰：「陛下所言，可謂深探其本矣。」安事帝十餘歲，視諸儒最舊。及官侍從，寵愈渥。御製門帖子賜之曰：「國朝謀略無雙士，翰苑文章第一家。」時人榮之。御史或言安隱過，帝詰曰：「安寧有此？且若何從知？」曰：「聞之道路。」帝大怒，立黜之。

洪武元年四月，江西行省參政闕，帝以命安。諭之曰：「朕渡江，卿首謁軍門，敷陳王道。及參幕府，裨益良多。繼入翰林，益聞讜論。江西上游地，撫綏莫如卿。」安辭，帝不許。至任政，績益著。其年九月，卒於官。疾劇，草上時務十二事。帝親爲文以祭，追封姑孰郡公。子晟，洪武中爲浙江按察使，以貪賄誅，其兄昱亦坐死，發家屬四十餘人爲軍，後死亡且盡，所司復至晟家勾補。安繼妻陳詣闕訴，帝念安功，除其籍。

清張廷玉等明史卷一百三十六列傳第二十四，清乾隆武英殿刻本

陶安

黄金

陶安，字主敬，太平當塗人。少敏悟，有大志，博涉經史，尤深於易。元至正甲申，舉浙江鄉試。戊子，禮部試下第，行省授明道書院山長，調高節書院。乙未夏六月，太祖帥師渡江，取太平路。安與耆儒李習率父老出迎，安見上狀貌，謂習等曰：「龍姿鳳質，非常人也，我輩今有主矣。」上召安，與語時事，安因獻言曰：「方今四海鼎沸，豪傑並争，攻城屠邑，互相長雄。然其志皆在子女玉帛，取快一時，非有撥亂救民安天下之心。今明公率衆渡江，神武不殺，人心悦服，以此順天應人而行弔伐，天下不足平也。」上曰：「足下之言甚善。吾欲取金陵，何如？」安曰：「金陵，古帝王之都，龍蟠虎踞，限以長江之險。若取而有之，據其形勝，出以臨四方，則何向不克？」其言合上意，即留參幕府，禮遇甚厚，事多與議。未幾，命爲都事。丙申春三月，從克金陵。秋七月，置江南行中書省，拜左司員外郎，陞郎中，日贊機務。既而得劉基、宋濂、章溢、葉琛四人，上問四人者何如，安對曰：「臣謀略不及劉基，學問不及宋濂，治民之才不如章溢、葉琛。」上多其善讓。辛丑秋九月，克黄州，思得重臣以鎮之，曰：「無逾安者。」遂命知黄州。至則艾荆棘，開府治，寬賦税，省徭役，安輯民庶，政務一新，民悦服之。甲辰，移知饒州。上賜以詩曰：「匡廬巖穴甚濟濟，水怪無端盈彭蠡。鱷魚因韓去遠洋，陶安鄱陽即一理。」時方征伐，急軍需。安勸諭誘率其民，民皆樂輸，而用不乏。招徠有方，流亡四集。

乙巳冬十月癸丑，信州盜蕭明率兵攻城，安召父老告之曰：「國家承天運，除禍亂，兵甲之盛，所向無敵。今逆賊扇餘黨，驅烏合而來，徒貽民害，不足畏也。我糧實城堅，素有其備。但結衆固守，不過數日，援兵至，破賊必矣。」衆皆諾。安與千户宋炳率吏民分城拒守，選勇卒爲游兵，晝夜巡捍，而請救於江西行省。安登城諭賊曰：「爾衆吾民也，反爲賊用，得無失計乎？」衆曰：「使皆如太守總制，豈有今日？若破城，必不相害。」安命射之，矢下如雨，賊不敢逼。越三日，江西行省遣千户陳明來援，遂大敗之，蕭明遁去，擒僞招討都海、萬户常勝，斬之，饒遂安。諸將以鄉民多從賊，欲屠之，安曰：「民爲所脅耳，從賊非本心，奈何殺之？」由是民皆得全。上聞，遣使往勞之。明年，入朝，民爲之歌曰：「千里榛蕪，侯來之初。萬姓耕闢，侯去之日。」既而命復守饒州，民懷其德，復歌之曰：「湖水悠悠，侯澤之流。湖水有塞，我思侯德。」相率建生祠事之。

吴元年夏五月，初置翰林院，首召安爲學士。賜誥曰：「蓋聞國家之立，必有一心之臣尊戴匡輔，用能張其綱紀，植其表儀，正其位名，善其辭命，基圖以大，國家以安，自古皆然。朕之初渡江也，江南之士杖策謁于軍門者，陶安實先，即以帝王事功期於始見之際。贊襄兵務，多歷年所。宣號令則軍民信，議禮刑則體要成。建陳之論以忠，出納之命惟允。雖艱難繁劇，一不以動其中，真爲一心者焉。至於牧民而民安，治吏而吏服，捍城禦侮，寇憝成擒，列郡宴寧，其勞則著。肆朕君臨大寶，念此翊運舊臣，老當優之，不欲久煩以政。乃者開翰院以崇文治，立學士以冠儒英。重道尊賢，莫先於爾。是用擢居宥密，俾職論思。茲特授以寵章，用昭國典，尚其勤於獻納，贊我皇猷，綜理人文，以臻至治。可翰林學士嘉議大夫知制誥兼脩國史。」時方召四方宿儒集闕下議禮制，命安總之。冬十月，詔脩律令，安爲議律官。

洪武元年春正月辛巳，安與中丞劉基言於上曰：「適聞中書及都督府議倣元舊制設中書令，欲奏以太子爲之。」上言元舊制不足法，太子不可爲中書令。因選廷臣勳德老成動有典則者兼東宫官職，以備輔導。丁亥，上御東閤，安與中丞章溢等侍，因論前代興亡之事。上曰：「喪亂之源，由於驕佚。大抵居高位者易驕，處佚樂者易侈，如此者未有不亡。今日聞卿等論此，深有儆於予心。古者今之鑑，豈不信歟？」癸巳，上與儒臣論學術。安對曰：「道之不明，邪説害之也。」上曰：「邪説之害道，猶美味之悦口，美色之眩目，人鮮不爲所惑，自非有豪傑之見不能決去之也。夫邪説不去，則正道不興；正道不興，天下烏得而治？」安曰：「陛下所言深探其本。」二月壬寅朔，安與省臣等進郊社宗廟議，語詳國史。從之。壬子，復奏言天子大社必受霜露風雨，以達天地之氣，若亡國之社則屋之，不受天陽也。今於社稷壇創屋，非禮。若祭而遇風雨，則於齋宫望祭。上是之。戊辰，復奏議天子冕服之制。安自入翰林，國家制度禮文多所定擬，撰文武誥命千餘。上賜對曰：「國朝謀略無雙士，翰院文章第一家。」時有御史言安隱過，上曰：「朕素知安，安豈有此？且爾何由知之？」對曰：「聞之道路。」上曰：「御史但取道路之言以毁譽人，以此爲盡職乎？」命黜之。

夏四月癸亥，置山東行中書省，調江西參政汪廣洋爲山東參政，以安爲江西參政。上因謂安曰：「朕渡江之初，卿首率父老見於軍門，爲朕敷陳王業，論當時之務，深合朕心。由是朝夕相近，幕府軍旅之事，裨益良多。繼入翰林，益聞讜論。今調汪廣洋爲山東參政，而江西乃上游都會，可以代之者，宜莫如卿。其爲我撫治之。」安對曰：「臣以微陋叨蒙甄録，俾居左右，幸望過矣。今復委以重任，恐付託不效，有負聖恩。」上曰：「躬擐甲胄，決勝負於兩陣之間，此武夫之事，非儒生所能。至若承流宣化，綏輯一方，此儒者之事，非武夫所能也。朕之用人，用其所能，不强其所不能。卿才宜膺是任，故以授卿。我豈私卿一人而不愛一方乎？」安乃頓首受命。既陛辭，上賜以誥，稱許倚任甚重。在任寬仁厚德，吏民畏服。秋九月癸卯，以疾卒，年五十七。疾劇，猶草時務二十事上之。訃聞，上哀悼累日，親製文遣使以祭，追封姑孰郡公。祖大宥、父文興、祖母、母、妻，皆追封姑孰郡公、侯及夫人，時人榮之。

愚觀自古帝王取天下，當其奮武載征，必有名臣碩輔明其出師之統紀，以開其初心，使之志嚮有定，然後師旅所至，足以除暴救民，興起大業。若勸王漢中之計、遮説新城之略、杖策鄴上之謀，皆有得乎此。我聖祖之渡江也，安最先獻策，惟以不耽色貨、不嗜殺人，爲弔伐之舉，其言光大純正，本天命而切人心，施之當時，猶拯焚救溺，深得取天下之要。豈惟漢臣效忠高、光，雖伊、吕之徒啓告其君者，亦不是過。而聖祖撥亂濟世之志，寔與符合。自是征伐所加，率用是道。是故仁義之名出，而帝王之統紀如日月之不可掩。堂堂湯、武之師，復誰敵哉？于焉殪强漢，殲僞吴，坐奠南服，席卷中原，卒使一統鴻業之成，肇于首謁轅門之數語。若安，可謂王佐之才矣。惟其超悟絶識，決真主於一見，此爲獻言之本。由是觀之，安之不顯於元，非元擯南士弗用也，天實儲賢爲聖祖開萬世太平之具。非其時不以出，非其主不以授也。於戲！不觀明良之遇，無以見皇祚之所由隆；不觀嘔喩之受，無以見明良之所爲遇。然則安之於聖祖，其千載一時者乎？

明黄金皇明開國功臣録卷三，明弘治、正德間刊本

陶安

楊廉

字主敬，直隸當塗人。元書院山長，國初仕至行省參知政事，卒年五十七。

年十六，令賦喜秋雨詩，且拘之以韻。安立成，不加點綴。弱冠時，閉門研討經籍，得四明程氏讀書日程，倣考亭六條法及吕舍人規，大肆力於經史，尤鋭意濂洛關閩之學。值元季擯斥江南，不甚擢用，一時名儒碩士，皆樂與之師友。高門鉅族，往往奉幣帛延致西塾，經指授爲聞人者甚衆。至正四年，中浙江鄉試。八年，禮部試下第。行省授明道書院山長，再調高節書院。太平人物志。

太祖自和州渡江至采石，安首先來見。太祖問曰：「有何道教之？」安曰：「即今羣雄兵起，不過子女玉帛。將軍若能反羣雄之志，不殺人，不虜掠，不燒房屋，首取金陵，以圖王業，願以身許之。」太祖曰：「諾。」克太平，授安元帥府令史，陞都事。後太祖得建康等處，全有江南，安贊佐功多。官翰林學士、江西行省參知政事。國初事蹟。

先生沉涵道藝，以千載自期，名聞於江南。及爲校官，問道考德者接武而至。宋濂撰夫人喻氏墓誌。

歲乙未夏六月，適天兵渡江，克采石，乘勝攻太平。安率父老，開城門降，即參幕府，議取金陵。丙申，克金陵，奏捷，使濠，會丁母憂，服闋，授江南行省都事。癸卯，上討武昌。甲辰，克武昌，拜黄州知府。尋改令桐城，復調饒州知府。時閩寇陷浮梁、樂平，進圍郡城。安諭父老，率子弟固守。後閩寇成擒，民被脅從者乃立宥之，全活者甚衆，四境以寧。高皇帝嘉其功，御製詩以美之。詩曰：「匡廬巖穴甚濟濟，水怪無端盈彭蠡。鱷魚因韓去遠洋，陶安鄱陽即一理。」

吴元年，拜翰林學士。先是，集江南宿儒議禮，安爲總裁官。修大明令，爲議律官。御製門帖賜之曰：「國朝謀略無雙士，翰苑文章第一家。」洪武元年，律成，尋拜參知政事。誥曰：「朕自西渡江東來，安率父老迓朕駐姑孰，首言曰：『方今海内鼎沸，羣雄奮争，不過子女玉帛耳，非民之父母也。願將軍反他雄之所爲，操王業之度，招賢納士，首取金陵，駐蹕于此，以匡天下。安願以身許之。』朕遂諾。後不數年間，大江之南盡爲我定。」

安爲人外癯而内實，精于易，筮驗如神。文章論理敍事，純正疏暢。而步驟不凡。並太平人物志。

明楊廉新刊皇明名臣言行録卷一，明嘉靖刻本

行省參政陶安傳

徐紘

陶安，字主敬，姑孰人。少敏悟，有大志，博涉經史，尤深於易。元季嘗試於有司，爲明道院山長，再調高節書院。秩滿，避亂家居，沉涵道藝，賦咏自樂，若將終身。

乙未夏六月，太祖起兵，自和州渡江，取太平路，安與耆儒李習率父老出城迎。安見上狀貌，謂諸父老曰：「龍姿鳳質，非常人也，我輩今有主矣。」上召與語時事，大悦。安因獻言：「方今四海鼎沸，豪傑並争，攻城屠邑，互相長雄，然其志皆在子女玉帛，取快一時，非有撥亂救民安天下之心。今明公率衆渡江，神武不殺，人心悦服，以此順天應人而行弔伐，首取金陵，以圖王業，天下不足平也。」上曰：「諾。」授安天下興國翼元帥府令史。

丙申秋七月己卯朔，諸將奉上爲吴國公，以元御史臺爲公府，置江南行中書省。上兼總省事，以安爲員外郎，留參幕府，從克金陵，會丁母夫人憂。服闋，授行省都事，尋陞左司郎中，贊畫之功良多。上既得劉基、宋濂、章溢、葉琛四人，因問：「四人者何如？」安對曰：「臣謀

略不及劉基，學問不及宋濂，治民之才不如章溢、葉琛。」上多其善讓。癸卯，黄州平，上思得重臣以鎮之，曰：「無愈安者。」遂命知黄州。至則寬賦税，省徭役，民悦服之。改桐城令，尋移知饒州。時方征伐，急軍需。安勸諭率其民，民皆樂輸，而用不乏。適閩寇至，攻城，安諭父老率子弟固守，俟援兵至，擒其衆。諸將以鄉民多從賊，欲屠之，安曰：「民爲所脅耳，奈何殺之？」由是民皆得全，四境以寧。上嘉其功，御製詩以示褒美，遣使往勞。明年入朝，命復守饒州。民懷其德，建生祠事之。

吴元年，初置翰林院，首召安爲學士。凡國家制度禮文之事，多所定擬。御製門帖賜之曰：「國朝謀略無雙士，翰苑文章第一家。」

戊申，上即皇帝位，建元洪武。春正月，詔修大明令，公爲議律官。是月辛巳，安與中丞劉基言於上曰：「適聞倣元舊制，設中丞令，欲奏以太子爲之。」上曰：「取法於古，必擇其善者而從之，苟惟不善而一概是從，將欲望治，譬猶求登高岡而却步，渡長江而迴櫂，豈能達哉？且吾子年未長，學未充，更事未多，所宜尊禮師傅，講習經傳，博通古今，識達機宜，他日軍國重務，皆令啓聞，何必效彼作中書令乎？」上因謂詹同等曰：「朕今立東宫官，取廷臣勳德老成兼其職。老成舊人，動有典則，若新進之賢者，亦選擇參用。夫舉賢任才，立國之本，崇德尚齒，尊賢之道，輔導得賢，人各盡其職，故連抱之木必以授良匠，萬金之璧不以付拙工。」於是以李善長等兼東宫官，乃諭曰：「昔周公教成王，告以克詰戎兵，召公教康王，告以張皇六師，此居安慮危，不忘武備。蓋繼世之君生長富貴，泥於安佚，軍旅之事多忽而不務，一有緩急，罔知所措。二公所言，不可忘也。」

上一日御東閣，安與中丞章溢等侍，因論前代興亡事，上曰：「喪亂之源，由於驕佚。大抵居高位者易驕，處佚樂者易侈。驕則善言不入而過不聞，侈則善道不立而行不顧，如此者未有不亡。卿此論深有契於予心。古者今之鑑，豈不信歟！」

上與儒臣論學術，安對曰：「道之不明，邪説害之也。」上曰：「邪説之害道，猶美味之悦口，美色之眩目，鮮不爲所惑，自非有豪傑之士不能決去之也。戰國之時，縱横捭闔之徒肆其邪説游諸侯，諸侯急於功利者多從其説，往往事未就而國隨以亡，此誠何益？夫邪説不去，則正道不興，天下烏得而治？」安曰：「陛下所言，深探其本。」上曰：「仁義，治天下之本也。賈生論秦之亡，不行仁義之過。夫秦襲戰國之餘弊，又安得知此。」

二月壬寅朔，中書省臣李善長、傅瓛泊安等進郊社宗廟議。其圜丘之議若曰：今當遵古制，分祭天地於南北郊，冬至則祀皇天上帝於圜丘，以大明、夜明、星辰、太歲從祀。其方丘之議若曰：今當以經爲正，擬以今歲夏至日祀方丘，以五嶽、五鎮、四海、四瀆從祀。其宗廟之議則若曰：今擬四代各爲一廟，皆南向，以四時孟月及歲除凡五享，孟春特祭於太廟，孟夏、孟秋、孟冬、歲除則合祭於高祖廟。其社稷之議若曰：今宜祭以春秋二仲月上戊日。皆從之。安又奏：「古者天子五冕，祭天地社稷諸神，各有所用，請製之。」上曰：「五冕禮太繁，今祭天地宗廟則服衮冕，社稷等則服通天冠、絳紗袍，餘不用。」

時有御史言安隱微之過者，上曰：「朕素知安，安豈有此？且爾何由知之？」對曰：「聞之道路。」上曰：「御史但取道路之言以毁譽人，以此爲盡職乎？」命黜之。中書省臣進曰：「御史職當言路，言之有失，乞容之。」上曰：「不然。夫植佳木者必去蟫蠹，長良苗者必芟稂莠，任正大者必絶邪人。凡邪人之事君，必結以小信而後逞其大詐。此人嘗有所言，朕不疑而聽之，故今日乃爲此妄言。夫去小人當如撲火，及其未盛而撲之，則易爲力，不然，則害滋大矣。」竟黜之。

某年，遷江西行省參政汪廣洋於山東，以安代之。時江西諸郡縣初下，安鎮定之有法，軍民帖然。得推恩，追封其祖父、父爲姑孰侯，祖母、母爲姑孰侯夫人。

某年，安有疾，既劇，猶草時務十事上之。九月戊戌，卒於官。上聞之，哀悼，親爲文遣使祭之。時年五十九〔一〕。事載國史。

論曰：自古帝王之興，伐暴救民，以安天下，雖其智勇神授，動有定略，要之艱難草昧之初，人心未定，所以啓迪淵衷者，亦不能無賴於英雄豪傑之助。若董公説高帝爲義帝發喪、誅無道秦之類者是已。然我太祖之興，比之漢高，抑又過之。蓋胡元主入主華夏百二十餘年，濁亂已極，我太祖出，而順天應人，用夏變夷。當時奔走禦侮，推誠效力如徐、鄧、湯、常、李、沐諸公，勳業烜著，然謨謀帷幄，自誠意伯劉公之外，如參政陶公者，亦不可多見。方其避亂家居，賦詠自樂，若將終身，其與耕莘釣渭同一揆也。及其遇我太祖，乃能審識真主，首從義旗，因説以吊伐安天下爲心，一見之頃，兩言而合。不數年間，削平僭亂，驅胡元於漠北，以復中國帝王萬世之業，其視鳴條、牧野之役，夫何異乎？然則董公之説不足言矣。曩嘗得公之文集於當塗縣博張祜，獲覩永樂間刑部侍郎劉辰所進事蹟，及鉛山宫贊費先生序語，因類萃成篇，庶幾一覽得以仰見明良相遇之盛焉。

明徐紘皇明名臣琬琰録卷九，明弘治刻本

【校勘記】

〔一〕「五十九」，當作「五十七」，見本書前言。

陶安

林鉞

陶安，字主敬，父文興，當塗人。安六歲失怙，精敏有大志，讀書日記千言，鄉鄙異之。師事李習兄弟。年十六，通判馬昂夫令賦喜雨詩，且拘以韻，安立成之。弱冠時，閉門研討，大肆力於濂洛關閩之學，一時名儒碩士皆樂與之師友。及門之士，蒙其教而爲聞人者甚衆，咸稱之曰敬齋先生，或曰姑孰先生。

至正四年，中浙江鄉試。八年，禮部下第，行省授明道書院山長。十三年，省檄再調高節書院。

間有習陸學者，出辭邪怪，安議先儒，安必據理辯析，或正色斥去。後十四年冬，自高節歸省。

乙未，天兵渡江，取采石，至太平，安率父老迎謁，即參幕府，議取金陵。丙申，從克金陵。會丁母徐憂，移家集慶。戊戌冬，服闋，授江南行省都事，掌管兵曹。辛丑，拜左司員外郎，□陞左司郎中。癸卯，上討武昌，甲辰克之，命知黄州。時州民十餘三四，安愛之如子，招徠流亡，寬其租稅，省其徭役，曾未踰時，民咸歸之。移鎮桐城，冬召還。

乙巳，調知饒州。時閩寇陷浮梁、樂平，進圍郡城，安諭父老率子弟固守。後數日，閩寇成擒，民被脅從者乃力宥之，全活者甚衆。事聞，錫以銀幣。冬來朝，明年復任，仍申請免其軍需二年，逃民咸歸。乃建大有倉及三皇孔子廟。士民於學舍講堂之東建生祠，立石頌德。冬復來朝，太祖高皇帝嘉其功，御製詩以美之。尋拜翰林學士。

先是，集江南宿儒議禮，安充總裁官。修律令，爲議律官，兼修國史。御製門帖賜之云：「國朝謀略無雙士，翰苑文章第一家。」洪武元年，律成，拜江西行省參知政事，其封誥有曰：「前翰林學士陶安，幼而志於學，長而明道，未能施用。因天下亂，朕自西渡江東來，安率父老迓朕，駐姑孰，首言曰：『方今海内鼎沸，羣雄奮争，不過子女玉帛耳，非民之父母也。將軍至此，有何道哉？』朕曰：『爾所言者，何也？』安曰：『願將軍反他雄之所爲，操王業之度，招賢納士，首取金陵，駐蹕於此，以匡天下。』安願以身許之。』朕遂諾。後不數年間，大江之南盡爲我定。初，安歷案牘，後守鄱陽。鄱陽之民果勁而頑，及安至，賊乃叩城，安與守將謀禦之，頃而縛賊，賊乃息。撫之以風化，山民遂無亂者。至建國紀年之初，詔入京師，授以翰林學士。今兵入中原，得山東，朕欲少健者開省山東，經理諸事，以南昌郡西省參政汪廣洋者，其人不貪而純粹，可職山東。惟安有道，可署西省，以代廣洋者。詔卿速行，導吾民以良。」

本年四月，陞翰林學士、嘉議大夫，知制誥，兼修國史。其封誥又曰：「朕之初渡江也，江南之士杖策謁于軍門者，陶安實先，即以帝王事功期於始見之際。贊襄兵務，多歷年所，宣號令則軍民信，議禮刑則體要成。建陳之論以忠，出納之命惟允。雖艱難繁劇，一不以動其中，真爲一心者焉。至於牧民而民安，治吏而吏服，捍城禦侮，寇憝成擒，列郡宴寧，其勞則著。肆朕君臨大寶，念此翊運舊臣，老當優之，不欲久煩以政。兹者開翰苑以崇文治，立學士以冠儒英，重道尊賢，宜爾爲長。尚其論思以盡己，獻納以告君，綜理人文，明揚世教，副予眷注，以臻治平，授以前職。」

九月初，感舊疾，增劇，猶條二十事上之。後六日，終于官之正寢，年五十七。訃聞，高皇帝哀慟者累日，親爲文，遣江西有司致祭。凡文武大臣，無不哀悼。明年，高皇帝念安勳庸之茂，給誥命，追封姑孰郡公，祖大宥贈禮部尚書，父贈如安官，祖母、母及妻，皆姑孰郡夫人。子二人：晟、昱。晟，河内縣知縣，陞浙江按察使。昱，知州，謫戍寧遠，放還。

安爲人外癯而内實，精於易，筮驗如神。文章一根於理。其所著述，在元時有周易集粹十二卷、辭達類鈔十九卷、姚江類鈔略一卷。在中書時有知新近稿五卷，赴武昌上計有江行雜咏一卷，守黄州有黄岡寓稿一卷，在桐城有鶴沙小紀一卷，别類又一卷，守饒州有鄱江新録一卷，及陶氏族譜、家法、玉堂稿等書。倶藏于家。

明林鉞重修太平府志卷六，明嘉靖刻本

陶安

廖道南

陶安，字主敬，當塗人。幼穎敏，有志。肆力問學，博極羣書，究心濂洛，沉潛道藝。元至正甲申，舉浙江鄉薦。爲明道書院山長，再調高節書院。乙未夏六月朔，高皇帝渡江至太平，安偕耆儒李習率父老迎謁，驚相謂曰：「龍資鳳質，非常人也，我輩今有主矣。」上召見，與語。安因説曰：「四海鼎沸，豪傑並争，悉多攻城屠邑，志在子女玉帛爾，非有撥亂救民安天下之心。明公率衆渡江，神武不殺，人心悦服。應天順人，以行吊伐，天下不足平也。」上曰：「爾言甚善。吾欲取金陵，何如？」安曰：「金陵古帝王都，龍蟠虎踞，長江天塹。取而有之，撫形勝以臨四方，所向無敵。何憂不克？此天所以資明公也。」上甚悦。乃改太平路爲府，以安參謀，拜左司員外郎。丙午，克金陵，轉本司郎中。先是，劉基、宋濂、章溢、葉琛來謁，上問安孰賢，安曰：「臣謀不如基，學不如濂，治民之才不如溢、琛遠甚。」上嘉其讓。

已而克武昌，乃以安知黄州府事。安莅郡，剪荆棘，披草萊，建廨宇，闢田野，均賦役，綏逋亡。庶務悉舉。其詩云:「初入黄州市,蕭然緑樹村。刈茅低縛屋,剖竹密編門。桃李花零露,山川勢吐吞。廛民來一二,敬喜爲温存。」又云:「霧雨一城暗,黎花三月天。空梁春蟻墮,疏壁暮蚊穿。草密藏枯井,苔荒蝕斷磚。開門山色好,飛翠落吟箋。」又云:「江月蕭聲遠,城春竹色斑。天文鶉鳥次,地險虎頭關。綰綬此爲郡,結茅先對山。雨晴聞布穀,鬬草未能閒。」又云:「雨過山添色,推窗翠撲衣。秧隨新水長,蝶趁落花飛。江近簷頭掛,春從客裏歸。沙乾聊可步,倚杖緑陰肥。」又云:「千村新雨過,水滿緑苗生。蠶麥收成速,兵農賦役輕。紛紛挈家至,日日到州城。訟簡有公暇,江山共此清。」後轉知饒州,上親製詩勞之。

吴元年,始置翰林院,開禮樂二局,首召安爲學士。凡制度、儀章悉安草創。上錫之誥命有曰:「國家之立,必有一心之臣尊戴匡輔,用能張紀綱,植表儀,正名位,善辭命,基圖丕安。朕初渡江,卿安首謁軍門,即期以帝王事功。贊襄兵務,多歷年所。宣號令則軍民信,議禮樂則體要成。建陳以忠,出納惟允。捍城禦侮,勞績茂著。朕甚嘉焉。迺者開翰苑以崇文治,設學士以冠儒英,重道尊賢,莫先於爾。擢居宥密,俾職論思,錫以寵章,用昭國典。尚勤獻納,贊我皇猷。綜理人文,以臻至治。可翰林學士。」爲總裁官。上親製春帖褒之。遂代汪廣洋參知江西行省知政事。上曰:「躬擐甲胄,決勝負於兩陣間,此武夫之事,儒生非所能。若承流宣化,綏輯一方,此儒者之事,非武夫所能也。卿才宜是任,吾豈私一人、弗愛一方?」乃錫以誥命。追封其祖父爲姑孰侯。秋九月癸卯卒,年五十七。封爲姑孰公。

安爲人外癯而内實，精于易數。爲文純雅疏暢，而力追古人。一日侍上論學術，安曰：「道之不明，邪説害之也。」上曰：「邪説害道，猶美味悦口，美色眩目，人鮮不爲所惑，非有豪傑之見不能決去之也。戰國之時，縱横捭闔，類皆游説，諸侯急於功利者多從其術，事未就而國隨以亡。此誠何益？夫邪説不去，則正道不興，天下焉得而治？」安對曰：「陛下所言，深探其本。」上曰：「仁義，治天下之本也。賈生論秦之亡，不行仁義之過。夫秦襲戰國習弊，又安知此？」安頓首謝。其所啓沃類此。

史南曰：自孟子以後，仁義之説不聞于天下久矣。漢興，董公説高祖以仁義，祇以縞素爲義帝發喪，以爲鼓舞羣雄之術，非無所爲而爲也。唐興，魏徵勸太宗以仁義，亦惟粉飾爲貞觀相業，以爲統馭胡越之瀌，然而漸不克終爾矣。皇祖起自農家，艱難稼穡，非若亭長一劍、藩鎮一方之比。而又用夏變夷，廓清宇宙，非若約盟項籍、借兵突厥之比。夷考壬辰以後、丙午以前，未聞得一儒臣如陶主敬者也。主敬首倡仁義于當塗擐甲之時，繼創禮樂于建康投戈之後。論學術，闢邪説，此其志節勳望何如者？較之劉誠意之好殺，宋潛溪之好佛，汪廣洋、胡惟庸之弗庇其身，豈若是班乎？是故肇開黄宇，編竹結茅，爰采楚風，揮毫摛藻，非識時務者在俊傑乎？贊曰：

皇運天開，名儒首出。雲擁龍鱗，風翔鳳翼。幽贊神謨，敷言皇極。仁不以勇，義不以力。允沃帝心，來儀楚域。彤管怡情，赤心許國。宸翰有奕，拜封孔赫。國史遺編，三復嘆息。

明廖道南楚紀卷五十，明嘉靖刻本

翰林院學士封姑孰郡公陶安

廖道南

陶安，字主敬，太平當塗人。幼穎敏，有大志。通判馬昂夫令賦喜雨詩，立就，奇之。自是肆力問學，博極羣書。得程氏讀書日程及吕舍人學規，益究心濂洛，沉潛道藝。元至正甲申，舉浙江鄉薦。爲明道書院山長，再調高節書院，講明朱、陸之學。乙未夏六月朔，高皇帝渡江至太平，安偕耆儒李習率父老迎謁，驚相謂曰：「龍姿鳳質，非常人也，我輩今有主矣。」上召見，與語。安因説曰：「四海鼎沸，豪傑並争，悉多攻城屠邑，志在子女玉帛爾，非有撥亂救民、安天下之心。明公率衆渡江，神武不殺，人心悦服，應天順人，以行吊伐，天下不足平也。」上曰：「爾言甚善，吾欲取金陵，何如？」安曰：「金陵古帝王都，龍蟠虎踞，長江天塹，取而有之，撫形勝以臨四方，所向無敵。何憂不克？此天所以資明公也。」上甚悦。乃改太平路爲府，命習知府事，以安參謀拜左司員外郎。丙申，克金陵，乃陟本司郎中。先是，劉基、宋濂、章溢、葉琛來謁，上問安孰賢，安曰：「臣謀不如基，學不如濂，治民之才不如溢、琛遠甚。」上嘉其讓。已而克武昌，乃以安知黄州府事，尋改令桐城，知饒州府事。時閩寇攻城急，安諭衆固守，援兵至，圍解。諸將以民多從寇，欲屠之。安曰：「民被脅誘，非其本心。」賴以全活甚衆，民爲立生祠。上親製詩勞之。詩曰：「匡廬巖穴甚濟濟，水怪無端盈彭蠡。鰐魚因韓去遠洋，陶安鄱陽即一理。」

吴元年，始置翰林院，開禮樂二局，首召安爲學士，凡制度、儀章悉安草創。上錫之誥命有曰：「國家之立，必有一心之臣尊戴匡輔，用能張紀綱，植表儀，正名位，善辭命，基圖丕安。朕初渡江，卿安首謁軍門，即期以帝王事功。贊襄兵務，多歷年所。宣號令則軍民信，議禮樂則體要成。建陳以忠，出納惟允。捍城禦侮，勞績茂著。朕甚嘉焉。迺者開翰苑以崇文治，設學士以冠儒英，重道尊賢，莫先於爾。擢居宥密，俾職論思，錫以寵章，用昭國典。尚勤獻納，贊我皇猷。綜理人文，以臻至治。可翰林學士、嘉議大夫、知制誥兼修國史。」洪武元年，修大明律令成，爲總裁官。上親製春帖褒之。帖曰：「國朝謀略無雙士，翰苑文章第一家。」遂拜江西行省參知政事。上諭曰：「卿安遇朕，敷陳王業，幕府軍旅，裨益良多。繼入翰林，日聞讜論。茲以江西地居上游，可代汪廣洋者宜莫如卿。」安辭曰：「臣恐付託不效，有孤渥恩。」上曰：「躬擐甲胄，決勝負於兩陣間，此武夫之事，儒生非所能。若承流宣化，綏輯一方，此儒者之事，非武夫所能也。卿才宜是任，吾豈私一人、弗愛一方乎？」乃錫以誥命，追封其祖父爲姑孰侯。秋九月癸卯卒，年五十七。追封爲姑孰郡公。

安爲人外癯而内實，精于易數，爲文純雅疏暢，力追古人。一日侍上論學術，安曰：「道之不明，邪説害之也。」上曰：「邪説害道，猶美味悦口，美色眩目，人鮮不爲所惑，非有豪傑之見不能決去之也。戰國之時，縱横捭闔，類皆游説，諸侯急于功利者多從其術，事未就而國隨以亡。此誠何益？夫邪説不去，則正道不興；正道不興，天下焉得而治？」安對曰：「陛下所言，深探其本。」上曰：「仁義，治天下之本也。賈生論秦之亡，不行仁義之過。夫秦襲戰國習弊，又安知此？」安頓首謝。其所啓沃類如此。

廖道南曰：漢初逐秦，羣雄紛擾，靡克定一，至董公説以仁義，其興也勃焉。我高皇起應昌運，遠超于漢。方其奮跡濠梁，取滁、和，渡采石，定當塗，陶安謁見，期以王道，決計趨金陵。肆居帷幄，英謨密議，幽贊神明。且言邪説害道，其見遡哉弘遠矣。可不謂一代儒宗爾矣乎？

彭韶贊曰：「濂洛關閩，灼有定式。屏跡江南，授徒考德。適遇天兵，來皇斯域。謀猶無雙，王業是職。鄱陽有成，翰苑之陟。律以表民，文以華國。」

明廖道南殿閣詞林記卷四，明嘉靖刻本

辛丑九月陶安爲黄州府知府

錢謙益

按實録辛丑九月「以左右司員外郎陶安爲黄州府知府」，乙巳正月「調黄州府知府陶安知饒州府」，相去凡五年。而本傳則云知黄州，尋移知饒州。徐紘集傳云癸卯黄州平，上思得重臣以鎮之，遂命知黄州。改桐城令。尋移知饒州。謝理太平人物志亦然，皆與實録及本傳不合。以陶學士詩集考之，自龍鳳元年乙未至九年癸卯，安皆在金陵。壬寅歲有憶別之作云「七年同在省東廳」，則辛丑歲安未嘗出守可知也。癸卯秋，從征鄱陽，甲辰守黄州，有「今年春二月，璽書命守土。兩日抵其州，又值連月雨」之句。則安以甲辰守黄州，在平陳理之時，當以徐紘集傳爲正。陶學士事蹟載令旨付陶安者凡二，俱稱皇帝聖旨、吴王令旨。其授黄州府知府，則龍鳳十年二月□日，授鄱陽府知府，則龍鳳十年十二月□日。則安之守黄移饒，皆在甲辰年無疑也。惟徐紘、謝理所記改桐城令，他無可考。而學士集甲辰十月七日舟發樅陽詩自注云：「時還往桐城舊縣。」又記龍鳳甲辰秋九月千秋節，亦在桐城。至聞除代者及召還之命，則云：「年殘動歸思，客至報除書。海内招文學，淮南起謫居。」又有臘八日發桐城詩。則知安守黄未幾謫爲桐城令，至臘月召守饒州，乃發桐城也。劄付所載授鄱陽年月與詩悉合，乃知二傳之有據而實録與本傳咸有脱誤矣。俞本記事録，至正二十三年十二月，中書省郎中李君瑞、陶主敬，都事王用和，檢較酆永真、陳養吾，博士夏允中，照磨陳子初等俱令家人私通敵境，於四沙易鹽。及水陽王千户賄選壞法，提至軍前，俱剥衣鎖項，置小船中，置於黄鶴樓下大浪中凡三日，沉江而死。惟李君瑞兩腿扻一千下，安置桐城縣。按陶學士文集，甲辰歲守黄，未幾謫爲桐城令，安之被謫，必以癸卯從征令家人易鹽之事也，俞本所記當不繆。其云俱置黄鶴樓下，沉江而死，則當有誤。蓋主敬但謫桐城，而王用和以壬寅二月死於金華也。國初事蹟云夏煜犯法，取到湖廣，投於江，與俞本記合。

清錢謙益牧齋初學集卷一百二太祖實録辨證二，明崇禎刻本

洪武元年九月陶安卒

錢謙益

黄金諸書皆稱安追封姑孰郡公。考實録、本傳但追封其祖父、父爲姑孰公，祖母、母爲夫人。此安爲江西參政時事，安固未嘗贈公也。安本集載誥詞甚明。又安妻喻氏追封姑孰郡夫人，繼妻陳氏封姑孰郡夫人，俱有誥文。安之署銜，則止云中奉大夫江西等處行中書省參知政事耳。洪武二年追贈劉基祖、父爵皆永嘉郡公，妻封永嘉郡夫人。基時官御史中丞，蓋國初推恩之制如此。

清錢謙益牧齋初學集卷一百三太祖實録辨證三，明崇禎刻本

陶安

沈文

上惡游手者，和州縛一人至，指甲長尺餘，上欲加刑，陶安諫曰：「此人雖不勤業，亦不爲惡，請陛下赦之。」上遂解其縛，謂安曰：「微卿言，幾無辜矣。」

明沈文聖君初政記，明萬曆間孫幼安刻黄昌齡印稗乘本

禁水火葬

黄瑜

聖祖嘗與學士陶安登南京城樓，聞焚尸之氣，惡之。安曰：「古有掩骼埋胔之令，推恩及

於枯骨，近世狃於胡俗，或焚之而投骨於水，孝子慈孫，於心何忍？傷恩敗俗，莫此爲甚。」上曰：「此王道之言也。」自是王師所臨，見枯骸必掩埋之而後去。洪武三年，禁止浙江等處水葬、火葬。中書省、禮部議以民間死喪必須埋葬，如無地，官司設爲義塚，以便安葬，並不得火化，違者坐以重罪。如亡没遠方，子孫無力歸葬者，聽從其便。刑部著之律令。斯法也，我聖祖可謂體天地之仁矣。

明黄瑜雙槐歲鈔卷一，清道光十一年至同治二年南海伍氏粤雅堂文字歡娱室刻嶺南遺書本

陶先生妻喻氏墓銘

宋濂

嗚呼！是惟當塗陶夫人之墓。夫人馴德淑行，自幼出天性，父母異之曰：「是女也賢，非凡子配也。」慎選久之，始嬪同郡陶先生安。姑徐氏方毅，以禮束羣下，不可越尺寸。雞始鳴，夫人往候起居，察顔色，薦羞，能獲姑心。姑病，皇皇不自寧，力苟可致，無弗及者。暨卒，先生適以使事留淮，夫人襲斂，殯奠無違度。晝夜慟，幾至傷生，人稱爲孝婦。

先生沉泊道藝，以千載自期。夫人恐以家汩其志，无内外政，皆身服之，不以煩先生。先生之名顯于江南者，夫人有助焉。先生舉進士，州人士無少長咸賀，夫人不色喜。或怪之，夫

人曰：「夫君所滋者德爾，名非所急也。」及爲校官，問道考德者接武而至，夫人則館之如未嘗貧。春秋之祀，盛服事滌濯，不役媵御。及祭，升降周還，精誠迫至，若欲見之。恒居不施丹鉛，不服金鈿、翡翠、綺綉物，後其家雖盛，夫人處之猶前貧時。女弟四，皆適閭右族，歲時來歸，各爲靡曼飾相夸漫。夫人唯御常服，充充無歉容。喻宗諱曰：「是祇專静嘉者也，諸婦今得師矣。」人稱爲令妻。

訓二子，動静必以學，稍涉豫怠，正色訶厲之。偶見奕器于甂，怒曰：「此牧猪奴戲耳，汝爲名家子，亦復爾耶？」畀之火。二子因惴慄自持，遂以學聞，人稱爲淑母。

先生將移家秣陵，夫人不忍獨其母，且虞有兵禍，力迎與俱。母以耄年辭，夫人泣曰：「世道方棘，唯高城深池可倚耳。」母從之。其族果及於難，人又服其有先識云。

夫人諱德常，字可貞，姓喻氏。喻爲當塗名門，曾祖某，祖某，父汝政，母梅氏。二子，則晟、昱也。孫一，墉。壽四十七，以某年月日卒。卒後十日，權厝江寧縣陶家山之原。

嗚呼！自先王之教不行，公卿大夫多涼德，以名勢相衒，以利禄相媒，頹波滔滔，日流而弗返。况所謂女婦乎？有如天人羣行之美，可爲女師，可爲女範，蓋於古而無愧者，又何可少也？昔劉向傳列女八篇，一事之善，唯恐泯没無傳。使夫人生丁其時，名有不著者邪？銘曰：

夫人之行柔且則，饋祀潔齊家政飭。補紉澣濯亦盡職，粉華弗御食儉德。内外順治夷以懌，栗而能剛類圭璧。羣女從之視爲式，壽年不遐聞者惻。先生禄位日赭赩，玼首錦橐書五色。龍光當臨賁幽室，史氏作銘示罔極。

陶學士祠

在東街希夷觀左，牌坊一座，門樓一座，祠宇三間，房三間。

明宋濂重刊宋濂學士先生文集卷二十，明刻本

明翰林大學士陶公祠堂記

祝　鑾

正德庚辰春，侍御遂寧王公仲修奉天子命來按我邦，暇閱祀典，得所疑，迺進太守傅公希準而問焉，曰：「茲土也，常祀之外，忠臣有祠，重其能死節也。登勇馬將軍有祠，重其能捍患也，祀之宜也。若大學士陶公，德業聞望，巍然爲開國名臣，不啻一邦之傑，顧獨乏祠祀，詎非缺典與？太守其圖之。」傅公曰：「諾。余之責也。」迺謀于衆，得隙地一區，深計一十丈，廣三丈五尺，在郡城東南隅昭文坊西，寔公生長之地。公曰：「嘻！茲固陶氏之故物也，復而歸之，誠在我矣。」遂即其地營度經畫，爲祠三間，以棲公神，門垣庖井，罔不具備。復爲屋于傍，擇其子孫賢者上列諸祀典，俾有司致祭，蓋盛舉也。落成之餘，鑾適以公事過梓里，公六代孫華承二公之命以記屬鑾，顧鑾菲薄，猥從縉紳後，於公切仰止焉，敢以不文辭？

粵惟元之季，羣雄四起，所在塗炭，惟公高見遠識，即拜真主於邂逅之間，參幕府，取金陵，爲天

下豪傑先。故我邦兵不血刃，獲先被皇祖之化、霑汪濊之恩，以迄于今，民稱之公之賜也，祀之宜也。況惠政在黄、饒，爲我有司者，宜取而則之。文章、行誼在辭達諸集，爲我學士大夫者，宜取而則之。古者鄉先生没祭于社，兹非其人與？然則祠而祀之尤宜，但自昔至今百五十餘年，止列其位於鄉賢祠，而祀之之禮亦自近始。草略苟簡，殊不足以闡揚功烈，激勵來學。復故地於既湮之後，舉懿典於久曠之餘，倡之者王公，成之者傅公也。功皆可書已，乃若爲其後者宜何如？讀其書而手澤存焉，思其德而羹牆見焉。思其德將以象其賢也，讀其書將以世其業也，則所以興起黽勉，以求慰公靈於冥漠者，尚永永不匱，又不但雨露怵惕、俎豆馨香而已耳。然則錫二公之光，增吾邦之重，允在於是。鑾不佞，不敢不告焉。祠成于辛巳年正月元日，計其工費白金二百餘兩，皆出自公帑云。

明翰林大學士陶公祠堂記

楊　諫

江東古稱多豪俊之士，先生懷抱利器，連不得志於有司，鬱鬱餘年，君子知其必有合也。皇祖渡江，率父老出迎，以坐奠南服，世道又一宇宙也。夫文武之在天下，與將相協謀而成功者末始不同。議禮定功之後，一時英傑率皆馨於黍稷，而先生獨夷於草莽，是豈有待於後而卒爲全典與？

正德庚辰，侍御遂寧王公仲修來按兹土，檢閲先生行實，而慨念當時之功，作而嘆曰：「上有聖君，下有賢臣，以成億萬載無疆之業，良非偶然。孟子曰『五百年必有王者興，其間必有名世者』，斯之謂與？」進前守傅公希準謀，即先生舊居構堂數楹，扁曰「學士陶公祠」，篁谿祝憲副記之，而祀猶未舉。

踰六年，丙戌秋，二守向公引以爲有司失職之咎，具請於今大中丞太和巡撫陳公，列諸祀典，俾有司歲祭於春丁之後。嗚呼！先生建有祠矣，請有祀矣，而一代之典全矣。由是崇德報功之典成，而百代可仰也；由是美輪美奂之制新，而大禮可行也；由是籩䇺簠簋之儀備，而風化之源、有司之責，前有光後有述也。歲時展祀，得與皇明鴻業相爲悠久，是豈儀文禮制之詳、補綴恢弘之典，卒有待於今日與？夫祭享，禮也，建功立業，臣子職也，禮以義起，人之情、道之紀也。先生遺意，固不計其行與否也，曠於百年之前而衍於千餘年之後，是固禮之機會與？抑斯禮也，補其缺者，二守向公正也；贊其成者，通守陳公淳也、節推朱公孔暘也、邑侯丁公洪也。記斯禮之所由成而述以告諸人人者，晚生楊諫也；掇其事請以文者，六世孫庠生華也。序成，適豸史秀水陶公時莊奉命來守兹土，謹述其顛末以告，喜曰：「尊崇先哲，厚之道也。諸公真先得我心矣。當勒之珉以垂永久。」諫謹拜手以書。

明林鉞重修太平府志卷九，明嘉靖刻本

附録三　酬贈

和主敬陶員外詩韻

汪廣洋

相國深圖治，郎官早見親。每膺前席夜，曾屬後車塵。種竹思儀鳳，将書究獲麟。憂時生白髪，迥比向來新。

明汪廣洋鳳池吟稿卷四，明萬曆刻本

偶題主敬陶參政所論詩經小序後

汪廣洋

二十年前絶可嗤，逢人啜啜便言詩。只今羞澀無多語，政恐門前匡鼎來。音梨。

前賢已往後賢來，掇拾遺編要釋疑。便使李黄今日在，也須三嘆有餘師。

詩從删後更無詩，美刺還他熟慮思。若止誇多名物辨，古人餘憾不無遺。

大手文章不費辭，眼明理到自無疵。客窗三復忘休寢，細酌清泉夜半時。

明汪廣洋鳳池吟稿卷十，明萬曆刻本

彭澤重登潮音閣追和陶參政韻

林弼

神姑近可即，天女邈難攀。飛閣虚空裹，疎鐘杳靄間。潮迎歸越海，雲渡隔淮山。擬學禪棲樂，何時身乞還。

明林弼登州集卷四，清文淵閣四庫全書本

贈陶參政序

劉夏

我國家龍興於南土也，其武臣震耀于天下者，則多有其人矣；其儒臣之震耀于天下者，今御史中丞劉公、江西參政陶公。陶公剛方直大，始與上遇於太平，出策共平定天下，前年出守鄱陽，去年入爲翰林，今年參知江西省事。夫儒者爲政，貴在乎能推大其所爲，成己而成物也。江西所轄大郡，連延至于南海，且一十三府，其間邦諸侯縣大夫皆參政子姓之屬也。參政既已有善於己，安得不責其子姓之皆善也耶？若夫執德守義，獨善一己，視子姓徒役顛倒羣嬉絶不聞知，則儒者正己格物之學幾乎廢矣，善推其所爲之説，幾於流爲空言矣。一道吏民皆有軌，則吾何望焉？吾何望焉？陶公功名滿天下，心跡著史書，而余也幽谷小生，□竊有慕乎古之人，故喜爲之言，以進□大人□□□側焉。

明劉夏劉尚賓文集卷四，明永樂劉拙刻成化劉衢增修本

上陶學士書

梁　寅

八月某日，禮局儒生梁寅謹再拜，獻書内翰相公先生閣下：

寅，山巖之士，衰憊之年，而非有濟時之具者也。近者過蒙朝廷徵求，俾從縉紳之末，以究禮制之宜。承命之初，以蒼學荒落，内顧索然，深自悚恐。及到禮局，賴閣下爲之總裁，而所與共考論者，或老成宿望，或博洽異才，則又竊自喜幸於以見聖主在上，而中書大臣又能其承主意，孳孳儒衡，禮樂之興，成效可必。愚生當少壯之時，常嘆盛世之制作不得而遇，今既衰老，乃幸遇焉。其竭心罄力，思圖報稱，當何如哉！凡諸儀制，衆分考之略定矣，而寅之衷曲則不可不陳於左右。

寅自五月之末，承本郡劉侯之招，俾處郡庠，以掌訓育。於六月八日，伏奉中書省劄付，以王命之重，郡府督迫之嚴，雖去家百里，留外一月，而不敢以暫歸趨裝爲辭。即日就道，水程淹滯，至於二旬，弱體觸暑，易致疾困，入禮局四十餘日，大抵疾苦之日居多。今去鄉二千餘里，家無僮僕，冬服不至，而天氣漸寒，疾將益甚，雖朝廷於人士去留自有定禮，而衰疾之人，其苦莫訴。竊惟閣下以魁傾之望、閎通之才，主上之所深知，宰臣之所共敬，於今而興禮樂，敷文化，唯閣下是賴。而以寅之迂愚昏謬，其所長者罕而所短者多，亦唯閣下能知之。寅竊自揆知慮不足與謀遠也，論議不足以決疑也，操行多愧於君子，非可以勵俗也，文辭不及於時俊，非可以垂世也，而在於諸儒之中，其龍鍾困憊特爲尤甚。伏望閣下言之於相君而轉以上聞，許其早歸田里，則譬之陽春之暉及於朽株，江河之潤逮於枯壤，其恩藏於心，詎可忘哉？干冒崇重，不勝悚息，惟俯加愍察。　寅再拜。

元梁寅石門集卷三，清乾隆十五年刻本

附録四　事蹟

陶學士先生事蹟

費　宏

乙未夏六月，上率衆渡江，取太平路，耆儒李習、陶安率父老出城迎上。安見上狀貌，謂習等曰：「龍姿鳳質，非常人也，我輩今有主矣。」

上召陶、李，與語時事。安因獻言曰：「方今四海鼎沸，豪傑並争，攻城屠邑，互相長雄。然其志皆在子女玉帛，取快一時，非有撥亂救民安天下之心。今明公率衆渡江，神武不殺，人心悦服，以此順天應人而行弔伐，天下不足平也。」言與上合。

丙申秋七月己卯朔，諸將奉上爲吴國公，以元御史臺爲公府，置江南行中書省，上兼總省事，以陶安爲員外郎。

洪武元年正月辛巳，中丞劉基、學士陶安言於上曰：「適聞倣元舊制設中書令〔一〕，欲奏以太子爲之。」上曰：「取法於古，必擇其善者而從之。苟惟不善，而一概是從，將欲望治，譬猶求登高岡而却步，渡長江而迴楫，豈能達哉？且吾子年未長，學未充，更事未多，所宜尊禮師傳，講習經傳，博通古今，識達機宜。他日軍國重務，皆令啓聞，何必效彼作中書令乎？」謂詹同等曰：「朕今立東宫官，取廷臣勳德老成兼其職。老成舊人，動有典則，若新進之賢者，亦選擇參用。夫舉賢任才，立國之本；崇德尚齒，尊賢之道。輔導得賢，人各盡職。故連抱之木必以授良匠，萬金之璧不以付拙工。」同對曰：「陛下立法垂憲之意實深遠矣。」於是以李善長等兼東宫官。乃諭曰：「昔周公教成王，告以克詰戎兵；召公教康王，告以張皇六師。此居安慮危，不忘武備。蓋繼世之君，生長富貴，泥於安佚，軍旅之事，多忽而不務，一有緩急，罔知所措。二公所言，不可忘也。」

丁亥，上御東閣，中丞章溢、學士陶安等侍，因論前代興亡之事。上曰：「喪亂之源，由於驕佚。大抵居高位者易驕，處佚樂者易侈，驕則善言不入而過不聞，侈則善道不立而行不顧。如此者，未有不亡。卿此論深有契於予心。古者今之鑑，豈不信歟？」

上與儒臣論學術。學士陶安對曰：「道之不明，邪説害之也。」上曰：「邪説之害道，猶美味之悦口，美色之眩目，人鮮不爲所惑，自非有豪傑之見，不能決去之也。戰國之時，縱横捭闔之徒肆其邪説，游説諸侯，諸侯急於功利者多從其説，往往事未就而國隨以亡。此誠何益？夫邪説不去，則正道不興；正道不興，天下烏得而治？」安曰：「陛下所言，深探其本。」

上曰：「仁義，治天下之本也。賈生論秦之亡，不行仁義之過。夫秦襲戰國之餘弊，又安得知此？」

二月壬寅朔，中書省臣李善長、傅瓛、學士陶安等進郊社宗廟議。其圜丘之議云云：今當遵古制，分祭天地於南北郊。冬至則祀皇天上帝於圜丘，以大明、夜明、星辰、太歲從祀。方丘之説云云：今當以經爲正，擬以今歲夏至日祀方丘，以五岳、五鎮、四海、四瀆從祀。宗廟之説云云：今擬四代各爲一廟，廟皆南向，以四時孟月及歲除凡五享。孟春特祭於大廟，孟夏、孟秋、孟冬、歲除則合祭於高祖廟。社稷之説云云：今宜祀以春秋二仲月上戊日。從之。

己未，學士陶安等奏，古者天子五冕，祭天地社稷諸神，各有所用，請製之。上曰：「五冕禮太繁。今祭天地宗廟，則服衮冕，社稷等則服通天冠、絳紗袍。餘不用。」

時有御史言陶安隱微之過，上曰：「朕素知安。安豈有此？且爾何由知之？」對曰：「聞之道路。」上曰：「御史但取道路之言以毁譽人，以此爲盡職乎？」命黜之。中書省臣進曰：「御史職當言路，言之有失，乞容之。」上曰：「不然。夫植佳木者必去蟫蠧，長良苗者必芟稂莠，任正大者必絶邪人。凡邪人之事君，必先結以小信而後逞其大詐。此人當有所言，朕不疑而聽之，故今日乃爲此妄言。夫去小人當如撲火，及其未盛而撲之，則易爲力；不然，則害滋大矣。」竟黜之。

九月戊戌朔，江西行省參政陶安卒。安字主敬，姑孰人。少敏悟，有大志，博涉經史，猶深於易。元季嘗試於有司，爲明道書院山長。上渡江至太平，安率父老迎謁。語合上意，即留參幕府，拜左司員外郎。從克金陵，陞左司郎中。既而得劉基、宋濂、章溢、葉琛四人，上問四人者何如，安對曰：「臣謀略不及劉基，學問不及宋濂，治民之才不如章溢、葉琛。」上多其善讓。

後克黃州，思得重臣以鎮之，曰：「無逾安者。」遂命知黃州。至則寬賦稅、省徭役，民悦服之。尋移知饒州。時方征伐，急軍需。安勸諭誘率其民，民皆樂輸而用不乏。及寇至攻城，安諭父老率子弟固守，後援兵至，擊走之。諸將以鄉民多從賊，欲屠之，安曰：「民爲所脅耳，奈何殺之？」由是民皆得全。上聞，遣使往勞之。明年入朝，命復守饒州。民懷其德，建生祠事之。吴元年初，置翰林院，首召安爲學士。凡國家制度禮文之事，多安所定擬。及遷江西行省參政汪廣洋于山東，乃以安代之。追封其祖父、母爲姑孰侯，并夫人。至是，卒于治所。病劇，猶草時務十事上之。

上甚哀悼，親爲文遣使以祭之，時年五十九〔二〕。

右見國史

太祖自和州渡江至采石，太平儒士陶安首先來見。太祖問曰：「有何道教之？」安曰：「即今羣雄並起，不過子女玉帛，將軍若能反羣雄之志，不殺人，不虜掠，不燒房屋，首取金陵，以圖王業，願以身許之。」太祖曰：「諾。」克太平，援安太平興國翼元帥府令史，陞都事。後太祖得建康等處，全有江南，遂成帝業。安贊佐功多，官至翰林學士、江西行省參知政事。

右見行部侍郎劉辰所進國初事蹟

江南等處行中書省，龍鳳四年十月二十四日，參議府左右司等官奉鈞旨，仰本省首領官掾史分派房分掌管事務。奉此，參議府左右司官圓議分派到各房事務，開坐各各職名。稟奉鈞旨，仰照依後項事同署文案分科掌管，各守乃職，毋紊法度，日生事件，照科掌行。奉此，省府除外，今委自本職與本省都事王徵事公同提調掌管兵房一應文字爲此。今開前去，合下仰照，依上施行，須至劄付者。

事件

守禦各翼　關防盤詰
調遣征進　各項功賞
招諭榜文　申報公務
守禦門禁　軍前報捷
勾取官軍　設置急遞鋪

右劄付都事陶安。

令旨付陶安：

皇帝聖旨：

吴王令旨，陶安可授黄州府知府，宜令陶安准此。龍鳳十年二月□日。

令旨付陶安：

皇帝聖旨：
吴王令旨，陶安可授鄱陽府知府，宜令陶安准此。龍鳳十年十二月□日。

御賜詩：
匡廬岩穴甚濟濟，水怪無端盈彭蠡。
鱷魚因韓去遠洋，陶安鄱陽即一理。

奉天承運皇帝聖旨：於戲！水之有源，事乃有因。朕之王業，孰知其由乎？惟朕有臣前翰林學士陶安，幼而志於學，長而明道，未能施用。因天下亂，朕自西渡江東來，其安率父老迓朕，駐姑孰，首言曰：「方今海内鼎沸，羣雄奮争，不過子女玉帛耳，非民之父母也。將軍至此，有何道哉？」朕曰：「爾所言者，何也？」安曰：「願將軍反他雄之所爲，操王業之度，招賢納士，首取金陵，駐蹕於此，以匡天下。」安願以身許之。」朕遂諾。後不數年間，大江之南盡爲我定。初，安歷案牘，後守鄱陽。鄱陽之民果勁而頑，及安至，賊乃叩城，安與守將謀禦之，頃而縛賊，賊乃息。撫之以風化，山民遂無亂者。於戲！水之源，事之因，王業之由，惟安之謂乎？至建國紀年之初，詔入京師，授以翰林學士。今兵入中原，得山東，朕欲少健者開省山東，經理諸事，以南昌郡西省参政汪廣洋者，其人不貪而純粹，可職山東。惟安有道，可署西省，以代廣洋者。詔卿速行，導吾民以良。於戲！惟天生賢，爲國民寶。安秉道學之正，以誠格天，慎之戒之，可中奉大夫、江西等處行中書省參知政事，宜令陶安准此。洪武元年四月□日。

奉天承運皇帝聖旨：蓋聞國家之立也，必有一心之臣尊戴匡輔，用能張其綱紀，植其表儀，正其位名，善其詞命，基圖以大，自古皆然。朕之初渡江也，江南之士杖策謁于軍門者陶安實先，即以帝王事功期於始見之際。贊襄兵務，多歷年所，宣號令則軍民信，議禮刑則體要成。建陳之論以忠，出納之命惟允。雖艱難繁劇，一不以動其中，真爲一心者焉。至於牧民而民安，治吏而吏服，捍城禦侮，寇憝成擒，列郡宴寧，其勞則著。肆朕君臨大寶，念此翊運舊臣，老當優之，不欲久繁以政。兹者開翰苑以崇文治，立學士以冠儒英，重道尊賢，宜爾爲長。尚其論思以盡己，獻納以告君，綜理人文，明揚世教，副予眷注，以臻治平，可翰林學士、嘉議大夫、知制誥兼脩國史，宜令陶安准此。洪武元年四月□日。

御賜對：「國朝謀略無雙士，翰苑文章第一家。」

奉天承運皇帝聖旨：前人積德，衍餘慶於孫枝；後嗣立功，推隆恩於祖考。爰篤勸賢之義，用章報本之誠。中奉大夫、江西等處行中書省參知政事陶安祖父陶大宥，賦性循良，爲人倜儻，兄弟敦其友愛，鄉黨服其老成。再世生賢，詒謀有素，乃際興王之運，實爲佐命之臣。既視草於内廷，遂陞華於大省，著此勳庸之茂，致予基業之成。宜有榮封及有所自。歆此絲綸之重，永爲泉壤之光。可贈嘉議大夫、尚書禮部尚書、上輕車都尉，追封姑孰郡侯，宜令准此。洪武二年正月□日。

奉天承運皇帝聖旨：朕當臨御之初，爰舉追封之典，恩既隆其大父，禮宜及於重闈。中奉大夫、江西等處行中書省參知政事陶安祖母杲氏，天性柔嘉，閫儀端肅，起家本於勤儉，睦族盡其慈和。善積于躬，慶延于後，爰有孫子，爲我儒臣。佐運宣勞，以身許國。兹用頒夫大誥，俾勞及於前人。惟爾淑靈，歆兹殊渥，可追封姑孰郡夫人，宜令准此。洪武二年正月□日。

奉天承運皇帝聖旨：父子有親，念此過廷之訓；君臣主義，體其陟岵之思。用廣至恩，特頒明綍。中奉大夫、江西等處行中書省參知政事陶安父陶文興，存心慤實，造行直方。奉親則甘旨如富家，撫幼則義方有遺訓，致其嗣子爲朕名臣。首詣轅門，大業籍謀謨之重；陞參玉鉉，分垣資佐理之能。且際會於風雲，每興感於霜露。兹加封爵，以及嚴親，尚冀英靈，歆此榮寵。可贈中奉大夫、江西等處行中書省參知政事護軍，追封姑孰郡公，宜令准此。洪武二年正月□日。

奉天承運皇帝聖旨：子兮思報，常懷寸草之心；母也霑恩，今錫五花之誥。念劬勞於既往，舉彝典於斯時。中奉大夫、江西等處行中書省參知政事陶安母徐氏，資禀嚴明，行能端淑，事舅盡其孝敬，睦族致其謙和。全四德以相夫，法三遷以訓子。遂逢興運，大展奇才，居翰院而摛文，陞省垣而執政。每念倚閭之望，兹封上郡之榮。惟爾有靈，克昌厥後。可追封姑孰郡夫人，宜令准此。洪武二年正月□日。

奉天承運皇帝聖旨：創造邦家，必賴良臣之助；輔佐君子，實由内子之賢。頒以殊恩，同其峻秩。中奉大夫、江西等處行中書省參知政事陶安妻喻氏，幼遵姆訓，長肅閨儀，奉姑得其歡心，主饋守其常法。且服勞於蠶績，思警戒於鷄鳴。德有可嘉，壽胡不永？弗及見夫名爵之顯，良可憫也。兹行恤典，用錫綸音。胙以上郡之封，正以夫人之號。用昭盛典，永賁幽扃。可追封姑孰郡夫人，宜令准此。洪武二年正月□日。

奉天承運皇帝聖旨：家道之成，必資於内助；恩封之典，宜及於中闈。兹用褒嘉，以昭恩禮。中奉大夫、江西等處行中書省參知政事陶安妻陳氏，早自望族，嬪于慶門。婦道肅雝，恪守閨門之訓；德容婉順，克脩聲悦之儀。相爾良人，成此功業。位正玉堂之署，職參華省之垣。夫貴於朝，妻榮於室，事理爲當，品秩攸同。爰頒鸞誥之新，永作魚軒之賁。可封姑孰郡夫人，宜令陳氏准此。洪武二年正月□日。

御祭文：

皇帝遣江西有司致祭于故中奉大夫、江西等處行中書省參知政事陶安之靈：朕念爾生長姑孰，秉性聰明，習先聖之道，所目皆通。當胡元科舉之時，惟爾適中鄉選，出羣儒之上，使閭里增輝，爾祖宗亦陰悅。奈胡元疑吾漢南，雖有道之士，不居要職。俄遇朕渡江，慨然相副，于今十有四年，曾負勤勞。今年授爾西省參知政事，朕思當此英雄展志之秋，文章光耀之際，其闡聖賢之學，正在今日。奈何天不假年，如水之東逝。使朕欷歔而淚襟者，何也？蓋不忘同患難於至今故耳。特令有司列牲祭之，明文以諭，靈之不昧。尚享！洪武元年九月□日。右見太平郡志

爲善陰騭書陶安惠政。陶安字主敬，姑孰人，少敏悟，有大志，博涉經史。太祖高皇帝渡江至太平，安率父老迎謁，即留參幕府，拜左司員外郎。從克金陵，陞左司郎中。後克黄州，思得重臣以鎮之，曰：「無逾安者。」遂命知黄州。至則寬租賦，省徭役，民悦服之。尋移知饒州，時方征伐，急軍需〔三〕，安勸諭誘率其民，民皆樂輸，而用不乏。及寇至攻城，安開諭父老，率子弟固守，後數日援兵至，擊走之。諸將以鄉民多從賊，欲屠之，安曰：「民爲所脅耳。從賊非本心，奈何殺之？」由是民得全。事聞，遣使往勞之。明年入朝，命復守饒州。民懷其德，建

生祠事之。尋召爲翰林學士，遷江西行省參政，以疾卒於治所。太祖高皇帝親爲文，遣使致祭，追封其祖、考皆爲姑孰公侯，祖母、母皆爲夫人，顯榮光耀，儒者榮之。

人臣受君命宣力一方，苟能深恤民隱，全活生靈，未有不身享禄爵、終始顯融者。無他，天道至公，爲善降祥，自不誣也。陶安當元季兵起，率父老迎謁太祖高皇帝於太平，其歸順之志可嘉已。及知黄州，寬省賦役，而民悦服。移知饒州，民樂轉輸，軍餉給足。至於固守其城，寇竟以遁。諸將欲屠鄉民，則諭其不可，而民之全活者益衆。饒人懷德，乃建生祠事之。尋蒙朝廷賜勞顯擢。及其卒也，恩寵褒嘉，榮及先世。嗚呼，爲善之報，有如是哉！是宜表而出之，以爲世勸。詩曰：

黄饒二郡稱賢守，惟有陶安最著名。
見説當年遺愛處，吏民猶自荷生成。

又

善惡昭昭不可欺，冥冥積德有天知。
誠看郡守陶安事〔四〕，三代褒封世所奇。

陶學士先生事蹟終。

予曩以職事預脩憲廟實録，得竊窺國史，因知儒臣受知聖祖者莫先先生。其後，同年史地官文鑑以永樂中行部侍郎劉辰所進國初事蹟見示，而先生迎謁之事實居卷首。妻兄濮太史和仲先生，邑子也，又爲予言獲見先生之孫華所藏聖祖册命，其德先生也甚深。顧近日彭司寇鳳儀、楊司諫方震紀録名臣，皆弗及先生，予竊怪之。兹既僭序先生之集，因備録所知事實如右，以寄張學諭天益，俾別爲一卷，置之集首。蓋以一代聖賢相遭之盛，有不可没，而予之所以頌先生者，亦庶幾有所考信云。

鉛山費宏謹識。

【校勘記】

〔一〕「中書令」，原作「中丞令」，據太祖高皇帝實録改。

〔二〕「五十九」，當作「五十七」，見本書前言。

〔三〕「急」，原脱，據黄金皇明開國功臣録補。

〔四〕「誠看」，疑作「試看」。

陶學士先生文集卷首，明弘治十三年刻本

附録五　年譜

明翰林學士當塗陶主敬先生年譜

夏炘

元仁宗皇慶元年壬子，一歲。

是年，先生生於太平府城東南隅昭文坊之西。按祝篁溪先生祠堂記云：「郡城東南隅昭文坊之西，實公生長之地。」

先生生年不可考。據明史，先生卒於洪武元年，集首載國史云卒年五十九。按至正二十四年二月，授黄州府知府。秋，坐事謫知桐城，冬召還。集載黄岡寓稿在黄州作。服藥詩云：「閲世五十三，頗覺元氣壯。」鶴沙小紀謫桐城作。讀易詩云：「静觀大易九六數，忽覺行年五十三。」至正二十四年至洪武元年，凡五年，則先生卒時五十七，國史誤多二年。又書趙道昭擬挽自序後云：「至順初，道昭自中山來姑孰，余年未冠。」以五十九計之，時年二十一，不得云未冠。以五十七計之，時年十九，與未冠合。則先生卒時五十七無疑。逆數之，生於皇慶元年。

又説郛中載明沈士謙明良録略亦言先生卒時年五十七，足證集首五十九之誤，與炘所考合。同治丙寅三月又識。

皇慶二年癸丑，二歲。

延祐元年甲寅，三歲。

是年正月，改元。

延祐二年乙卯，四歲。

延祐三年丙辰，五歲。

延祐四年丁巳，六歲。

是年，先生父文興公卒。太平府志傳云「六歲失怙」。從何益甫先生名友聞發蒙，集中有輓詩。讀書日記千言，鄉黨異之。見府志。

按，發蒙何年不可考，姑次于此。先生幼時之師，仍有勿齋潘公。見送教諭潘君序。又府志云：「師李習兄弟，博涉經史，尤長於易。」

延祐五年戊午，七歲。

延祐六年己未，八歲。

延祐七年庚申，九歲。

正月辛丑，仁宗崩。三月庚寅，英宗即位。十二月乙巳朔，詔以明年爲至治元年。

是年，先生祖父大宥公卒。至正癸卯，先生至武昌。江行雜詠中有先祖生日詩云：「兒時拜舞祖庭前，白髮烏紗一老仙。四十四年蹤迹遠，幼孫涉世亦華顛。」

英宗至治元年辛酉，十歲。

至治二年壬戌，十一歲。

至治三年癸亥，十二歲。

八月，鐵失弑英宗，迎泰定帝於北邊而立之。詔以明年爲泰定元年。

泰定帝泰定元年甲子，十三歲。

泰定二年乙丑，十四歲。

泰定三年丙寅，十五歲。

泰定四年丁卯，十六歲。

集中喜秋雨詩自注云：「十六歲時，見太平監郡馬公昂夫，承命面賦喜秋雨詩，用七言律『秋』字韻。」

致和元年、文宗天曆元年戊辰，十七歲。

二月，改元致和。七月，泰定帝崩。九月，文宗即位，改元天曆。

天曆二年己巳，十八歲。

至順元年庚午，十九歲。

五月，改元。

集中書趙道昭擬挽自序後云：「至順初，趙君道昭來自中山，姑孰士夫延置泮北詠歸亭，余年未冠。」

至順二年辛未，二十歲。

至順三年壬申，二十一歲。

八月，文宗崩。鄜王懿璘質班即位。十一月，鄜王薨。

順帝元統元年癸酉，二十二歲。

六月，順帝即位。冬十月，改元。

元統二年甲戌，二十三歲。

是年，先生館溧水藍溪嚴氏。集中惜逝文云：「溧水藍溪嚴氏，曩以禮致余處賓師之位，識其先輩兄弟五人，爲忘年交。既而茂叔君卒，踰二載，芳叔君卒，余歸當塗。」又代嚴潛述父行狀云：「先考字茂叔，元統甲戌十一月卒。」則是年館於藍溪，至元丙子始歸當塗也。

至元元年乙亥，二十四歲。

十一月，因星變改元。罷科舉。館藍溪嚴氏。

至元二年丙子，二十五歲。

是年，仍館藍溪嚴氏。二月，與嚴厚齋遊龍鳴山，山在溧水，亦名無想山。有記。冬，歸姑孰。

至元三年丁丑，二十六歲。

至元四年戊寅，二十七歲。

至元五年己卯，二十八歲。

至元六年庚辰，二十九歲。

十二月，詔復行科舉。時科舉既廢，用翰林學士承旨巙巙言，詔復行之。

至正元年辛巳，三十歲。

正月己酉朔，改元。

是年，先生訓導姑孰郡庠。集中挽方君政詩序云：「至正初，予訓導姑孰郡庠，青陽方君政來正學事，遣其子若孫執禮受業。後予去職，君亦攝教天門、于湖。考滿，聽銓吏部，余適與計偕。乙酉春，遇君京城」，云云。則設教訓庠爲時亦未久也。

是年三月二日，長子晟生。先生甲辰自樅陽寄晟詩云：「今年二十四，稼穡識艱難。」又有三月二日晟生朝賦詩。

又按，先生子長晟，次昱，集中有昱至樅陽詩云：「若兄能守舍，此處暫堪留。」又示晟詩云：「汝弟來傳説，朝儀熟見聞。」宋濂喻夫人墓銘亦云：「子二，晟、昱。」明史以昱爲兄，誤。昱二月二十五日生朝，見集中昱生朝詩，其生年不可考。又本傳載晟洪武中爲浙江按察使，府志載：「昱知州，謫戍寧遠，放還。」

秋，應浙江行省鄉試，落第。集中題張源相辛巳試院唱和詩卷云：「我賦浙江徒手還，丹桂可望不可攀。」

按，元史選舉志，鄉試八月二十日第一場，二十三日第二場，二十六日第三場。漢人、南人試三場，蒙古、色目人只試兩場。第一場蒙古、色目人經問五條，大學、論語、孟子、中庸內設問，用朱氏章句集注，其義理精明、文詞典雅者爲中選。漢人、南人明經、經疑二問，大學、論語、孟子、中庸內出題，並用朱氏章句集注經義一道，各治一經。詩以朱氏爲主，尚書以蔡氏爲主，周易以程氏、朱氏爲主，已上三經兼用古注疏。春秋用三傳及胡氏傳，禮記用古注疏，限五百字以上，不拘格律。第二場蒙古、色目人策一道，以時務出題，限五百字以上。漢人、南人古賦、詔誥、章表內科一道，古賦、詔誥用古體，章表四六，參用古體。第三場漢人、南人策一道，經史時務內出題，不矜詞藻，惟務直述，限一千字以上。是年新復科舉，稍變程式，減蒙古、色目人明經二條，增本經義；易漢、南人第一場四書疑一道爲本經疑，增第二場古賦外，於詔誥、章表內又科一道。

至正二年壬午，三十一歲。

至正三年癸未，三十二歲。

至正四年甲申，三十三歲。

是年秋，先生以易領浙江鄉薦。

按，元制，鄉試天下取合格者三百人，赴會試。蒙古、色目、漢人、南人各取合格七十五人。中選者，各給解據、録連取中科文，行省移咨都省，送禮部，腹裏、宣慰司及各路關申禮部，監察御史、廉訪司依上録連科文申臺，轉呈都省，以憑照勘。

冬，因黄河溢決，曹、濮、兖、濟皆被災，令民入粟補官，以備賑濟。當塗夏宏叔、秦君用俱以貲入仕，先生作序以勵其行。

至正五年乙酉，三十四歲。

會試落第。集中輓方君詩序云：「乙酉仲春，遇君京城，遍覽都市。」

按，元制，會試以二月初一日試第一場，初三日第二場，初五日第三場。蒙古、色目人、漢、南人試題與鄉試無異。蒙古、色目人作一榜，漢人、南人作一榜。第一名賜進士及第，從六品。第二名以下至第二甲皆正七品，第三甲以下皆正八品。

至正六年丙戌，三十五歲。

是年，太平總管高子明改創郡庠，先生作孔廟、大成樂諸賦。

至正七年丁亥，三十六歲。

至正八年戊子，三十七歲。

會試落第。南歸，夏抵當塗。集中有至正戊子下第南歸與同貢黃仲珍雷景陽同舟詩，又有五月旦日至瓜州懷同貢諸友詩。

秋，設教郡庠。冬，奉檄赴金陵，爲明道書院山長。迎母徐太夫人就養。集中送豐叔良序云：「姑孰有訓導曰豐叔良，至正戊子秋至姑孰，時余同教四齋，相驩無間。冬，余赴金陵。」又悼亡詩云：「檄作書院長，金陵坐寒氊。爲我奉母來，承顔意彌虔。」

案，元制，凡師儒之官命於朝廷者曰教授，路府上中州置之。命於禮部及行省及宣慰司者曰學正、山長、學録、教諭，路州縣及書院置之。舉人下第，漢人、南人年五十以上并兩舉不第者與教授，以下與學正、山長。

是年，溧陽田賦改輸宜興。舊制輸龍灣廣運倉，經宜興、無爲、崑山、嘉定四州之境，出海入江，至丹徒，歷金山及黃天蕩，始達龍灣，民力凋敝。至是，用御史言，改輸宜興。先生作集慶路達魯花赤善政記。

至正九年己丑，三十八歲。

在金陵。有長明道書院述寓諸作。

至正十年庚寅，三十九歲。

在金陵。有送李儀伯赴西臺序。

至正十一年辛卯，四十歲。

是年考滿，自金陵歸，設教郡庠。集中送采石山長濮友文序云：「至正己丑余客昇，明年濮君來昇，又明年余歸太平。」又送程子舟序云：「郡府聘爲泮齋之師，適余歸自金陵，同時分校。」

至正十二年壬辰，四十一歲。

是年春，徐壽輝陷江西諸州郡，郭子興因汝、潁兵起，亦拔濠州據之，太平戒嚴。秋，鎮守太平路軍官閱兵於北郊，先生有姑孰閱武記。

冬十月，溧水劇賊方揚等攻陷州城，乘勝犯太平，至葉家橋，脅從甚衆，去郡城四十餘里。監郡元振、同知仲禮單騎入賊營，降其渠魁五人；束兵來歸者七千户有奇。先生作監郡珊竹元振招安記、同知仲禮功績記。

是年，彭翼兵入繁昌，監縣鐵仲賓前後十三捷，民賴以安。先生作繁昌縣監邑鐵仲賓功績記。

至正十三年癸巳，四十二歲。

是年夏，城北産瑞麥，一莖兩歧，先生作瑞麥記。

秋，奉檄赴姚江，爲會稽高節書院山長。有新用直學潘國賓，以錢五百緡修贄禮，先生拒不受，因諷以買石甃道、修院門土徑，行者便焉。

是年，左丞阿爾温沙、參政恩寧普分省明州，委進士董朝宗團結餘姚民兵。先生有登舜江樓詩。

至正十四年甲午，四十三歲。

是年，在姚江。

十一月，以公委去職。臘月望後至當塗。集中高節書院紀略云：「余始視事，當癸巳九月二日。甲午仲冬，以公委去職，臘月望後至當塗。」

至正十五年韓林兒龍鳳元年。乙未，四十四歲。

是年夏六月，明太祖自和州渡江至采石，先生與耆儒李習率父老出迎。上召陶、李，與語時事。先生因獻言曰：「方今海内鼎沸，豪傑並争，攻城屠邑，互相長雄。然其志皆在子女玉帛，取快一時，非有撥亂救民之志。將軍若能反羣雄之所爲，不殺人，不虜掠，不燒房屋，首取金陵，以圖王業，願以身許之。」太祖曰：「諾。」克太平，授先生太平興國翼元帥府令史。見集首國史及劉辰國初事蹟。按，明史太祖本紀：「克太平，改路曰府，置太平興國翼元帥府，自領元帥事，召陶安參幕府事。」考令史即幕府僚屬，本傳以此年授左司員外郎，非也。辨見後。

又按，明史太祖本從郭子興于濠，至正十五年三月子興卒，時劉福通迎立韓山童子林兒于亳，國號宋，建元龍鳳，檄子興子天敍爲都元帥，張天祐、太祖爲左右副元帥。太祖慨然曰：「大丈夫豈能受制于人耶？」然念林兒勢盛，可倚藉，乃用其年號以令軍中，故吴元年以前皆用龍鳳紀年，凡十二年。及丙午，林兒卒，丁未始稱吴元年。凡吴元年以前諸令旨中所稱皇帝聖旨者，林兒也，吴王令旨者，太祖也。集首所載俱一一可考。

至正十六年龍鳳二年。丙申，四十五歲。

是年春三月，太祖克金陵，諸將奉上爲吴國公。以元御史臺爲公府，置江南行中書省，上兼總省事，置僚佐。

是年，先生奉命使淮，母徐太夫人卒于姑孰。集中悼亡詩云：「江南開大閫，幕下叨備員。石城奏雄捷，銜命使淮堧。風塵塞道路，百里如數千。慈親念行子，加殞營氣纏。煢煢奉湯藥，深夜更煮餈。心勞不可救，痛絶鬱莫宣。慎終禮必誠，淺土封亦堅。庶冀良人歸，中心無悔愆。」則先生或聞訃奔喪，或使回始聞喪也。又宋濂喻夫人墓誌云：「姑徐氏卒，先生適以使事留淮。」

按，先生使淮不知何事。考明史張士誠自淮東陷平江，轉掠浙西。太祖既定集慶，慮士誠强，詒書士誠，士誠不報。然則先生使淮，或即奉書貽士誠也。

又按，是年先生因四方兵亂，移家金陵。悼亡詩云：「移家指鳳臺，華省初依蓮。」但言移家在母喪以後，不言何年。知新近稿中有寄從子詩云：「舊居數椽屋，昔别今八霜。」其詩敍次作於癸卯仲冬以前，逆數之，知移家在此年也。

至正十七年龍鳳三年。丁酉，四十六歲。

居母憂。

至正十八年龍鳳四年。戊戌，四十七歲。

是年服闋，授行省都事。見太平府志。尋遷左司員外郎，進郎中。見本傳、集首國史。

按，明史職官志，行省都事正七品，員外郎正六品，郎中正五品。集首載龍鳳四年十月付都事陶某劄一道，則陞左司員外郎及郎中當在是年十月以後。明史謂乙未即授員外郎，丙申陞郎中，國史又謂丙申七月陞員外郎，皆非也。惟郡志謂服闋授行省都事爲得其實。

至正十九年龍鳳五年。己亥，四十八歲。

是年秋九月，太祖於建龍闢儀鳳樓，雜寫金陵山川六處，命僚屬各賦絶句，先生有詩。

十一月壬寅，胡大海克處州，授孫炎總制，命招劉基、宋濂、章溢、葉琛等。先生有送孫伯融赴括蒼詩，又有寄劉伯温宋景濂二公詩云：「水溢中原又旱乾，風塵從此浩浸漫。東山好慰蒼生望，南國那容皓髮安。要整綱常崇黼黻，還成文物萃衣冠。聖賢事業平生志，幽樂何須戀考槃。」其勸駕之意殷矣。

至正二十年龍鳳六年。庚子，四十九歲。

是年二月二十九日，太祖遊姑孰靈山無相庵，先生與汪朝宗都諫、王思文理問俱侍行，有詩紀事。

三月十七日，太祖登忠勤樓，幕佐文士皆在，命各賦律詩一首，先生有詩。

閏五月，陳友諒陷太平，直犯龍江關。太祖親督軍與戰於龍灣，先生侍從軍中，有龍灣舟師詩二首，又自效詩云：「出入兵戎裏，揮豪代執戈。」

六月，徵劉基、宋濂等既至，築禮賢館以處之。先生有喜伯温景濂輩至新京詩云：「束帛徵賢出碉阿，來從明主定山河。攄才要濟邦家用，爲治當調鼎鼐和。定見百年興禮樂，先從四海戢干戈。當朝輔佐侔伊吕，汗簡芳名耿不磨。」其期望之意殷矣。

太祖問先生四人者何如，對曰：「臣謀略不如基，學問不如濂，治民之才不如溢、琛。」太祖多其能讓。見本傳

至正二十一年龍鳳七年。辛丑，五十歲。

案，本集知新近稿中次韻劉彦炳典籤感秋詩第二首云：「我本隱逸人，手種籬菊黄。養真亦好道，忽已五十霜。」當作於是年。

至正二十二年龍鳳八年。壬寅，五十一歲。

是年二月，降人蔣英殺金華守將胡大海，郎中王愷死之，先生有哭胡通甫參政王用和郎中詩。

處州降人李祐之聞變，亦殺行樞密院判耿再成，反，都事孫炎死之，先生有哭孫伯融詩。

四月辛丑，黄河清六百餘里，有誌喜詩。

冬，夫人喻氏卒。案悼亡詩云：「何意壬寅冬，瞑目在我先。」宋濂喻夫人墓銘云：「夫人

諱德常，字可貞。父汝政，母梅氏。子二，晟、昱。孫一，墉。壽四十七卒。卒後十日，權厝江寧縣陶家山之原。洪武二年正月，追封姑孰郡夫人。」

又先生繼室陳氏，洪武二年亦封姑孰郡夫人。集首載正月誥命一道，太平府志云：「安殁，子昱、孫卯兒坐法，徙軍。陳氏以前子從戎，叩閽泣奏。帝爲泫然曰：「安乃大儒，朕初渡江，首與先後，功在鼎彝。今子孫殘落，深可憫念。時卯兒已故，立赦昱歸養。亦封姑孰郡夫人。」

至正二十三年龍鳳九年。癸卯，五十二歲。

是年四月，陳友諒大舉兵圍洪都。秋七月，太祖自將救洪都。先閱兵龍江，與友諒戰於鄱陽湖康郎山。八月，友諒中流矢死，其子理奔武昌。先生侍從軍中，有龍江閱兵、康郎山應制、大明鐃歌鼓吹曲諸詩。案先生龍江詩敘云：「癸卯七月，閱兵龍江，臣某忝侍從。」又鐃歌曲敘云：「某忝侍從，親覩大戰於彭蠡湖。」明史夏煜傳謂太祖親征友諒，儒臣惟劉基與煜侍。鄱陽戰勝，草檄賦詩，想未見先生集，故云。然九月凱旋，太祖還應天，先生有奏凱詩。按，敘云：「八月，虜酋中流矢，斃於舟中，降其衆五萬，皆宥釋之，奏凱而旋。臣以文字爲職，躬臨其盛，用作凱歌爲獻。」

九月十五日壬午，太祖復自將征陳理。先生供職應天，未行。案，是年九月二十二日立冬，先生有立冬日詩云：「憶君親沐雨，愧我已重裘。」蓋指太祖征陳理言也。

十一月十五日，先生赴武昌，有江行雜詠諸詩。

十二月丙申朔，太祖還應天。先生留武昌，未歸。按江行詩敍云：「癸卯仲冬望日，登舟秦淮。」至武昌詩云：「行至二十日，始臨鸚鵡洲。」則先生嘉平五日始抵武昌，太祖朔日還應天，先生未及見太祖也。

至正二十四年龍鳳十年。甲辰，五十三歲。

是年春正月丙寅朔，李善長、徐達等奉太祖即吴王位，建百官，以李善長爲右相國，徐達爲左相國。先生有聞立中書省命左右相國詩。

二月乙未，以武昌圍久不下，太祖復親往視師，督諸將擊之。陳理銜璧出降，荆湖之地，望風皆附。思得重臣鎮黄州，遂授先生黄州府知府。寬賦省徭，民以樂業。有黄岡寓稿諸詩。案，集首載龍鳳十年二月授黄州府知府令旨一道，然則黄州之授，即由武昌行在命之與？

三月乙丑，太祖還應天。

先生長子晟至武昌省親，有二月十六日喜晟至武昌詩。

秋，坐事謫知桐城，有鶴沙小紀諸詩。先生次子昱至樅陽桐城舊縣。省親，有喜昱至樅陽詩。又有寄示晟詩二首。

十二月召還，授饒州府知府。案，集首載龍鳳十年十二月授饒州府知府令旨一道。鶴沙小紀中有聞除代者及召還詩。

歲暮，抵金陵，有臘八日發桐城及入境詩。

至正二十五年龍鳳十一年。乙巳，五十四歲。

是年，之饒州任，時方征伐，急軍需。先生勸諭其民，民皆樂輸將，而用不乏。適陳友定兵攻城，先生召吏民諭以順逆，嬰城固守，援兵至，敗去。諸將欲盡戮民之從寇者，先生不可。太祖賜詩褒美，州民建生祠祀之。見明史本傳及太平府志。

按，集首載太祖賜詩云：「匡廬巖穴甚濟濟，水怪無端盈彭蠡。鱷魚因韓去徙洋，陶安鄱陽即一理。」又饒州府志云：「陶某爲知府，招徠有方，流亡四集。民爲之謠曰：『千里榛蕪，侯來之初。萬姓耕闢，侯去之日。』又曰：『湖水悠悠，侯澤之流。湖水有塞，我思侯德。』」

至正二十六年龍鳳十二年。丙午，五十五歲。

是年入朝，有重登鳳凰臺獻歌奉進詩。

命復守饒州。申請免其軍需，逃民咸歸。建大有倉、三皇孔子廟，士民於學舍講堂東建生祠，立石。見本傳及太平府志。

十二月，韓林兒卒。詔以明年爲吴元年。

至正二十七年吴元年。丁未，五十六歲。

是年五月，初置翰林院，首召先生爲學士。集諸儒議禮，命先生爲總裁官。見本傳。

按職官志：「吴元年，初置翰林院，秩正三品，設學士，正三品。」洪武十四年，始定學士爲正五品。學士之職，大政事、大典禮，集諸儒會議，則與諸司參決其可否。又梁寅石門集有八月上陶學士書，其時寅被徵入禮局，而先生爲之總裁也。

按，先生明初議禮，略見于明史一百三十六卷傳贊，曰：「明初之議禮也，宋濂方家居，諸儀悉多陶安裁定。大祀禮專用安議，其餘參彙諸説，從其所長。祫禘用詹同，時享用朱升，釋奠耕耤用錢用壬，五祀用崔亮，朝會用劉基，祝祭用魏觀，軍禮用陶凱，皆能援據經義，酌古準今，郁然成一代休明之治。」炘考明初以圜丘、方澤、宗廟、社稷、朝日夕月、先農爲大祀。後又改先農中祀。每歲大祀十有四，正月上辛祈穀，孟冬大雩、季秋大享、冬至圜丘，皆祭昊天上帝。夏至方丘祭皇地祇。春分朝日于東郊，秋分夕月于西郊，四孟、季冬享太廟，仲春、仲秋上戊祭太社太稷，是也。又考明初祈穀、大享、朝日夕月、先農之禮，俱未嘗舉行。祈穀禮定于嘉靖十年，大享禮定于嘉靖十七年，先農禮肇于洪武二年，朝日夕月禮肇于洪武三年。大雩亦無常儀，或躬禱，或露禱，或於奉天殿，或遣官祭告，無每歲大雩之制。則先生專議之大祀，圜丘、方澤、宗廟、社稷而已。圜丘、方澤用周禮，冬夏至分祭。至洪武十年，太祖感齋居陰雨，覽京房災異之説，謂分祭天地，情有未安，命作大祀殿于南郊。是歲冬至，以殿工未成，乃合祀于奉天殿，以後率以爲常。至嘉靖又分祭。于是天地之分祭變而合祭矣。

宗廟則立四親廟，皇高祖考廟號德祖，皇曾祖考廟號懿祖，皇祖考廟號熙祖，皇考廟號仁祖。是明以德祖爲始祖，其廟與周之后稷同，至世宗嘉靖十年，奉德祖于祧室，則祖之不當祧者變而祧之矣。社稷則據古禮異壇同壝，以句龍配社，后稷配稷。至洪武九年，太祖以太社太稷分祭配祀，皆因前代制，欲更建之，爲一代之典。禮部尚書張籌請合祀社稷，罷句龍、后稷之配，而易以仁祖，以成一代之盛典。崔亮下附張籌傳云：籌頗善附會，初陶安等定圜丘、方澤、宗廟、社稷諸儀，行數年矣。洪武九年籌爲尚書，乃更議合社稷爲一壇，罷句龍，棄配位，奉仁祖配享，識者竊非之。于是社稷異壇者變而同壇，祖不配社者又變而配社矣，郁然一代休明之治，不得與明爲終始，可勝慨哉！

又是年冬十月，先生爲議律官，明史刑法志曰：「明太祖平武昌，即議律令。吴元年冬十月，命左丞相李善長爲律令總裁官，參知政事楊憲、傅瓛，御史中丞劉基，翰林學士陶安等二十人爲議律官。諭之曰：『法貴簡當，使人易曉。若條緒繁多，或一事兩端，可輕可重，吏得因緣爲奸，非法意也。夫網密則水無大魚，法密則國無全民。卿等悉心參究，日具刑名條目以上，吾親酌議焉。』每御西樓，召諸臣賜坐，從容講論律義。十二月書成，凡爲令一百四十五條、律二百八十五條。」

炘按，先生所修者乃洪武元年以前之律，後洪武六年定律令憲綱，七年又定大明律，十六年又定例律，遞有增改。而吴元年初次所議之律，不可復見矣。又太祖本紀及選舉志載吴元年三月丁丑，始設科取士。先生知新近稿中有與員外郎黄觀瀾李彦章試士西掖詩云：「王業興家國，人才薦廟堂。風簷留晷刻，冰鑑照豪芒。列坐清儀肅，終篇耿論昌。願言登用者，一一是賢良。」疑吴元年設科取士之初，先生即首膺衡文之任云。

洪武元年戊申，五十七歲。

是年春正月乙亥朔，太祖即皇帝位，定有天下之號曰明，建元洪武。

辛巳，正月初七日。先生與中丞劉基言于上曰：「適聞做元舊制設中書令，欲奏以太子爲之。」上曰：「取法於古，必擇其善者而從之。苟爲不善而一概是從，將欲望治，譬猶求登高岡而却步，渡長江而迴楫，豈能達哉？且吾子年未長，學未充，更事未多，所宜尊禮師傅，講習經傳，博通古今，識達機宜。他日軍國重務皆令啓聞，何必效彼作中書令乎？」謂詹同等曰：「朕今立東宫官，取廷臣勳德老成兼其職。老成舊人，動有典則，若新進之賢者，亦選擇參用。夫與賢任才，立國之本；崇德尚齒，尊賢之道。輔導得賢，人各盡職。故連抱之木，必以授良匠；萬金之璧，不以付拙工。」同對曰：「陛下立法垂憲之意，實深遠矣。」於是以李善長等兼東宫官，乃諭曰：「昔周公教成王，告以克詰戎兵；召公教康王，告以張皇六師。此居安慮危，不忘武備。蓋繼世之君，生長富貴，昵于安佚，軍旅之事，多忽而不務，一有緩急，罔知所措。二公所言不可忘也。」見集首國史。

丁亥，十三日。上御東閣，先生及中丞章溢等侍，因論前代興亡之事，上曰：「喪亂之源，由於驕佚。大抵居高位者易驕，處佚樂者易侈，驕則善言不入而過不聞，侈則善道不立而行不顧，如此者，未有不亡。卿此論深有契于余心，古者今之鑑，豈不信與？」同上。

上與羣臣論學術，先生對曰：「道之不明，邪説害之也。」上曰：「邪説之害道，由美味之悦口，美色之眩目，人鮮不爲所惑，自非有豪傑之見，不能決去之也。戰國之時，縱横捭闔之徒肆其邪説，游説諸侯，諸侯急于功利者多從其説，往往事未就而國隨以亡。此誠何益？夫邪説不去，則正道不興；正道不興，天下烏得而治？」安曰：「陛下所言深探其本。」上曰：「仁義，治天下之本也。賈生論秦之亡，不行仁義之過。夫秦襲戰國之餘弊，又安得知此？」同上。

二月壬寅朔，先生與中書省臣李善長、傅瓛等進郊社宗廟議。

其圜丘之議曰：「王者事天明，事地察，故冬至報天，夏至報地，所以順陰陽之義也。祭天于南郊之圜丘，祭地于北郊之方澤，所以順陰陽之位也。周禮大司樂：冬日至，禮天神，夏日至，禮地祇。」禮曰：「享帝于郊，祀社于國。」又曰：「郊所以明天道，社所以明地道。」自秦立四時，以祀白、青、黃、赤四帝。漢高祖復增北時，兼祀黑帝。至武帝有雍五時及渭陽五帝、甘泉太乙之祠，而昊天上帝之祭則未嘗舉行。魏、晉以後，宗鄭玄者以爲天有六名，歲凡九祭；宗王肅者以爲天體唯一，安得有六？一歲二祭，安得有九？雖因革不同，大抵多參二家之説。元始間，王莽奏罷甘泉泰時，復長安南北郊。以正月上辛若丁，天子親合祀天地于南郊。由漢歷唐千餘年間，皆因之合祭。宋元豐中，議罷合祭，紹聖、政和間，或分或合。高宗南渡以後，唯用合祭之禮。元成宗始合祭天地五方帝，已而立南郊，專祀天。泰定中，又合祭。文宗至順以下，唯祀昊天上帝。今當遵古制，分祭天地于南北郊。冬至則祀昊天上帝于圜丘，以大明、夜明、星辰、太歲從祀。」

方丘之説曰：「三代祭地之禮，見于經傳者，夏以五月，商以六月，周人以夏日至，禮之于澤中方丘。蓋王者事天明，事地察，故冬至報天，夏至報地，所以順陰陽之義也。祭天于南郊之圜丘，祭地于北郊之方澤，所以順陰陽之位也。然先王親地，有社存焉，禮曰：『享帝于郊，祀社于國。』又曰：『郊所以明天道，社所以神地道。』又曰：『郊社所以事上帝。』又曰：『明乎郊社之禮。』或以社對帝，或以社對郊，則祭社乃所以親地也。書曰：『敢昭告于皇天后土。』左氏曰：『戴皇天履后土。』則古者亦名地祇爲后土矣。曰地祇，曰后土，曰社，皆祭地也。此三代之正禮而釋經之正説。自鄭玄惑于緯書，而謂夏至于方丘之上祭崑崙之祇，七月于泰折之壇祭神州之祇，析一事爲二事，後世宗之，一歲二祭。自漢武用祀官寬舒議，立后土祠于汾陰脽上，禮如祀天，而後世又宗之，于北郊之外仍祠后土。元始間，王莽奏罷甘泉泰畤，復長安南北郊，以正月上辛若丁，天子親合祀天地于南郊，而後世又因之，多合祭焉。皆非禮經之正義矣。由漢歷唐千餘年間，親祀北郊者惟魏文帝之太和、周武帝之建德、隋高祖之開皇、唐元宗之開元，四祭而已。宋元豐中，議專祭北郊，故政和中專祭者凡四。南渡以後，則唯行攝祀而已。元皇慶間，議夏至專祭地，未及施行，今當以經爲正。夏日至，親祀皇地祇於方丘，以五嶽、五鎮、四海、四瀆從祀。」

宗廟之説曰：「周制，天子七廟，而商書曰：『七世之廟，可以觀德。』則知天子七廟，自古有之。太祖百世不遷，三昭三穆，以世次比至，親盡而遷，此有天下之常禮。若周文王、武王，雖親盡宜祧，以其有功當宗，故皆别立一廟，謂之文世室、武世室，亦百世不遷。漢每帝輒立一廟，不序昭穆，又有郡國廟及寢園廟。光武中興，于洛陽立高廟，祀高祖及文、武、宣、元五帝。又于長安故高廟中祀成、哀、平三帝，别立四親廟于南陽春陵，祀父南頓君以上四世。至明帝遺詔藏主于光烈皇后更衣别室，後帝相承，皆藏于世祖之廟。由是同堂異室之制，至于元莫之改。唐高祖尊高、曾、祖、考，立四廟于長安。太宗議立七廟，虚太祖之室。玄宗創制，立九室，祀八世。文宗時，禮官以景帝受封于唐高祖、太宗，創業受命，百代不遷，親盡之主，禮合祧遷，至禘祫則合食如常。其後以敬文武三宗爲一代。故終唐之世，常爲九世十一室。宋自太祖追尊僖、順、翼、宣四祖，每遇禘，則以昭穆相對，而虚東向之位。神宗奉僖祖爲太廟始祖，至徽宗時，增太廟爲十室，而不祧者五宗。崇寧中，取王肅説，謂二祧在七世之外，乃建九廟。高宗南渡，祀九世。至于寧宗，始别建四祖殿，而正太祖東向之位。元世祖建宗廟于燕京，以太祖居中，爲不遷之祖。至泰定中，爲七世十室。今請追尊高、曾、祖、考四代，各爲一廟，廟皆南向，以四時孟月及歲除凡五享。

孟春特祭于太廟，孟夏、孟秋、孟冬、歲除則合祭于高祖廟。」

社稷之説云：「周制，小宗伯掌建國之神位，右社稷，左宗廟。社稷之祀，壇而不屋，必受霜露風雨，以達天地之氣，禮志：「初，帝命中書省翰林院議於社壇，創屋備風雨。學士陶安言，天子大社，必受風雨霜露。亡國之社則屋之，不受天陽也。建屋非宜。若遇風雨，則請于齋宮望祭。上從之。」起大事，動大衆，必先告于社而後出，其禮可謂重矣。蓋天子社以祭五土之祇，稷以祭五穀之神，其制在中門之外，外門之内，尊而親之，與先祖等。人非土不立，非穀不食，以其同功均利以養人。故祭社必及稷，所以爲天下祈福報功之道也。然天子有三社，爲羣姓而立者曰大社，其自爲立者曰王社，有所爲勝國之社屋之，不受天陽，國雖亡而存之，以重神也。後世天子之禮，惟立大社、大稷以祀之，社皆配以句龍，稷皆配以周棄。漢因高祖除亡秦社稷立官，大社大稷，一歲各再祀。光武立大社大稷於雒陽，在宗廟之右，春秋二月及臘，一歲三祀。唐因隋制，並建社稷爲大祀，仍以四時致祭。宋制，每歲以春秋二仲月及臘日祭之，元世祖營社稷于和義門内少南，以春秋二仲月上戊日致祭。今宜祀以春秋二仲月上戊日。」皆從之。見集首國史。

按，國史于圜丘、方澤、宗廟、社稷諸議下皆以云云二字總括大義，恭讀欽定四庫全書簡明目録云：「明初典禮皆安議定，其文不載集中。集所載者，送別序引居其半。安學術深醇，所作皆平實典雅，固一代開國之音也。」是先生著作莫大于議禮諸篇，今悉從明史禮志全載，以補文集之闕云。

四月，命知制誥兼修國史。見本傳。集首載敕旨一道，云：「蓋聞國家之立也，必有一心之臣尊戴匡輔，用能張其綱紀，植其表儀，正其位名，善其詞命，基圖以大，自古皆然。朕之初渡江也，江南之士杖策謁于軍門者，陶安實先，即以帝王事功期于始見之際。贊襄兵務，多歷年所，宣號令則軍民信，議禮刑則體要成。建陳之論以忠，出納之命惟允。雖艱難繁劇，一不以動其中，真爲一心者焉。至于牧民而民安，治吏而吏服。捍城禦侮，寇懟成擒，列郡晏寧，其勞則著。肆朕君臨大寶，念此翊運舊臣，老當優之，不欲久煩以政。兹者開翰苑以崇文治，立學士以冠儒英，重道尊賢，宜爾爲長。尚其論思以盡己，獻納以告君，綜理人文，明揚世教，副余眷注，以臻治平。可翰林學士、嘉議大夫、按，明制正三品。初授嘉議大夫，陞授通議大夫，加授正議大夫。知制誥，兼修國史，宜令陶安准此。洪武元年四月日。」按，明史職官志，學士之職誥敕，以學士一人兼領，凡纂修實録、玉牒、史志諸書，皆奉敕而統承之。是知制誥及修國史乃學士本職。吴元年，召先生爲翰林學士，與諸儒議禮定律，此敕命中所謂「議禮刑則體要成」是也。今禮律奏進以後，又命之知制誥，兼修國史，以皆學士本職，故統學士命之。與御製門帖子賜之，曰：「國朝謀略無雙士，翰院文章第一家。」時人榮之。見本傳及集首國史。

按，本傳列御賜門帖子于吴元年，國史列于命知制誥之下，今依國史。

是月，授江西等處行中書省參知政事。集首載敕命一道，曰：「於戲！水之有源，事乃有因。朕之王業，孰知其由乎？惟朕有臣前翰林學士陶安，幼而志於學，長而明道，未能施用。因天下亂，朕自西渡江東來，時安率父老迓朕駐姑孰，首言曰：『方今海内鼎沸，羣雄奮争，不過子女玉帛耳，非民之父母也。將軍至此，有何道哉？』朕曰：『爾所言者何也？』安曰：『願將軍反他雄之所爲，操王業之度，招賢納士，首取金陵，駐蹕于此，以安天下。安願以身許之。』朕遂諾。不數年間，大江之南盡爲我定。初，安歷案牘，後守鄱陽。鄱陽之民果勁而頑，及安至，賊乃叩城，安與守將謀禦之，頃而縛賊，賊乃息。撫之以風化，山民遂無亂者。於戲！水之源，事之因，王業之由，惟安之謂乎？至建國紀元之初，詔入京師，授以翰林學士。今兵入中原，得山東，是年二月十二日癸丑，常遇春克東昌，山東平。朕欲少健者開省山東，經理諸事，以南昌郡西省參政汪廣洋者，其人不貪而純粹，可職山東。惟安有道，可署西省，以代廣洋者。詔卿速行，導吾民以良。於戲！惟天生賢，爲國民寶。安秉道學之正，以誠格天，慎之戒之，可中奉大夫。明制正二品。初授中奉大夫，陞授通奉大夫，加授正奉大夫。江西等處行中書省參知政事，宜令陶安准此。洪武元年四月日。」

按，明史職官志：「初，太祖下集慶，自領江南行中書省。戊戌，置中書分省于婺州。後每略定地方，即置行省。其官自平章政事以下，大略與中書省同。設行省平章政事，從一品；左右丞，正二品；參知政事，從二品。」洪武九年，改諸行省俱爲承宣布政使司，罷平章政事、左右丞等官。改參知政事爲布政使，秩正二品。考先生參知政事時，實從二品，非正二品。而封中奉大夫者，太祖特以優先生，非常例也。又按此敕當在翰林學士敕後，集首列學士敕之前，非也。

又按，集首所載翰林學士及江西參政敕命二道，敍太祖與先生遇合原委，詳細親切，雖未必太祖親製，亦非詞臣所能代爲，必經太祖面命，而復加以裁定者也。後世于明祖儒臣皆屈指劉伯温、宋景濂二公，而不知先生契合之深，實在二公之首。今悉録入，以備明初文獻之徵云。

九月癸卯，（是月戊戌朔，癸卯，初六日。）先生卒于任所。疾劇，上時務十二事，（國史作十事。）上甚哀悼，親爲文遣官祭之，追封姑孰郡公。（見本傳及太平府志。）又集首載御撰祭文一道，曰：「皇帝遣江西有司致祭于故中奉大夫、江西等處行中書省參知政事陶安之靈：朕念爾生長姑孰，秉性聰明，習先聖之道，所目皆通。當前元科舉之時，惟爾適中鄉選，出羣儒之上，使閭里增輝，爾祖宗亦陰悦。奈前元疑吾漢、南，雖有道之士，不居要職。俄遇朕渡江，慨然相副，于今十有四年，曾負勤勞。今年授爾西省參知政事，朕思當此英雄展志之秋，文章光耀之際，其闡聖賢之學，正在今日。奈何天不假年，如水之東逝，使朕欷歔而淚襟者，何也？蓋不忘同患難，以至于今故耳。特令有司列牲祭之，明文以諭，靈之不昧，尚享！洪武元年九月日。」

按，太祖功臣親爲文祭者，武臣李文忠，文臣章溢，及先生外，不多見。至祭先生文，一則曰「習先聖之道」，再則曰「闡聖賢之學」，非太祖知先生所學之醇，不能爲此言也。府志云祭文無考，想纂志者未見先生集，故云然。

又先生官雖至江西行省參政，然爲時未久即卒。惟爲學士時，總裁禮局，明初大禮，悉定于先生一人之手，故其官最著。弘治間刻集稱陶學士集，從其重者稱之也。又先生實未賜謚，至福王南渡後始追謚文憲，不足爲重。近同鄉張氏奉陶雲汀中丞之命，重刻斯集，改題曰陶文憲公集，似不如舊題爲得其實。附識於此。

右鄉先儒陶主敬先生年譜，炘比次全集、參考元、明二史而輯之者也。繕寫畢，謹濡筆而識其末曰：從來開國翊運之臣，才略雖邁等夷，往往權謀機變，譎不勝正。求其以道德爲輔翼，以學問爲經濟，開創草昧，弼成丕基，三代而下，不多覯也。先生生於元末擾攘之秋，兵革不休，豪傑並起。明太祖初克太平，先生識爲真主，慨然以身許之，其高見卓識，有如此者。首謁軍門，敷陳王道，以不嗜殺爲得民之本，以取集慶爲首善之地。三百年基業，定於數語之中，其訏謨碩畫有如此者。當太祖起兵之初，攻城陷陣，皆一時梟勇之將，儒臣從渡江者，若楊元杲、阮弘道、李孟庚、侯元善、樊景昭輩，又非王佐之才。其時劉伯温、宋景濂諸老伏處浙東，隱而不出，先生遠道貽詩，懃懇勸駕，其後雲集帝畿，卒成王業。史以徵聘屬之孫炎，推薦屬之李善長，而不知先生起蟄之功，尤不可没，其求賢爲國有如此者。羣賢既至，築禮賢館以待之。

太祖嘗從容質問，先生對以「謀略不如劉基，學問不如宋濂，治民之才不如章溢、葉琛」，休休有容，不矜不伐，其克己好善有如此者。歷守黄、饒二州，披草萊，闢荊棘，寬刑薄賦，以與民休息。友定之變，全活無算，其仁恩惠政有如此者。建國紀元之初，召入京師，授以翰林學士。時太祖鋭意典禮，宋景濂方家居，明初諸禮悉先生裁定，參集衆議，各從其長。祫禘用詹同，時享用朱升，釋奠耕耤用錢用壬，五祀用崔亮，朝會用劉基，而大祀悉先生一人專議。郊則力主分祭，以斥歷代合祭之褻；社則力主不屋，以袪朝議建屋之妄。蓋自來大祀之禮，未有如明初之善者也，其制作宏偉有如此者。推其源流，遠有端緒。蓋先生之爲學也，以濂洛爲法，以考亭爲宗，以闢邪説、衛正道爲己責。其教人也，以朱子讀書法爲主，以程畏齋分年日程爲式，以吕舍人約爲準繩。見人談陸學，必正色拒之。於經無所不通，而尤精於詩、易。易守朱子本義，詩則貫穿小序，兼明古韻，而悟吴才老協韻之非。觀先生學詩詩云「古韻自諧何用協」，可見焦弱侯、陳季立古無協韻之説，先生早開之於三百年之前矣。蓋其道德醇厚，故輔治無雜霸之謀；其學問該博，故議禮無偏頗之迹。至於發爲詩文，淵源洛、閩，吞吐韓、歐，忠君愛國之忱，救時恤民之志，時時流露於楮墨之間。又所謂有德者必有言也。

嗚呼！我當塗自建縣以來，道德功業文章，一人而已矣。先生歿後，二子以官獲罪，發家屬爲軍，後嗣零落。全集刻於弘治間，無再鋟者。姑孰爲先生桑梓之鄉，世家舊族亦鮮有藏本。惟先生祠堂中一部，巋然獨存。先君子與炘宦遊四方，先後購得兩部，懼其愈久而愈湮也，是以勾稽會萃，作爲此譜，聊存先生平生之梗概云。

道光十年仲秋，同里後學夏炘識。

以上年譜并跋，譔於道光十年庚寅，刻於咸豐三年癸丑。先名宦公及炘所得學士集兩部，一送安化陶文毅公，一爲咸豐庚申粵寇所燬。前年客遊武林，又於撫署亂書堆中得一部，紙墨如新，較前兩部尤佳，急以書告六弟嗛甫明府，報書云：「此桑梓之第一名臣，未可聽其集之湮没。現刻吴忠節公樓山堂集二十七卷，又東林本末三卷，留都聞見録二卷，熹朝忠節死臣傳二卷，并前所刻剥復録，合之題爲樓山遺書。去冬開工，計五六月間可畢。如學士集到，即可續刻。但知人論世，年譜爲要，所刻樓山之書，亦譔年譜一通，置之卷首。記得老兄前撰主敬年譜，以文憲之謚出自福王南渡後，今檢計南賓南略及顧亭林聖安記，此書刊入荆駝逸史中，與明稗本互異，恐有假託。書詔國初文臣陶安、詹同均賜謚文獻，不作憲，詳繹文憲乃宋景濂之謚，似以作獻爲是，可於譜中增入此條。」云云。謙甫小余十一歲，雖年逾六旬，而精神矍鑠，博聞强記，無異三四十歲人。簿書之暇，手不釋卷，以表章先儒遺書爲務。爰什襲寄江西省垣，俾得精付剞劂，并記重刊之緣起如此。

同治五年丙寅，七十八叟弢甫炘又識。

陶學士文集卷首，清同治五年刻本

陶主敬年譜敍

楊大容

幽室有求，若無睹也，炳燭而索之，則明矣；迷途未指，奚所從也，前車而導之，則達矣。又況得大力者高設庭燎，廣置郵堠，功用更超出尋常乎？是故聖賢之學，一人傳之，未若衆人傳之；衆人傳之，未若引翼御世者率天下傳之。

同年當塗夏君𢧵甫輯明陶文憲公年譜，其殆以此爲求幽之燭、指迷之車乎？元至正十五年，明太祖初渡江，文憲公杖策軍門，即本鄉嶧定於一之旨以獻言，太祖納之。歷十四年，掃蕩羣雄，北定中原，遂一天下。洪武元年，授公江西行省參知政事勅書，實以王業之由歸之於公，而推本所學，謂公秉道學之正，則公之見知於太祖與太祖之取信於公者，深相契以聖賢之學，非漢、唐佐命攀鱗附翼志在功名者所能及也。

余欲購公全集而迄弗獲。道光丙午，選太平府教授，爲公桑梓之鄉，訪進謁諸生，亦鮮有藏本。聞公祠堂藏貯一部，未遇公裔，末由假閱，耿耿胸臆，常以爲憾。今年春，訪𢧵甫於婺源學署，竟五晨夕，賞析弗倦。既乃出所輯年譜示余，曰：「子爲我序之。」余受而卒讀，見其參匯元、明兩史，太平府志暨公全集，鉤稽排纂，條分件繫，朗如列眉，瞭若指掌，其自跋又以公識見謨畫，求賢克己，牧民之仁惠，經國之制作，一一標明。公之全體大用，固已軒豁呈露，余復何言無已？則請以自跋中所云「公所學以濂洛爲法，以考亭爲宗，以闢邪説、衛正學爲己責」，而申言之。

蓋朱子之學集諸儒大成，歿後紹其傳者，閩、浙、江左居多，兼以有元享國八十餘年，用人惟崇蒙古、色目，抑南人在漢人之下，各路州縣長官除授皆不得與。諸儒抱經世之略而阨於時，弗獲施，大率絶意仕進，著書明道，育羣才於有用，俟嘉會於方來。逮明太祖應運而興，若集慶陳先生静誠，處州劉先生伯温，婺州宋先生景濂，吾徽朱先生楓林、趙先生東山、汪先生環谷，繼公膺徵聘者，或委贄而仕，或修史而歸，顯晦不同，所學皆宗朱子，粹然一出於正，相與佐助昌期。然所以牖太祖天衷，俾以朱子之學風厲羣倫，統壹庶類，實公秉道學之正，有以見知而取信。故其輔翼成化之功，視勅書中所奬王業之由專爲戡定計者，尤深且遠。

國朝陸清獻公謂有明洪、永至成、弘，人心風俗淳厚樸茂，遠軼漢、唐，由於家無異師、人無異學所致。諒哉斯言！

弢甫著述甚夥，述朱質疑一書，辨邪説於豪釐疑似之交，闡正學於微茫斷絶之會，尤有功於朱子。輯公年譜，諄諄以所學之正，大聲而疾呼，實與述朱質疑義旨互相表裏。讀斯譜者，感奮興起，以公所學爲學，而觀於昭曠之原，騁乎康莊之域，是則公昌明正學之遺澤，亦弢甫表章正學之苦心也夫！

咸豐四年孟夏，海陽年愚弟楊大容頓首謹敍。

明翰林學士當塗陶主敬先生年譜卷首，清咸豐同治刻景紫堂全書本

附録六　評論

早步蟾宫，通才遠識，既濟新邦之運，自期開國之功，赴召玉樓，竟虚黄閣，惜哉！

官参政。

早躋龍虎臺，未足展雲翮。匡時濟經綸，逢運振雄策。欃迴星斗芒，劍動風雲色。未抒稽古心，每惜蕭曹劃。

明劉炳春雨軒集卷四陶主敬

陶主敬元氣淋漓，張志道天孫織錦，王子充佩玉鳴珂，魏杞山花香鳥語，可謂盛世之音。

明胡維霖墨池浪語明詩評三

陶主敬言：「古韻自諧何用協，序文有本未全非。」説詩者當作是觀。

明陳組綬詩經副墨讀詩二十四觀

郡寓偶成：清壯。壯以清，故佳。後來七子輩不濁不能壯也。

清王夫之明詩評選

曹學佺與徐存永書曰：國初集如陶主敬、張翠屏、宋潛溪、楊東里諸公，每有贈送郡邑幕僚之作，驛宰倉巡，皆所不廢，雖其人自足取重，而亦見前輩留心民生吏治，不以微忽。

清費經虞雅倫卷十六

田按，主敬初謁太祖，首陳王略：不殺人，不虜掠，首取金陵，以圖王業。有諸葛君、王景略一輩氣象。詩亦清勁，不愧雅音。

清陈田明詩紀事甲籤卷三

俞右吉云：郡公謀略文章，孝陵推爲第一。詩亦拔俗，五古未免冗長耳。

清朱彝尊明詩綜卷四

史官曰：陶安杖馬箠立軍門，渡江數言，開招形勢，何異婁敬輓輅之説、鄧禹初見蕭王數語也？可謂壯士。屢守江州，修扞著績。天下既定，稽古禮文之事，皆取給焉。「無雙」之譽，不虚耳。

清傅維鱗明書卷一百十六

高帝初渡江，陶主敬安身先父老，謁軍門，陳治道，後知制誥，兼優吏績。此宿省中金縷曲，蓋治定後作也，信無愧「文章第一」、「謀略無雙」矣。詞云：「庭樹秋聲冷。夜迢迢，漏傳銀箭，月明華省。最惜稽山無賀老，短燭照人孤影。依稀夢，續還驚醒。風透圍屏青鎖薄，且披衣，立傍梧桐井。兵衛肅，畫廊静。江湖聚散如萍梗。笑談間、雲霄滿足，一鞭馳騁。萬壑水晶天不夜，人在玉真仙境。説近日、四郊無警。兵後遺黎歸故里，漸桑麻，緑暎鵝湖嶺。須携手，尋風景。」李西雯。〔一〕

清馮金伯詞苑萃編卷七

其詩一曰辭達集，一曰知新近稿，一曰黄岡寓稿，一曰鶴沙小記，一曰江行雜咏，本各自爲集。此本分體編次，與所作賦詞共爲十卷。其文亦十卷，而送人之序引居其半。或以安文章宿望，人得其贈言以爲榮，故求之者多耶？又安以儒臣司著作，於郊社、宗廟典禮，皆有奏議。若明初分祭南北郊，及四代各一廟之制，皆定于安。又刑律亦安所裁。而集中均不載其文，殆以朝廷公牘同署者不一人，故不復列入私集也。世言祝壽之序，自歸有光始入集。考此集已有二篇，則不自有光始矣。安聲價亞于宋濂，然學術深醇，其詞皆平正典實，有先正遺風。一代開國之初應運而生者，其氣象固終不侔也。

清永瑢等四庫全書總目卷一百六十九集部陶學士集提要

壽文始見明陶學士安集，至歸震川而益多。

清陸以湉冷廬雜識卷八

龍姿鳳質起臨濠，望氣歸誠識已高。都定南畿比王導，禮脩東觀亞曹褒。無雙謀略興朝傑，第一文章藝苑豪。最羨臣門春帖子，御題符又換新桃。

清羅惇衍集義軒咏史詩鈔卷四十九陶安

其金縷曲换頭云：「江湖聚散如萍梗。笑談間、雲霄滿足，一鞭馳騁。萬壑水晶天下夜，人在玉晨仙鏡。」太常引下半闋云：「斷霞飛練，遠烟凝紫，山勢活如龍。浴罷依長松。愛歸鳥、孤飛半空。」清曠之氣，撲人眉宇，初不爲經師理學所範圍。其他酬贈之作，要亦不失規矩，上者南宋，下亦可登鳳林選本者也。

趙尊嶽惜陰堂彙刊明詞提要續陶學士詞一卷

【校勘記】

〔一〕本書卷十有金縷曲夜宿省中有懷賀久孚詞，與此所録字詞略有不同。

圖書在版編目(CIP)數據

陶安集/張桂麗點校. --上海: 復旦大學出版社, 2025. 3. --(明人別集叢編/鄭利華,陳廣宏,錢振民主編). -- ISBN 978-7-309-17647-6

Ⅰ. I214. 82

中國國家版本館 CIP 數據核字第 2024HV9952 號

陶安集

張桂麗　點校

責任編輯/杜怡順

裝幀設計/路　靜

復旦大學出版社有限公司出版發行

上海市國權路 579 號　郵編: 200433

網址: fupnet@ fudanpress. com　http://www. fudanpress. com

門市零售: 86-21-65102580　團體訂購: 86-21-65104505

出版部電話: 86-21-65642845

江陰市機關印刷服務有限公司

開本 890 毫米×1240 毫米　1/32　印張 20. 875　字數 351 千字

2025 年 3 月第 1 版

2025 年 3 月第 1 版第 1 次印刷

ISBN 978-7-309-17647-6/I · 1414

定價: 118. 00 元
